ヘンリー・ジェイムズ傑作選

Henry James
ヘンリー・ジェイムズ
行方昭夫 訳

講談社文芸文庫

目次

ヘンリー・ジェイムズ傑作選

モーヴ夫人

一

サンジェルマン・アン・レの見晴台からの眺めは雄大なことでよく知られている。眼下に茫漠と広がるパリは、丸天井に被われ城壁で守られたような感じで、薄もやを通してあちこちできらきら輝き、銀色のセーヌ川にまわりを取り囲まれている。視線を転じて振り返れば均斉美を誇る公園がひかえ、またその後には森が続いている。森に入り、芝で被われた並木道や光と影の交錯する小径を散策すれば、パリの繁華街からわずか三十分の距離にいることなどすっかり忘れてしまえるのだが、五年ほど前の春の中頃のある午後のこと、この見晴台に腰を下ろし、パリの喧噪を敢えて忘れまいとしている青年がいた。彼は眼前に広がる大都会をぼんやりと眺めつつ物思いにふけっていた。以前から田園の風物が好きだったので、春の到来を楽しもうと一週間前からサンジェルマンに来ていたのであった。パリにはすでに六カ月滞在したのであったけれど、この見晴台から眺めていると、まだまだ知りつくしたとは到底言い難いと、いつも痛切に感じるのであった。パリをこの瞬間留守にしたがために、何か痛快な経験を取り逃すのではないかと感じる時がよくある。とは言っても冬の間のパリでの生活が充実したものであったわけでなく、それどころか、パリを離れたときにはもう厭気がさしていたくらいだった。彼は、何にでもすぐけちをつけるというのでは決してないが、失望しやすいたちであったから、右手の道を選んで三十分も進むと、左手がよかったのではないかと考え始めるという風であった。今の場合も、日が暮れたらパリに戻り、カフェ・ブラバンで食事をとり、それからジムナーズ座に出かけて、〈間男された夫のなすべきこと〉を扱った最新の芝居でも観たいという欲望が頭を持上げてきた。このプランを実行すべく腰をあげようとしたちょうどその時、ひとりの少女が見晴台をぶらぶら歩いて来るのが目に入った。少女は彼の前まで来るとぴたりと止まって、びっくりした様子で、まじまじと彼を眺めだした。少女の顔には、こんなことってあるかしらという表情が浮かんでいるので、彼は一瞬おかしく思うだけだったが、次の瞬間少女が誰だか分かり、彼も驚いた。「なんだ、マギーじゃないか、ぼくを覚えていてくれたのだね」彼は言った。

マギーは少しお喋りしてから、覚えている証拠にと言われて青年にキスをした。それから、どうしてサンジェルマンに来ているの、と聞かれると、一所懸命説明するのだが、これが子供特有の、細かい点をくどくど話すやり方なので、全体としてさっぱり要領を得ない。ロングモア――これが青年の名であった――は、はっきり教えてくれる人はいないかとあたりを見まわし、マギーの母親がいるのに気付いた。彼女は見晴台の向う端で別の婦人と一緒に腰をおろしていたから、青年は少女の手を取ってその方に歩いていった。

マギーの母親はきれいな親しみやすい顔だちで、高価な春の装いをしていたから、誰の目にもアメリカの若い女性だとすぐ分かったことだろう。驚きながらも丁重にロングモアに挨拶し、連れの婦人に紹介してから、椅子を持って来て一緒に坐るようにすすめた。連れの婦人は同年輩で一層美しい人であったが、地味な服装をしており、膝に引き寄せたマギーの頭をなでているだけで何も言わない。この婦人にはロングモアという名は初耳であったが、彼がアメリカからの客船の中でマギーの母親と一緒になり、その後旅行中にも顔を合わせ、その上、(マギーの父はウォール街に残っていたから)こまごました世話をしたことなどをいま聞いた。

マギーの母親はときどき会話に加わるようにと、連れの婦人にほほえみかけたが、彼女はほほえみ返すだけで、相変らず上品に口を閉じている。ロングモアは、はじめはマギーの母親と旧交をあたためることに興味を覚えたが、十分ほどすると――不可解なものの方が明瞭なものより好奇心をそそられるので――もうひとりの婦人により深い関心を抱きはじめた。前者のお喋りより後者の沈黙の方が意味深長に感じられたので、彼の眼はともすると話し相手からそれてしまうのだった。

この初対面の婦人は、人目につく美人でもなければ、すぐそれとわかるアメリカ人でもなかったが、注意して観察すれば、そのいずれの特質をも備えていることは明らかだった。小柄で色白、顔色はいつもは青白いのだが、今はさきほど気持を高ぶらせたせいで、こころもち赤味を帯びている。彼女の表情でいちばん特色があると思われたのは、温和で美しく、物憂いと言ってもよい灰色の眼と、目立って表情豊かな、きりっとした口もとの対照であった。額は古典的美人に較べるとやや広く、豊かな褐色の髪は、ちょうどその頃流行していたみにくい髪型とは違った風に結われていた。首から胸にかけては、細っそりしていたが、それだけ一層彼女のよくやる、頭の素早い魅力的な動きに調和して見える。彼女には、注意深い様子で鳩のような眼でななめに視線を走らせながら、ぐっと頭をそらすくせがあった。関心と冷淡、落着きと苛立ちが同居しているように思える。才気煥発の美人ではないにしても、少なくとも非常に興味の持てる美人だということを、ロングモアはすぐみてとった。この印象はかえって彼の心に余裕を与えた。自分がふたりの婦人の内緒話の邪魔をしたと気付き、それに、マギーの母親――ミセス・ドレイパー――から、六時の汽車でパリに戻る予定と聞いていたので、もう引き下がるのが礼儀だと判断した。夫人には駅で会おうと約束した。

約束通り出かけると、ミセス・ドレイパーもほどなくやって来た。先ほどの婦人も一緒だったが、この人は駅の入口で別れを告げ、すぐ馬車で立去ったので、ロングモアは帽子をあげて挨拶する間がやっとあっただけだった。「あの人はどなたです？」青年は切符をミセス・ドレイパーに手渡しながら、それと分かるほど熱心に尋ねた。

「明日、ランピール・ホテルにいらっしゃい。全部話してあげますから」夫人は答えた。翌日彼がそのホテルに時間通り現われたのは、この夫人の約束がどれだけ効いたからかロングモア自身、詳しく考えてみなかったらしい。その方がよかった。というのは、パリ出発を目前にしているのに帽子屋は遅れるし、下着屋は約束の日をたがえるしで、すっかり気の転倒していた夫人は、他人の噂話を落着いてできるような心境になかったからだ。

「サンジェルマンはとても退屈でしょうね。わたしといっしょにロンドンにいらしたらいかが？」彼が別れを告げると夫人は言った。

「マダム・ド・モーヴに紹介して下さい。そうして下されば、サンジェルマンも気に入りましょうから」彼は答えた。ここに住んでいることは、昨日教えられていたのだ。

「あらまあ。お気の毒なことに、あの人にはとても不幸な人ですもの」

ちょうどそのとき帽子屋がやって来たため、ロングモアはこれ以上立ち入った質問はできなかった。しかし、帰りぎわに、後で紹介状をサンジェルマンの彼宛にすぐ送って貰うという約束をとりつけた。

一週間待っていたが、紹介状は一向に届く様子がない。こんなことでは、ミセス・ドレイパーには帽子屋の約束違反を責める資格はないぞ、と彼は思った。見晴台を散歩したり、森の中をぶらついたり、郊外の街路を行きかう人々を眺めたり、あるいは、余り気はのらぬが、亡命したスチュアート王朝の記録を研究しようとしたりして時間をつぶしたが、何よりもマダム・ド・モーヴがどこの邸に住んでいるのだろう、見晴台を散歩することはないのだろうかなどと思いめぐらすことが一番多かった。ときには散歩していることがやがて分かった。もう薄暗くなりかけたある黄昏のこと、夫人がひとり欄干に寄りかかっている姿を目撃したのだ。すぐ近づくのは一瞬ためらわれたが、それはかすかな心の動揺のせいのようだった。たった十五分しか顔を合わせていないのに、動揺を覚えるという事実が気にならぬではなかったけれど、好奇心の方が強く働き、彼は近づいて行った。夫人はすぐに彼が誰だか分かった。その態度は、交際範囲が広くないから人の顔はすぐ分かるといったふうだった。服装も表情もこの間と同じで、その魅力には甘美な音楽を二度目に聞く趣きがあった。彼女がミセス・ドレイパーの消息を聞いてくれたので、自然に会話の糸口がほぐれた。ロングモアは、毎日ミセス・ドレイパーからの便りを待っているところですと言い、それから少し間を置いて、紹介状のことを話した。

「もう必要ないようですね」彼は言った。「少なくともぼくには必要ありません。でも、あなたには、ミセス・ドレイパーが書いて下さるはずの、ぼくについてのお世辞を読んで頂きたかったと思います」

「もし届きましたら、ぜひお持ちになって遊びにいらして下さい。届きませんでしたら、紹介状なしでもいらして下さいね」

こう言うと、彼女は夕闇がせまってくるのに去ろうとはせず、実は、パリから戻ってくる夫を待っているのです、帰りにはたいていこの見晴台を通るものですから、と言う。ロングモアは、「マダム・ド・モーヴは不幸な人です」というミセス・ドレイパーの言葉をよく覚えていて、その不幸の原因はこの夫だろうとすぐ見当をつけていた。六カ月のパリでの見聞のおかげで、「心根のやさしいアメリカ娘が浮気なフランス男と結婚すれば、そうなるにきまっている」と心中ひそかに考えていたのだ。

ところが、マダム・ド・モーヴがこのように夫の帰りをやさしく待っているとなると、彼の仮説は成り立たなくなる。彼女が振り向いて、近づいて来る人物を心をこめて迎える様子を見たとき、彼の仮説はくつがえるように思えた。ロングモアは、夕闇の中で、明るい色の山高帽を被った小肥りの紳士を見た。まだ四十前で、空を背にしているので、はっきり見えないが、妙にピンとがった口ひげが目立っている。モーヴ氏は固苦しいくらいいんぎんに妻に会釈し、ロングモアに会釈してから、フランス語で妻に何か尋ねた。夫人は、夫の差し出す手を取って、見晴台の入口で待っている馬車まで行くに先立って、ロングモアをミセス・ドレイパーの友人と紹介し、アメリカの方ですから家にお招きしたいのですと言った。モーヴ氏は、簡単だが丁重に、きれいな英語でそれに答え、それから妻を馬車へと導いて行った。

　とがったひげをひねりながら立去る彼の姿を眺める中に、ロングモアは自分でも呆れるほど苛立ちを覚えた。モーヴ氏の英語が巧みなので、対照的に自分のフランス語の下手なのが目立って不快だという事情もあるにはあった。恐らく生まれつきの性質に根ざすのであろうが、ロングモアはどうもフランス語が上手に話せなかった。フランス語は美しい言葉だと思うし、決して嫌いではないのだが、実際に話してみると、ひどく無器用になってしまうのであった。しかし、マダム・ド・モーヴとは英語という共通の言語で結ばれているのだと考えて自らを慰めた。さらにその夜、机上にミセス・ドレイパーからの便りを見出したことで、先ほどのいやな気持はかなりおさまった。同封のマダム・ド・モーヴ宛の正式の紹介状は短いものであったが、彼に宛てた私信は長文であった。ロンドンに着くまで筆を取るのを延ばしていたら、ロンドン到着後の一週間は他のことで忙しかったので今日まで失礼したという言葉に続いて、次のような文面があった。

「緑色のバレージュ織のガウンに白いスティッチの入ったブーツといういでたちの、イギリス婦人ばかりにお目にかかっていて、いやけがさしたせいでしょうか、わたし、その反動でサンジェルマンに住む上品な友人のことを思い出しましたの。それから彼女を紹介して上げるという、あなたとのお約束も思い出しました。あの人が不幸だって申し上げましたけど、あの後、人の秘密を洩らしたかと、とても気になりました。でも、わたしが申し上げなくても、どうせそのうちにおわかりになったでしょう。あの人はわたしに秘密を打ち明けたというのではないのです。あの人は、この世で一番幸せですなんて断言したと思うと、次の瞬間わっと声を上げて泣き出してしまいましたの。こんな幸せなら、わたしはご免です。例のよく聞く、アメリカ娘の話なのです。奴隷にも、男のおもちゃにも生まれついていないのに、女はこのいずれかでなくてはならぬと信じこんでいる、浮気なフランス男と結婚したというわけなのです。どんなに頭の悪いアメリカ娘でも、フランス男には――たとえそれが最高の人であっても――もったいないくらいなのです。わたしたちアメリカ人の中の一番粗末な者でも、フランス人には理解できぬ道徳性を内に秘めています。マダム・ド・モーヴはロマンチックで強情で、アメリカ人はみな俗悪だと考えていたのです。結婚生活の幸せなど、俗悪なものかもしれません。でも、今ではあの人は自分が多少は俗悪な方がよいと考えているようですわ。モーヴ氏はもちろん、彼女の財産目当で結婚したのです。現に彼女のお金を道楽に湯水のように使っています。

不幸な人妻を慰めるようにお願いするのは、あなたを心から信頼しているからだと信じて下さい。他の殿方をこんなに信用したことはありません。万一あなたがわたしの期待を裏切るようなことがあれば、この世も終りというものです。アメリカの男性は、利己的な条件などなくても、愛情と敬意を示せるのだと彼女に証明して上げて下さい。あの人は交際を避けて、とても感じの悪いフランス人の義妹の他は、誰とも会わず、淋しく暮らしています。あの人のすべてを諦めたような微笑から、少しでも悲しみを払いのけることができた、という知らせを待っています。不自然ではない、心からの微笑を浮かべさせてあげて下さい」

この熱意あふれる訴えに接して、ロングモアは少し不安を覚えた。家庭騒動に捲込まれたくないと、本能的に尻込みしそうになったからだ。詳しい事情の分かった今、マダム・ド・モーヴを訪れるのは、どさくさ紛れにうまいことをやるような気がしないでもない。自惚れの強い男ではなかったが、自分が親切をつくせば、夫人をかえって苦しめるのではないかと考えた。しかし、しばらくするうちに、めったにない機会だという意識が不安感を押しのけ、彼を大胆にした。美しい同国人の微笑から悲しみを追い払うのは、男としてやりがいのあることに違いない。そこまで成功せぬとしても、せめて感じのよいアメリカ人の存在を彼女に知らせたい。こう考えて彼はすぐ夫人を訪問した。

二

ユフィーミアは、十四年前、未亡人になっていた母に、パリのある修道院に教育のために入れられた。この母は、日増しに成長してゆく娘のスカートの縫い上げをおろすよりも、ニースやホンブルク（それぞれ仏独の保養地）で遊ぶ方を好んだ。修道院にいる間に、彼女は様々の優雅な教養、例えば、裾の長い服の着こなしとか、花束の作り方やお茶の作法などを修めたほか、ませた俗物根性と受け取られそうな、ある考えにとりつかれてしまった。貴族と結婚したいと考えはじめたのだが、それは子爵夫人と呼ばれたいという虚栄心からではなく（事実、自分はそんなことにはあまり関心がないと思っていた）、高貴な生まれは、この上なく繊細な感情を保証するものだと、ロマンチックに信じていたからである。およそロマンチックな考えが、これほど純粋に信じこまれたことは稀であり、貴族に列せられたいという彼女の願望が許されるとすれば、まさにその極端な純粋性のゆえであった。およそ汚れを知らぬ彼女は、この危険な夢を、純白な翼の天使の伝える教理でもあるかのように胸に秘めていた。世の荒波にもまれ、みにくい現実に接してからも、みにくいが否定しがたい真実よりも、何か気高い意味があれば、虚構を信じたがる傾向が彼女にはあった。彼女は、立派な家系を誇る紳士は必ず人格者であり、輝かしい先祖を意識すれば性格に気品がにじみ出てくるものと信じこんだ。名門に生まれた者は高潔にふるまう責任があると、よく言うが、そういう男と結婚した女は、幸せを保証される――何しろ生まれてからまだ一度も貴族と言葉を交わした経験はないのだから、このような確信もすべて勝手につくりあげた観念の産物に過ぎなかった。またこの確信は、修道院の図書館に許された唯一の小説である、種々のイタリアの物語を読みふけった結果でもあって、こういう物語の主人公は何十回となく決闘を行ない、月に二度懺悔に行く、子爵の嫡子にきまっていた。また修道院の学友たちのロマンチックな噂話のせいでもあった。学友の多くは名門の子女《フィユ・ド・オ・リウ》で、日曜をそれぞれの家庭で過した後、修道院の庭で兄や従兄のことを魅力的な貴公子とか若い勇壮な騎士のように言いふらすのであった。ユフィーミアは一所懸命耳を傾けているだけで何も言わなかった。彼女は、貴族との結婚の夢をほとんど信心にまで高めて、自分の胸の奥深くに秘めていたのだ。結婚するなら背が高く、わずかに近眼で、髪は頭の真中で分け、ひげは琥珀色に光っているのでなくてはいや、などというお嬢さんが世間にはたくさんいるのだが、彼女はそういうタイプではなかった。学友たちは、あの人は地味な夢しか持たない人ね、いくら海の向うの庶民の国の生まれだからって、社交界に全然興味がないというのは変だわ、と話していた。実際には、彼女の心中には自分の愛を受入れてくれるはずの十字軍従軍騎士の子孫のイメージが、あったのだ。ただ、理想の傑作を生み出した芸術家と同じで、それを一般人の批判にさらすのをためらっているだけのことであった。彼女が心中に描いている相手の紳士は、美男子というよりみにくく、金持というより貧乏であった――もっとも、不器量といっても気品がなくてはいけないし、貧乏であっても誇り高くなくてはならなかった。ユフィーミアには自分の自由になる財産があったが、適当な時が来たら、相手の抗議を押し切って、ぜひ受け取って貰うつもりでいた。もちろんその前に、彼はその騎士らしい、いかつい顔を柔らげている魅力的な眼を彼女に注ぎ、無言の中に彼女の心を射止めてしまわねばならない。彼女の課す条件は唯一つで、彼の血統が比類なく尊いものであればよかった。そこに自分の幸福を賭けよう、彼女はそう考えていたのだ。

たまたま、いろいろな事情で、この少女らしい夢は次第に現実性を帯びることになった。

ユフィーミアは、口数が少なかったけれど人の話を聞くのは大好きで、学友のひとりマドモアゼル・マリ・ド・モーヴの話に食い入るように聞きほれていることがよくあった。この新しい学友との親交は――友情とはえてしてそういうものだが――お互いの性格の相異に根ざしていた。マドモアゼル・ド・モーヴはきわめて積極的で、抜け目のない皮肉屋で、典型的なフランス娘であった。ユフィーミアが自分には欠けていると遺憾に思っていた資質を全部身につけているのだった。日曜日をパリ市内で過ごす折など、世間の様子を探り、品定めをして来ると、数々の印象を熱意と懐疑を適度に織り混ぜながら、熱心に耳を傾けるユフィーミアに話してやるのだった。顔立ちの整った、おとなびた娘で、ユフィーミアのリボンやアクセサリー類は、どちらかというとやせっぽちの持主よりも彼女が身につけた方が見栄えがした。さらに彼女は、その祖先がジョアンヴィルやコミーヌ（それぞれ十三世紀十五世紀のフランスの歴史家）に敬意をこめて叙述されているような由緒正しい貴族の生まれという魅力があった。休暇の後など彼女は、かぎ鼻の堂々たる祖母と一緒にオーヴェルニュの正真正銘の城《カステル》から戻って来た。こういう特権があるからこそ、あの人は、どんなに裕福な商人の娘もかなわぬほど、あんなにもゆったりした気分で暮らせるのだわと、ユフィーミアは考えていた。マドモアゼル・ド・モーヴには貴族に通弊の図々しさが顕著に見られ、ユフィーミアの美しい装身具などを遠慮なく使用するのは先祖にあたる十二世紀頃の男爵たちの勝手気ままな態度と一脈通じるところがあった。ユフィーミアは別に腹も立てず、これはあまり細かいことなどに気を使わぬ鷹揚さのせいと解釈し、いずれ思いがけぬ親切な行為をしてくれるだろうから、そのとき彼女の真価が発揮されると信じていた。ユフィーミアが羨んでいた上流社会でのくつろいだ態度を、彼女自身はそれほど有難がっているわけではなかったようだ。彼女は成人してから、あんなにも見事に社交界遊泳術を身につけたのだから、社会のさらに上層に登ろうという意識は早くに芽生えていたに違いない。彼女がユフィーミアに姉らしい親切をつくしたのは、この若いアメリカ娘が高価なリボンやアクセサリーを貸してくれたからでもあり、またそれ以上に、ユフィーミアが愛らしい温順な性質だからでもあった。しかし彼女が三週間の休暇を利用してユフィーミアをオーヴェルニュの城に招待してくれるよう祖母に手紙を書いたのは、はるかに複雑な動機からであった。マリ・ド・モーヴはこの時十七歳だったが、相当世知に長けていたから、自分と大体同い年のユフィーミアが計画にはうってつけで、その上、美人だから成功はまず間違いなしと考えた。いよいよオーヴェルニュの城を目の当りに見たとき失望しなかったのは、ユフィーミアの貴族への憧憬がいいかげんのものでなかった証拠だった。その城はとても美しいものどころではなかった。だがこの若い娘は、それをお芝居のように心弾むものと思った。塔は傾き、堀は干あがり、吊りあげ橋は錆びつき、中庭の敷石は曲り雑草が茂っていた。敷石の上を走る老貴婦人の古風な馬車は十七世紀の馬の足音を呼びさますかに思われた。ユフィーミアは失望して夢を破られるどころか、自分の夢が途方もない空想ではなかったことを発見して喜んだ。彼女は、召使も家具も逸話もすべて昔のものが好きで、心を落着かせる古くさいにおいや地味な色合いに富むモーヴ城は彼女の心を魅了してやまなかった。修道院で教えられた手法で十枚ばかり水彩画で城を描いたが、頭の中ではいつも空想の翼を広げていたのだから、いつでも自由奔放なスケッチをしていたと言えぬこともない。

老マダム・ド・モーヴは、鼻を除けばいかついところはなく、ユフィーミアには優雅で尊敬すべき過去の遺物――事実その通りなのだが――のように思えた。彼女の足下に坐り、彼女の語るよき時代《ボン・タン》のエピソードやモーヴ家の歴史などに終日聞きほれている若いアメリカ娘は老婦人にすっかり気に入られてしまった。マダム・ド・モーヴは非常に率直な人で、老人特有の歯に衣着せぬ態度で、思ったことをずけずけ言った。ある日のこと、ユフィーミアのつやつやした巻き毛をかきあげ、眼鏡の奥からやさしくちらっと見たと思うと、頭を左右に激しく振りながら、あなたって人はどうも分からないとはっきり言った。ユフィーミアがはっと驚いて赤くなると、「あなたに忠告してあげたいことがあるんですよ」と言った。「でも、あなたはそれなりに完成しているのだから、余計な忠告などするとかえっていけないかもしれないわね。あなたがわたしたちと違うことは一目で分かりますよ。そういう生き方がすぐれているかどうか分からないけれど、あなたは、まだ若い自分の内面の声にだけしたがって、聴罪師の声や世間の噂などには耳をかさないようね。昔の若い女は、頭の悪い人なら従順だったけれど、頭のよい人は、それはずるかったものです。あなたは頭はいいようだのに、ちっともずるくないようね——かりに心中の秘密がわたしに言い当てられたとしても、眉をひそめなければならないようなものが一つでもあるかしら？　この世にはあなたの考えたこともないような邪悪な秘密があるのです。もしフランスに住みついて、幸福をつかもうというつもりなら、今言った内面のささやき声——牧師の声でも世間の声でもない、あなた自身の良心の声にあまり真剣に耳を傾けないようになさい。内面の声はいろいろとあなたに命じるような気がするかもしれませんが、そういうものをいちいち聞いていたのでは幸せになれませんよ。そんな声を聞けば悲しくなります。悲しくなれば顔がみにくくなります。顔がみにくくなれば気持もとげとげしくなり、そうなれば、感じの悪い女になってしまいます。女の第一の務めは人を喜ばせることだと教えられて来ましたが、わたしの知る限りでは、幸せな女というのはこの務めを忠実に果たした人です。あなたはカトリック教徒じゃないから神に帰依することはできないでしょう。そして一生を神に捧げる気持がない人は、人生を生存競争と考えるしかないのです。いいですか、人生の競争で負けないためには、そう、人をだませとまで言いませんが、周囲の人にだまされぬよう気を配らねばなりません。また人にだまされそうになっても、驚いたり、あわてたりしてはいけません。あまり疑い深くてもいけないけれど、人を簡単に信用するのは考えものよ。もし周囲の人があなたのすきを窺っているのを知っても叫び声などあげたりしないで、表面は礼節を守って自分の機会を狙えばいいでしょう。わたしは若い頃から何度も仕返しをしたことがあるけど、純真なあなたがわたしの経験から何かを学んでくれれば、それが人生に対する一番愉快な仕返しになるでしょうよ」

人を面くらわせるような助言だったが、ユフィーミアにはよく内容がつかめなかったから、啓発されることも、恐れることもなかった。まるで喜劇などに出る老婆の話でも聞くかのように坐って耳を傾けていた。婦人の言葉遣いが、古風なマンティーラや髪飾りに似つかわしくて面白いなどと思っていた。このような無関心はユフィーミアにとって二重に危険だった。何しろ、マダム・ド・モーヴは近々ユフィーミアの身に起る出来事を念頭に置いて話したのであり、この助言はうしろめたさの現われであったのだ。老婦人の良心は二様に作用した。一方で、ユフィーミアは野望の犠牲に供するには可憐すぎると思うが、その一方、一家の再興はそんな躊躇のために断念するにはあまりにも重大すぎるのだった。その昔栄耀栄華を誇ったモーヴ家も、時とともに没落の一途をたどり、今では食事の折などご馳走の品数の不足を、昔の栄光を話題にして補うというような寒々しい雰囲気がみなぎっていた。さらに遺憾なことには、一家の当主は大食漢で、先祖が歴史に残る栄光を築いたのは、自分などと違って彼らがたらふく食うことができたからだと公言してはばからぬ有様だった。

ユフィーミアの訪問後三日してリシャール・ド・モーヴが祖母に敬意を払うべくパリからやって来たが、われわれの女主人公は生まれて始めて正真正銘のフランスの貴公子に出会うことになった。男爵は部屋に入ってくるなり祖母の手にキスしたが、そのとき彼の浮かべた微笑が気に障ったのか、祖母は毅然たる態度で手をひっこめた。そばでこの様子を見ていたユフィーミアは一体ふたりの間に何が起ったのだろうと怪しんだ。この疑問はその後彼女が出くわすことになった数々の疑問の発端をなすもので、彼女はその答を知ることはなかったのだが、読者にはここでモーヴ氏の微笑のわけをお知らせしておこう。ユフィーミアが城を訪れ、マリの讃辞通りの娘だと分かったとき、マリは祖母と相談した上ですぐ兄に一通の手紙を書いた。男爵の微笑は、この手紙に祖母が書き加えた追伸に対する返答なのであった。マリが手紙を見せて許可を求めたとき、最初は黙って冷淡に頷いただけで、マリが封をするのをひややかな目つきで見ていた祖母は、何を思ったか突然封をまた開けるように命じ、ペンを取りにやらせた。

「お前の妹のお世辞は、みんな嘘ですよ。このお嬢さんは性悪のお前なんかにはもったいないような人です。お前にすこしでも良心があるのなら、やって来て天使のような無邪気な人を誘惑したりしてはいけませんよ」

この追伸を読んだマリは新しい封筒に住所を書きながら一寸顔をこわばらせたが、書き終えたときは、もう自信ありげに頷いた。自分の知る限りでは、兄は良心など持ち合わせていないから、すべてはうまく行くと考えてのことだったのかもしれない。

「本気であんなことを書かれたのでしたら」青年男爵は最初の機会をとらえて祖母にささやいた、「妹に手紙を出させなかったほうが簡単でしたろうに！」

この皮肉なあてこすりに心を傷つけられたからであろうか、このことがあってからマダム・ド・モーヴはユフィーミアの滞在の大半自分の部屋に閉じこもってしまった。このため彼女の天使のような純真さは男爵の好餌となるにまかされた。と言ってもこれというひどい目にあわされたわけではなく、ただ彼女自身の胸が激しく燃え上っただけであった。モーヴ氏は彼女の以前からのロマンチックな夢の中の若君が現実に姿を現わしたようなもので、あまりにも理想像に類似しているので、超自然の出現物に対して抱くのと同じ恐怖を彼に感じた。男爵の年は三十五歳、働き盛りの若さであり、また、単純な女が感心して耳を傾けるような見解を持つほどの年でもあった。ユフィーミアの、どちらかというとごつい、ドンキホーテ的な理想像と較べると、少し美男子すぎたのだが、ほんの数日交際するうちに美醜など、どうでもよいと考えるようになっていた。彼は物静かで、重厚で、気品があった。口数は少ないが、口を開くと気取りがなく、しかも上品な物言いなので、若い娘の耳に一日中余韻が残っていた。ユフィーミアに直接注意を向けることはあまりなかったけれど、煙草を吸ってもいいでしょうか、というような一寸した言葉にも、比類のないやさしさがこめられていた。

城に来てからしばらくして、彼は事故にあった。ある日、城の中庭で、恥じらいつつ感嘆の眼差しをこめて見守るユフィーミアの目の前で、ひらりと荒馬にまたがったまではよかったが、すぐ振り落されてしまった。このため、乗馬術の未熟のせいにはされなかったけれど、二週間膝に包帯を巻いて書斎でのらくらする破目になった。無聊を慰めるため彼は何度もユフィーミアに歌をせがんだ。彼女は声を少し震わせるくせがあり、これが歌に魅力を添えた。男爵は決して大袈裟な言葉でほめるようなことはなかったが、じっと熱心に聞き入り、彼女の歌うメロディーをすべて覚えてしまい、自分でもハミングするのだった。この病人暮しの期間に彼は何時間も彼女と一緒に過ごし、彼女は急に著名なモデルを二週間描くことになった無名の画家に似た気分を味わった。彼女はモーヴ氏の「性格」と思われるものを冷静に、しかし熱心に研究した。見れば見るほど、この自然の生んだ傑作に美しい光と影を発見するように感じた。事実、モーヴ氏の性格は、好意的に探られていると意識したためか、それとも深く調べられては困るような理由があったからか、その時ほど愛想よかったことはなく、ユフィーミアの純粋な解釈を反映しているかのようであった。妹からの手紙を見てパリを出発したときの彼の心中には殊勝な点は何もなく、あるものはただ、妹の推賞通りの長所を具えているかどうか分からないが、少なくとも年収十万フランの若い娘とぜひ結婚してやろうという堅い決意だけであった。その娘に好意を覚えるなどということは計算外だった。もし魅力のある娘であればその方がよいに決まっているけれど、たいして期待しているわけではなかった。富豪の相続人なら他のことはどうでもよい。彼はおよそ物を信じることのない男だったから、そういう人間がこのように心から信じこまれるとは皮肉な巡り合わせであった。もっと若い頃どんな価値を信じていたのか、今では彼自身でも分からなかったことだろう。恋心を装うことによって一家の財政を建て直そうと生まれ故郷の邸に戻って来たとき、彼はもう腐敗堕落の淵に陥っていたから、夏の一日自分の良心に問いかけるくらいでは、とうてい立ち直ることはできなかったのだ。十年間の快楽の追求の結果、いたずらに未払いの請求書がひき出しにたまるばかりで、少年のとき彼が持っていた激しい気性と鷹揚な気質はどこかに消えてしまった。この生来の性質がそのまま伸ばされていたら、あるいは名誉ある一門の末裔にふさわしい立派な人物になっていたかもしれない。だが実際は、彼の激しい気性は抑制されてしまい、非のうちどころのない丁重さを身につけてしまった。ところが、鷹揚なところがなくなっていたから、その丁重さは心の通わぬ外面だけの形式であって、社交界の連中は結局そのおかげで迷惑を被った。丁重さといっても、それは彼が品だけ受取ってろくに支払わぬ、白麻ハンカチ、ラヴェンダー色の手袋、その他のおしゃれ道具を好むのと同じで、自己本位の贅沢の一形式に過ぎなかった。後年彼は妻に対してひどく丁重な態度を取った。彼が家柄と趣味によって属していた社会階層には、奇妙な特徴がいくつかあった。その中で当面の問題に関係ある特徴を一つ述べると、それは全人類の中で半分をなす女性を、いわば、夜会などで汚れたら捨ててかまわぬ淡い色の手袋と本質的に違わぬものと分類する傾向である。モーヴ氏がこの女性観を持つにいたったのはそれなりの理由があった。彼がこれまで相手にして来た女性は、何の不平もいわない、用がなくなったらポイと捨ててもよいような者ばかりであったから、彼には女性を美化して考えるのは無意味に思えるのだった。

彼がソファに横になって観察する限りでは、ユフィーミアはこの女性観を覆えすようにはとうてい見えなかった。年のゆかぬ娘というものは大体無邪気なものだ、女もこの頃が一番可愛らしい、というような感想を持っただけであった。彼女の純真さは彼に深い敬意の念を起こさせ、もし近いうちに自分が結婚すれば、この女は危険にさらされるのがそれだけ少なくなるわけだと考えさえした。老マダム・ド・モーヴは、今度の問題について何一つ世間から糾弾されるようなことはしないと心秘かに誇っていたが、この孫の「思いやりある」配慮を見習ってもよかったかもしれない。二週間というもの、男爵はまるで内気な少年に戻ったようだった。フィガロ紙（フランスの著名な新聞）で顔を隠すようにして彼女を眺めては感嘆し、黙りこんだ。彼女を相手に火遊びをしようという気は全然なかった。何しろ、華燭の典まで到達しようと画策しているときに、あえて危険を冒したくないと思ったからだ。ユフィーミアの一寸した言葉なり、目的なり、動作なりに接すると、こちらが決まりが悪くなる――少なくともそれに似た感じがする――というこの上なく奇妙な感覚をおぼえることが時々あった。というのは、彼女は乙女特有の妙な心理作用から、視線があっても目をふせないし、また彼が部屋にひとりでいるのを知っても、平気で入ってくるし、その上、彼のことを邪悪な影響でなく有益な感化をもたらす者として相対するからだ。つまり、彼女は決して出しゃばりというのではないが、まばゆいほど率直なのであって、こういう態度を賞めないのは不親切であり、肯定しないのは無神経というべきだろう。このような次第で、男爵の心中には、あいまいな、経験したことのないような、心なごむ印象が次々に刻みこまれていったが、それは夢が現実となったときの心のときめきに似ていた。彼女は彼の想像力に快い刺激を与え、音楽好きの彼がこれまで聞いた最高の音楽を思い起させるのだった。膝の骨折で蟄居を余儀なくされたにもかかわらず、この期間くらい彼が上機嫌だったことはかつてなかった。愛想よい微笑を浮かべて、煙草をくゆらし、ナイチンゲールに耳を傾けて坐っている彼の姿は、村の品評会で自分の牛が賞を貰って喜んでいる近所の田舎者に似ていた。彼自身そんな人間に似て見えるかも知れぬと気付いて、おれはどうしようもないお人好しだと明言することが時どきあった。しかし実際には、人の目に馬鹿に映ろうとも、敢えて意に介さぬほど、ある魅力のとりこになっていたのだ。

ある朝のこと、モーヴ男爵は祖母の聴罪師とふたりだけで話す機会を得た。物言いの静かな老神父で、老マダム・ド・モーヴに用事で急に呼ばれたのだが、彼女が髪を整えている間応接間で待っていたのだ。老婦人の顔を見るとすぐに神父は、若様はいま気高い精神状態にあられるから、神の祝福を受けるのに適していると確言した。これは男爵の一時的な上機嫌を神父なりに解釈した結果だった。男爵は前から、神父は何の役に立つものかと、ぼんやり考えたことがあったが、この時になって、神父に恩義を感じたせいか、結婚のときはぜひ世話にならねばならぬと思い出した。

　このことがあってから、一、二日して、彼は包帯を取り、歩いてみようとした。庭に出て、小道の一つを、脚をひきずりながら歩いたが、道の途中で突然激しい痛みの発作に襲われ、立ち止って助けを求めた。すぐにユフィーミアが小走りに駆け寄り、いかにも気遣わしそうに腕を差し出した。

「邸には戻らずに、茂みの方に行きましょう」彼は差し出された腕にすがりながら言った。彼が家を出るのを見て、事故を心配して忍び足で後をつけて来たのですと、彼女が白状したところから、男爵はこの提案を思いついたのであった。

「なぜはじめからいっしょに来て下さらなかったのです？」もう感嘆を隠さぬ目付きで彼女を見つめながら尋ねた。こう言ったものの、もし彼女が、だって若い娘《ジュンヌ・フィーユ》は男の人の後などつけているのを人に見られてはいけないからですわ、と答えたら困ると思っていたから、彼女が別の答をしてくれたので、ほっと胸を撫で下ろした。もし私が追いついてしまったら、礼儀上私の腕をお取りになったでしょう。私としては、おひとりで歩けるところを拝見したかったのです、と彼女は言ったのだ。

茂みは、芳香を放って美しい花をたくさんつけた蔓草で覆われ、ナイチンゲールが声を震わせて頭上からさかんに愛の讃歌を歌っていた。男爵はこれからしようとする行為にふさわしい雰囲気だと思った。

「アメリカでは、男が若いお嬢さんに求婚するとき、何の形式もふまず、つまり、両親や親族が輪になって坐っていないでも、一対一でしていいと聞きました」

「あら、もちろんそうですわ」ユフィーミアは目を見はり、あまり驚いたので警戒心も起さずに言った。

「なるほど。ではこの茂みをアメリカと思って下さい。アメリカ風に求婚いたします。承諾して頂ければこんなに嬉しいことはありません」

ユフィーミアの承諾がアメリカ風であったかどうか、分からないが、心をときめかし、感謝し、信じ、多少驚いている若い娘がこのような場合取る態度は万国共通であろう。

その夜ユフィーミアは、与えられていた、大好きな小さな塔の上の一室で、母宛に求婚されたことを報告する手紙を認めた。ちょうど封をしようとしているとき、マダム・ド・モーヴに呼ばれた。老婦人の私室に行くと、彼女はうす紫のサテンのガウンを着て坐っていた。孫の婚約を祝うかのように蠟燭が無数に燈されていた。「とても幸せ?」前の椅子をユフィーミアにすすめながら尋ねた。

「目がさめてしまうといやですから、はいとお答えするのが恐いのです」

「決して目がさめませんようにね、お嬢さん！」老婦人はしんみりと言った。「こんなやり方で婚約が整ったのは、モーヴ家では、はじめてのことです。まるで下々の者のように東屋《あずまや》なんかで求婚したことを言うのです。これまでにないことでしたから、世間の人は不明朗だと非難するかもしれません。もっとも、孫に言わせると、これくらい公明正大な求婚はないって申しますけれど。それならそれで結構です。もう私は年寄りですから、あなた方ふたりの間に、共通点だけでなく相異点があるとしても、知りたくありません。でも、私が知らないとき、あなたが不幸になりそうだなんて考えるのはご免です。もっとも、あなたはそんなに不幸になることはないでしょう。神様はこの世では人の期待を裏切りなさることは時々あるけど、人それぞれに当然の報いを与えるのを頭から忘れなさらぬものだから。それにしても、あなたは本当に若くて純真だから人に騙されそうだわ。あなたが今男爵について信じこんでいるほど善良な人は、聖人様の中にだって、決して存在しないのです。でも孫は貴族で紳士ですし、今晩私からいろいろ言ってきかせました。あなたに言いたいのは、こういうことです――この間話した浮気女の幸せについての、くだらぬ話は全部忘れて下さい。あなたにふさわしい幸せではありませんから。これから先どんなことが身にふりかかって来ても、ありのままのあなたであり続けること、それだけは約束して下さい。それで男爵夫人は立派に務まります。いいですか、悪い見本や誤った助言、不快な慣習などに迷わされずに、ありのままのあなたでいて下さい。終始変らず、辛抱強くそうしていれば、モーヴ家の者の方で歩み寄ってくるでしょう」

ユフィーミアは後年この言葉を思い出し、疲れた目を閉じると、色あせた美しい服をつけ、にが笑いを浮かべて、まるで人間の未来の運命を予知する運命の女神のように、真直に坐っている老婦人の姿が一度ならず頭に浮かんだ。しかし、その時はただ求婚された当日に適切な重々しさを与える言葉だとしか受け取られず、幸せな若い娘は婚約すると、身分の高い賢明な老婦人からこんな風に助言されるものなのかと、ぼんやり想像しただけだった。

すぐに戻った修道院では母からの返事が待っていたが、この手紙は老マダム・ド・モーヴの助言以上に彼女を驚かした。私の許可も得ずに結婚話を持ち出すような出過ぎたまねをするなんて、一体どんな人たちなのでしょう。どうせいかがわしい連中に決まっていま す。最上のフランス人ならそんなことはしませんよ。すぐ修道院に戻って一歩も外に出ず、私の行くのを待っていなさい、という内容であった。

母がニースからパリまで来るのに何と三週間もかかった。この間ユフィーミアは、イニシャル入りの花束を女友達を通じて受け取った以外には、恋人と何の連絡もなかった。娘と顔を合わせたとき、ミセス・クリーヴは「一文なしのフランス男などと結婚させるためにあなたを育てたのではありませんよ。すぐ国に連れて帰ります。モーヴさんのことはもう忘れなさい」と言った。

その夜ミセス・クリーヴはホテルで男爵の訪問を受け、怒りをやわらげたが、決意を変えるまでにはいたらなかった。礼儀作法は申し分ないが、道徳的に堕落しているに違いないと思ったからだ。彼女は自分のことに関しては随分だらしないくせに、娘の結婚には、ばかに厳格なことを言い出した。在欧アメリカ人の中には、普段アメリカの悪口を平気で言っているくせに、ヨーロッパ人がそれを本気にしてアメリカ人を軽く見ると、あわてふためいて、アメリカ人の道徳的な側面を強調する人がよくいるが、彼女もそのひとりであった。「ねえ、私には分かっているんですよ、あれがどういう男だか」彼女はしたり顔をして言った。「あなたをなぐるようなことはしませんよ。ときにはそうしてくれたらいいと思うこともあるでしょうけど」

ユフィーミアは黙ってかしこまっていた。母に答えるとしたら、お母さまは知らないのです、男爵のよさが分かるには神秘的な直覚力が必要ですわ、と言うしかなかったからだ。彼を温泉場での平凡な知り合いと同じに考えるような人とは話し合っても仕方がない。抗弁してもはじまらない、自分の気持は天の神様と、それから恋人だけが知っているのだから。

モーヴ氏はミセス・クリーヴの反対に苛立ち、くやしがった。損得ということになれば、モーヴ家の方がどうしても損することになるのに、それがわからぬような相手を、どう取り扱ったものか判断に迷った。ところがパリに戻ったとき、下手に出ざるをえぬような情報を摑んだ。ユフィーミアの財産は噂以上に巨額のものらしく、そのような獲物のためとあれば、モーヴ家の者といえども頭を下げざるを得ないのだ。

彼の如才なさ、礼儀正しさ、節度ある執拗さがミセス・クリーヴを譲歩させることに功を奏した。婚約は一時破棄して、ユフィーミアはアメリカに帰り、社交界へデビューして、男爵のライバルとなる危険はあるが、しかるべき男性から交際の申し込みを受けることとする。この間ふたりは文通、記念品の交換、伝言など一切してはならない。このようにして二年間たってから、もしユフィーミアが誰からの求婚も拒否して、男爵への愛の変らぬことを証明したら、男爵はアメリカに来て彼女に会うのを許される。このような話し合いがついた。

この決定は関係者全員のいるところで発表された。男爵はいさぎよく聞き入れたが、涙ながらの抗議でも期待するように、ユフィーミアを見つめた。しかし、彼女は泣きもせず、にこりともせず、握手の手も差しのべず、ただ見返しただけだった。こうしてふたりは別れたが、男爵は立ち去りながら、二年間会えぬのはいまいましいが、自分ほど幸せな男はざらにはいまい、何しろ数百万フランの財産に加えて、あの一種独特な美しい眼をした婚約者がいるのだから、と思った。

ユフィーミアが何度求婚を退けたか、また男爵が二年間をどう過ごしたかということは当面の問題ではない。彼は気晴しを求めたが、そのために金が必要で、いずれ結婚すれば返済できると言って、いやが上にも借金の額を増して行った。ときどき、その頃は今より確信をもって快楽と呼ぶことのできた行為の最中などに、ユフィーミアが自分を裏切るのではないかという不安にかられることもあった。こういう折には、彼女のあの思いのたけをこめた眼差しを思い出して安堵の吐息をもらした。決闘のときの自分の時間厳守を除けば、これくらい信頼をよせたことは他にない。

ついにある朝、彼はポケットにミセス・クリーヴからの手紙を忍ばせてセーヌ河口のアーヴルまで急行列車に乗った。そして十日後ニューヨークでクリーヴ母娘に対面した。短期間の滞在でもあったので、男爵はアメリカ——ユフィーミアの伯父にあたる、結婚式で後見人を務めたバターワース氏言うところの「偉大な民主主義の実験の場」——を真面目に観察する気はないようであった。何を眺めても、にやにやし、新世界を巨大な笑い草と見ているようだった。もちろん、ユフィーミアのような女性と結ばれることになった男としては、終始微笑を浮かべるのは、ごく自然のことではあった。

三

第一回目の訪問がしっとりした味わいのある、非常に楽しいものであったので、ロングモアはあまり間を置かずに第二回目の訪問をし、それ以後も足しげく通ったから、二週間の終りには、マダム・ド・モーヴの小ぢんまりした応接間でかなり多くの時間を過ごしたことになった。夫人は、サンジェルマンの森を散歩したり、馬車を走らせたりするとき以外は、滅多にこの部屋から出なかった。彼女が住んでいたのは古風な離れ家で、高塀をめぐらした中庭と人工的すぎる庭園との間にあった。庭園の囲いの向うには木の梢が一列に並んで見えていた。ロングモアはこの庭園が気に入り、やわらかい日差しの午後など、庭に面した小さなテラスに応接間から椅子をひき出すことがよくあった。夫人は室内に留ったままだったが、時には庭に降り立ち彼と一緒に狭い道を通り抜け、水の出の悪い噴水のそばを通り、最後に、森に通ずる小道に出られる木戸まで案内してくれるのだった。たいていの場合、彼女は帽子をかぶらず、ほんの百メートルくらいしか行かぬつもりで出てくるのだが、いつも愛想よくもっと遠方まで歩き、かなり長時間にわたって一緒に散歩を続けることも稀ではなかった。ふたりの間で話題に困るということは全然なくて、知らぬ間に時間がたった。ロングモアは自分が夫人にとって「なぐさめ」になっていると想像できたので嬉しかった。よく知る前は、彼女は痛ましい秘密のある女性で、そういう人を訪問するのは、ちょっとした物音にも耐えられぬ病人のいる家庭に出かけるようなものだと思い、その点あまり愉快でなかった。だが、いざ交際してみてすぐ分かったのだが、彼女はたしかに悲しみを抱いてはいるが、これ見よがしの態度は決して取らず、人からしかつめらしく慰められたりするのは厭で、できれば自分でも忘れたいと望んでいるのだった。

ミセス・ドレイパーからそう聞いていなかったとしても、マダム・ド・モーヴの不幸なことは見当がついているとロングモアは思ったが、何を根拠にそう感じるのかと問われたら彼も困ったろう。何しろ、彼女が夫の話をしないという、消極的な証拠しかないのだから。この他には、彼女が元来は快活な人らしいのに、全体的にどうも打ち沈んで見える。まるで、声量豊かな歌手が高音部が出なくなってしまったのに似ているといえるくらいだった。うなだれることもないし、溜め息をつくでもなし、口にできぬ心中の苦しみを表情に出すこともなかった。また運命を皮肉に呪うようなこともない。要するに、彼女は身の不幸を売り物にするようなことは一切なかった。だがロングモアには分かった。彼女の上品な明朗さはたゆまざる努力の結果であり、彼の話に関心をよせるのも、自分の苦しみから逃れようとしているからなのだ。こういう控え目な態度を取られると、ロングモアは好奇心をかきたてられて、どうにかして彼女の秘密を探り出したいと思った。これほどの克己心は世にまれな高潔さを示すものであり、得にもならぬのに他人に関心をよせることで自分の痛烈な苦悩を忘れることのできる女性など万にひとりもいない、彼はこう断言した。彼女は不幸の代償や慰めてくれる人をあちこち探し回ってなどいない、ひどい裏切りにあって人間に幻滅を覚えているのだ、と彼は直観的に感じた。悲哀を紛らわすために何か派手な喜びを求めるようなことはしないで、現在は、悲しみをそっと胸に秘めたまま、四海波静かに、世間の噂になるようなこともせずに暮らそうとしていた。そして、ちょうど精神異常の発作を起す人に対してするように、苦悩が表面に出て騒ぎを起さぬよう時々気を配っているのであった。ロングモアは繊細な感受性と活発な想像力の持主であった。もっともその想像力を飛躍させたことはこれまでなかったのだが。彼は夫人の姿の背後に、もっと強烈な、もっと真実の姿を二重映しに見るようになった。この謎めいた二重性は彼には強烈な魅力と感じられるのだった。彼女の上品な美しさは、彼の眼にはうつろな眼をした、ある種のギリシア像の重苦しさを帯びて見えるようになって来た。彼女が彼に何か親切な問いかけをする場合、その質問が無関心に聞こえぬよう十分気を配っているのだが、彼の耳が、いや、想像力が声のほんのかすかな震えを捕えることが時々あった。このようなとき、彼の愛情のこもった眼差しが、彼女の求めている答よりも、もっと意味深長な――的外れかも知れぬが――答を与えるのであった。

彼女についてはまったく際限のないほど想像を廻らすことがあったので、彼は真相を知らぬままに、彼女の結婚の経緯に関していくつかの仮説を想定した。彼女が自分の生命をかけた愛のために結婚したこと、この点は確実と思われた。パリの近くに住めるからとか、流行の帽子がすぐ買えるからなどという軽薄な理由でフランス人と結婚したのでは絶対ない。きっと、買物には便利だが、精神面の貧困な今の生活とはまったく正反対であるような、結婚の幸せを夢みていたに相違ない。それにしても、一体どんな不思議な過程を経て、傲慢でふしだらなフランス男などに心を奪われるような破目になったのであろうか？　心が恋のためにどんなに高鳴ったにしても、心の動きに常に伴っているはずの道義心が、このときだけ奇妙にもその働きを停止したのであったろうか？　モーヴ氏がふしだらな男であることを、誰からも聞かぬのに、ロングモアは確信していた。彼の眼、鼻、口、物腰のすべてが、それを明瞭に物語っているのだ。フランス女性一般について、われわれの若い主人公は好意を、あるいは——彼の場合結局同じことになるが——敬意を抱いていなかった。かつて彼は、ある美しいフランス女性に紹介状を持って会いに行ったが、その直後、日記に「けばけばしい」と書き留めたことがあった。フランス女性はすべて、この女と五十歩百歩のように彼には感じられていた。どんな派手で美しいフランス女性にもないような香気を持つマダム・ド・モーヴが、一体なぜフランス女の宿命を選択したのであろうか？　ある日彼は単刀直入に、フランスに移り住むことで犠牲を払わなかったかどうか、また、「こちらの人々」とどうしても折り合えぬ異和感に悩んだことはなかったかどうか尋ねてみた。彼女はしばらく黙っているので、夫のことを無遠慮にあてこすられたのを怒るべきかどうか迷っているのかと思った。そしてむしろ怒ってくれればよい、そうすれば彼女の控え目な態度にも限度があることが分かる、と彼は思った。

「私はフランスで育ったも同然なのです」ようやく彼女は口を開いた、「おとなになりかかる頃誰もが抱くような未来についての夢がはぐくまれたのもやはりこちらでした。非常にアメリカ人らしくしても、良心に背くことなく、フランスに住むことは可能です。若い頃はもっと想像力が強かったので、ここで幸せになれるものと考えたのです。それにどこに住むかということは、女にはそう重大なことではありません。私の周囲はアメリカではないかもしれませんが、フランスでもないのです。フランスは、あちらに――庭園をこえた向うの町の中や、森の中にあるのです。でも私の回り、私の部屋、私の心にあるのは」彼女は一息ついた、「私自身の名もない国なのです。女の幸、不幸を左右するのは、どこの国に住むかではありませんわ」

一方、ユフィーミアの義妹、マダム・クレランはフランス女性についてロングモアが日記に記した無礼な感想を、後悔させるという優雅な役割を演じてもよいと思われるかもしれないが、実際はそうではなかった。この人は日頃の主張を身をもって実践し、財産目当ての結婚をした。相手は金持で野心に燃える製薬会社の社長で、この紳士は薬剤のにおいと無縁の上流階級の一員になれるのなら、自分の巨万の富も安いものだと考えたのである。この考え方自体はまともなものだったのだろうが、実際の適用はまずかった。自分の幸運に酔って、頭がおかしくなってしまったのだ。貴族出身の妻を手に入れたというので、クレラン氏は貴族らしい悪習に染まり、株式取引所で投機を始めた。運に見離されて大損をし、それを取り返そうとさらに大金を注ぎ込み、一層深みにはまりこんだ。その結果、愚かな結婚で駄目になってしまったが、結婚前の彼には備っていた才気と勇気と誠実さなどの美徳まですべて失うことになった。ある日からっぽのポケットに手をつっこんで、ヴィヴィエンヌ街を散歩し、三十分ほど途方に暮れた面持で、きらびやかな大通りのあちこちを血走った目で見ながら立っていた。通行人は彼にぶつかり、数台の馬車がもうちょっとで彼を轢きそうになった。ついに、この様子をしばらく前から注意していた警官が彼の腕を取って、道のわきまでやさしく連れて行った。彼は警官のあみだ被りの制帽と刀とを、目に涙を浮かべて見た。警官が神に代って天罰の何たるかを示してくれ、重くのしかかる自己嫌悪を罰してくれればよいと願った。しかし警官は彼を危険のないように、奥まった戸口の前に立たせただけで、向うの馭者と老婦人との料金のもめごとを裁きに立ち去ってしまった。クレラン氏は結婚して一年にしかならなかったのだが、もうモーヴ家の娘である妻がどんなに気位が高いか、身に沁みて知っていた。その日が暮れると、彼は知人宅に赴き一夜の宿を求めた。知人といっても、彼の昔使っていた主任簿記係に過ぎず、質素な生活をしていて泊めてもらうのは大層面倒をかけることであったから、彼は「世話になるのは心苦しいのだが、邸には帰れないのだ。妻が恐くて！」と言った。朝方ピストル自殺を遂げた。残された妻は、残った財産を予想外に巧みに活用し、ばかに美しい喪服を着た。彼女が他の点では節約せねばならず、兄の邸に居候することになったのは、ひょっとするとこの高価な喪服のせいだったのかもしれない。

マダム・クレランは運命の女神にひどい目にあわされたわけだが、その結果彼女はその犠牲者とはならず、運命の敵対者となった。美人とは決して言えぬが、気位の高いところがあり、夫の死後この傾向は一層強まった。黒い裾飾りのある衣裳をつけ、きれいに結った頭をつんとそらして油断なく単眼鏡を持ち上げ、威風堂々と歩いているところは、社交界を隈無く探して、誰と再婚して運命の女神の鼻をあかしてやろうかと思案しているように見えた。突然彼女は、差し出せば手のとどくところに、金持で愛想のよいロングモアのいることに気付いた。兄は、アメリカ人の財力とアメリカ人の従順さを利用して一財産を築いたのだ。とすれば、自分も同じことができないものだろうか？ 彼女はロングモアの財力を過大評価し、また愛想のよさを誤解した。金持でなければ、あんなに満足しているはずがない、弱い性格でなければ、あれ程に腰が低いはずがない。彼女はこう考えたのであった。ロングモアは、自分に言いよってくる彼女に対して、一応の礼儀は示したけれど、不愉快でやり切れぬ思いだった。自分のようなものがどうして、こすからいパリ女の興味の対象になりうるのか見当がつかなかったが、蛇に魅せられた蛙のように、魔法をかけられたような不思議な気がした。もしマダム・クレランが彼の内面を探ることができていたら、魔法の杖と書物を投げ出し、彼にはとうてい魔術の及ばぬことを認めたであろう。彼は道徳的に嫌悪感を覚え、心中ではいつも彼女のことを、あのこわい女、あのぞっとする奴と呼んでいた。気品のあることは認めたが、マダム・ド・モーヴのつつましやかな態度の方がはるかに好ましく感じられた。ともかく、マダム・クレランがお上品にそれとなく言いよってくるのを、何も言わずにおとなしく我慢した後は、いつも別れるや否や、森に出かけて、日の降り注ぐ芝生の上に身体を投げ出し、青空を見上げ、風にそよぐ梢を眺めて、この世に不愉快な女のいることなどすっかり忘れてしまいたくなるのだった。ある日のこと彼が訪問すると、彼女が中庭で彼を摑え、義姉は頭痛がしてお会い出来ぬので、私がお相手しますと言う。やむをえず、できるだけ愛想よく、彼女の後から応接間に入り、三十分ほど帽子をもてあそびながら坐っていた。そうしているうちに、突然相手の本心が分かった。彼女の媚びるような声の調子は、明らかに結婚の申し込みを彼に促しているのだ。彼は髪の付け根まで真赤になり、思わずさっと席を立った。マダム・クレランは微笑を浮かべたまま、けわしい目付で彼を見つめて坐っていたが、彼が上から見下ろすと、その額に憤怒の相がさっと浮かぶのが見られた。それはいつもの彼女にはふさわしいものでなかったが、かえって本性をむき出しにするようだったので、彼はしばらくそれを見ていた。そうするうちに恐くなって、「マダム・ド・モーヴは気の毒だ！」と心中でつぶやいているのに気付いた。あわただしく邸を辞すと、彼は本当に森に行って芝生に横たわった。

このことがあってから、彼のマダム・ド・モーヴへの賞讃の気持は一段と強まった。暗い影につきまとわれているので、一層清らかに見えたのだ。一カ月してから、彼は友人から手紙を受取った。ベネルックス三国を一緒に旅行しようと相談してあったので、ブリュッセルで会う約束を思い出させて来たのだった。サンジェルマンを離れたくないから、旅行は延期なり中止なりして欲しいと返事を書いたが、この手紙を投函した後になって、自分の夫人への気持の強さがよく分かった。彼は森に散歩に出かけて、この気持がもう取り返しのつかぬほどのものかどうか、自分の胸に問うてみた。もしそうなら、彼のなすべきことは、直ちに帰って荷造りすることだ。この旅行を楽しみにしていたウエブスターは実に好感のもてる男だったから、これが六週間前のことなら、一緒に旅行に出かけるために、ロングモアは水火も辞さなかったろう。十年間親しくしてきた友人を、わずか六週間讃美した人妻のために見棄てるなどというのは、従来の彼にはあるまじきことであった。彼がサンジェルマンを離れたがらなかったのは、むろん、この讃美すべき女性がそこにいたからだが、讃美のあまり、彼の思慮分別はどこに行ってしまったのだろう？　現在取っている行動は、まさに心底から恋に陥らんとする男のようだ。もし彼女が彼が信じているほど不幸なら、こんな男に熱愛されるのは、冷淡にされるのと同じで何の役にも立つまい。逆に、もし彼女がそれほど不幸でないのなら、助けは要らぬから、彼の好意などなくてもやっていけるだろう。それに、自分が彼女のために旅行を止めたことを知ったら、さぞ迷惑するに違いない。だがこう考えると一層立ち去り難くなってくる。自分のために人に犠牲を払わせるのは嫌だという彼女の態度は、彼が感嘆して止まぬ健気な忍耐心を強調するのみであった。時には、いつまでも滞在をつづけるのは出しゃばりだ、人目を避けたがっている不幸な人を毎日観察するのは無作法だと自分に言いきかせることもあった。その一方、いつの日か彼女の自恃心も挫けよう、その時になって、彼女が救いを求めているのに誰もそっぽを向いている情景が頭に浮かんでくるのだった。自分だけはいついつまでも彼女の味方になっていたいものだ。大体、結果について心を煩わすのは下らぬことだ。ロングモアは、五年早く彼女と知り合わなかったことを心ひそかに憤り、彼より前に彼女を知った人々を執念深く憎んだ。これまで彼女の周囲にいた連中の唯一の取柄が、せいぜい彼女の性格の美しさを目立たせるだけだったというのは、運命の皮肉の最たるものであった。

日がたつにつれて、ロングモアは心中に怒りが高まってくるので、モーヴ氏について、夫人の引立て役を果たすという以外には、何一つ美点を見出せなくなった。しかし、正直なところ、このように貶してみても、では具体的にどんな恐ろしい悪事を彼が行なっているのかを指摘するのは困難であったろう。だから、時には、より正しい判断にもかかわらず、男爵は実際にはこの上なく思いやり深い夫であり、夫人が物思いに沈んでいるのは、彼女自身が物思いに沈むのが好きだからだ、というように考えることもあった。モーヴ氏の礼儀作法は一点の非の打ちどころもなく、洗練されぬいていて、例えば妻に何か言うときも、この上なくいんぎんだった。彼のロングモアに対する態度は（ロングモアがよく気付いたように）、世慣れた男が世間知らずの男に対するものであったが、礼を失するような点は、打ち解けた親密さで補った。「妻の内気を直して下さって、ありがとうございます」彼は一度ならず言った。「妻のしたいように任せておいたら、あれは生きた屍になりかねませんからな。ちょくちょく来て下さい。お友達も連れて来て下さい。妻は私の友人を嫌がっていますけれど、あなたのお友達なら喜んでお迎えするでしょう」

人間には理性があるから、もし感性の面で欠陥があれば、すぐ分かって恥じいるものだと、ロングモアは無邪気に考えていたので、男爵がしゃあしゃあとしてそのような言葉を述べるのを聞いて一驚した。妻を粗略に扱い、その上彼女の苦しみを滑稽なものと見ることができるとは想像できなかった。ともかく、ロングモアは自分が夫人のもっとも魅力的だと思う点、もっとも深い感銘を受けている点の故に、男爵が夫人を過小評価しているのに気付いて腹が立った。ロングモアが訪問中、男爵が在宅していることは稀で、臆面もなく「仕事で」と称して毎日パリに出かけていたのだ。帰宅は大抵夜遅くなってからで、そんなときは、この世の中のすべてに満足しきった様子をしているので、彼を憎んでいるロングモアには苛立たしく感じられた。モーヴ氏が好漢であるとしたら、たしかに堕落した好漢と言わねばならぬ。だが彼にも、ロングモアを羨しがらせるような、非常にはっきりした特徴があった。それは何世紀にもわたる伝統によって磨き上げられ完成された優雅な物腰であるが、これを彼は他人のためというより自分自身の都合のために利用するようであった。こういう態度を取れるのは、良心などより強いもの、つまり、精力的で大胆不敵な気性のせいと思われた。彼は明らかに道徳的な人間ではなく、道徳的なロングモアは、どうすればあれ程ゆったりと落着いていられるのか、その秘訣を知りたく思った。一見してそれと分かる悪者でもないくせに、可憐な妻をないがしろにし、しかも口元に微笑を浮かべて世間を渡り歩くことがどうしてできるのだろうか？　結局それは彼の粗野な想像力のせいであったが、その同じ想像力がいかにも巧みなお世辞をいくつも彼に言わせていた。彼は思いのままに、この上なく礼儀正しくもできるし、ひどく無礼にもなりえた。だが、彼に道徳的な気質が理解できぬのは、一週間ずる休みをした生徒に代数の問題が解けぬのと同じだった。妻が不幸だとは、おそらく気付いていないだろう。妻は大した野心も、これといった取柄もない清教徒的な女で、見晴台からパリを眺めるだけで満足し、たまに自分と同じタイプの同国人に会ってアメリカの噂話でも聞かせて貰えば、大喜びなのだ――男爵とその才気走った妹とはおそらくこんなふうにマダム・ド・モーヴについて考えていたのだろう。モーヴ氏は妻にあきあきしていた。もっと潑剌とした女性の方が好きなのに、彼女はあまりにも控え目で素朴で、扱いにくい。それに男の気をひくような技巧など凝らさないし、あまりにも生真面目すぎる。「あれは気が利かない」と、モーヴ氏はある日葉巻に火をつけながら結論を下したのであろう。彼の女性についての趣味は、絵画におけるジェローム、文学におけるギュスターヴ・フロベール好みと同じことなのだと、ロングモアは断定した。男爵は快楽主義者で夫人は清教徒である、だからふたりの間には溝が存在するのだ。男爵は血統から言っても、物の考え方から言っても貴族だった。この顕著な社会階層について、ロングモアはいろいろと話を聞いていたので、近くで観察する機会を得たことを素直に喜んだ。男爵を通じて見られる、フランス貴族は外形はたしかに美しかったが、根本にある精神的源泉がロングモア自身のそれとあまりに掛け離れているように感じられた。だから彼は少しも共感を覚えず、たんに歴史的遺物として眺めるのみであった。「ぼくは現代の中産階級出身だ」彼は言った、「だから美しい女性が晩餐の折にどれくらいお喋りをしても礼儀に反しないかというようなことは知らない。だがこれまで、魅力的な女性に会えば美点はわかったし、また、ある種の人柄の方が道楽者の公爵夫人の歌うテレサの歌などより楽しいことも発見して来た。知力対知力ということになれば、ぼくだって貴族に負けるものか」モーヴ氏は貴族にふさわしく、女性について一連の融通のきかぬ、きびしい考え方をしていた。男爵は自分の妻がアマチュア・オペレッタで右の公爵夫人たち——大体は近年授爵した連中だが——と歌を競うことを必ずしも望まなかったであろう。しかし彼はかなり身勝手な考えで、男は自由に快楽を求めてもよく、自分の家庭の外でそれを求めて一向に差し支えない。モーヴ家に嫁いだ者は、夫の浮気に周囲から同情されても、悄然と眼を泣き腫らしたりしてはいけない。万一そんなことをすれば、夫に粗略に扱われるようになっても文句を言えぬ、と主張していた。このような結構な主張にもかかわらず、彼は妻の申し分のない慎しみ深さに対して、喜びよりも苛立ちを感じているらしいことは、ロングモアにも想像がついた。慎しみ深いのは、夫に従順だからでなく、本心を抑えているからだと、彼は気付いたのであろうか。男爵の気持はきっとこうだった――妻は過去、未来を通じて全貴族夫人の鑑ともなりうる女だが、いつも不気味なほど控えめにばかりしていないで、時に怒りを爆発させて欲しい。そうすれば彼女の愚かさが証明されるから安心がゆくのに。

ロングモアは彼女の辛抱づよさの秘密をぜひ知りたいと思い、おずおずと不器用に、一度ならず探りを入れてみた。彼女はもう長い間夫の不貞という残酷な証拠に目をそむけてきて、もはや目をそむけられなくなった今でも、不平をいう権利を自らに否定したように思える。夫への信頼はすでに消え去ったが、けなげにも寛大な気持は残っていたからだ。結婚前の期待が大き過ぎたのがいけなかったのだ、ああいう期待は夢みたいなもので、今経験していることが人生の現実なのだわ。彼女はこう自分に言い聞かせて苦しみを忘れようとしているようだった。「私は悲劇は嫌いです」彼女はかつて彼に言った、「私は臆病ですから精神的な苦しみは本当に我慢できないのです。卑屈な譲歩をしなくてもそこから逃れる道はあるはずです。悲しみのどん底に一度突き落とされるくらいなら、死ぬまでほほえまない方を選びますわ」彼女は、確固たる証拠を見せつけられて、もう自分をごまかしようのない日がいつ来るかと、怯えながら毎日を送っているようだ。このように考えたときロングモアは、彼女が絶対の信頼を置いて縋りうるものを差し出したいという激しい欲望を禁じえなかった。

四

友人のウエブスターはすぐ返事をよこして彼の裏切り行為を責め、一体サンジェルマンのどこがよくて、ヴァン・アイク、メムリング、ルーベンス、レンブラントをあきらめるのだ、と詰問してきた。この手紙を受取って二、三日後、彼はマダム・ド・モーヴと一緒に森を散歩した。倒れた丸木に腰を下ろすと彼女は集めたアネモネとすみれで花束をつくり始めた。「実はここに一通の手紙があります」彼は切り出した。「ブリュッセルで会おうとしばらく前に約束していた友人からのものです。約束の時はもう過ぎてしまいましたが、今サンジェルマンを離れる気にはとてもなりません」

彼の身辺に起ることにはいつもそうだったが、夫人はこの時もすぐ明らかな興味を示して顔を上げたが、彼の滞在の理由が自分なのだとは考えていない様子だった。「サンジェルマンはよい所ですけれど」彼女は言った。「でも旅行にいらっしゃらないのはご損じゃないでしょうか? 後悔なさいません? あちこちの町や記念碑、美術館をごらんになって見聞を広めないで、こんなところで、丸木に坐って私の花束をめちゃくちゃになさったりしたら?」

「ぼくが後悔することがあるとしたら」しばらくためらってから彼は答えた。「せっかくここに坐ったのに、本当のことをお話ししないでいたということでしょう。ぼくは美術館も記念碑も、見聞を広めるのも好きですし、同行のウエブスター君は大の親友です。しかし、あなたにあることをお尋ねしてからでないと、サンジェルマンを離れる気になりません。ぶしつけな質問で申し訳ありませんが、お尋ねするのは単なる好奇心からではありません。ぼくが勝手に想像しているほど、本当にご不幸なのでしょうか？」

明らかにこのような質問を予期していなかったので、彼女ははっと顔を赤らめた。「不幸という印象をあなたにお与えしたのなら、私、お友達として落第ですわね」

「ぼくは多分あなたのお考えになっていた以上にあなたをよく見てきたつもりです。あなたのつつましさ、健気さ、装った陽気さなどに感嘆して来ましたが、そういうわべの下に、ぼくがもっと知りたいと願うあなたの真実の姿が——つきまとって離れぬ悲しみらしいものが秘められているのに気付いていました」

彼女は非常に真剣な表情を浮かべて聞いていたが、気を悪くした様子はなかった。彼はこの友情の行末を思い煩っていたのに、彼女はそれを平然と受け入れていたのだ。まだ頬を赤らめたままゆっくりした口調で言った、「驚きましたわ。でもお答えしないと、今でも強すぎる印象を一層強めることになりましょう。でも、こうしてのんびり坐って打ち明けられるような不幸は、たいした不幸ではありません。人の不幸を判定する委員会のようなものがあって、調べられたとしたら、私は非常に運のよい女と判定されるでしょう」

彼女の口調には心地よいやさしさがあり、その温和な調子をさらに深めて、「とにかく、あなたのお心遣いには心から感謝いたします。でも、どうか私のことはご心配下さいますな。私はあなたとこのようにご一緒にいて、いつも楽しい思いをしてきました」

「あなたは素晴らしい方です」彼は言った。「これまで誰のことでも、こんなに感嘆したことはありません。あなたは口では言えぬほど賢い方ですから、お慰めしたいとか、忠告したいなどと申しません。ただ、あなたと知り合えたことを感謝させて頂きたいのです」

胸中につかえていたことを、ここまで思い切って語るつもりはなかったのだが、いつの間にか声が高まり、これまで経験したことのない喜びを覚えた。彼女は少しいらいらした様子で頭をふった。「告白なさったり、ほめたりなさらないで、これまで通りお友達のままでいましょう。私が賢いなんて、いやですわ。おほめになるのなら、私などよりフランダース派の画家たち、ヴァン・アイクやルーベンスになさって下さい。もちろんこういう巨匠には無数の崇拝者がいますけど。どうか、お友達と一緒にご旅行におでかけ下さい。そうしていろいろなものをごらんになり楽しまれたら、その印象を詳しく書いた面白いお便りを下さいな。私、オランダの画家はとても好きです」彼女はわずかばかり声を震わせてつけ加えた。ロングモアは、前にも一度聞いたことのあるこの震え声を、かたくなに悲しみを見せまいと張りつめていた気持が突然ゆるんだものと解釈した。

「本当にオランダ画家がお好きなのではないでしょう。でも必ずお便りいたしますよ」彼は遠慮なく笑った。

彼女は立ち上って家路につき、歩きながら考え深そうに花束をそろえた。ふたりの間には、ほとんど言葉が交されなかった。ロングモアは心中、声にならぬ言葉を震わして、自分は恋しているのだろうかと問い質した。彼は金色の空を背景にして梢の間を旋回しているみやまがらすに目をやり夫人の方は見なかった。彼女がかたわらにいるというだけで彼は満足だった。彼女の方は失望感をかみしめ沈黙のまま暗い顔をしていた。感傷的な友人関係は彼女の望んだところではなかった。ロングモアには落着いた有閑婦人として接し、さしさわりのない世間話でも交すつもりでいたのだ。彼に深い親しみを覚え、フランスの貧乏貴族に憧れて結婚したころには、まだそのよさが十分わからなかったような魅力が、彼にあるのを認めていた。ふたりは庭園の塀にある小さな木戸を通って屋敷に近づいた。テラスでマダム・クレランが、勲章をボタン穴にさした、白い口ひげの小柄な中年紳士のお相手をしていた。マダム・ド・モーヴは屋敷のまわりを回って中庭に入ろうとした。義妹はロングモアに横柄に挨拶し、単眼鏡を持ち上げて通り過ぎるふたりをじろじろ眺めた。ロングモアは小柄の紳士が「フランス流の古風な色の道」について何か陳腐な警句を吐いているのを聞いた。そして突然衝動的にマダム・ド・モーヴを見やって、こんな人たちの間でなぜ彼女が暮さねばならぬのかと思った。彼女は離れ家の前で立ち止ったが、彼に入るようすすめなかった。「私のさっき申し上げたことを、とくとお考え下さい。これ以上サンジェルマンで時間を無駄にされることはありませんわ」

一瞬、いや、あなたにお目にかかれるのなら時間は無駄になりません、と喉まで出かかったのだが、彼女の生真面目な目付きを見るとひっこんでしまった。彼女は私心私情のない天使のようにやさしく、しかも思いやり深く見えるので、なまじのお世辞をいうのは侮辱のように思えたのだ。「一両日中に出発しましょう。しかしもうここに帰って来ないというお約束はしませんよ」彼は言った。

「ええ、私は当分ここにいるつもりですから」彼女は短く答えた。

「いずれ出発前にお別れの挨拶に参ります」これを聞くと、彼女はにっこりほほえみ、家の中に入っていった。

彼は踵を返して見晴台を通りゆっくりと家路についた。彼女のすすめる見聞を広める目的のために、このように別れるのは彼女を一層よく知り、一層讃美することになるような気がした。しかし三十分前彼女が不幸かどうかという質問をそらしたために、彼の感情の高まりは治まるどころか一層増していた。見晴台で欄干によりかかって葉巻をふかしているモーヴ氏に出会った。ロングモアは立ち止まった。今日はことのほか上機嫌らしい男爵はきれいな、肉付のよい手を差し出した。ロングモアは相手を怒鳴りつけてやりたい衝動に急に襲われた——あなたは世界一美しい妻を持っている、それが分からぬなら自らを恥ずべきだ、何でも見通すくせに奥さんの眼の奥にある物を読み取っていないじゃないか、と。われわれの知る通り、男爵はかつて読み取ったつもりでいたわけだが、ユフィーミアの眼は五年前になかった何ものかを、今ではたたえているのだった。ふたりはしばらく種々の話題を話し合い、男爵は自分のアメリカ訪問の折の経験を面白おかしく話した。その話しぶりは、かんの高ぶったロングモアには不快だった。男爵はアメリカ全体をとてつもなく大きなお笑い草と見ているようで、なかなか面白いお笑い草ではあるが、と礼儀上つけ加えるのだった。元来、ロングモアは熱狂的な愛国主義者などではなかったが、相手の話を聞くうちにフランス人は浅薄だという悪印象が一段と強まってきた。この男爵はアメリカに行っても、何も理解せず、何も感じず、何も学ばなかったのだ。ロングモアは相手の貴族的な横顔を眺めながら、長い家系の取柄がこれほどまで人を思い上った愚か者にすることだとしたら、ロングモア家が今世紀に入ってからようやく名を成し、初代は進取的なゴム商人という身分であったのをむしろ神に感謝した。モーヴ氏はもちろんアメリカのもっとも顕著な風俗として、若い娘に許されている自由についてくどくど話した。この自由のおかげでフランス貴族はどんな機会に恵まれるか、それを探究すべく彼は二週間の滞在中多くの楽しい時間を費やしたのであった。「この点は認めなくてはなりませんがね」彼は言った。「どの場合でも、相手にした若い婦人の極端な率直さのおかげでずいぶん気楽になれたし、また彼女たちが自分で自分の身を守るのは、フランスの母親が娘の面倒を見るのより巧みだということですよ」ロングモアはこのお世辞をにがり切った微笑を浮かべて聞き、人を馬鹿にした思い上った態度を心から憎んだ。

最後に、サンジェルマンを離れようとしているのだと言うと、男爵は急に関心を示し出したので、別に嬉しくもなかったけれど驚いた。「それは残念ですね。夏まで滞在されるものと思っていましたよ」ロングモアは丁寧な言葉で応対しながら、なぜ彼の出発をそれ程に気にするのだろうと訝った。「妻が喜んでおりましたから、私もあなたの訪問を心の中で祝福していたのです」

「ぼくにとっても大きな喜びでした。いつかまた戻ってくるつもりです」

「どうかそうして下さい」男爵はせがむようにロングモアの腕に手を置いた。「お願いしますよ」ロングモアはちょっと黙り、男爵は考え込むように葉巻をくゆらしその煙を見守った。「妻はどちらかというと変っている方でしてね」ようやく彼は口を開いた。

ロングモアは身体を動かし、相手がマダム・ド・モーヴについて「説明する」気なのかなと思った。

「あなたはあれの同国人ですから隠さず申し上げますがね。あれは少々病的なのです――なかなか魅力のある女ですが空想的すぎるのですよ。少し狂信的なのです。最近は孤独を大層好むようになりましてね、外出させよう、誰かに会わせようとしてもきかないのです。私の友人などが訪ねて来ると、丁重にもてなすのですが、冷淡なのです。自分の美点を十分発揮していない、だから友人の誰かれが『君の奥さんは美しい人《ジョリ・クロケェ》だが、機知に欠けているのは残念だ』と批判するのを覚悟せねばなりません。実際には機知に富んでいることは、あなたはよくご存じですね。ともかく実のところ、あれに必要なのは自分を忘れることなのです。ひとりで何時間も英語の本を読み耽り、そういう書物の根底にある、不愉快な褐色の霧を通して人生を眺めるのです。イギリスの作家というのは」男爵は、ロングモアが後に「見事！」と形容したほど落着きはらって続けた、「若い人妻にとって健全な読物と言えるでしょうかね。そういう方面の知識が私にあるというのではありませんが、しかし、結婚して間もなくのことでしたが、ある日ワーズワスという、何でもお国ではひどく尊敬されている詩人を妻に読まされたことがありましてね。まるで首根っ子をおさえられて無理に三十分ばかりキャベツ入りスープの深皿に顔を押しつけられたような気分でした。誰かが訪ねて来ないうちに急いで応接間の空気を入れかえねばならぬような気がしました。でもあなたはその天才詩人をご存じでしょう。妻はあのときのことを絶対に許そうとしません。きっと、結婚した相手が文学について料理と同じ程度の趣味しかないとわかってショックだったのでしょう。でも私などと違ってあなたは」男爵はロングモアの方を向いたが、眼は懐中時計のくさりにある紋章に注がれていた、「教養人でいらっしゃるからあらゆるものについて論じられるでしょう。あなたはワーズワスだけでなく、アルフレッド・ミュッセもお好きなのでしょうね。あれになんでも話してやって下さい、もちろんミュッセも。ああそう、あなたは当地をおたちになるのでしたね。できるだけ早く戻って、旅行中のことを話してやって下さい。妻も二カ月くらい旅行に出ればためになるのですがね。視野が広くなるでしょうから」ここでモーヴ氏は苛立たしそうにステッキを持ち上げ、振りまわした、「旅行に出れば想像力も活発になり——今のままじゃ堅物で困りますからね——人間は少々脱線したって悪くはないとわかるでしょう」ここで息をつき二、三度葉巻を勢いよく吐き出した。それからふたたびロングモアに向かって、軽くうなずき馴れ馴れしくほほえんで「こんなに洗いざらいお話しして、おいやじゃないでしょうね。フランス人にならこんなに話しませんよ」

夕闇がせまっていた。残光は黄金の微粒子となって空中にただよっているようだった。ロングモアはこの明るい粒子を眺めて立ち、その粒子が「彼女は機知に富む、機知に富む」と耳もとでささやく小さな昆虫の群であるように空想した。「そうだとも、その通りだ」ロングモアは男爵の方を向きながら思わず言ってしまった。一体何のことかと問いたげにモーヴ氏は彼を鋭く見つめた。ロングモアは落着いて言った、「奥さんは知性も、美も、徳もそなわった方です」

モーヴ氏はもう一本の葉巻に火をつけるのにちょっと手間取ったが、火がつくと、また馴れ馴れしく微笑して「どうやら私が妻を正しく評価してないとお考えのようですな。お気をつけなさい、それは危険な推定ですぞ。一般に夫というものは妻を正しく評価しているものです。他人の妻を正しく評価する以上にですな！」彼は笑いながら大声で言った。

男爵の優雅な物腰に気を取られていたので、その底にひそむ暗い深淵の存在にその時は気がつかなかったことを、ロングモアは後になって思い出した。それでもある隠微な響きが次第に音を高めながら心の耳にいつまでも余韻を残した。だがその時は、すぐその場を離れ、モーヴ氏は厚顔な愚か者だと叫びたい気持でいっぱいになった。唐突にお休みなさいと言い、出発前にはお目にかかれませんと付け加えた。

「ではどうしても行くというのですか？」モーヴ氏は横柄に言った。

「その通りです」

「もちろん妻には別れの挨拶をしに見えるのでしょうな」彼の言い方は、そうしなかったら無礼至極というような響きがあったが、人もあろうに男爵から礼節について教えられるのはいかにも滑稽だったので、ロングモアは思わず吹き出してしまった。男爵は、これ程当惑したことはあまりない、失敬な奴だといわんばかりに眉をしかめた。ロングモアが立去るとき彼は「あなたはおかしな人だ」とつぶやいたが、このアメリカ青年との関係が終る前に、ロングモアをもっと変な男だと思うようになるとは、まだ予想していなかった。

ロングモアはホテルに戻り、いつものように機嫌よく食卓についたのだが、食前のワインを一口飲もうとしたとたん、急に考えこんでワインには口をつけずにテーブルに置いた。もうかなり長く考えこんでいたので、気がついた時にはもう料理はさめてしまっていた。もう食欲はなくなっていたから、どうでもよかった。その夜彼は猛烈な勢いでトランクにつめこんだ。それで荷造りは就寝時間より前に片付き、少しも眠くないので寝るまでの時間に手紙を二通認めることにした。一通はマダム・ド・モーヴ宛で、翌朝届けるようボーイに託した。サンジェルマンを急いで立つことになりましたが、秋のはじめにパリに戻って参ります、と記した。もう一通はミセス・ドレイパー宛で、マダム・ド・モーヴの印象を知らせて欲しいと依頼されていたのを数日前に思い出したのである。今夜がよい機会と思い六ページほど書きつづった。地味な文面だったので、もっと熱のこもった調子の手紙を期待していた夫人は、受取っていささか失望した。だがわれわれにもっとも関係があるのは、次の結尾だ。

「あの人が自分の結婚に触れられた唯一度の折に、完全な恋愛結婚だったと仄めかしました。大抵の結婚はともかくはじめは恋愛結婚なのでしょうが、彼女の場合には普通以上に大きい意味があると思います。何しろ彼女の場合は、徹底的に理想化していたからです。夫をバラ色のロマンスの英雄と信じこんでいたのです。それが実際には、うすぎたない現実の主人公ですらないと判明したのです。ここしばらく彼女は自分の誤りに探りを入れているのですが、まだその底まで探りあててはいないようです。彼女はすべてを知るのを避けている人、つまり痛ましい真実と休戦協定を結び、眼を閉じたまま生きられるものかどうか実験している人のように思われます。眼を閉じたまま、暗闇の中で自分の偶像の美しい飾りを見ようと再び試みているようです。もちろん幻影はあくまで幻影に留まり、誰しも幻影などを抱いた報いを受けます。しかしこのような天使の犯しそうな誤ちに地上的な罰が科せられるのを見るのは本当に悲しいことです。モーヴ氏について述べれば、彼は徹頭徹尾フランス的な人間です。このために私は、たとえあの人がもっと善良だとしても、とても好きにはなれません。彼は妻があまりにも感傷的な気持で彼と結婚し、彼を愛しすぎたというので、妻を憎んでいます。彼にもまだ堕落していない部分があって、そこに彼女の眼に映ったようにありたいという願望がひそんでいるからなのでしょう。アメリカの中産階級の小娘などが、彼を実際以上に、あるいは彼が自ら望む以上に理想化したというのは彼にとって当惑の種です。夫妻の間には真の心のかよい合いなど少しも見受けられません。あれ程清らかに静かに流れる情熱は彼の理解を超えるものです。実はこの私にもよく理解できないのです。でもその情景を見れば私なら強く心を打たれます。ともかく、モーヴ氏は妻が自分同様堕落しうると感じぬ限り落着かないのです。だから——こんなこと言ってもお信じにならないでしょうが——彼は、これと思う紳士に向かって、妻に言い寄ってくれないかとほのめかしているのですよ」

五

パリに着くとロングモアはマリー社発行の『ベルギー案内』を買い、ブリュッセルに明日出発するのだという気分になろうと努めた。しかし翌日になると、準備のためにルーヴル博物館のフランダース派の絵をもう少し真剣に見ておかなければならぬと思った。これに午前中いっぱいかかったが、それでも出発したい気分が湧いて来ない。彼がサンジェルマンを急いで出発したのは、マダム・ド・モーヴへの尊敬の念から、男爵が仄めかしたことを彼が理解しなかったのを示す必要があったからである。しかし、この礼儀上の義務を速やかに果たしてしまった今、一層熱烈にユフィーミアを思っている自分に気付くのであった。人もまばらになったパリの大通りで、心を決めかねて逡巡するなどたいして情熱の表現にもならないが、ともかくサンジェルマンから五百マイルも離れてしまうのは気が進まなかった。それでも自分をひどく愚かしく感じ、何度もこの次の汽車に乗ろうと決心を繰り返しながらいらいらした気分でさまよい続けた。とうとう十台もの汽車が出たのに彼は相変らずパリに残っていた。このような心の動揺は彼としても予期せぬことで、ショーウインドーをのぞきながら、いよいよこれは「熱烈な恋」なのかと自問した。この言葉は前から嫌いで、その意味する実体を恐れる気持が彼にはあった。自分が恋に陥るときには、何のやましさもなしに正々堂々と恋をし、満足感がひたひたと全身を包む他には心の動揺がないのを願っていた。だが今彼の感じているのは、同情と怒りと敬愛と、うしろめたさと疑惑とが入り混った感情ではないか。彼が外国に来たのはフランダース派その他の絵画を鑑賞するためであったが、ヴァン・アイクやメムリングの描くところの白髪をいただいた聖人像のいずれが、マダム・ド・モーヴの姿に勝って彼の心に訴えてくるのであろうか？　とつおいつ思案しながら歩くうちにブローニュの森に通じる、両側に別荘の並んだ長い並木道のはずれまで来ていた。

もう夏に入っていたので、湖のそばの馬車道はひっそりとしていたが、ベンチや椅子には様々なひま人が腰を下ろし、大きなレストランは活気に満ちていた。かなり歩いたのでロングモアは食欲を覚え、レストランに入って食事を注文した。戸外に程よく並べられた小ぎれいなテーブルを見ながら、さすがフランスだ、巧みな配置だと、毎度のことながら感心した。

「お食事は庭でなさいますか、それとも室内でなさいますか？」ボーイが尋ねた。ロングモアは庭でと答えて、建物の塀に大きな六月のつるばらが這わせてあるのを見て、その近くのテーブルについた。純白のテーブルクロースの上に、最高の珍味がきらきら輝く磁器に盛って出された。テーブルは窓のそばにあったので、坐ったまま室内をくまなくのぞくことができた。開いた窓のすぐ内側に坐っている女性に彼は注目したが、この婦人に向い合ってカーテンに遮られて見えないが連れがいるらしかった。大変美しい女性なので、ロングモアは失礼にならぬ程度に何度も視線を投げた。しばらくすると、この人は何者だろうか、男が好きなだけ眺めても失礼にはならぬようなある種の女性かも知れぬと考え始めた。彼女は夢中になって相手と話しこんでいるので、その気になればロングモアは好きなだけ眺めることができたろう。いわゆる小麦色の肌の美女で、派手な顔立ちと大胆な化粧は、地味な趣味のわれわれの主人公の好みに合わなかったが、その満ち足りたような表情に感心しないわけにはいかなかった。

その女性が幸せなことは明らかで、その幸福感がうぶな感じを与えていた。見えぬ相手の話は彼女の気分にぴったりのようで、嬉しそうに、あけっぴろげの微笑を浮かべて聞き惚れていた。ボンボンをかじりながら自分も時々小声で何か遠慮のない言葉をさしはさんでいるようだった。すると相手はますます雄弁に語るらしい。彼女はシャンパンをたてつづけに飲み、いちごをたくさん食べた。いちごとシャンパンと、下らぬおしゃべりが大好きなことは明らかだった。

ロングモアがテーブルに着いたときには、彼女らはすでに食事の途中であったから、彼らが席を立った時も彼はまだ坐っていた。彼女は椅子の上の帽子掛けに帽子をかけておいたので、連れの男がテーブルを回って取ってやった。その時服についたワインのしみを見ようと下を向いたので、彼女の魅力的なうなじがまる見えになった。男はこれを見て、あたりに人のいないのを確かめ――ロングモアに見られているのには気付かなかったらしい――急にかがみこむと、むき出しの肌に派手なキスをした。ロングモアは男がリシャール・ド・モーヴであることに気付いた。熱のこもった贈物を受けた女性は、男の紅潮した微笑をいわば鏡にして帽子を被り、ふたりはすぐ庭を通って馬車に向かった。

このときはじめてモーヴ氏はロングモアに気付いた。一目でロングモアと開いた窓との位置を判断したけれど、立ち止まって話しかけようという衝動を抑え、連れの婦人に馬車の戸を開けてやりながら、堅い表情で彼に会釈しただけだった。

その夜ロングモアは汽車に乗ったが、ブリュッセルに向かったのではない。ブリュッセルのことはもうどうでもよくなってしまった。今はマダム・ド・モーヴのことで頭がいっぱいだった。眼前を遮っていたもやが突然からりと晴れ上がったような気がした。同情と怒りは相変らず強く作用していたが、疑惑とうしろめたさが急に消え去ったので、前二者は彼の心中で思う存分あばれ回ることができた。彼女のあきらめと逃れようのないつらい立場との間に彼が介入させうるものは、ごくわずかしかない。だがそのわずかなものを彼女のために捧げたい——たとえそうすることが彼を平穏な過去と結びつけていたすべてのものを犠牲にすることになったとしても。今となってみると、ただあれこれ思い悩むだけでは愛情の表現としてはいかにも物足りなく思えた。サンジェルマンに戻る間中彼の念頭にあった、一つの目的のために自分のすべてを捧げるという意識ほど気持を奮い立たせたものは、彼の平穏な過去には何もなかった。戻ってきた理由をなんと説明し、彼の熱意をどう打ち明けるかなどということは少しも気にならなかった。自分の気持を理解して欲しいと望んだかどうかもはっきりしない。彼の願ったのは、彼女のみじめな宿命は彼の責任ではないと感じることだけだった。彼女に「言い寄ろう」というはっきりした欲望を意識してはいなかった。では彼の願望の中核をなすものは何かと問われたら、彼は、失望のために彼女には灰色にしか映らぬこの世にも、一人くらいまっとうな人間も存在することを彼女に覚えていて欲しかったのだと答えたであろう。しかしそれだけのことなら、わざわざ戻って来なくとも彼女は覚えていてくれただろう。その夜トランクの荷造りをしながら彼女の声を聞きたいと切に願ったのは否定できない。

翌日彼はいつもの訪問の時刻、つまり午後遅くまで待った。だが戸口で夫人が留守だと知った。森を散歩していられるでしょうと、召使は教えた。彼は庭園を通り、小さな木戸から外の道に出、三十分ほど探すうちに、夫人が緑の間道の向う端からこちらに進んでくるのを見付けた。彼が現われたとき、彼女はわきにそれようとするかのようにちょっと立ち止まったが、彼だとわかると、ゆっくりした歩調で進んできた。ふたりはすぐ握手を交した。

「何かあったのですか、お加減が悪いのじゃないでしょうね?」彼を見つめながら夫人は尋ねた。

「何事もありませんが、ただパリに着いてみるとサンジェルマンが大好きになってしまったのが分かったのです」

彼女はにこりともしなければ、嬉しそうな顔もしなかった。それどころか、当惑しているようだった。だがそれも確かではなかった。彼の留守の間に彼女の表情がすっかり変ってしまっていたからだ。何か重大事が起ったことがその表情から読み取れる。彼女の眼に浮かんでいるのはもはや秘められた憂愁ではなく、悲哀と動揺であった。彼女がかつて彼に語った、平静を保ちつづけたいという強い願望は、最近のある出来事によって打ちくだかれ、彼女はついに、深刻な体験の後では平穏を保つのは無理だと知ったのである。顔は真っ青で泣いていたのは明らかだった。ロングモアは心が激しく高鳴るのを覚え、ついに彼女の心の秘密に触れたような気がした。彼女は、彼の帰還が「お帰りなさい」という通り一遍の挨拶ぐらいではごまかせぬ責任感を彼女に与えたかのように、眉をひそめて彼を見つづけた。彼はもと来た道を夫人と共に戻っていったが、ふたりとも無言だった。「ロングモアさん、なぜお戻りになったのか正直にお話し下さい」夫人は唐突に尋ねた。

彼は彼女に目を向けたが、その様子を見て彼女ははっとし、やはり恐れていた通りなのだと思った。「先日お尋ねしたことの本当の答が分かったからです。あなたは幸せではない。あなたは、与えられた今の条件で幸せであるには、立派すぎる方なのですよ」彼は彼女の否定の身振りをさえぎるようにしてつづけた、「あなたが不幸ならぼくも幸せになれません。あなたの眼の中に、抑えきれずににじみ出る悲しみを見る限り、ぼくは他のことには何の関心も持てません。パリで暗い三日間を送っているうちに、この世でのぼくの一番の願いは、こうして毎日あなたにお会いする特権なのだと知りました。あなたを敬愛していると、今申し上げるのはひどく残酷だということは心得ています。あなたが身の不幸をかこち、ぼくに救いを求められたかのように、あなたを扱うのは失礼なことにちがいありません。でもあそこにいる間に」彼は頭を上げて遠くに見えるパリに視線を投げた、

「ぼくがあなたに抱いた思慕の情は強い力をはらんでいます。エネルギーは抑えつけられていると、いつかは爆発するものです。しかし、たとえあなたがぼくに心の悩みをすべて打明けて下さっていたとしても同じことで、ぼくには今言わねばならぬ以上のことは言えないでしょう。つまり、あなたが人生に抱いておられた夢がむざんに裏切られたとしても、ぼくの讃美の気持は絶対に信頼を裏切るようなことはありませんし、あなたのためならどんなことも厭いません」

　彼女はパラソルの先で地面に模様を描いていたが、それを止めて身じろぎ一つせず――といっても、彼の話が終ったときにはかすかな赤みが頬にさしたが――彼の言葉に耳を傾けた。ロングモアは彼女が彼の言葉に感動したのが分かった。この瞬間が彼の生涯でもっとも幸せなときであった。彼女はようやく眼を上げて彼を見つめたが、その眼差しは、どうかそれ以上感情をあらわにしないで下さいと嘆願しているようで、強く心を打たれた。「おこころざしありがとうございます」彼女は落着いて言った。しかし次の瞬間、感情の高まりが冷静さを制して、わっと泣き出した。涙は溢れ出たと思うと、もう消えてしまったがそれでもロングモアは救われる思いだった。これまで彼女は彼よりも強い意志と信念に支えられているように見えていたから、何となく恐かったのだ。だが数粒の涙は、たとえすぐ消えたにせよ、彼女の心の奥底を示し、彼の厚意に感謝する弱い気持の存在を彼に確信させた。

「どうも失礼致しました。私はあなたのお話を承るには神経が高ぶり過ぎているのです。今日は敵に立ち向うことはできても、味方になって下さる方には心が弱くなってしまいますの」

「あなたはストイックな姿勢のために身を滅ぼしていらっしゃる、ぼくはそう確信していま す」彼は声を高めた。「あなたのためでないまでも、ぼくのために話を聞いて下さい。これまではあなたに一かけらの同情も示そうとしたことはないのですし、あなたにしてもぼくの願いを聞いて下さったことはないではありませんか」

彼女は戸惑ったようにあたりを見回したが、心進まぬながらも耳を傾けようとしているように思えた。道端に数日前ふたりが腰を下ろした丸太がころがっているのを見付けると、あきらめたように坐り、彼女をだまって見つめて立っているロングモアの方を見た。彼女の眼差しには、今日はおっしゃるようにお話を伺いますから、節度だけは守って下さいという願いが宿っているようだった。

「昨日あることを知りました」彼女の側に坐りながら彼は切り出した。「それであなたの道徳的な孤独がいやというほど分かったのです。あなたは誠実そのものなのに、まわりにいるのは不誠実な人ばかりです。あなたは潔白、義務、尊厳などの価値を信じていらっしゃるけど、これらの価値が毎日否定されるような世界に住んでおられる。ぼくはときどき激しい怒りがこみ上げてくるのですよ、一体なぜあなたはこんな世界に踏み込んでしまったのか、なぜつむじまがりの運命はぼくにあなたをもっと早く知るようにさせてくれなかったのかと考えると」

「私だってこの世界が気に入っているわけではありません。それに好きでこの環境に入りこんだのではないのです。でも、どういう種類の人なら信頼できるとおっしゃるのです？ ほんとうのところ、私には人間というものは、男も女もみなとても粗末な存在のように思えることがよくあるのです。私がロマンチックな質《たち》だからでしょうね。不運なことに、私には夢と現実を混同する傾向があるのです。この世は無情な散文で、人は不平を言わずに受入れねばなりません。愚かなことに、昔の私は散文的なのはアメリカだけと思って居りました。私がまだ無知な娘で、自分自身の考えに酔っていたころ、何を考え、何を信じ、何を期待していたのか、それはとても恥ずかしくて申し上げられません。ときどきその頃の幻想や衝動を思い出すことがあるのですが、そんなとき私は息がつまってしまい、あんな気ちがいめいた夢を見た罪で、現在悲しんでいる以上に苦しい目によくあわなかったものだと不思議でなりません。その頃の私の抱いていた信念は、今お話しすれば、きっとお笑いになりますわ。それは強い信念の表現としては風変りなものでしたが、強い信念特有の熱意と歓喜があったのです。この信念は私に向う見ずなことをさせましたが、今では経験の光に照らされてゆっくり消えてゆく幻影のように遠い昔の過去となってしまいました。かすかにはなりましたが、まだ完全に消え失せてはいません。ある種の感情は一生つきまとうものと存じます。ある種の幻想は心臓の鼓動と同じく人間の条件です。人生それ自体が幻だという見方、現世は来世の影だという見方もありますわね。それが真実なら人生は首尾一貫したものとなり、惨めな人間であることも恥ではなくなります。私の『孤独』などは、たいした問題ではありません。私の頑固さのせいでもありますから。これまでにはいろいろなことがありました。私がとても可愛がっていたフランス人の女中が嘘ばかりついているので、気が狂うほど悩み、本当を申せば、ひどいホームシックにかかったこともありました。また、自分が貧しいニューイングランドの牧師の娘であればいい、そうすればエルムの木の下の小さな白い家に住んで、自分で家事でも何でもしているのに、と思った瞬間もありました」

はじめのうちはゆっくりと一語一語嚙みしめるように語っていた彼女も、次第に、話せば気が安まるというように活発に話し出した。「結婚によっていろいろな人やものを知ることになりましたが、そういうものを最初私はずいぶん奇妙だと思い、それから恐ろしいと感じ、次には、打ち明けてしまいますが、軽蔑すべきものと思いました。結婚当初は、ずいぶん悲しんだり失望したり、自分を憐れんだりしましたが、次第に、涙など流す価値があるだろうかと訝るようになりました。永遠を誓った友情が破られたり、慰められぬ筈の悲しみがいつの間にか慰められたり、嫉妬と虚栄心が互いに張り合ったり、というような私の見聞をお話しできれば、あなたや私のような気性の人間には、ここの人たちの喜びも悲しみも理解できないのも当然と分かって頂けましょう。一年前にもこんなことがありました。ちょうど私が田舎に行っていましたとき、お友達のひとりがご主人の浮気で絶望し、それは悲しそうな手紙を寄こしました。それでパリに戻るとすぐ会いに行きました。一週間たっていたので、案外立ち直っているかもしれないと思ったのですが――もっと簡単に立ち直った人をたくさん見ていましたから――まだうちひしがれていました。でも何にうちひしがれていたかと言いますと、マダム・ド・Tのはしたない振舞いについてなのです。この若い女性がもちろんその友人のご主人の浮気の相手だとお思いでしょう？　ところがそうではないのです。ではこの人は誰でしょうか。マダム・ド・TはV氏をひどく恋していました。ではV氏とは？……つまり私のお友達は同時に二種類の嫉妬心を抱いていたというわけです。彼女に何と言ってやったか忘れましたが、ともかくその時の私の言葉が原因で絶交になりましたから、よほど相手の気に障ることを申したのでしょう。このことがあってからしばらくして主人はパリに住むのはやめようと言い出し、私もそのときには、交際嫌いの人間にならざるをえないような気分に陥っていましたので喜んで同意しました。できれば田舎に、夫の別荘のあるオーヴェルニュにでも移りたかったのですが、夫はパリの近くにいなくてはならないので、妥協してサンジェルマンにしたわけです」

「妥協ですって！」ロングモアはおうむがえしに言った。「それこそまさにあなたの生き方のすべてです」

「でもそれは多くの人々、平穏無事に暮らそうと願う人々すべての生き方でもありますわ。激しい苦痛よりましなことは確かです。妥協というのは理屈で弁護するのはむずかしいでしょう。でも、どうにか妥協にすがりついて生きている哀れな人がいたら、それを棄てさせるのはむごいと思いますわ」彼女はこう言うと、自分のことを述べたという印象をやわらげるためのように、ちょっと微笑した。

「妥協するよりましな生き方が教えられないのに、それを放棄させるなんて誰にもできません。でもぼくは、あなたが妥協などに追いこまれずに済んだかも知れない生き方もあると想像しないわけには参りません。妥協は善と高潔のみを目ざすように生まれついた人の心をゆがめるものです。ぼくの見るところでは、その気にさえなればあなたは晴ればれした、完璧な幸せをつかむことができたでしょう。フランス人の女中にしても、可愛い子でなくとも一日にせいぜい一度しか嘘をつかないと保証付の子が見つかったでしょう。社交界も、少し野暮ったいかも知れませんが、（人間についてのあなたの低い評価にもかかわらず）堅実な美徳を具え、極端な嫉妬も虚栄心も渦巻くことのない、また異常な悪徳や姦通のない社交界が見つけられたでしょうに。それから」ちょっと間をおいて彼は言葉をつづけた、「あなたと同じ価値を信じる同じ民族の、深い愛情をもった人と結婚できたでしょうに」

　頭を横にふりながら彼女は立ち上がった。「わざわざ私のためにいろいろ想像して下さってありがとうございます。でもはかない夢ですわ。現実を相手にしなくてはなりません」

「しかし」ロングモアは夫人の際限のない忍耐に苛立ちを覚えた、「その大切な現実は、ぼくの勘違いでなければ、あなたの人生観の確かさを悩ますようなものに最近なってきたのではありませんか?」

同情して下さるのもいい加減にして下さいと、彼女は言おうとしたらしかったがロングモアの目にもどかしさのあまり二、三滴涙が宿っているのを見て、彼の同情が愛情に基づいているのを知り、これに敬意を払わぬわけにはいかぬと考えたようだ。「人生観ですって?」彼女は言った。「そんなもの私にはありません。ありがたいことに」彼女は語気強く言った、「そんなものはありません。ねえ、ロングモアさん」少ししてから彼女はつけ加えた、「ちょうどいい機会ですから申し上げますが、私にあるのは良心だけですの。頑固で、ねばり強い、不屈の良心だけです。これで私があなたと同じ民族、同じ信念の人ということになるでしょうか? あなたも同じような良心がおありになるのでしょうか? こんなこと虚栄心から申すのではありません。良心があればひどく下品なことはしないでしょうが、その一方、そのおかげで本当に立派なこともできないのですもの」

「それをうかがって嬉しいですよ」ロングモアは声を高めた。「あなたとぼくはそっくりです。ぼくも立派なことなどできないのは間違いなしですよ。でもぼくの場合には、立派な目的のためなら、その今おっしゃった不屈の良心に目隠しをし猿ぐつわをかませられるだろうと思っていましたよ。すっかり追い出してしまうことは無理としても。あなたの場合には」彼は同じような多少おどけた調子で続けた、「良心は難攻不落ですか？」

しかし彼女は調子を合わせずに真面目な口調で、「良心を嘲笑なさってはいけませんわ。それは私の知る唯一の冒瀆です」と言った。

彼女が全部言い終るか終らぬうちに、突然予期せぬ物音が聞こえ、彼女はその方を向き、同時に彼は、ふたりの立っている地点から少し離れたところで交差している、隣接の脇道で人の足音を聞いた。

「主人ですわ」ユフィーミアはすぐ言ってゆっくりとその方向に歩いていった。ロングモアはどうして分かるのだろうと思いながら、彼女の後に続き、モーヴ氏の姿が現れたときまでには合流できた。森の中のひとり歩きはモーヴ氏の好みに合う気晴らしではなかったが、今の場合は落着いて散歩を楽しんでいる様子だった。香りの強い葉巻をくゆらし、ゆっくりと何か考えているように親指をチョッキの袖ぐりに突っこんでいる。妻とロングモアに出会うと、意外という顔で立ち止まったが、ロングモアはその表情を無礼と思った。彼はふたりを交互に一瞥し、ロングモアの目をちょっとにらみ、それから礼儀正しく帽子を取った。

「知らなかったよ」彼はマダム・ド・モーヴに向かって言った、「ロングモアさんが戻って下さってよかったじゃないか」

「私がこの方のお戻りになるのを知っていたのでしたら」彼女はにこりともせずに言った、「当然あなたにお知らせしたはずですわ」

夫人の顔は真っ青だったから、これが夫妻が言い争って別れてからはじめて会ったのだとロングモアは感じた。「ぼく自身戻って来るなんて意外なのです。昨夜戻りました」彼は言った。

モーヴ氏は極めていんぎんにほほえんだ。「私が歓迎いたさなくてもよろしいでしょう。妻が歓待については心得ているでしょうから」ここでもう一度会釈すると、彼は散歩を続けた。

マダム・ド・モーヴと連れとは、ゆっくりした足取りで家路についた。言葉はあまり交えなかったが、少なくともロングモアの胸の中には様々の考えが入り乱れていた。男爵の出現は彼に苛立たしい悪寒を覚えさせた――それは、夫人と彼との間に輝き出した光を包み隠してしまう黒雲であった。

歩きながら彼は夫人を仔細に観察し、最近彼女が何を苦しまねばならなかったのかと考えた。モーヴ氏の出現で彼女の率直な態度は打ち切られてしまったが、先程の彼のあてこすりを認めたようには見えなかった。夫婦の間が危機に瀕しているのは明白だが、一体彼女はなぜ断固たる決裂にまで至らぬのだろうと、彼はいたずらに思案した。彼女はどれほど知っているのか？　何を感付いているのか？　何をもう諦めてしまっているのか？　どこまで夫を許したのか？　とりわけ、夫についての疑惑なり知識を、つい先刻も夫に示したとしか思われぬ、あのやさしい態度と、どのように調和させているのだろうか？　「この人はかつて彼を愛したのだ」ロングモアは気が滅入るのを感じながら考えた、「しかもこの人の場合は一度愛するとは永遠に愛し続けることなのだ。男爵は彼女を堅すぎると評しているが、詩人なら何と表現するだろうか？」

やはり彼女は理解を超えており、彼の手には届かず、苛立った心にはまったく測り知れぬという痛々しい無力感がふたたび彼を襲った。突然彼は手にしていたステッキを振り上げて激しく虚空を三回打った。マダム・ド・モーヴは振り向いたが、その動作が、心の願いがかなえられぬ場合はその代償としてただただ敬慕し続ける以外に道はないという意味であるのを、とても推察できなかったであろう。

マダム・ド・モーヴの応接間には中年の小柄なフランス男――ロングモアが数日前テラスで見かけたシャリュモ氏がいた。今日もまたマダム・クレランが相手をつとめていたが、義姉が入ってくると交代して、自分はわれわれの主人公を相手にしはじめた。ロングモアは三十歳になっていたがまだ純情で、この婦人の派手な媚態には彼を赤面させるものがあった。この前に会ったときあんな態度を取ったのでもう嫌われてしまったと思っていたから、愛想よくされて驚き、今回はまた別のやり口で攻め寄せてくるらしいのに気付いて不安をつのらせた。

「ブリュッセルから森を通ってお帰りになったわけね」

「ブリュッセルまで参りませんでした。昨日パリから、唯一つの道——つまり鉄道で戻りました」

マダム・クレランはじろりと見て笑った。「若い方がこんなにサンジェルマンがお気に召すなんて聞いたことがありませんわ。ひどく退屈だという方が多いのですのに」

「それはあなたに対して失礼な話ですね」ロングモアは自分の赤面に弱りながらも、どぎまぎすまいと自分に言い聞かせた。

「あら、私がなんだっておっしゃるの」扇子を広げながらマダム・クレランは尋ねた。

「私はここでは一番退屈な人間ですわ。他の若い方たちはあなたのように義姉に歓迎されなかったから退屈なさるのでしょうね」

「あのかたはとても親切な方ですから、歓迎して下さいますよ」

「自分の国の人ならね！」

ロングモアは黙っていた、こんな会話は苦手だった。マダム・クレランはちょっと彼を見てから頭をめぐらして義姉を見やった。シャリュモ氏はちょうど何か新しい警句を飛ばしているらしいが、彼女は頭をちょっと下げ、眼は窓外を眺めながら上の空でそれを聞いていた。「あなたがあの可愛い人を愛していないなんて嘘をおっしゃい」マダム・クレランは突然ささやいた。

「ご冗談を！」《アロン・ドンク》ロングモアはこれまで口にした最善のフランス語で叫んだ。瞬間立ち上がって、そそくさと別れを告げた。

六

彼は夫人を訪れるのを数日控えた。この前会った折に彼女が胸襟をひらいたからといって、今後はいつでも気軽に会って貰えると決めこんでいるわけではないという気持を示したかったのだ。希望の持てぬ恋心は元来性急なものであるから、待つのは忍耐を要した。その上彼がぐずぐずしている間に、男爵夫妻が最終的な話し合いの段階に至ったとき、夫人の寛大さが男爵を奇蹟的にも悔い改めさせてしまうかもしれぬという恐れもないではなかった。邪悪な人間が悔い改めて神に帰依した例は、歴史上記録にいくらも残っている。そしてユフィーミアの性質には神々しいところがあるから彼女がどのような手段を用いようとも是認されよう。彼女がどのような手段を用いようと彼の知ったことではない、彼女の自由を重んずることこそ彼の夫人への敬慕の真髄とすべきだ。こう考えはするものの、万一彼女がただ「ご親切ありがとうございました」と彼に言う自由を選んだとしたら、彼は世をはかなんで隠者になった方がましだと思うのだった。

ようやく訪問すると、不愉快にもマダム・クレランのおせっかいな歓迎という手強い攻撃が待っていた。実に気持のよい初夏の午前中のことで応接間には開け放った窓からかぐわしい花の香りと快い小鳥のさえずりがいっぱいに流れてきて、マダム・ド・モーヴが外出して彼と一緒に森を半日散歩するのではないかという希望を抱かせた。ところがマダム・クレランがまだ髪も結わぬ姿のまま現れ、調和の取れた小鳥の囀りの最中に耳障りな不協和音を響かせたのだ。

それと同時に女中がユフィーミアの伝言を伝えてきた——気分が悪いので残念ながらお会いできぬということだった。青年は自分の失望感が表面に現れ、マダム・クレランがそれを読みとったことを知り、このため彼は積極的と言ってよい程に冷淡な態度を取った。これはまさに彼女の望んでいたところで、彼の平静さを打ち破るのが彼女の願いであり、彼女の勘違いでなければ彼女はどうすればよいか適確に見抜いているつもりだった。

「ロングモアさん、お帽子を置いて、一度ぐらい礼儀正しくなさいな。この間あなたの愛情についてお尋ねしたときはずいぶん失礼でしたわ」

「ぼくは愛情など、つまり人様にお話しするような愛情など持っていませんよ」ロングモアはつっけんどんに答えた。

「愛情は持たぬと、きっぱりとおっしゃったらいかが？　もう少し雄弁術でも身につけた方がよろしいのじゃありませんか？　きっと役に立ちますから。この間お尋ねしたのは無意味な質問ではありません。私は無意味なことなどお尋ねしないのです。ここ数カ月、あなたがこの邸に出入りなさっている間、これまで何もたずねられずに済んできましたでしょう？」

「ええ、不快な思いをしないできました」

マダム・クレランはちょっと黙ったがそれから「あなたは何かお聞きになりたくありませんでしたか？」

彼女の目付きも口調も、いかにも曰くありげなので、彼女の言わんとするところを理解するだけでも不正な陰謀に加担することになりそうだった。「一体何をおっしゃりたいのです？」彼は眉をしかめ赤くなって尋ねた。

マダム・クレランはさっと顔を赤らめた。ローマ皇帝の前に現れた女預言者もどきに振舞っているのに、下品なおしゃべり女のように扱われるのは何とも腹立たしいことだった。「こう申しては何ですが、ロングモアさん」彼女は言った、「あなたのようなひどいことを言う方、ほかに知りませんわ。あなたはどこに住んでいらしたのです？　どんな考えをお持ちなのでしょう。ちょっと言いにくいことですが、注意して聞いて頂きたいことがあります。義姉がこの世で一番幸せな女とはいえないことをご存じですね？」

ロングモアは黙ってうなずいた。

マダム・クレランは気のなさそうな彼の態度に少し失望したようだったが、それでも、「恐らく、その不幸の原因についてあれこれお考えになったことでしょうね」と言葉を続けた。

「あれこれ考えるのは不必要でした。この眼でその原因を——ともかく原因の一例を目撃しましたから」

「おっしゃることはよくわかります。要するに兄が別の女性と恋仲になっているということですわね。私は兄を批判しません、それから義姉のことも批判しません。ただ、私が義姉の立場だったら、ああいう風には行動しなかっただろうと言うに留めます。私なら、こんな事態に至る前に、夫の愛情を引き留めておくか、それができなければ、きっぱりと夫の愛情なしでやっていったでしょう。でも義姉は妙に複雑な人です、私に理解できるとは申しませんが義姉と同じ国のあなたにお願いするのもそのためなのです。私の考え方にあなたはもちろん驚かれるでしょう。古い家柄のしきたりで物事を高い立場から見る者に特有な見方でしょうから」マダム・クレランは一息ついた。ロングモアは、家柄を持ち出したりして何を言うのかと訝った。

「まあお聞きなさい」彼女は続けた。「モーヴ家の男には妻に嫉妬させなかった者はひとりもいませんでした。ずっと昔にさかのぼって一家のことは分かっていますから、これは確実です。まあ、恥ずべきだと言えばそうかもしれませんが、恥でもこんな由緒のあるものなら結構じゃありませんか。モーヴ家の男は生粋のフランス人で、その妻たちも——私の口から言うのも何ですが——夫にふさわしい女でした。モーヴ家の城に収められた肖像画を全部ごらんなさい、どの人も夫に裏切られた美女ですが、ひとりだって悄然とうなだれている者はいません。ひとりだって焼餅を焼くようなはしたないことをした者はいません。それでいて浮気などして世間の噂にのぼった者はまずないのです。それが本当の良識というものですよ。どうしてそれが可能だったか。お知りになりたければ、うす暗い、色あせた油絵やパステル画を見にいらして絵に尋ねてごらんになったらいかが？　あの人たちは毅然としていました。頭痛のするときでも、ほんのりルージュをつけて普段と変らず夕食に出席しましたし、胸が痛んでもつとめて晴々としていました。これは誇ってよい伝統ですから、中産階級出身のアメリカ娘風情《ふぜい》がやってきてその伝統を覆し、頑迷にうつむいた自分の写真などを一門の賢夫人たちの肖像画の間に割り込ませようとするなんてとんでもないことです。モーヴ家の者になった以上、モーヴ家の者らしく振舞うべきです。義姉は結婚したとき、兄が慈善団体の会員とは思わなかったでしょうに。この家の行き方が正しいとは断言しませんが、では誰が正しいのかしら？　この家の者は長い間の伝統で今のようになったのですから、どちらかが変らねばならないとすれば、義姉の方に決まっていますわ」マダム・クレランは一息ついて、扇子を開閉した。「改めるならあの人ですわ！」彼女ははっとするほど大胆に言い切った。

ロングモアの返事はあいまいで、「ああ！」としか言わなかった。

マダム・クレランは一家の祖先を思い起しているうちに本気で腹が立ってきたらしい。

「もう長い間」彼女は続けた、「義姉は夫に裏切られた妻という姿勢を取り、世をはかなんだようなふりをして『キリストのまなび』など読んで家に閉じこもっています。この態度をとやかく言ったことはこれまでなかったのですがもう我慢がなりません。あんな美人のくせに、夫の心をとらえておけないのなら、それは自分が悪いのです。いえ、あなたが同意して下さらなくてもいいのですよ、むしろ逆です。ただ私はこういう人をお馬鹿さんと呼びます。兄を死ぬほど退屈させたに決まっています。あの夫婦の間がここ数カ月どんなものであったか、義姉がどんな目に——ひどい目とおっしゃっても結構ですわ——あってきたか、また、兄がどんなに退屈な思いをしてきたかは今問題にする必要はありません。当面の問題は、一週間前、あなたがブリュッセルに行くふりをして出発なさった直後、何かあってふたりの間に破局が来たということです。義姉が兄のポケットの中に手紙を見つけたのです。手紙じゃなくて写真か装身具かもしれない、私は知るものですか《ク・セ・ジュ》。ともかく大変な争いでした。私は鍵穴に耳をあてていたのではないから、詳しい話は分かりません。でもどうやら兄は釈明を求められたようですわ。先祖には、妻はもちろん、恋人からだって、こんなことを要求された男はひとりもいません」

ロングモアはひざに肘をつき身体を前にのり出すようにして黙って注意深く聞いていたが、このとき思わず顔を両手の中に埋めた。「ああ、気の毒に！」彼はうめいた。

「ほらごらんなさい！」マダム・クレランは言った。「義姉に同情していらっしゃるのですね」

「同情ですって?」熱っぽい眼差しで上を向き、マダム・ド・モーヴへの憐憫のあまり相手の話の真意を忘れて叫んだ。「あなたは同情しないのですか?」

「少しはね。でも私は感情に捉われて行動しているのではありません。冷静に頭を使って行動しているのです――事態をまるく納めて、兄には思うままに振舞わせてやりたいし、義姉も不満のないようにさせたいのです。お分かりですね?」

「よく分かりますよ――あなたはこれまで話したことのある人の中で一番不道徳な人だということが」

マダム・クレランは肩をすくめた。「まあいいでしょう。不道徳でなくて上手にまとめ役を果たした人がいたでしょうか?」

「いや、いや」ロングモアは前と同じ調子で続けた。

「あなたは浅薄で、上手な調停者の役はとても務まりませんよ。マダム・ド・モーヴのことを、少しもわかっていないのですから」

マダム・クレランは首をかしげて彼を鋭く見つめ、ちょっと考え、それから気持はよく分かるというようにほほえんだ。「あなたに反駁してもしようがないでしょう」

「まっとうな男が女性のいかなる面に一番感心するものなのかを知り、そういう面を具えた女性かそうでないか、見分けられるようになさるといい」ロングモアは礼節を忘れてずけずけと言った。

しかし相手は一枚うわ手だった。いやみを言われても不愉快な顔も見せず、巧みに応酬してきた。「愛しているのね」彼女は静かに言った。

ロングモアはしばらく黙った。「こう言っても分かって頂けないでしょうが」ようやく言った、「ぼくはマダム・ド・モーヴに献身的な友情を抱いているのです」

「それくらい分かりますわ。でも、もしそうでしたらお友達としての影響力で痛ましい家庭内のもめごとをおさめるようにして下さらなければいけません」

「まさかあなたは」ロングモアは声を高めた。「あの人がぼくに家庭内のもめごとを打ち明けていると思っているんじゃないでしょうね?」

マダム・クレランは目を丸くした。「じゃ義姉はあなたを友人とは認めていないのですか?」それから、ロングモアが頭をふりながら視線をそらすと、「少なくとも今なら、義姉はあなたにお話しするでしょう。私は偶然兄夫婦の最後の話し合いの結末を知っています」とつけ加えた。彼はいや応なしに自分が妙な立場に追いこまれそうなので、それに抵抗するように立ち上がったが、夫人への愛情から相手の話を聞きたい気持も働いた。そういう心の動きを彼のそむけた目に読みとると、彼女は急いで攻撃を開始した。「兄はパリに住むある女性と激しい恋に陥りました。もちろんよくないことですが、浮気をしないようでは、モーヴ家の男とは言えません。この道ならぬ恋のために、兄は義姉に最後にこう申しました。『ねえ君、人生の分かる人間らしく生きようじゃないか。こんなことをあからさまに言うのは不快だが、君と話しているととことんまで言わされちゃう。ぼくは浮気者で、無情で、残酷で、たしかにひどい男さ——それは分かっている。だが君も仕返ししたらいいんだ。自分も楽しんだらいい。美人なんだから何も不平をかこつことはない。君のために胸の病いになるくらい毎日溜息をついている同国人の美男子がいるじゃないか。この男のいう通りにしなさい。そうすれば、上機嫌にしていたって美徳に傷がつくわけではないと分かるだろう。この世もそうゆううつなところでないと分かるだろうし、その上、夫が浮気者なのも便利だと思うようになるだろう』と」ここで彼女は間を置いた。ロングモアは顔面蒼白になっていた。「これは嘘ではありません。私のいるところで兄が言うのを聞いたのですから。正式な話し合いの場だったのです。ところであなた」ここで彼女は微笑を浮かべ——その時は頭が他のことでいっぱいで分からなかったが後で思い起してみると不気味なものだったが——「あなたを頼りにしてますのよ」と言う。

「男爵は、今お話しになったことを、そのまま夫人に面と向かって言われたのですか？」しばらくしてから、ロングモアはゆっくりと尋ねた。

「寸分たがわず、しかもとても丁寧な口調でね」

「で、夫人の方は、何と返事されましたか？」

マダム・クレランはまた微笑した。「そんな申し出に対して、女は何も答えないものですわ。その日義姉は部屋で刺繍を手にして坐っていました。前日の口論以来まだ兄と顔を合わせていなかったようでした。そこに兄が大使のような厳粛な面持で入って来ましたが、恐らく求婚したときでも、これほどうやうやしくはなかったでしょう。ただ白手袋ははめていませんでしたけれどね。ユフィーミアは兄の話を聞き終ると、ちょっとの間、刺繍の手を休めず黙って坐っていましたが、それから、一言もいわずに部屋を出て行きました。それでよかったのです」

「ええ」ロングモアは相手の言葉を繰り返した。「それでよかったのです」

「で、兄とふたりきりになった私は、何と言ったかお分かり?」

ロングモアは頭をふった。「悪い人《モヴェ・シュジュ》とでも?」

「私はこう言いました。『私のいるところでこういう処置を取って下さったのは名誉に思います。私はいいとも悪いともいうつもりはありません。お兄さまは自分のなさっていることを心得ていらっしゃるのですし、私に関係のないことです。でもこのお話私がうまく取り計らってあげますわ』兄は私に感謝していいとお思いになりません?」ロングモアは何も答えず、ゆっくりと向きをかえ、無意識に手袋を帽子のリボンにそって回した。「あなたまさか」彼女は言った、「ブリュッセルにお発ちになるのではないでしょうね!」

ロングモアがひどく動揺しているのは明らかだったから、マダム・クレランは自分の浮気のすすめが成功したとほくそえんでもよかったかもしれない。しかし、「いいえ、今のところはここに留まるつもりです」と彼が答えたときの考え深げな口調には彼女を満足させるよりむしろいらいらさせるものがあった。彼がどのように考えているのか腹立たしいほど不明瞭なので、ひょっとするとこの男も義姉と同じく、快楽に背を向けているのかもしれぬと、彼女が想像したとしても無理はなかった。

「今晩ここにいらっしゃい」彼女は大胆に話をすすめた。「後のことはどうにでもなるでしょう。勝手ですが、私から義姉にあなたに事情をお話ししたことを伝えておきますからね」

ロングモアははっとして顔を赤らめたが、果して彼女の言うことに同意するのか、反対するのか不明だった。「何でもお好きなようにおっしゃって下さい。あの人の行動に何の影響も与えないでしょうよ」

「さあどうかしら。美しくて多感な、ないがしろにされた——侮辱されたと言ってもいいけれど——若妻が何の影響も受けないですって？　ああ、信じて下さらないようね。ではせめて自分のチャンスをお信じなさいな！　でも後生ですから、成功なさりたいのなら葬儀人夫のような顔をしないでいらして下さい。それじゃ、美しい女に心を捧げるのではなく、心を埋葬しにくるみたいですわ。あなたは、にっこりしたときが一番魅力的です。さあ、まっとうなことをなさいな」

「ええ、まっとうなことをしなくてはなりません」こう言いざま、彼は一礼して立ち去った。

七

戸外に出て人目につかなくなると、彼は何か乱暴なことをするなり、足早に遠くまで歩くなりして、物を考える機会を延期せねばならぬと感じた。ステッキを振り振り、頭をそらし、緑の景色を眺めながら、あてどもなく道を進み、大またで森に入っていった。ひどく心が高ぶっているのは分かっていたが、嬉しいのか悲しいのか自分でもはっきりしなかった。自由が増すのは嬉しいという意味では、確かに喜びを感じていた。これまで行く手をさえぎっていた何かが取り除かれ、岬を回って広い海の見渡せる地点に出てきたようであった。その一方、その自由が、どういうわけか、ひとりの例外を除く全人類を軽蔑したいという自由になってしまったという点では、苦痛を感じた。その上、マダム・ド・モーヴがこういう低俗な人類に汚された地球に住まねばならぬという事実が、彼の興奮が完璧な喜びの印となるのをさまたげた。

だが彼女はたしかに身近にいるし、無理にでもふたりを親密にさせようとする事情が生じたのである。彼女はもう謎を秘めた女性ではなくなったわけで、このこと自体は彼を非常に喜ばせた。彼はふたりが置かれた異常な事態のために自分が、下品な言葉を使えば、「得をする」という予感はしなかった。今度の事態は運命の女神の残酷ないたずらで、今後は希望を抱けば一層手厳しく裏切られ、彼女を断念するのが一層苦しくなるかもしれない。しかし、彼女はいかなる事態に立ち至っても彼の讃美を深めぬようなことは何もしないという確信が何にもまして彼の心を強くとらえた。

彼が今、まるで心楽しむことがあるかのように堂々と胸をはって歩いていたのは、それ自体いまわしい事態が彼女の美しい性格を一層完璧に浮彫するに違いないという確信があったからである。二時間ばかりあてどもなくさまよい、気がついてみるともう森を通り過ぎて見慣れぬ所に来ていた。典型的な田園風景で、おだやかな初夏の光が実際以上にそれを魅力的に見せていた。

ロングモアはこれ程フランス的な風景を他に見たことがないと思った。フランスの小説家なら誰しもここを描写し、風景画家もみなここを描いているような気がした。野原と樹木は涼しそうな光沢ある緑色で、そばに行けば、ズボンに草の色がつき、手は木の葉で染まるような感じだ。澄みきった光は淡い灰色を帯び、日光は黄金というより銀色である。大通りからポプラ並木のカーテンを通して見ると、一方には白塗りの塀とだらだら続く庭のある、赤屋根で高い煙突のある大きな農家が一軒あり、他方では、狭い小川が流れていて、鮮緑色の燈心草に覆われ、灰色のポプラで縁取られている。牧草地は低い地平線までえんえんと起伏して続き、刈り込んで一列に並べた木々が切れ目なく並ぶ他には地平線を遮るものはない。景色は派手ではないが、ロングモアの空想をかきたてるような、飾らぬ素朴さがあった。明るい大気とさんさんと輝く陽光に満ち、散文的かもしれぬが、心を慰める景色であった。

　ロングモアはさらに遠くまで歩く気になって、ポプラの下を大通りに沿って進んでいった。二十分もすると、右手にだらだらと広がって果樹園と菜園に続いている村に出た。左手には大通りから石を投げれば届くあたりに一軒の前面がピンク色の小さな宿屋があった。宿屋を見ると急に空腹を覚え、マダム・ド・モーヴのところでご馳走になれるものと期待していたので、まだ朝食を取っていないのに気づいた。宿屋に入ると、れんが造りの広間があって、そこに木靴をはき白い帽子を被った女主人がいた。この女が手早く作ってくれたオムレツを食べながら、一緒に出されたうまい赤ぶどう酒で口が軽くなって、料理の出来栄えをおおいにほめると、お世辞にむくいるために、彼女は宿屋の裏手の小さな庭に出て葉巻を吸うようにすすめてくれた。

　庭には東屋《あずまや》があり、熟しつつある作物が川の方まで広がっているのが見えた。東屋は狭苦しいように見え、それに暑い日でなかったので、日なたで、ピンク色の壁にたてかけてあるベンチに坐ることにした。ここでひと休みしてあたりを眺めながら、瞑想にふけっている間に、平和な周囲の情景に触発されてと思われる一連の考えをたどっている自分に気づいた。過去三時間高鳴り続けていた心臓は次第に平常に戻り、もっと落着いた気分で人生を考えられるようになった。開いた窓から聞こえてくるなごやかな酒場の物音、力強い自然の息吹きを蔵し、日に照らされた畑や作物ののどかさ——これらが彼に伝えようとするものは何だろうか。高遠なことは何も伝えず、諦めについてもほとんど語らず、精神的情熱などについては何も教えなかった。それらは飾らぬ豊かな自然の生命力を伝え、物事の正しい姿を現わし、人間の定めははなやかで面白いものではないが、人生を味わいそこなわぬためには虚心に経験にぶつかってゆくのが賢明だと教えるようだった。しばらくして彼は、胸深く傷ついた人はこのような景色を見て慰められるだろうかと考え始めた。なぜそんなことを考えたのか説明するのはむずかしかろうが、そこに坐っている間に、ゆっくり流れる小川に沿って自分の前を行く不幸な女性が果樹園で実のついた大枝をひっぱっている姿を夢想したのは確かである。彼はさらに瞑想を続け、そのあげく、マダム・ド・モーヴのことをもっと悪く——ともかく今と違った風に考えられぬので自分に腹が立ってきた。自分は人生にロマンチックな夢をあまり抱かぬし、はなばなしい恋愛をしようとも考えていない。それなのになぜ、彼の唯一度の恋が不運なのであろうか。彼の最初にして最後の幸福の機会が諦めと分かち難く結びついているのはなぜなのか。

彼がいま激しい反抗心に襲われたのは、彼の同国人の多くと同じく彼の内部に禁欲主義が潜んでいて、これまで彼は何の疑惑も抱かずにその命ずるところに従って来たからであろう。断念し、さらに断念し、永遠に断念すること——そのためだけに、若さと憧れと決意は存在するのであろうか？　経験を、わいせつな絵のように、包み隠したり切断したりせねばならぬのか？　人間はただ坐して、自分の未来が喜びの長い反響ではなく、悔恨のむなしい記憶であるように意識的にしむけるべきなのか？　犠牲？　その言葉は恐怖で茫然自失した人間の陥るわなであり、弱い人間のいむべき逃場である。夫人への恋を諦めないのは、何も大それたことではなく、自然なこと、可能な条件で生きることを意味するのだ。

宿の女主人は垣根に洗濯物を干そうと庭に出て来た。ロングモアがばかにおとなしく坐っているのに気付いたが、興奮した眼を見て、上等のぶどう酒をしたたか飲んだせいだと考えたらしい。彼女が家の中に入ろうとしたときひとりの青年と向い合わせになった。ロングモアは、考えごとに夢中ではあったが、この青年を観察した。明らかに陽気な画家仲間のひとりで、この連中はその見苦しい身なりが人生の絵画的な面、意外な面と類似しているために、お上品に行動するしかない紳士淑女からかなり羨しがられているのだ。

この青年がいかにも聡明そうなのにロングモアは心を引かれ、それから彼が大層仕合せそうなので驚いた。この二つの要素の結びつきは、ロングモアのような皮肉な理屈屋でなくとも注意を引かれたと思われる。ふちのたれたソフト帽をかぶり、ひげはブロンド、片方の腕には小さなイーゼル、もう一方の腕には描きかけの油絵をかかえている。

この青年は立ち止まって、いかにも浮き浮きした様子で女主人と数分立ち話をしていた。昼食の打ち合せをしているらしく、女主人はおいしそうな料理の名をいくつかあげ、彼の方はその度に結構ですねというように威勢よくうなずいている。昼にラム・チョップとほうれん草とクリーム・パイが食べられるというので、あんな嬉しそうな顔をしているとは考えられない。食事の注文が済むと彼は手にしていた絵を持ち上げて相手に見せた。人のよい女主人はすっかり感心した様子で、彼がその絵を描いた小川のそばの地点の方を眺めやった。

この男をあんなに幸せにしているのは彼の仕事なのだろうか？　豊かな画才はこの世で最上のものなのか？　ロングモアが思案しているうちに、女主人は調理場に戻り、若い画家は畑を横切る小道に面した木戸のそばで何かを待って立っていた。ロングモアは坐ったままじっと考えこみ、画才を身につける方が恋心を燃やすよりよいのかと自分の胸に問うてみた。彼がそれに答える前に、画家は待ちくたびれたらしく小石を拾って、二階の窓めがけて軽く投げ、「クローディーヌ！」と叫んだ。

クローディーヌと呼ばれた女性が窓から顔を出し、下の若者にもうちょっと待ってよ、と言っているのが聞こえた。「でもいい光がなくなりそうなんだよ」彼は言った、「昨日と同じ光線が必要なんだ」

「じゃひとりで先にいらっしゃいよ」クローディーヌは答えた。「十分したら後から行くから」女の声は若々しくつやがあり、ロングモアの耳には、あたしも彼と同じくらい幸せなのよ、と言っているかのように感じられた。

「シェニエの詩集を忘れるなよ」青年は叫ぶと、木戸を出て畑の間の小道を進み、小川のそばの木々の間に姿を消した。クローディーヌとは一体誰なのだろうかとロングモアはぼんやりと考え、声と同じく美しい人だろうかと思った。まもなく彼女が、連れの後を追うと、帽子をかぶりパラソルを持って姿を現わしたので、彼の好奇心は満足させられた。ピンクのモスリンの服に小さい白い帽子といういでたちで、感じのよい美しさのフランス娘だった。きれいに日焼けした肌に明るい褐色の目で、自分にだけ聞こえるスローテンポの音楽に調子を取っているような歩き方だ。両手には持ちきれないほどいろいろなものを持っていた。片方の手にはパラソルと大きな刺繍を、もう一方にはショールと画家がスケッチの際に用いる、重そうな白い傘を抱えている。その上、「アンドレ・シェニエ詩集」と読める紙表紙の一冊本をポケットにねじこもうとしている。その際大きな傘を地面に落してしまい、照れくさそうに、あらいやだと叫んだ。ロングモアは軽く会釈しながら進み出てそれを拾い上げ、彼女が済みませんと言って手を差し出したとき、全部運ぶのは彼女には無理だと思った。

「無理のようですね。お手伝いしましょう」

「どうもありがとうございます」彼女は答えた。「主人はいつも何か忘れるのです。傘がないと仕事ができませんのに。そそっかしいのですわ」

「この傘はご婦人には重すぎます。ぼくがお持ちしましょう」

何度も礼を言ってから彼女は同意し、ふたりは並んで畑の方へと歩いていった。足もとに気を配り、同時に夫の姿を見付けようと前方を見つめながら、彼女は足取りも軽く歩いた。優雅で可愛らしく、きりっとしていてしかも女らしい。こんな女性がそばに坐ってシェニエの抒情詩を読んでいてくれたら、若い画家の仕事はさぞはかどるだろうと、ロングモアは思った。ふたりはまだ新婚で、その人生途上には、他の夫婦とは違って、何一つ障害物がないのだろう。彼らはあまり高望みなどしないだろう。もっとも、こういう静かな夏の日に、愛する人と共に涼しい小川のそばで絵を描き本を読み、見渡す限り影もない地平線を眺められるのなら、それ以上望むものなぞないのも当然だ。午前中はこのようにして過ごし、昼食を取りに宿屋の赤れんがの部屋に戻り、太陽が低くなったころまた外出する――これこそ今彼の脳裡に浮かぶ至福のイメージであったが、自分には叶わぬ夢と思うと心は痛むばかりだった。フランス女といっても全部浮気者とは限らないと、連れの女性と歩調を合わせながら彼は考えた。彼女はときどき礼儀上何か言ったけれど、一向に彼の方を見ず、彼が顔立ちのよい青年であることなど全く関心がないらしい。あのみすぼらしい上衣とふちのたれたソフト帽の若い画家しか眼中になく、どこにイーゼルを据えたのか探そうと一所懸命だった。

場所はまもなくわかった。小川の近くの木々の下に陣取り、こんもりした木立ちのかすんだような緑色の影に包まれていたから、すぐ傘が要ることもなかった。しかし彼女は忘れたことを威勢よく非難し、それからロングモアに面倒かけたことを話した。彼はひどく恐縮して礼を言い、草の上に一緒に坐るようにとすすめるのだった。だがロングモアはふたりの邪魔をしたくないので、若者の絵を眺めるだけにした。銀色に光る小川と新緑の燈心草を描いた、見事な出来栄えであった。新妻は一本の木の根本にショールを広げ、ロングモアがいなくなったら、そこに坐って、小川のせせらぎに合わせてシェニエを小声で読むつもりらしかった。ロングモアはしばらくこの若夫婦を交互に眺め、ようやくのことで吐息を抑えて、別れを告げて立ち去った。

どこに行ったらよいか、何をしたらよいか分からず、しょせんかいなき憧れの波に乗ってただよっているようであった。ゆっくりと宿に戻ると戸口で下宿人の昼食の用意にラムの角切りを買って肉屋から帰ってくる女主人に出合った。

「お客さんは若い絵画きのお連れさんとお知り合いになったようですね」彼女はにこにこしながら言った。あまりにもおおっぴらな微笑だから皮肉とは思えない。「きっとあの青年の絵もごらんになったのでしょう。相当の画才があるらしいですよ」

「ええ、とてもきれいな絵でした」ロングモアは言った、「でも連れのご婦人の方がもっときれいでした」

「とてもよい人なので、それだけお気の毒なんです」

「あの婦人には人から気の毒がられることなんかないでしょう。とても幸せなご夫婦のようですが」

女主人はしたり顔にうなずいた。

「信用しちゃいけません、絵描きってものは、本当にあてにならないんですから！　いつなんどきあの女を棄てるかも知れないんです。連中のことは私はちゃんと知っているんですよ。何度も家に下宿させていますが、ある年にはある女と来たかと思うと、翌年は別のを連れてくるんですからね」

ロングモアは一瞬途方に暮れたが、すぐ「正式の夫婦ではないのですか？」と尋ねた。

女主人は肩をすくめた。「何て言ったらいいのでしょう？　大体、こういう連中は節操がないんですよ。その時その時で生きてゆくんで、自分を束縛するのが嫌いなのです。まあ、私の知ったことじゃないし、それにあの若い婦人のことは悪く言いたくありません。とてもいい人で、あの青年にぞっこん惚れているのです」

「あの婦人は一体誰れなのです？」ロングモアは尋ねた。

「確かなことは何も知りませんけど、あの男より身分が上だと思います。貴婦人で、あの男のために何もかも犠牲にしたんじゃないかと思えるくらいです。ともかく昼食に二皿で我慢しなくちゃならなかったことはなかったでしょう。私としてはできるだけ美味しいものを出していますけれど」こう言って女主人は手にしたラムの角切りを大事そうにひっくり返した。いい料理人ならもっとましな料理を考えつくかも知れないけれど、一皿しか食べるお金がないのなら、ラム・チョップに限ると言わんばかりだった。「パン粉を使ってこれを料理するんですよ。女ってものはそういうもんなんです」

ロングモアは、本当に女ってものは計り知れぬ謎だ、女の強さが魅力なのか、弱さの方が魅力なのか分からないと感じながらその場を去った。来たときよりもゆっくりとサンジェルマンに戻っていったが、心中には運命を甘受しようという気持は弱まり、その反対に、哲学者が利己主義の極みと呼ぶ自分本位な激しい情念が強まるのであった。何度となくあの幸せな画家とすべてを棄てて彼と一緒になった美しい女性のことが脳裡に生々しく浮かび、しょせん自分には手の届かぬ幸せの夢のように、彼の精神的な動揺を嘲笑しているようだった。

女主人の噂話は若いふたりの明かるさに影を投げるものとはならず、その声は、人間の行為における詩的な高揚した部分をひどく散文的なものに変えようと待ち構えている、無知な輩の下品なコーラスのように思えた。あの女性の足取りをあれほど軽やかにさせ、眼差しに自信を与えている魅力のすべてを享受しながら、その返報に、太陽が東から上がるがごとく不変で、絶対確実な愛を捧げぬということが、男にできるものだろうか？　こんな歓喜に満ちた男女の結合に悩みの種が潜み、こんな完璧な結合が当事者の死以外のもので破られるなどということがありうるだろうか？　ロングモアは大声で一千回も「否、否」と叫びたい衝動にかられた。彼はいつの間にか、自分をあの若い画家に、マダム・

ド・モーヴを連れの女性に置き換えて考えていたのだ。

歩いてゆくうちに日差しが強くなったので、再び森に入るとできるだけ日陰を見つけて巨大なぶなの木の根本のこけのはえた地面の上にごろりと横になった。しばらくそのまま身体を伸ばして頭上の緑したたる葉影を眺め、一時間前にあの画家を愛する女性がしたように、マダム・ド・モーヴが彼を探して、静かな小川のほとりに急ぎ足でやってくる姿を頭に描こうとした。それがどこまでうまくいったか分からないが、ともかくそうしているうちに興奮よりも心の安らぎを覚え、心身共に疲れはてていたので、とうとう、ぐっすりと眠ってしまった。

眠っている間に奇妙な生々しい夢をみた。どうやら自分は眠りつく前に自分の眼に映っていたのと大変よく似た森の中にいるらしい。ただその森の真中には、一時間前に見た、かすかな音をたてて流れる小川がある。彼は何か大切なことが起るのを待望してあちこち落着かずに歩きまわっている。と、突然、少し離れたところで、木の間に女性の服がちらと見え、その人に会おうとそちらに近づく。近づくとマダム・ド・モーヴだと分かるが、彼女はいつのまにか川の向う岸にいる。彼女ははじめロングモアに気づかぬが、川を隔てて視線が合うと立ち止まり、厳粛な面持で憐れむようにこちらを見る。川を渡ってくるように合図してくれないけれど、彼はぜひ彼女の側に行きたいと思う。川が深いので潜らねばならぬようだが、潜っている間に彼女が消えてしまうのではないかと気になる。それでもいざ潜ろうとしていると上流から一艘の船がすみやかにふたりのいる場所までやってくる。船をあやつっている人はこちらに背を向けて坐っているので顔が見えない。船はロングモアの立っている岸につき、彼が乗りこむと二、三かきで対岸につく。彼が降りると、川を渡ってきたのにマダム・ド・モーヴはいない。胸が張り裂けんばかりの気持で振り向くと、彼女は向う岸、つまり彼が先刻までいた岸にいる。彼女は何も語らず冷たく一瞥して上流に向かって歩き出す。船は再び動き出すがしばらく進むと止まり、漕ぎ手は振り向き、離れ離れになったふたりをじろりと見る。そのときロングモアは漕ぎ手の正体を知る——数日前ブローニュの森のカフェで目撃した男爵だ。

八

夢を見終ってからもさらにしばらく寝ていたのだろうか、起きたときすぐ夢が思い出せなかった。後になって、家の近くまで戻って来たときようやく思い出した。たいして頭をひねらずとも、これが何の象徴だか分かって、その日一日この夢につきまとわれて気が滅入った。唯一の救いは、人生における唯一の健全な生き方は、しゃにむに幸福をつかもうとすることだという確信が前より強まったことで、その夜マダム・ド・モーヴを訪れるのは、この生き方に基づく積極的な行動に過ぎぬように思えた。しかし、いざ実行に取りかかろうとして入念に服装をととのえたとき、気おくれはいかんともしがたく、開いた窓辺にしばらくたたずんで、おそれと願望が奇妙に入り混った気持で考えこんでしまった——はたしてマダム・クレランは義姉に午後の彼との話し合いのことをもう告げただろうか？出かけて行くのは、いたずらに彼女の苦しみを増すのみかもしれないが、その一方、出かけなければ、会うのを恥じるような事情が存在するかのごとき印象を与えることになろう。希望や疑惑などが次々に湧き起って彼を苦しめ、両手で頭を抱えて長い間坐っていた。マダム・クレランの首を締めつけてやりたいと思うこともあったが、その一方、彼女は自分にとって何か役立つことはありえないかと考えざるを得なかった。ホテルを出たのはもうかなり遅かった。モーヴ邸の門を入ったとき胸の高鳴りがあまり激しいので、声の調子でそれが分かりはしないかと恐れた。

召使いは彼を応接間に招じ入れたが、そこには誰もおらず、ただランプだけが低い焔で燃えていた。テラスに続くガラス戸はあいていてカーテンが暖かいそよ風にゆれているので、ロングモアはテラスに出た。マダム・ド・モーヴはここでひとり、ゆっくりと行ったり来たりしていた。飾りの少ない白い服を着て、髪はいつもと違って、来客を予期しない人のように、ただ一本にゆるく編んでいるだけだった。

彼女はロングモアの姿を見ると立ち止まり、はっとした様子で何か叫び声をあげ、彼が口を開くのを待って立っていた。彼は夫人を見て何か言おうとするのだが言葉にならなかった。相手を見つめたまま黙って立っているのは、ぶざまだし礼を失するのは分かっているが、この場にふさわしい言葉が浮かばず、言いたいことはあるのだが、言い出す勇気がない。

薄明りで顔の表情まで見えないが、彼女の眼が自分に注がれているのはよく分かり、この眼が一体何を告げようとしているのかと考えた。警告しているのだろうか、懇願しているのだろうか、それとも怒っているのか？　一瞬彼は目まいがした——ずかずかと彼女に近づき両腕で思い切り抱きしめてしまえば、万事解決ではないかと感じたのだ。だが一瞬が過ぎても彼女を見つめるだけで動かなかった。彼女は何か言ったらしいのだが、彼には何を言ったのか、分からなかった。

「けさおいでになりましたのね」彼女は言葉を続け、ようやく彼は理解した。「私、頭痛がしましたので部屋に閉じこもっていて失礼しました」彼女の声はいつもと変らなかった。

ロングモアは心の動揺をおさえて、内面を見すかされぬように答えた。「もうよろしいのでしょうね？」

「ええ、ありがとうございます。もうよくなりました」

一瞬彼は口をつぐみ、彼女は椅子のあるところまで歩いて行って腰を下ろした。ちょっと間を置いてから彼も後に続きテラスの手摺に寄りかかって彼女の前に立った。「森にご一緒できればよかったと思います。止むをえずひとりで参りましたが、とても天気がよかったので遠くまで足を延ばしました」

「ほんとうによいお天気でしたね」彼女はぼんやり言って眼を伏せ、ゆっくり扇子を開閉した。ロングモアは彼女を見ているうちに、マダム・クレランは彼に打ち明けたことを彼女に話したに違いない、だから夫人の自分への態度が変化したのだと次第に確信していった。このために彼が今夜やってきたとき胸に抱いていた夫人に対する情熱は水をかけられたようになり、喉もとまで出かかった一ダースほどの愛の言葉が、いわば畏敬に満ちた沈黙に変ってしまったのだ。そうだ、自分には彼女を両腕に抱くことはできない――昔の崇拝者が寺院の大理石の像を抱けなかったのと同じことだ。だが、ロングモアの崇拝する像は、ゆたかな人間の声で――あるいは人間らしい躊躇さえかすかにみせて、ようやく口を開いた。彼女は顔を上げ、その眼は暗闇の中で光るように思えた。

「今夜いらして下さってありがとうございます」彼女は言った、「嬉しいのにはとくべつわけがございます。大体、いらして頂けるものと考えておりましたものの、ひょっとするといらっしゃらないかもしれないと考えましたの」

「やはりお訪ねしないわけにはまいりませんでしたよ」

彼女はすぐ返事をせず、考え深そうに扇子を開閉し続けた。ようやく、「申し上げたいことがあります」と突然切り出した。「まず、私があなたを尊敬申し上げていることを是非知って頂きたいと存じます」ロングモアは、はっとして身じろぎした。一体何を言おうとしているのか？　こちらからは何も言わず相手の言葉を待った。

「私、あなたに大きな関心と、それから――申し上げてもかまわないと思いますが――強い友情を抱いております」

　彼は笑い出した。彼女の冷たい態度と言葉の内容が矛盾するように思えたからでもない限り、なぜ笑ったのか自分でもよく分からなかった。彼女はかまわず言葉を続けた。

「大きな失望を味わうのは、大きな期待と強い信頼があったればこそということは、あなたもご存じですわね」

「ぼくはこれまで大きな期待を寄せ続けて来ました。でもその期待は理性的なものでなかったので、失望を味わう資格はないのでしょう」

「ご自分を過小評価していらっしゃいますわ。私はあなたの理性をとても信頼していますから、もしそれが不足していると知ったら、大きな失望を味わうでしょう」

「ぼくをからかってひとりで楽しんでいらっしゃると信じたいくらいですね」ロングモアは叫んだ。「ぼくの理性ですって？　理性なんて単なる言葉に過ぎませんよ！　この世で唯一の実在は感覚です」

　彼女は立ち上がって冷たく彼を見た。彼の眼はもうこのときまでには暗さに慣れていたので、彼女の表情が非難めいてはいるが、何か嘆願するようなやさしさがこもっているのを見てとった。彼女はいらいらしたように頭をふり、扇子を彼の腕に強く押しつけた。

「もしおっしゃることが本当でしたら、世の中はいやなところです。でも、あなたのお気持なら大体分かっているつもりですわ。おっしゃろうとなさらなくても結構です。そのあなたのお気持をたよりにして、折入ってお頼みしたいことがあります。さしせまった、大事なお願いです」

「どうぞおっしゃって下さい。傾聴しますから」

「私を失望させないで下さい。この意味がお分かりでなくとも、明日なり、でなければいずれお分かりになりましょう。さっき尊敬していると申し上げましたが、まじめに申したので、いい加減のお世辞などではありません。あなたの寛大なお気持に訴えたのに、いつまでも酬いられないってことはないと堅く信じます。もしそんな破目になったら――もし寛大な方だと思っていましたのに自分本位の人だと分かりましたら、心の広い方と思っていましたのに狭量の人だと分かりましたら」それからゆっくり一語一語に力を入れて、「まれな方と思っていましたのに平凡な人と分かったら、私、人間にますます失望感を味わうことになりましょう。きっとひどい打撃を受けるでしょう。未来にやってくる退屈な日々にこんな独り言を言うでしょう――『こういうことのできたかもしれない方がいたけれど、この人もまた駄目だった』と。でもそんなことはたまりません。あなたはこれまでとてもよい印象を与えて下さったのですから、さらに最高の印象を与えて下さらなくてはいけません。永久に私を喜ばせて下さるお気持がおありなら、方法はあります」

彼女は服が触れるほどそばに立って、彼の眼を凝視していた。どんどん話し続けるにつれて、態度が妙に熱を帯び、情熱的に理性を説くという奇妙な姿を呈した。ロングモアは混乱し、戸惑い、うろたえそうになった。彼女の口をついて出る言葉は、すべて非難であり、拒絶であり、否定であるが、ごく真近に立つ彼女の姿はこれと矛盾し、彼を混乱させるのだった。今夜ほど彼女が美しく見えたことはない。青白い顔にきらきら光る眼をした彼女は白い服がよく似合い、まさに夏の夜の精であった。語り終ると長く息を吸い込み、ロングモアはその息づかいを頬に感じ、と同時に突然ある歓喜に満ちた想像に包まれた。きびしく冷たい彼女の言葉は、実は彼をまどわす呪文で、彼女のこの世ならぬ美しさを際立たせるためのものであり、それが唯一の真実、唯一の現実、唯一の法則なのだ。

彼は眼を閉じたが、彼女も苦しみ、困惑しているようにこちらを見ているのが感じられた。眼を開いて彼女を見ると、その両眼のそれぞれに一粒の涙が認められた。その瞬間さき程の想像は、はかなく掻き消えてゆくように思え、彼女の美しさは暗闇の中でますます輝きを増して、彼女より美しい何かあいまいな物の象徴として彼の前に浮かび上った。

「明日になればおっしゃる意味が理解できるかもしれませんが、今は無理です」彼は言った。

「でも私は今日よく考えてみて、どのようにお話ししたら分かって頂けるか、とくと思案したつもりですのに。もちろん、全然お目にかからないでおこうかとも考えました」ロングモアはとんでもないという身振りをした。彼女はさらに「その場合にはお便りを差し上げましたでしょう。それから、お目にかかりはしても、お別れすべき立派な理由が生じたので、今夜を最後にしますと申し上げようかとも考えました。事実、そうするのがよいとも思ったのですが、結局、このような形でお会いすることにしたのは、そう、友情からです。これから先、今のことを思い出して、私が追い返したのではなく、あなたがご自分の自由意志で、賢明に判断されて立ち去られたのだと考えたいのです」

「賢明な判断ですって！」ロングモアは大声で言った。

「必要なら何も申し上げずにお別れする権利が私にあることをお忘れなく。でも前にも申しましたように、そうしなくてはならぬとしたら、私、とても失望いたしますでしょう」

マダム・ド・モーヴはしばらく間を置いてから続けた。

「そんなことをうかがうと、ひどく腹が立ちますし、いらいらしてきます。もう何も言わずに、お別れするのもむずかしくないと思うほどですよ」ロングモアは答えた。

「万一あなたが腹を立てて帰られたら、私の気持は半分も生かされぬことになります。私はあなたが怒っていらっしゃるなんて考えたくもありません。重大な犠牲をあなたが払っていらっしゃるとも考えたくないのです。私が考えるあなたは……」

「過去にも存在せず、現在も存在しえぬ人間としてお考えになりたいのでしょう！　あなたを知りながら愛さなかった男、無念に思うことなくあなたと別れた男としてね！」

彼女はいらいらして背を向け、テラスの向う端に歩いて行き、戻って来たときには、いらだちが冷たいきびしさに変っていた。再び彼の前に立った彼女は、心から非難し、軽蔑さえしているのかと思えるほど、彼を頭の先から足の踵までじろじろ眺めた。このように見つめられると彼は一種の恥じらいを覚え、赤面した。それに気付くと、彼女は喉もとまで出かかっていた言葉をひっこめてしまった。再び彼女はふりむいてテラスの向う端まで歩いて行き、そこに立って庭のほうを見た。彼が自分の真意をようやく理解してくれたらしいと推量したようだ。そして事実、次第に彼は、一つには漠然たる自責の結果、夫人の気持が理解できるようになってきた。彼女は、彼が卑劣に振舞えばふたりの恥じねばならぬことを、男らしく堂々と行う機会を与えようとしているのだ。

このように彼の名誉を重んじ、わざわざ彼のために理想的な行動の道を考えてくれるのは、彼女が自分に好意をよせている――それも心から好いているからに違いない。彼女の友情――先ほど彼女が強い友情と呼んだもの――に気付くと、彼の魂は新たな力を得て飛翔し、澄んだ大気を呼吸していると急に感じた。彼女の言葉は彼の恋心を燃えたたすための餌とは思えなくなり、彼女自身の情熱がそこに秘められて、この言葉に耳を傾けることこそ今の幸せにほかならぬと感じられた。彼はこの幸せを直ちに享受してよいのだと思いながら足早に彼女に近づいた。

ふたりの間にはテラスの三分の二ほどの距離があり、応接間のガラス戸の前を通らねばならなかった。ちょうどそこを通ろうとしたとき、彼は愕然として驚きの声をあげた。マダム・クレランが戸口に立って彼を観察していたのだ。立ち聞きしていたのを感づかれたと分かったから、彼女は照れ臭そうな微笑を浮かべてテラスに現われ、まずロングモアを、それから義姉の方を見た。

「内証話といっても、この様子じゃ、お話の邪魔をしたからって謝らなくてもいいでしょう」彼女は言った、「むしろ邪魔するのが礼節というものでしょうよ」

マダム・ド・モーヴはこちらを振り向いたが、何も言わなかった。まっすぐロングモアを見つめる彼女の眼は驚くほど雄弁に物語っている。その語るところを正確に読み取れたかどうか自信はないが、大体次のように語りかけているようだった――「あなたが何と呼ぼうと、私にするようにすすめていらっしゃることはこういう女でなければ考えつかぬことです。私がお願いするのは、義妹など思い及ばぬことなのです！」彼女の眼は、どうか私をこのままにして下さいと訴え、義妹とは本質的に違うのだとほのめかしているように思えた。ロングモアはそれに応えて、マダム・クレランが当然と思っていることなど絶対にすまいと心に誓った。帽子とステッキはテラスの手摺に置いてあったが、これらを取り上げるや否や、マダム・ド・モーヴには、お休みなさいと一言いって手を差し出し、マダム・クレランには無言で会釈してその場を立ち去った。

九

宿に戻ると彼はろうそくも燈さずベッドに身を投げた。だが朝まで一睡もできず寝返りを打っては考え、あれこれ思い悩んで何時間も横になっていた。精神がこれほど活発に働いたことはかつてなかった。ユフィーミアは別れ際になって重大な使命を彼に課し、まるで彼の愛の告白を受入れたかのごとく大胆に自分の見解を述べたように思われた。彼女の主張を全部理解するのは容易でなく、また心楽しくもなかったが、僅かずつ完全な意味が心に沁み込み、喪失感をどうにか埋合わせるような、好機を与えられたという意識が芽ばえて心に安らぎを覚えた。喪失感を感じたのは、まず第一に、予測しうる未来には彼女がどのような意味でも彼を愛せぬことは明らかだったからである。これは、開いた窓から眺められる星座の配置を変えられぬのと同じくらい確かだった。彼女を支えている基盤となっているものは一体何なのだろうか？　永遠に消え去らぬ義務感であろうか。いかなる裏切りにあおうとも燃え続ける愛情であろうか。「まったく驚いた話だ」と彼は考えた、「世の中は純粋な真珠のような愛情で満ちあふれているから、彼女の抱くようなやさしい愛情をもいつまでも無視してもよいというのか――底無しの闇に葬ってもよいというのか？」現在の生活がどれほどいまわしいものであっても、彼女には何か貴重な思い出があって、そこに薄れゆく希望の根源が潜んでいるのだろうか？　彼女はあらゆる辛苦に耐えながら、なお信じようとするのか？　彼女を支えているのは、強さかもろさか、ありふれた恐怖心か、はたまた確信か、良心か、貞節か？

ロングモアは溜息をつき、こういう女性の本心を推測しても無駄だという重苦しい気分に陥ってベッドに身を沈めた。彼はただ、マダム・ド・モーヴの本心はその魂の深奥に隠されているが、立派なもので、決して卑劣なものではないと感じた。彼女の性格を支配する最高の掟は永久不変の貞節であり、それがいま崩れゆく廃墟の中で足場を保つのに役立っていた。「彼女はかつて恋をしたのだ」彼は立ち上がって窓辺に歩み寄りながらつぶやいた、「それは永久に変らない。そうだ、もし彼女が再び恋するようなことがあれば平凡な女に堕してしまうだろう」彼は長い間そこに立って、星あかりの中の静かな町や森を眺め、彼女と結婚前に知り合っていたら自分の人生はどう変っていたろうかと考えた。しかし人は現実の人生を生き抜かねばならぬ。マダム・ド・モーヴのような女性からの訴えをとつおいつ思案しながらこうして立っているのは現実の人生を生きることに違いない。彼女は、失望させないで下さい、苦悩の中から生み出された理念の正しさを証明して下さいと願っているのだ。ロングモアの想像は活発に働き、彼は頭を上にそらし、人を嘲笑するようにきらきらと輝いている星の間に、彼女の考え方を探し求めようとした。しかし、それは、多数の他の悲しい人間の住む屋根の上をさまよって吹いてくるおだやかな夜風に乗って彼のところにやって来た。そうだ、彼女は自分自身のためではなく（というのは彼女は何も恐れず、何も必要としないのだから)、彼の幸福、彼の評判のために訴えているのだ。彼は宿命に従わねばならぬ――彼が若く健康で、知性も決断力もあるのはそのためにほかならぬ。彼女はぼくの愛に応じてくれた一瞬もあったなどとうぬぼれたりして彼女の非難を受けるようなことがあってはならぬ。懇願したり、議論したりして、苦々しい気持で別れを告げるような破目に彼女を陥らせてはならぬ。自分は、彼女の冷淡さも彼自身の情熱も、すべてのものを、超然たる態度で眺めなければならない。自分の強さを証明し、立派にふるまわねばならぬが、立派なこととは避けられぬ運命に従い、細心に気を配って彼女に苦痛を与えぬように努め、自分の情熱を抑え、何の代償も求めず、直ちにサンジェルマンを立去ることだと心に決めなければならない。賢明に行動すること自体に意味があると信じこまねばならない。マダム・ド・モーヴがこれらすべてのことを――それ以上でもそれ以下でもなく――彼に期待するのは、彼を信頼できる友人と見なしているからである。だがその期待に添うことによって彼自身は一体何を得るというのだろうか？　もちろん彼女に喜びを与えることができるではないか！　彼は再びベッドに身を投げ出すと、ようやく眠りにつき朝までぐっすり寝込んだ。

翌日の昼前に、すぐサンジェルマンを立ち去ろうという決意は固まっていた。彼女に会わずに立ち去る方が楽のようでもあったが、やはりもし僅かな「代償」でも求めてよいのなら、数分でよいから彼女に会いたかった。落着かぬ思いで日中を送った。どこに行っても彼女が夕暮の薄明りのなかに立って、情熱的に身をまかすよりもっと魅力的な、物静かな控え目な態度で彼を見つめているように思えてならなかった。早く出発すべきなのだが、それがひどく困難だった。結局、妥協してその日の残り時間をパリで過ごすことにした。大通りを散歩し、商店をのぞき、しばらくテュイルリ公園に腰を下ろし、こういうところでしか大自然と夏を楽しめぬような貧しい身なりの恵まれぬ人々を眺めた。しかしこのようにして彼が感じたのはマダム・ド・モーヴが彼を追いやりつつある世界は、何とほこりっぽく、物淋しく、孤独なものなのかということだけだった。

暗い気分で大通りにもどり一軒のカフェの前の、熱したアスファルトの舗装道路に面したテーブルについた。夜になりランプが燈され、回りのテーブルも次第に活気を呈し、パリはその独特の夜の姿を見せ始めた。飾り窓や劇場の扉の明るい光や、走り去る馬車のがらがらいう音を通じて、夜のパリはささやきかけているようだった――「ポケットにどっさり金があり、良心には麻酔をかけでもしないかぎり、ここは楽しめる所ではないよ」と。しかし今日の彼には良心もないし、楽しみたいという欲望もなかった。人のむらがるパリの冷淡さに生まれて初めてこちらも冷淡さでむくいることができると感じた。ほどなく一台の馬車がちょうど彼の前の舗道に止まり、誰も降りずにそのまま停車していた。一頭の馬力のある馬の引いた、地味でこぎれいなふたり乗り馬車で、中には、青白い美女が絹のクッションに身体を埋めながらみぞに映るガス燈を眺めてあくびをしている姿が想像されるのだった。ようやく馬車のドアが開いてモーヴ氏が降りて来た。立ち止まってしばらく窓に身体を寄せて、まだ乗っている人と興奮した面持で話していた。ようやく彼はうなずき馬車は走り去った。男爵はステッキを振りながらそこに立って、大通りのあちこちを眺めながら、約束の時間までどう暇潰しをしようと思案しているようだった。カフェに向かって歩き出し、とくに名案も浮かばぬのでテーブルにつこうとしたらしいが、その時になってロングモアに気づいた。ほんの一瞬ためらっただけで、無頓着な歩き方のまま会釈しあいまいな微笑を浮かべて近づいてきた。

ロングモアがブリュッセルに行くはずの途上、ブローニュの森で出会って以来、ふたりが顔を合わせるのは今日がはじめてだった。昨日マダム・クレランからあのような打ち明け話を聞かされたときには、彼の念頭には男爵など浮かばなかった——腹を立てたりするゆとりがなかったのだ。しかし今彼がこちらに近寄ってくるのを見ると、心の底から憎悪の念が湧き上ってくるのを感じた。だがよく注意してみると男爵の平然たる態度には何か暗いかげがつきまとっているようであった。この男もようやく悩み出したのを知った痛快さと、できるだけ超然として焦らしてやろうという衝動とが結びついて、ロングモアは落着き払って相手の会釈に答えることができた。

モーヴ氏は腰を下ろし、ふたりの男はテーブルをはさんでさしむかいになった。儀礼的な挨拶を交したが、雰囲気は一向になごまなかった。マダム・クレランが彼に打ち明け話をしたのを男爵が知っていると考える根拠はなかった。彼はロングモアにどう思われようと構わぬであろうが、もし鋭い知覚力があって相手の目に浮かぶ侮蔑に気づいたら、さぞ顔を赤らめたことだろう。赤面こそしなかったが、ロングモアをやや挑戦的に鋭く見つめた。ブローニュの森での不快な一件を思い出したのだろうし、また、相手の心の広さ――あるいは純真さという方が適切かもしれないが――につけこんで妻との浮気をすすめた男として当然の強い好奇心もあったに違いない。数日前と較べるとロングモアには心の広さも純真さもなくなっているのに気づいたためか、男爵は顔をますますくもらせ、横を向いて葉巻に火をつけながら眉をひそめた。

二輪馬車に乗っていた婦人は――ブローニュの森の人物と同じかどうか分からぬが――男爵の無上の喜びの源となっていないようだとロングモアは判断した。ロングモアはよく透き通った濃い青い眼をしていて、いかにも正直そうなので、子供のとき子供らしい嘘をついても、どんなきびしい先生も思わずにっこりしてしまうのであった。両者の関係を多少とも知っている者がテーブルに向い合ったふたりを観察したなら、この眼に浮かぶもののために男爵が少なからず当惑し悩んだに違いないと言ったであろう。その眼は彼を裁き、嘲笑し、するりと逃れ、脅し、打ち負かすのであった。モーヴ氏は他のいかなる目にもこんな仕打ちを受けたことはなかった。彼は自分以外の誰をも幸せにするつもりはなかったのに、この目前の青年は、外から見る限りでは、彼を出し抜いて幸福そうな様子をしているではないか。この率直そうなアメリカ青年は案外くわせものなのだろうか。彼は以前にも男爵を当惑させたが、今回もまた同じであった。

モーヴ氏はおだやかならざる心中を隠そうとして、無関心をよそおって夕刊を取り上げた。さっと目を通すと、政治情勢について何か陳腐でひややかな批評を下した。ロングモアは直ちに皮肉な言葉で一矢むくいることができたので、一瞬尊大なほど落着き払ってみえた。その実、心は決して平静だったのではなかった。男爵の不機嫌の原因が馬車の女との不和であるのなら一向に構わぬが、妻のことで自分に嫉妬しているのかもしれない、元来、嫉妬心は両面をもつ感情だから、場合によっては一見いかにも愛情と類似することがありうる。男爵は妻との便宜上の結びつきを恥じるようになるかもしれないという恐れが再び彼を苦しめ、これから先、男爵が昔通り浮気を続けていると想像する方が、悔い改めたと考えるよりはるかに辛抱しやすいと思った。ふたりは三十分ほど言葉少なに世間話を交して坐っていた。男爵は相手の心中を探ろうとあせり、ロングモアは相手のその苛立ちを残酷に楽しんでいた。しかしこの不自然な会話はモーヴ氏の友人が現れたので中断されてしまった。背が高く、青白い顔の脳を患っているような感じの伊達男で、ヘリオトロープのにおいをあたりにただよわせている。この男はものうげに大通りを見渡し、モーヴ氏の服装を頭から足まで不遠慮に眺め、こんどは自分の服装を見直した。最後にようやく、公爵夫人がパリに来ていると面倒臭そうに言って、一緒に会いに行こう、夫人はこの間の晩、君を口汚くののしった後だから、君に会いたがっているに決まっているよと言う。「夫人を楽しませるのは君にまかせるよ」モーヴ氏の友人は子供っぽくゆっくりと言った。

モーヴ氏はその誘いを断り、自分はとても気分が晴れないのだからと言った。だが、とうとう不承不承席を立ち、ロングモアの方をぶざまに――彼としてはぶざまに――見た。それから「失礼します。あなたも今夜は他に予定がおありなのでしょうな?」とそっけなく言った。

「いいえ、汽車に乗るだけです」腕時計に目をやりながらロングモアは答えた。

「じゃ、サンジェルマンに戻るのですか?」

「三十分したら」

モーヴ氏は腕をからませている友人の腕を振りほどこうとしたが、友人が何か説得するように囁くと、ぎこちなく帽子を上げて会釈して行ってしまった。

翌日、ロングモアは張りつめた気持で手ばやく荷造りし、夜を待つまでの落着かぬ気持をまぎらわそうと見晴台に出かけた。マダム・ド・モーヴと会うのは、これまで大抵そうであったように、淡いピンクの光りの夕刻にしたいと願ったが、運命はこのつつましい、ロマンチックな願いをかなえてくれなかった。見晴台でひとり木の下に坐っている夫人に出合ってしまったのだ。ちょうど人の出ない時刻であった。暖かい日であったが、彼が彼女のかたわらに坐ったとき、そよ風が吹いてきて、ふたりの頭上を覆っている木の葉がゆれた。彼女は不安を隠さずに彼を見たので、すぐ、今夜サンジェルマンを立ち去るつもりで、お別れを告げねばならぬのですと言った。それを聞くと彼女の目は一瞬大きく見開き輝いた。だが何も言わず、熱した大気につつまれてきらきら光る遠くのパリに視線を転じた。「あなたに一つお願いがあります」彼は言った、「どうかぼくのことを求めることの少かった多感な男としてご記憶下さい」

彼女は苦しいのかと思うくらいに深く息を吸いこんだ。「私にはあなたが不幸とは思えません。そんなことってありませんわ。あなたには生きるべき人生があり、務めも、才能も、関心事もおありなのですもの。これから先、あなたのお仕事についてお噂を聞くこともございましょう。それから」彼女は、ちょっと間を置き、真剣そのものの面持で、「お友達について、悪い意見でなく、良い意見を持つことで不幸になるはずはありません」ロングモアにはその意味がすぐには呑みこめなかった。「ぼくのあなたを思う気持に変化があるとでもおっしゃるのですか？」

彼女は立ち上がり椅子を押しやった。「私の申しますのは」彼女は口早に言った、「苦々しい気持では何もせず、情熱にまかせて行動することもなかったのはよかったということです」こう言うと彼女は歩き出した。

ロングモアは黙って後に従った。帽子を取って額の汗をハンカチで拭った。「どこにいらっしゃるのです？　今後何をなさるのです」彼は唐突に尋ねた。

「何をするのですって？　これまで通りに致しますわ。ただ、しばらくの間多分オーヴェルニュに行くことになるでしょうが」

「ぼくはアメリカに帰ります。今のところ、ヨーロッパとは縁を切るつもりです」

これだけ言うと、彼女は歩きながら彼をじっと見て、それからしばらく地面に目をおとしていた。ようやく、遠くまで来たことに気づいて立ち止まり、握手の手を差し出した。

「ではごきげんよう。お幸せになりますように！」彼女は言った。

ロングモアは差し出された手を握り顔を見たが、心が千千に乱れて軽い握手を返すことができなかった。この上なく大事なものが彼のそばを流れ去ってゆくのだが、それを止めるようなことはしないと誓ってしまったのだ。その貴重なものはこの世の巨大な力によって流れてゆくのであって、微力な彼自身の力では押し止めることは不可能だ。彼女は握手の手を離すと、ショールをかき合せ、子供を励ますように彼にほほえみかけた。数分たってからも、彼は夫人の遠ざかってゆく姿を見つめたまま立っていた。姿が完全に消えたとき、身体をひとゆすりし、急ぎ足にホテルに戻り、夜汽車を待たずに勘定を済ませて立ち去った。

その日遅くなって、モーヴ氏は妻が夕食の合図を待っている応接間に入ってきた。外で食事する予定らしく、非常に神経の行きとどいた服装をしていた。しばらくの間何も言わずに部屋の中をあちこち歩いていたが、ベルを鳴らして召使を呼びよせ、廊下に出ていった。駅まで行くからと馬車の用意を命じ、応接間の扉の引手を握ったまましばしためらっていたが、その様子を見てぐずぐずしている召使を叱りつけ、再び応接間に入り、またあちこちそわそわ歩き出したが、ようやく読書中の妻の前にきて急に立ち止まった。「一つ頼みたいことがあるのだが」とってつけたように丁重な微笑を浮かべているものの、かなり努力して言った、「質問に答えてもらえるだろうかね？」

「これまでお断りしたことなどございません」

「その通りだ。今晩ロングモア氏はみえることになっているのかね」

「ロングモアさんはもうサンジェルマンにはいらっしゃいません」これを聞くと、モーヴ氏は愕然とし、その顔から微笑が消えた。「あの方は」と妻は続けた、「アメリカに戻られました」

モーヴ氏は一瞬目を見開き、真赤になって顔をそむけた。それから気を取り直して、「何かあったのかな、突然呼び戻されたのだろう！」と言った。

しかし夫人は答えなかった。ちょうどその時、召使が扉を開いて夕食を知らせた。マダム・クレランが白い手をすり合わせながら衣《きぬ》ずれの音と共に部屋に入り、マダム・ド・モーヴは黙って食堂に入り、男爵は眉をしかめ考えこんで立っていた。しばらくすると、テラスに出て行き、そこでまた不安そうに歩き続けた。十五分後に召使がやって来て馬車が玄関で待っていると知らせたが、「もう要らぬから返してくれ」とぶっきらぼうに命じた。ふたりの婦人が食事をなかばすませたころ食堂に入り、妻に遅参を礼儀正しく詫びながら食事に加わった。

彼のために料理が新たに運ばれてきたが、ほとんど手をつけず、その代りたてつづけにワインを飲んだ。会話は跡絶えがちで、多少とも口を開くのはマダム・クレランだけだった。彼女は二度ばかり兄の眼がワイングラスごしに鋭い、問い質すような視線を自分に投げかけてくるのに気づいたが、眉をあげることでそれに答えた、多分肩をすくめる代りにしたのであろう。男爵はひとり後に残ってワインを飲み続け、一時間以上もそうしているうちに、あたりは暗くなってきた。ようやく召使が郵便物をもって食堂にやって来てキャンドルをともした。それは電報で、彼は読み終るとキャンドルの火で燃してしまった。五分ほど考えた末、名刺の裏に電文を書いて召使に渡して電報局に持って行かせた。召使は主人が感づいたように電文の宛先の婦人のことを心得ていたのだが、電文を読んで首をひねった。「デキス」と一言書かれているだけだった。夜がふけてゆくのに兄が応接間に姿を見せぬので、マダム・クレランはひとりキャンドルのかたわらに坐っている兄のところにやってきた。男爵はしばらくの間妹の存在を無視していたが——そうされても彼女は兄だけは大目に見ていた——ついにぞんざいな口調で「あのアメリカの男は急に帰国したが、一体どういうことなんだ?」と言った。

マダム・クレランは食事のときは遠慮していたが、いまや誰憚るところなく肩をすくめた。「お義姉様がどうにも理解できない人だということよ」

彼はそれ以上何も言わず、妹が黙って部屋から出てゆくのを止めもしなかった。妹は兄に一言弁明しておく義務があると感じ、兄は妹の軽率さにあいそをつかしたかのようだった。妹が立ち去ると男爵は庭に出て葉巻をふかしながらあちこち歩いた。妻がテラスにひとりで坐っているのを見たが、下の狭い小道を長い間さまよい続けた。夜はふけマダム・ド・モーヴは邸に入った。真夜中近くなって夫は疲れ果て、腹立たしげに嘆息をもらしてベンチに身を投げた。妹とおなじく自分にも妻は不可解だという事実が心に深く浸透していった。

ロングモアは船を待って一週間ロンドンに滞在せねばならなかった。天候は暑かったので、ある日リッチモンドまで出かけたところ、食事をとったホテルの中庭で、そこに宿泊中のミセス・ドレイパーに出会った。彼女はマダム・ド・モーヴについて熱心に尋ねたがロングモアは最初のうちそこに腰を下ろしてテムズ川の景勝を眺めながら、質問をそらして無関係な話ばかりした。とうとう夫人が、あなたは何か隠しているのねと言い出したので、ちょっとの間を置いてから、自分がサンジェルマンにいたとき下さった手紙の中で、マダム・ド・モーヴの微笑から悲しみを取り除いて欲しいと述べられたのをご記憶ですかと尋ねた。「あの人と最後に会ったとき、あの人は微笑を浮かべていらっしゃいましたよ」彼は言った。

「あの人を『慰めて』とお願いしたのは覚えていますよ」ミセス・ドレイパーは答えた。「そして後になって、あなたはとても慎重な方なのに、あんなことをお願いしていけなかったかと気になりました」

「あの人は慰めを自分の中に見出せる人です。誰かが与えるような慰めなど要らぬ人です。他人の慰めが有効なのは、多少とも自分の愚かさに責任のある悩みに対してだけです。そしてマダム・ド・モーヴには愚かさなど全然ないのです」

「そんなことおっしゃらないで！」ミセス・ドレイパーは文句を言った。「少しは愚かなのも可愛いものよ」

　ロングモアは苛立ったようにつと立ち上がり、「可愛いとか何とかいうのは、あの人の苦境を察してからにして下さいよ」と言った。

　アメリカに帰って二年間、彼はマダム・ド・モーヴについて何の噂も耳にしなかった。彼がいつも夫人のことを思っていたことは言うまでもなかろう。多くの人が、彼のような好青年がなぜ何かに身を打ち込まぬかと怪しんだが、彼自らはいつも頭がいっぱいのように感じていた。彼女がその方を好むと信じたので、一度も便りは出さなかった。ようやくミセス・ドレイパーの帰国の知らせを聞き、早速訪問した。一通りの挨拶が済むと夫人は言った、「もちろんマダム・ド・モーヴの噂が知りたくてうずうずしていらっしゃるのでしょう。妙な話ですから驚かないで下さい。あなたが帰国してから一年ばかりの間、あの人から数回便りを貰いました。何でもサンジェルマンからご主人の昔からの土地のある田舎に移ったそうです。心のこもった短い便りだったのですが、私には何となくそれが——あなたは『慰め』についてあんなことをおっしゃっていたけど——大変不幸な女の書いたものというように感じられました。私があの人に何か忠告するとすれば、あの卑劣なご主人と別れてアメリカにお帰りなさいということでしたが、こんなことすすめてよいかどうか分かりませんでした。そうかといって何の援助もできないのもつらいというわけで、結局、文通は自然に跡絶えてしまいました。一年間何の噂も聞きませんでしたが、昨年の夏ヴィシィ（パリ南東の保養地）で、マダム・ド・モーヴの美しい義妹マダム・クレランの友達だという賢いフランス青年に会いました。早速、同国人で古くからのお友達だからといって、マダム・ド・モーヴについて何か知らないかと尋ねてみました。『あの人とお知り合いとはまったく結構なことだ！　夫を殺した可愛い人ですね』とこの青年は言うのです。もちろん、すぐ詳しい説明を求めました。青年もすすんで事の顛末を話してくれました。モーヴ氏はまた誤ちを犯し、妻はばかばかしいほど心を痛めました、彼は後悔し妻の許しを乞いましたが、彼女は頑として聞き入れなかったのです。彼女は大変美しく、その毅然たる態度が彼女の美しさを一段と際立たせたので、夫は前に恋していたかどうかは別として、その時になって熱烈に恋し始めました。フランス一誇り高い男が彼女の前に跪いて再び愛を受入れてくれるように懇願しました。しかしすべては徒労に終わりました。彼女は氷のように冷たく無情で、美徳の怒りそのものでした。人々は彼が変り果てたのに気づきました。社交界に出入りも止め、何事にも関心を失い、見るもあわれだったそうです。ある晴れた日、自分の頭を撃ち抜いて死んでいるのを発見されました。私の知り合いはもちろんマダム・クレランからこの話を聞いたのです」

　ロングモアは強く心を動かされ、落着きを取り戻すと、即刻ヨーロッパに戻ろうという衝動にかられた。しかしそれから数年たった今、彼はまだアメリカに留まっている。実は、マダム・ド・モーヴについての熱烈な愛情のこもった追憶の中核に、ある奇妙な感情——畏怖の念と呼んでも言い過ぎではない感情のあるのに気づいたのであった。

五十男の日記

一八七四年四月五日　フィレンツェにて

イタリアはたいそう変ったと人から聞いていたし、あれから二十七年にもなるのだからさまざまな変化があって当然であろう。しかし、わたしにとっては何もかもが完全に昔のままなので、まるで自分が再び青年時代に戻ったような気がする。忘れていたあの魅惑的な時代の感銘がすべてありありと思い出される。あの頃にはあれほど強烈だった印象が後になるといつしか消えてかすんでしまった。一体どうなってしまったのだろう？　感銘の数々は意識が長く中断している間にどうなってしまうのだろう？　一体どこに隠れてしまうのか。人の一生のいかなる秘密の戸棚や隙間の中に身を潜めて生きながらえているのか。昔の印象というのは、例えて言えば、あぶり出しインキで書かれた手紙の文字のようなものである。しばらくの間手紙を火の上にかざせば、その心地よい熱で字句が浮かび上がってくる。わたしの若い頃のロマンスのかすれて読みにくくなった原文を復元してくれたのはフィレンツェの黄金に輝く日光であり、それは今、鮮明な刷りあがったばかりの状態でわたしの目の前に置かれている。

この十年の間には、自分が恐ろしく年をとり、へとへとに疲れ切ったと感じたことが幾度かあった。現在わたしの経験しているような若々しい感覚をいずれ感じることがあるかもしれませんよ、などともし誰かにほのめかされることがあったとしたら、そんなわたしにはひどくたちの悪い冗談としか考えられなかったに違いない。どうせこの若々しい感覚は長続きしないだろう。だから続いている間、おおいに楽しんでおくにこしたことはない。しかし、このことでわたしが驚いたのも事実だ。何しろ、わたしはこれまで若さなどと無縁のまじめ一方の生き方をしてきたのだ。だが、結局、それがかえって若さを保つ秘訣なのかもしれない。とにかくわたしは非常に遠い国まで旅をし、大変よく働き、酷暑酷寒の地で退屈きわまる人間とかかわりを持って暮してきた。五十二歳にもなった男が、働きすぎのために身体をこわすこともなく一応健康で、ある程度の財産を持ち、良心の呵責を覚えることもなく、しかも厄介な身内とも一切関係を持たずにいられるとしたら、その人は自分より恵まれぬ人たちを思って、自分を幸福だと書く義務を負っていると思う。だが白状するが、この義務だけはご免こうむりたい。なるほど、これまでのわたしの人生は不幸ではなかった。不幸だったと言ったり、少なくともそう書いたりしようとは思わない。が、幸福というもの——積極的な意味での幸福は、何かこれとは違うもののような気がする。積極的な幸福を味わっていたほうがすべての点で良かったと言えるかどうか、またそれによって、現在のわたしがより良い状態でいられるかどうかは分からない。しかし、次のような違いがあったことは確実であろう。つまり、現在のわたしが楽しい思い出を求めて二十数年も昔の、埋もれてしまったロマンスを掘り起こすような真似はしていなかっただろうということである。わたしはもっと別の、何というか、もっと現在に密着した楽しみを見出していたであろう。当然、妻子もあって、フランス人好みの言葉を使えば、現在への「背信行為」を犯さずに済んでいただろう。あの時国外に脱出し、とんでもない愚行に出なかったことでわたしの得るところが大であるのは勿論だ。それに、二十五歳の時のことであれば、その人が悩み抜いた揚句、満身の力をふりしぼって、どんなに真剣に行動しようとも、また結果的にどんなに正しく見えようとも、後には必ずどこか後悔に似た思いが残るものと思われる。何かを得たという意識の中に何かを失ったという意識が潜んでおり、起こっていたかもしれないことを幾分未練がましく想像してみる傾向が生まれるものである。わたしの場合、起こったかもしれないことは疑いもなく嘆かわしい事態であっただろうし、現実に起こったことはとても愉快で気持ちの良いものであった。それにもかかわらずわたしには自分に問うてみたい質問が二、三ある。たとえばなぜわたしは一度も結婚しなかったのか、なぜあの人を愛したように他の女性を愛することができなかったのか。ああ、どうして山々は青く、日光は暖かいのだろう。役にも立たない推測の分だけ減じてしまう幸福感——それが大体わたしに分相応なところだ。

六日

若返りの気分など長続きしないことは分かっていた。もう消えかかっている。しかし、今日はすばらしい一日であった。わたしは町中を散歩した。あらゆるものがわたしに何か他のものを思い出させ、しかも同時にそのものの過去の姿を思い出させる。わたしの想像は大きな円を描いてもとの出発点に戻ってくるのである。大気はあのよく覚えている春の香りがし、ストロッチ宮殿のざらざらした土台に沿って花が昔と同じように大きな束になって積み重ねられている。わたしは一時間ほどボーボリ庭園を歩き回った。わたし達はふたりで何度かそこへ行ったものだ。その時のことが一日一日はっきりと思い出され、まるで昨日のことのような気がする。彼女がいつも好んで坐った場所も見つけた。それは太陽に暖められた大理石のベンチで、うしろにひいらぎの木立があるので他から隔てられ、すぐ脇に豊穣の女神ポモナの像が立つ一隅である。女神の細い指先が一本痛ましくも失われたことを除けばそこはまったく変わっていない。わたしは三十分ほどその場に坐っていたが、彼女が不思議なほど身近かに感じられた。あたりに人影はなかった。ただ彼女の面影で満ち満ちていた。目を閉じて耳を澄ますと、わたしには砂利道を歩く彼女のドレスの衣ずれの音がさらさらと聞こえてくるようだった。われわれは死というものに関してどうしてあんなに大騒ぎするのだろう。結局死は生を純化したものにすぎないのだ。彼女は十年前にこの世の人ではなくなったのに、日のあたる静かなその場所に坐っているわたしには、触れることも声を聞くこともできる存在であった。それからわたしは庭園に続くピッティ美術館へ行き、陳列室から陳列室へと一時間あまり歩きまわった。あの頃と同じ大きな絵が同じ場所に掛けてあり、その上にはあの頃と同じ暗いフレスコ画がアーチをなす天井に描かれていた。昔わたしは彼女と一緒に二度そこを訪れた。彼女は芸術に精通していた。いや、本当に彼女は知らぬものなどなかったのだ。ラファエロ作『小椅子の聖母』の前にわたしは長い間立っていた。聖母の顔は彼女に少しも似ていないのに、わたしに彼女を思い出させた。しかし、この絵ばかりではない、すべてのものが彼女を思い出させるのである。一度この絵をふたりで三十分も眺めたことがあった。その時彼女の言った言葉をわたしははっきりと覚えている。

八日

昨日は憂うつな気分だった。憂うつで退屈だった。そして今朝起きた時には、もうフィレンツェを去ろうかと思っていた。しかし、わたしはアルノ川のそばの通りへ出てまわりを見回した。黄色い川の水やすみれ色の丘を見て、ここにもうしばらくとどまることに決めた——というより何も決めなかったという方が良い。わたしはただじっとフィレンツェの美しさを見つめて立っていただけで、心ゆくまで眺め終った時にはいやな気分はすっかり癒《い》えていたし、その時にはローマへ発つにはもう遅くなっていたのだ。わたしは川岸をぶらぶら歩いたが、ほどなく、発たないで良かったと思う出来事に遭遇した。一軒の小さな宝石屋の店先の、たくさんのモザイクが並べられたウインドーの前でわたしは足を止めた。モザイクが好きでもないのに、なぜかわたしはそこにしばらく立っていた。するとそこへ小さな女の子がひとりやって来てわたしのそばに立った。イタリア人らしいむさくるしい髪をした子で手にバスケットを持っている。わたしは立去ろうとしたが、その時バスケットがわたしの目にとまった。ナプキンが掛かっていて、そのナプキンの上に宛名をしるした紙がピンでとめてあり、この宛名がわたしの目を引いたのだ。わたしの知っている名前が書かれていた。字は大変読みやすく、へたなのを熱意で埋め合わせたような書き方が見て取れた。「ギベリーナ街、サルヴィ・スカラベリ伯爵夫人へ」――その宛名をしばらく見つめていると、わたしの心に突然ある感情が込み上げた。女の子は間もなくわたしの視線に気づいて、おずおずした茶色の目で不思議そうにわたしを見上げた。

「サルヴィ伯爵夫人のところへそのバスケットを持って行くの?」とわたしは尋ねた。子供はわたしをまじまじと見て言った。

「スカラベリ伯爵夫人のところよ」

「伯爵夫人を知ってるかい?」

「知ってるって?」子供は少し困った様子でつぶやいた。

「会ったことがあるかっていう意味だよ」

「ええ、会ったことならあるわ」そう答えてから子供は急にかすかな微笑を浮かべ、すぐに「とてもきれいなひと!」と言ったが、そう言うその子自身、その時とても美しく見えた。

「ほんとうにそうだね。それで夫人は金髪? それとも黒い髪?」

子供はまだわたしをじっと見つめていた。そして色を比較すべきものを探して黄金の日光に目を注ぎながら答えた。「金髪、金髪よ」

「で、その人は若い?」

「若くないわ、あたしに比べればね。でもそんなに年とってはいないのよ、あの……」

「わたしみたいには、だね? それで結婚してるの?」

女の子はこざかしい顔つきをした。「伯爵様には一度も会ったことないわ」

「それでギベリーナ街に住んでいるんだね?」

「ええ、そうよ。きれいなお邸なの」

わたしにはもうひとつ聞きたいことがあったので、快く答えてもらおうと何枚かの銅貨をにぎらせた。

「ちょっと教えて欲しいんだけど。その人はいい人かい?」

子供は自分の小さな茶色のこぶしの中味を調べるようにちらっと見た。「いい人なのはおじさんよ」

「だけど伯爵夫人はどうなの?」

わたしの小さな情報提供者は大きな茶色の目を落として真剣に考えている様子だったが、それはなんともおかしくかわいい姿だった。「あたしにはいい人に見えるわ」彼女はとうとう目を上げて言った。

「ああ、それならいい人に違いない。だってきみは年の割にはとてもお利口だものね」そう言ってほめてから、わたしは銅貨を数えている女の子を残して立ち去った。

どうしたらサルヴィ・スカラベリ伯爵夫人について知ることができるだろうかと考えながら、わたしはホテルへ歩いて戻った。入口にはホテルの主人ともうひとり若い男が立っていた。わたしにはひと目でその男が同国人だと分かった。主人はそれまでその男と何か話をしていたらしかった。

「ちょっと教えて欲しいのだが、サルヴィ・スカラベリ伯爵について何か知ってますか？」わたしは主人にむかって尋ねた。

彼は自分の靴を見おろし、それからゆっくりと肩をすくめて残念そうに微笑した。「申しわけありませんが、お客様」

「名前を知らないのかね？」

「それは存じております。しかし、ご本人は存じません」

そばにいた若いイギリス人がわたしの質問に注意をひかれたようだった。彼は真剣なまなざしでわたしを見つめていたが、どうやら得心したらしく、やがて口を切った。

「スカラベリ伯爵は亡くなりました」彼はたいそう重々しく言った。

わたしは一瞬彼を見つめた。感じの良い青年であった。「そしてその未亡人はギベリーナ街に住んでいるのですね」

「ええ、多分そんな名の通りでした」そのイギリス人は美青年であったが、ぎこちないところがあった。彼はわたしが何者であり、また何を考えているのかいぶかしく思ったらしいが、わたしの外見から推してこの二点については大丈夫、と判断してくれたのだ。それなのに彼は、見ず知らずの人間と自分の知り合いの婦人を話題にするのを、当然のことながらためらっており、それを隠すすべを知らないのである。彼がわたしを赤の他人とみなしているのに、こちらの方ではそう感じていないのを、わたしはすぐさま不思議に思った。前に彼に会ったことのあるせいなのか、それともただ彼の気持ちの良い、若々しい顔つきに感銘を受けただけのことなのか、とにかくわたしは彼に好感を覚えた。もし彼に以前会ったことがあるとしても、その時のことを覚えていないし、彼も覚えていないようである。会ったような気がするのは、恐らくこの三日間わたしがすべてのものに対して抱いている親しみのあらわれにすぎないのであろう。まるで彼を昔から知っているかのような行為をとらせたのもこの感情であった。

「サルヴィ伯爵夫人をご存じなのですか？」とわたしは尋ねた。

彼は少しの間こちらを見つめてから、わたしの質問のぶしつけなのに腹もたてずに言った。「スカラベリ伯爵夫人のことをおっしゃっているのですね？」

「ええ、そうです。それは令嬢のほうです」

「お嬢さんならまだ小さいですよ」

「今ではもう大きくなっているはずですね。彼女は――ええと――もう三十近くになっているでしょう」

若いイギリス人は微笑をうかべた。「あなたのおっしゃっているのは誰のことです？」

「令嬢のことですよ」とわたしは彼の微笑したわけを悟って言った。「けれどもその母親のことを考えていたのです」

「母親のこと？」

「二十七年前に知っていた人のことをね。わたしのこれまでに会った最高の美女です。サルヴィ伯爵夫人と言って、ギベリーナ街にある由緒ある立派な邸に住んでいました」

「由緒ある立派な邸にね！」青年はわたしの言葉をくり返した。

「その人には小さな女の子がいて、その子は母親と同じで、とても美しかった。そして母娘とも名前は同じでビアンカと言いました」わたしは一日話をやめて相手を見た。彼は少し赤面した。「そしてビアンカ・サルヴィは世界一魅力的な女性でした」わたしが続けてこう言うと彼はさらに赤くなった。わたしはそこで彼の肩に手を置いた。「どうしてわたしがきみにこんなことを話すのか分かりますか？　それはきみを見ていると彼女を知っていた頃のわたし、そう、彼女を愛していた頃のわたしを思い出すからですよ」そう言われて、青年は当惑しつつも、興味を覚えたようにわたしを見つめたが、わたしは言葉を続けた。「そんなわけできみにこんなことを話すのだと言ったが、きみにしてみれば奇妙な理由に思えるでしょうね。きみは若い頃のわたしを思い出させるのですよ。と言っても腹を立てることはありません。わたしだって魅力的な青年だったのですから。サルヴィ伯爵夫人はそう思ってくれたし、その令嬢だってきみをそう思っていますよ」

それを聞くと彼はすぐさま反射的にわたしの腕に手をかけた。「本当でしょうか?」

わたしは笑いながら言った。「きみという人は全くわたしそっくりだ。その頃のわたしがちょうどそんな心境でした。彼女の気に入るようにとそればかり考えていたものです」彼は手をおろし、微笑しながら遠くへ目をやったが、いかにも戸惑ったといった純真な様子が、わたしの親近感を一層深めた。「きみはわたしのことをどう考えれば良いのかわからないでしょう。どうして見ず知らずの人間が突然こんな風にきみに話しかけきみの心を読み取っているふりをするのか——。きっときみはわたしが幾らか気が狂っていると思っているでしょうね。ひょっとするとわたしは変り者かも知れませんけれど、気が狂っているという程ひどくはありません。職業柄——というのは軍人として、ということですが——わたしは世界各地で生活してきました。インドにもアフリカにもカナダにも行ったし随分ひとりきりで暮しました。そういう経験があると、急に人に心を打ち明けたくなるもののようです。きみと同年の頃に六カ月過ごしたイタリアへ一週間前にやって来たんですよ。そしてまっすぐフィレンツェに来たのです。もう一度この町を見たくてたまらなかった。思い出のためにね。たくさんの思い出が次から次へと押し寄せて来て離れない――ついさっきその一端を失礼ながらきみにほのめかしたわけです」青年はまるで突然敬意の念に打たれたかのように、黙ってちょっとおじぎをすると、身を起こして川や山々に目を向けた。「実に美しい」とわたしは言った。

「実際うっとりさせられますよ」彼はつぶやいた。

「わたしもそんな言い方をしたものだ。もっともわたしのことなどきみにはどうでもよいだろうけれど」

彼は再びわたしをちらっと見た。「いえ、いえ、ぜひお話を伺いたいものです」

「そう、それなら一緒に少し歩きましょう。もしきみもこのホテルに泊っているのなら、われわれは同宿の仲間になるわけですね。アルノ川に沿ってカシーネ公園まで行くことにしましょう。きみに尋ねたいことが幾つかあるのですよ」

若いイギリス人は子が親に信頼を寄せるような様子でわたしに同意し、わたし達は川に沿って進み、それから美しい自然公園に入って、木に覆われた小径を一時間ばかり散歩した。いろいろ話してみると、彼とわたしが似ているというだけでなく、昔のわたしの情況が今そっくり彼の身の上に繰り返されていることが分かった。

「イタリアがとても好きですか？」わたしが聞くと、彼は少したためらってから言った。

「とても口では言えないくらいです」

「その通り、わたしもそうでした。言葉に表わそうとしてみたものです。詩も作った。イタリアのことなると愚かしいほど夢中だったのです」

「ぼくも愚かしいほど夢中です」

「いえ、いえ、きみもわたしも愚かなどではありませんよ。ふたりとも道理をわきまえた、立派な人間です」

「初めてここへ来るというのは——ぼくにとって今度が初めてなのですが——これは驚くべき体験です」

「ええ、ええ、よく覚えていますよ。決して忘れるものではありません。美への開眼ですからね」

「そして再びここを訪れるのもきっと素晴らしいことでしょうね」

「ええ、幸いなことにここはいつも美しいものでいっぱいですから。美のどんな形式が好きですか？」

彼は少しきょとんとしていたが、ようやく「ぼくは絵画が好きです」と答えた。

「わたしもそうだった。それで絵の中で一番好きなのは？」

「好きなものはたくさんありますよ」

「わたしと同じだ。が、わたしには特に好きなものが決まっていたものです」

青年はここでまた少したためらった後、概して彼の好む流派は初期のフィレンツェ派だと打ち明けた。

わたしはびっくりして急に立ち止まった。「昔のわたしの好みと全く同じだ」そして手を出して彼と腕を組むと再び歩き始めた。

わたし達はカシーネ公園の古い石のベンチに腰をおろした。そばには瞳のない目をした、いかめしいヘルメスの像が立ち、上からわたしたちの話に耳を傾けていた。像は何世代ものちりのために皺が目立っていた。

「サルヴィ伯爵夫人は十年前に亡くなったのです」とわたしが話すと、彼は令嬢からそう聞いていると言った。

「わたしと知り合ってから彼女は再婚しました。サルヴィ伯爵は結婚後二年して、わたしがまだ彼女を知る前に亡くなったのです」

「ええ、それも聞いています」

「ほかにはどんなことを聞いているのです?」

彼は目を見張った。何も聞いていないことは明らかだった。

「彼女はとても興味ある女性でしたよ。あの人について言うべきことは山ほどあります。そのうちにきっときみにもお話しすることになるでしょう。令嬢にも同じ魅力がありますか？」

「ぼくが夫人に一度も会っていないのをお忘れですね」青年は微笑しながら言った。

「そうだった。わたしは混同してばかりいます。ところでその令嬢の方だが――きみは知り合ってどのくらいになるんです？」

「ぼくがここへ来てからのことですから、ほんの短い期間です」

「一週間？」

一瞬沈黙があった。「一カ月です」

「わたしもきっと、きみとまったく同じ答をしたに違いない。一週間、一カ月――どちらでも変わりなかったのです」

「四十日くらいになると思います」

「多分六カ月だろうな。で、どんな風にして面識を得たのですか？」青年は言った。

「手紙です。イギリスにいる友人が紹介状をくれたのです」

「まったくよく似ていますな。しかし、サルヴィ伯爵夫人にあててわたしの紹介状を書いてくれた友人は何年も前に亡くなりました。彼も熱心に夫人を讃美していましたよ。夫人の令嬢が今もフィレンツェにいるかもしれないということをどうして今まで一度も考えてみなかったのだろう。どういうわけか、もうすべてがすっかり過去のことと決めてかかっていたのです。あの小さな女の子のことを考えたこともなかったし、その子がその後どうなったか聞いたこともない。きのう邸のそばを通りかかって人が住んでいるのを見た時も、所有主が変わったものとばかり思っていました」

「スカラベリ伯爵夫人は結婚に際してあの邸を伯爵に贈ったのです」

「相手がそれを十分感謝したのならいいのだが。あの邸の中庭には噴水があって、その奥には素敵な古い庭園がある。夫人の居間はその庭園に面しているのです。階段は白い大理石、曲がり角の壁にルカ・デラ・ロビアの円形浮き彫りがはめこまれている。客間に入る人はその前に、色あせたタペストリーのかけてある大きな丸天井のあるホールで足を止めるでしょう。その床には敷物はなくタイル敷きで、椅子が三つだけ置かれている。客間の暖炉の上には実に見事なアンドレア・デル・サルトの絵がかかっていて、調度は淡い海緑色です」

　青年はじっと耳をかたむけていた。

「アンドレア・デル・サルトは今もあります。すばらしいものですね。でも調度は淡い赤ですよ」

「ああ、それでは変えたのでしょう。なにしろ二十七年になりますからね」

「それからサルヴィ夫人の肖像画があります」

　わたしは一瞬の沈黙の後に言った。「見たいものだ」

　彼も黙っていたが、少したって言った。「いらしてご覧になったらいかがです？　夫人をそんなによくご存じなら、お嬢さんを訪ねてもいいではありませんか」

「きみの話を聞くと怖気づくのです」

「怖気づくなんて、ぼくが一体どんなことをお話ししたでしょう」

わたしは彼の純真な顔を見た。「母親というのは大変危険な女性でしたよ」

青年の顔にはまた赤みがさした。「令嬢は違います」

「確かにそうだと言えますか？」

彼は確信があるとは言わなかった。そしてほどなく、サルヴィ伯爵夫人はどんな風に危険だったのですか、と聞いてきた。

「そんなこと尋ねてはいけませんよ。なぜってわたしはやはり彼女の良いところだけを覚えていたいと思っているのだから」わたしはそう答えた。そして道を引き返す途中で、わたしは彼の知り合いのその夫人にわたしの名を言っておいてくれるように頼んだ。わたしが彼女の母親をよく知っていて、彼女を訪問したいと願っていることも話してほしいと言ったのである。

九日

あの青年にはもう数回会ったが、彼はまったく愛すべき若者である。あいかわらず彼は若い頃のわたしそのままのところを見せてくれる。わたし達ふたりは、彼の方がわたしより善良な青年であることを除けば、すべての点で完全に一致しているのだ。どうやら彼は伯爵夫人に強くひかれているようで、わたしがかつてサルヴィ夫人と共に過ごしたのと同じような生活を送っている。毎日夕刻になると彼女を訪ねて行き、夜半までとどまっている。というのもフィレンツェの人々は大変夜更かしなのである。午前三時近くになるとサルヴィ夫人がよくこう言ってわたしを追い出しにかかったのを覚えている——「さあさあ、お帰りの時間ですよ。これ以上遅くまでここにいては噂が立つかもしれませんからね」。彼が何時に帰宅するのかは知らないが、わたしが昔感じたのと同じように、彼が邸で過ごす時間は恐らく彼にも短いものに感じられるであろう。今日彼は伯爵夫人からの短いが、丁重な伝言を伝えてくれた。それによると、彼女は母親がわたしのことを話すのを耳にした覚えがあり、母親はわたしをイギリスのお友達と呼んでいたそうである。母のお友達はすべてわたしにとって大切な方々です、どうぞいらして下さい、晩にはいつも邸におります、という内容であった。スタンマー君（彼はデボンシアの名門スタンマー家の出である）はこの伝言を彼女の言葉通りに伝えてくれた。自分の父親と言ってもおかしくないほどの年の、白髪まじりの老いぼれた軍人が自分の恋人を訪問することなど、勿論彼にとっては何の問題でもないのだ。しかしわたしの場合は、他の男の来ることが自分にとってどんなに重大な問題であったかを覚えている。この点ではわたし達ふたりは異なっている。が、それはわたしが非常に年をとっているからにすぎない。もし二十五歳の時ならわたしだって五十二歳のわたしを恐れはしなかっただろう。カメリーノは三十四歳だったし、他の連中ときたら！　彼女は晩にはいつも邸にいて、連中は皆やって来た。彼らはフィレンツェの旧家の出の男達だったが、彼女はわたしを一番遅くまでひきとめてくれたものだった。イギリスの男も彼らイタリア人と同等に見てくれたのだ。なんと巧妙な思わせ振りなんだろう！……しかし「この話はもうたくさん」――よく彼女が言ったようにそのことはもうよそう。わたしは今夜サルヴィ邸へ行くつもりだったが、どうしてもだめだった。何を恐れているのか分からない。昔はあんなにいそいそと出掛けたものなのに。多分あの邸を見ることが、あの昔ながらの部屋や壁を見ることが恐ろしいのだろう。明日の晩はたずねようと思う。まさしくわたしは昔のこだまを恐れているのだ。

十日

彼女は母親に非常に良く似ている。部屋に入った時、わたしははっと驚いて、立ち止まったまま彼女を見つめていたほどだ。今邸から戻ったところで、時刻は十二時を過ぎている。夕方からずっとサルヴィ邸にいたのだ。暖かい夜である。窓は開け放たれていて、星明かりの中を音もなく流れてゆく川を眺めることができる。昔もホテルに戻ってくるとこうして窓のそばに立って外を眺めたものだった。向こうの丘にはあの頃と同じ糸杉が見える。

スタンマー君と、他に三、四人の崇拝者達が来ていて、わたしが入ってゆくと皆立ち上がった。恐らくわたしのことが話題になっていたのだろう、みなわたしに好奇心を抱いていた。しかし、なぜわたしなどを話題にすることがあろう？　どちらかと言えば若い男ばかりで、わたしの年代の者はひとりもいなかった。彼女は実に母親そっくりだ――それがわたしの頭から離れなかった。母親のように美しく、母親と同じ短所が顔つきに表われている。頭の形、額、それに慈悲をたたえたような、やさしい眼をそっくり母親から受け継いでいた。母親にあったのと同じ特徴が彼女の顔にもあり、その母親の顔というのはわたしが他には全く見たこともないほどすばやく、陽気な表情から落着いた表情へとすっかり変化するのであった。落着いた時の顔には常に悲しみが秘められていて、どんな秘密の悲しみが隠されているかと思いながら、一種の畏れを持って見守っていると、たちどころに華やかなイタリア人特有の微笑に輝くのだ。けれども、今夜のスカラベリ伯爵夫人はほとんど絶え間なく微笑していた。彼女は昔母親がしてくれたように快くわたしを迎えてくれ、若いスタンマーはわたしが昔していたようにソファの隅に坐って、彼女が話をするのを見つめていた。彼女はほっそりとした、美しい金髪の女性で、明るい、ものかかった黒いドレスを着ていたが、これで母親との類似は完璧になったと言える。邸も部屋も全く昔と同じだ。細部に変化はあるかもしれないが、全体の印象は変わっていない。客間の壁には昔と同じ貴重な絵が掛けられ、丸天井の大きな古びたフレスコ画も同じである。娘の方も母親と同じで裕福ではないようだ。家具は使い古されて色あせており、玄関で出迎えた召使はたったひとりで、同じ召使がわたしを案内して、ちらちらする細いキャンドルを手に、大きな暗い大理石の階段を先に立って登って行った。

わたしが伯爵夫人のそばに腰をおろすと、彼女が言った。「お噂はよく伺っておりましたわ。母がたびたび話していましたから」

「たびたび、ですって？　それは驚きましたね」

「なぜですの？　母とは良いお友達でいらしたのではありませんの？」

「ええ、しばらくの間はね——とても良い友達でしたよ。でもわたしのことなどお忘れになったものとばかり思っていました」

「忘れたなどということは決してありませんわ」伯爵夫人はじっとわたしを見つめて、微笑して言った。

「母はそんな人ではありませんでした」

「どんな点でも大抵の女性とは違う方でした」とわたしはきっぱりと言った。

「ええ、魅力がありましたもの！」扇を片手でさっと広げながら彼女は言った。「ずっとお会いしたいと思っていましたの。あなたについて、母の話からある印象を抱いておりましたわ」

「良い印象ならいいのですがね」

彼女は笑ってわたしを見て、これには答えなかった。母親のやり方と全く同じである。

「母はあなたのことを『わたしのイギリス人』と呼んでおりました。『わたしのイギリス人《イル・ミオ・イングレーゼ》』

と」

「わたしのことをあなたに好意的に話して下さったのでしたらいいのですが、どうなのでしょう?」わたしは重ねてその点に触れた。

伯爵夫人はなおも笑いながら手を動かしてちょっと肩をすくめた。「まあまあ、というところですわ。だって、母とけんかをなさったようにわたくし思っておりましたわ。こんな風に遠慮なくお話ししてお気を悪くなさらないでしょうね?」

「ちっとも。あなたの母上を思い出しますよ」

「どなたもそうおっしゃるのですけれど、わたくし、母ほど利口者ではありません。そのうちあなたにもお分かりになるでしょう」

「そうおっしゃると、いよいよ何もかも母上そっくりですよ。あの人はいつも利口でないふりをしていましたが、実際は――」

「実際は天使のように何でも見通せたとおっしゃいますの? それでは、母に似ているなどという危険なことにならないように、わたくしは自分が利口だと認めることに致しますす。こうすれば母と違いますでしょう? それより、あなたのことをお話し致しましょうよ。あなたは――どう言ったら良いのか――とても風変わりな方ですのね」

「母上がそうおっしゃったのですか?」

「実を申しますと、母はあなたのことを大変な変人だと言っておりました。でもイギリス人は皆変わり者なのではありませんの？　あの人を除いては」そう言って彼女はソファの隅に坐っているスタンマーをさした。

「ああ、彼のことならわたしにはよく分かっていますよ」

「あの人は小羊のようにおとなしくて――世間の人達と同じですわ」彼女は声を高めて言った。

「世間の人達と同じ――その通りです。彼もあなたに恋をしているのですから」

彼女は急にまじめな面持ちでわたしを見た。「世間の人についてはそうおっしゃっても構いませんが、あの人については困ります」

「なるほど、でも彼には世間並でない点もありますよ。つまり、いくぶんあなたを恐れているのです」

その途端、彼女は微笑を浮かべ、スタンマーの方へ顔を向けた。彼はわたし達が自分のことを話しているのに気づいていたのか、顔を赤らめて立ち上がり、わたし達の方へやって来た。

「わたくしは何ものも恐れない人が好きですわ」彼女が言った。

わたしはスタンマーに向かって言った。「きみの望みはわかっていますよ。伯爵夫人がきみのことをどう言われたのか知りたいのでしょう？」

スタンマーは大層まじめな様子で彼女をまっすぐに見つめて言った。「どうおっしゃろうとぼくは少しも構いません」

「きみは伯爵夫人には格好の相手と言えそうですね。夫人もきみがどう思っていようとこれっぽっちも気にかけないときっぱりおっしゃっていますよ」

「いかにもあの方らしいおっしゃりようだ」スタンマーは声高にそう言うとむこうをむいて立ち去った。

「まるでわたくし達にけんかをさせようとなさっているように見えますわ」と彼女が言った。

わたしは、彼が大広間を横切って行くのを見ていた。彼はアンドレア・デル・サルトの前に立ち、それを見上げていた。しかし、彼はそれを見ているのではなかった。わたし達が何を言うかと耳をすませていたのである。わたしもちょうどあんな風によくあそこに立っていたものだった。「わたしがあなたの母上とけんかできなかったように、彼もあなたとけんかすることなどできませんよ」

「でも、あなたはなさいましたわ。母との間に何か悲しいことが起こったのです」

「ええ、悲しいことでした。けれどもけんかではありません。ある日わたしが立ち去って二度とあの人に会わなかった。それだけのことです」

伯爵夫人は重々しい表情でわたしを見た。「そういう行為をあなたは何とお呼びになりますの？」

「それは場合によって違います」

「時にはそれは臆病《ラシュテ》ということです」彼女はフランス語で言った。

「ええ、でも時にはそれは賢明な行為です」

「時にはそれが間違いであることもありますわ」

わたしは首を横に振った。「わたしの場合は間違いではありませんでした」

彼女は再び笑った。「まあ、あなたという方は本当に変わった方ですのね。一体母はあなたに何をしたのですの？」

若いイギリス青年を見ると、彼はまだわたし達に背を向けてじっと絵を見上げていた。

「いつかほかの時にお話ししましょう」とわたしは言った。

「わたくし、きっと催促いたしますよ。知りたくてたまらないのですもの」そう言ってわたしから目を離さずに、彼女は手に持った扇を二、三度開いたり閉じたりした。この母娘は何という目をしているのだろう！　彼女は続けて言った。「もし伺ってよろしければ、ちょっと聞かせて下さいな。あなたは結婚なさっていらっしゃいますの？」

「いいえ、していません」

「少なくともそれは間違いではありませんか？」

「わたしはそんなに不幸な人間に見えますか？」

彼女は片側に少し首をかしげた。「イギリスの方としては――そうでもありませんわ」

「ああ、あなたは母上と同じ位に利口でいらっしゃる」わたしは笑いながら言った。

彼女は言葉を続けた。「そして、あなたは立派な軍人さんだと伺っています。インドに住んでいらしたことがおありになるそうですね。そんなに遠くでわたくしどものイタリアを思い出して下さったとはご親切なことですわ」

「イタリアを忘れることはありませんよ。どれだけ離れていようと問題ではありません。母上が亡くなられたと聞いた日にも、わたしはイタリアのことをはっきり思い出しました」

「ああ、あれは悲しいことでしたわ！　母のことを思って泣かない日は一日だってありません。でも仕方《ケ・ヴォーレ》ありません。母はもう天国の人なのですもの」

「ええ、確かに」わたしはそう答えてしばらくの間床に目を落としていた。「あなたご自身のことを聞かせて下さい」わたしは目を上げてようやく言った。「お気の毒にご主人も亡くされたのでしたね」

「ご覧の通りの未亡人ですの。仕方《ケ・ヴォーレ》ありませんわ。主人は結婚して三年で亡くなりました」

わたしは故スカラベリ伯爵についても、今では天国に昇った人です、という彼女の言葉を待ったが、それは無駄であった。

「それではあなたの父上の場合と似ていますね」

「ええ、父も若くして亡くなりましたから。わたくしは今の娘位の年でしかなかったので、父をよく知っているとは申せませんが、それだけに一層父のために泣きますの」

再びしばらくの沈黙があってからわたしは言った。

「母上の再婚のことを聞いたのもインドでした」

彼女の眉が上がった。

「それではインドには何でも伝わりますのね！　その知らせをお聞きになってあなたは嬉しくお思いになりまして？」

「そうですね、そうお尋ねになるので言いますが――全然嬉しくありませんでした」

「それはそうでしょうね」開いた扇を見ながら伯爵夫人は言った。「わたくしは母のような再婚はしませんわ」

「母上もわたしにそうおっしゃっていましたよ」わたしは思い切って述べた。

彼女は怒らなかったが、椅子から立ち上がると、立ったまま一瞬じっとわたしを見つめた。そして――

「あなたは立ち去るべきではなかったのです！」強い調子で言った。

わたしはその後一時間ほどそこにいた。とても気持ちのよい邸である。部屋に坐っていた男達のうちの二、三人は非常に礼儀正しく、知的に思われた。中にひとり工兵少佐がいて、イタリア軍の新しい組織について非常にくわしくいろいろと説明してくれた。しかし、その間も、わたしは他の連中と話している彼女を見ていた。あのイギリス青年とはめったに言葉をかわしていないようであった。彼女は全く魅力的な人である。実に率直で、自由で、比類なくのびのびした様子である。その特徴はイギリスの女性だったら品が悪く見えたであろうが、彼女の場合には全く天衣無縫に見える。しかし、くつろいだ態度にもかかわらず、彼女はまるで針の先のように鋭くて、自分が何をしようとしているのか、十分心得ているのだ。彼女が巧妙な男たらしでないなんてことは絶対あるものか！　あなたは立ち去るべきではなかったと言った時、彼女は何を考えていたのだろう？　スタンマーは立ち去らないので、彼を残したまま、十二時に邸を出た。

十二日

今日わたしは、暑い日ざしを避けるために入って行ったサンタ・クローチェ教会で、そこに坐っている彼に出会った。

教会の本堂はほの暗くて涼しく、彼は大きな祭壇の上のキャンドルの炎を見つめていたが、心にあるのは勿論あの比類ない伯爵夫人のことであろう。わたしは彼のそばに坐った。聞きたくてたまらない様子を悟られまいとするためか、彼はしばらく間を置いてから、わたしにむかって、サルヴィ邸訪問はいかがでしたか、そして女主人をどう思いましたか、と尋ねてきた。

「わたしの思ったことなら幾つもありますよ、でもここではひとつだけお話ししましょう。彼女は妖婦です。あとは教会を出てから聞かせてあげましょう」

「妖婦ですって?」彼はわたしを横目で見ながら、わたしの言葉を繰返した。何という無邪気な若者なのだろう。しかし、彼をとがめることがこのわたしにできようか?

「魔女ですよ。男をたぶらかす女だ!」とわたしは言った。

彼はむこうを向いて祭壇のキャンドルをじっと見ていた。

「策にたけた女——嘘つきだ」わたしはさらに追い打ちをかけるように続けた。

彼はもう一度わたしをちらりと見た。

「それだけおっしゃれば充分でしょう」

「いや、いや、まだあるのだ」そしてわたし達は長い間何も言わずに坐っていた。

とうとう彼の方が外へ出ましょう、と言った。通りへ出てみると影が長くなり始めていた。

「あの人が魔女だとおっしゃる意味がぼくには分かりません」ホテルへ引返しながら彼が言った。

「そうでしょうね。わたしだってもし誰かにそう言われたらやはり分からなかったでしょう」

「あなたはいつも母親の方のことを考えていらっしゃるんです。どうしてそうやっていつも母親を持ち出すのです？」

「だってきみ、あまりに似ているからですよ。どうしてもそうなってしまうのです」

彼は立ち止まってわたしの顔を見た。彼の若々しい顔には控え目だが当惑した表情が浮かんでいた。わたしには彼が「ふん！　似ているだなんて！」と声高に言おうとするかに思われた。が、彼はすぐにこう言った。

「それで、似ていれば何が証明できるのです？」

「何かが証明できるとまでは言えないが、ヒントとなることはたくさんあるのです」

「ではどうかそのうちの幾つかを聞かせて下さい」歩きながら彼が言った。

「きみだって、彼女に関して確信を持っていない」まずわたしはそう言った。

「そんなことはお構いなく――ふたりの類似の話を続けて下さい」

「これもその一部なんですよ。きみは今、彼女にとても強い愛情を抱いている」

「それも類似点の一つだとおっしゃるのでしょうね？」

「そうだとも。前にも言ったようにね。きみは彼女に恋しているが、しかし彼女の心がさっぱりわからない。わたしとサルヴィ夫人の場合そっくりそのままだ」

「そしてサルヴィ夫人も魔女で、男たらしで、策にたけていて……というわけですね？」

「わたしの知る限りでは、あの人は大した男たらしだった。とても腕がたしかなだけに、男にとって最も危険なのです」

「それであなたのおっしゃりたいのは、その娘も大した男たらしだということですか?」

「そう、そういうことです」

スタンマーはしばらくの間黙って歩いたが、思い切ったように口を開いた。

「ぼくのことを伯爵夫人の——つまりその、熱烈な崇拝者だと考えていらっしゃる、そのあなたが、そのわりに遠慮なく彼女のことを話されるのがぼくにはむしろ意外です」

わたしは、自分でも驚いているのだと話した。「けれども、それもわたしがきみに対して抱いている関心のせいですよ」

「それは本当にご親切に!」彼は妙な言い方をした。

「ああ、勿論気に入らないでしょうね。つまり、関心の方は良いとしても——だってそれをいやがるわけはないから——わたしの遠慮のなさが気に入らないのでしょう。まあ、無理もない。しかしね、きみ、わたしはただきみを助けたいだけなんですよ。今わたしがきみに言っていることを、その昔誰かがわたしに言ったとしたら、わたしだって初めはその人を全くひどい奴だと思ったでしょう。でも少したてば、わたしは感謝しただろうと思いますよ。救いの手を差し出してくれているのだと感じてね」

「あなたは他人の援助なしで十分立派に切り抜けたように思えます。うまく逃げられたとおっしゃいましたね」

「そうです。しかしそれは非常な混乱——はげしい苦悩とも言えるものを経てのことでした。そういうものからきみを救ってあげたい」

「繰返し言うだけです。ご親切に感謝します」

「あまり何度も言わないで下さい。そうでないと本気にきこえなくなりますからね」

「とにかくぼくはこう思うんです。つまり、ある男を大変幸せにするかもしれないひとりの女性がいる場合に——その男の考えによればの話ですが——その女性への愛を断ち切らせようとするなんて、あなたは非常に責任の重いことをなさるものだと」

わたしは彼の腕をつかみ、ふたりは立ち止まって、まるでフィレンツェ人同士のように話を続けた。

「きみは彼女との結婚を望んでいるんですか?」

彼はわたしと視線を合わせずに目をそらした。そして「重大な責任ですよ」と繰返した。

「いいかね、わたしはもう少しであの母親と結婚していたかも知れぬ人間なのですよ。きみはかつてのわたしと全く同じ境遇にいるのだ」

「類似性を幾らか誇張しすぎているとお思いになりませんか?」スタンマーが尋ねた。

「多少はね。しかし構わない。きみはわたしと同じ情況にいると思いますよ。でも、もしきみが望むなら、もちろんわたしは幾らでも謝って、きみが今の情況に流されるままに放っておいたってよいのですよ」

彼はそれまで目をそらしていたが、その時顔をゆっくりこちらへ向けてわたしと視線を合わせた。「あなたはいまさら引き返すことのできないところまで深入りしているのですよ。彼女についてご存じのこととはいったい何なのです？」

「彼女についてなら、知っていることはない。しかし、今ひとりの人のことなら——」

「今ひとりのことなんてぼくにはどうでもよいのです！」

「だがね、きみ、ふたりは親子なんですよ。アンドレアの描いた二枚の聖母のようにそっくりなんだ」

「もし似ているとしたら、あなたは母親について考え違いをなさっただけのことです」

わたしは彼の腕をとり、再び歩き続けた。このようなばかげた非難には、こうでもするより他に、満足な答がありえないように思われたのだ。しばらくしてわたしは言った。

「今のきみの気持ちは昔のわたしの気持ちを完全に思い出させますよ。きみは彼女を讃美し、崇拝している。が、それにもかかわらず秘かに彼女に疑いを抱いている。容姿の魅力、優雅さ、機知——彼女のすべてにすっかり心ひかれながらも、心の奥で彼女を恐れているのだ」

「恐れている、ですって？」

「その疑いは絶えず心の底から浮かび上がってくる。彼女は実際は冷たい残酷な女なのではないかという疑いをきみは払いのけることができないのだ。そして、もしその疑いが的中しているときみに確信させてくれる人があったら、きみはきっと非常に救われた気持ちになるでしょう」

これに対してスタンマーは直接には何も答えなかった。しかし、ホテルに着く前に彼はこう言った。

「母親について、あなたは一体何を知っていたとおっしゃるのですか?」

「恐ろしいことですよ」

彼は横目でわたしを見た。「彼女は何をしたのです?」

「今夜わたしの部屋へ来給え。そうしたら話してあげよう」

うかがいます、と彼ははっきり言ったが、結局姿を見せなかった。わたしでもやはりそうしたであろう。全く同じだ。

十四日

昨夜再びサルヴィ邸へ行き、前と同じ何人かのグループと、新しく加わったふたりの婦人とに会った。スタンマーも来ていてその婦人のひとりと話をしようとしていたが、全然成功していない様子だった。伯爵夫人はと言えば——そう、見上げたものだった。どんなに馴れ馴れしい態度をとっても、礼儀を欠くことにはならない十年来の友人でも迎えるように、わたしを迎えてくれた。自分の近くへ坐らせて、健康はどうか、毎日どうしているのか、などといろいろ尋ねた。

「わたしは過去に生きているのです」わたしは言った。「美術館や古い宮殿や教会を訪ねています。今日はサン・ロレンツォ教会のミケランジェロ礼拝堂で一時間過ごしました」

「ええ、たしかに、それは過去のものですわね。とても古いんですもの」

「二十七年前のものです」とわたしは言った。

「二十七年ですって？　まさか！」

「わたしの言っているのは自分自身の過去のことなのです。わたしはあなたの母上と一緒にそういった場所をたくさん訪ねました」

「ええ、ここには美しい絵がたくさんありますわね」伯爵夫人はスタンマーをちらりと見ながらつぶやいた。

「最近そのどれかをご覧になりましたか？」とわたしは尋ねた。「彼と一緒に美術館へいらっしゃいましたか？」

彼女は一瞬答をためらってほほえんだ。「あなたのお尋ねは少し礼を失しているようですわ。でもあなたはきっとそういう方ですのね」

「少し礼を失している、ですって？　とんでもない。さっきも言いましたけど、あなたの母上はウフィッチ美術館へ一度ならずわたしとご一緒して下さったのですよ」

「母はあなたにとても親切だったに違いありませんわ」

「わたしにもその時はそう思えました」

「その時だけですの?」

「そうですねぇ。今もそう思えると言っておきましょうか」

「母は犠牲を払いましたのに」

「何に対してだとおっしゃるのです? いいですか、あの人には何の束縛もなかったのですよ。あなたの父上はもう亡くなっていられたし、それにまだ二度目の結婚もなさっていなかったのですからね」

「もし母が再婚するつもりだったならば、母には一層慎重にふるまうべき理由があったわけですわ」

わたしは一瞬彼女を見つめ、彼女はまじめなまなざしを扇越しにわたしに向けた。

「あなたはいかがです? 非常に慎重になさっていますか?」わたしはそう言った。

彼女はかなり乱暴に扇を振り下ろした。「まあ、やっぱりあなたは失礼な方ですわ!」

「いや、いや。わたしがあなたの父親と言ってもよいくらい年をとっていることを忘れないで下さい。三歳の時のあなたを知っているんですからね。そんな質問も許される筈ですよ。しかし、あなたのおっしゃる通り、母上に言い分があったのを認めてあげなくてはいけませんね。そう、母上は確かに再婚を考えていたのです」

「そのことであなたは母をまだ許していらっしゃらないのね!」伯爵夫人は大層重々しい口調で言った。

わたしはもっと軽く「あなたは？」と尋ねた。

「わたくしは母を批判したり致しません。そんなことは許されない大罪ですもの。それに義父はわたくしにとても良くしてくれましたわ」

「わたしもあの人を覚えています。何度も会いました。あの頃もう母上のお客になっていましたから」

彼女は何も言わずに目を落して坐っていたが、間もなく顔を上げた。

「母は父と暮らしてとても不幸でしたの」

「その点は、わたしにもよく分かります。それでお義父上ですが、まだご存命ですか？」

「亡くなりました。母に先立って」

「あれからまた別の決闘をなさいましたか？」

「決闘で亡くなったのです」夫人は慎重に言った。

冷酷なことに――とくにこれというはっきりした理由を何ひとつ挙げることができないから一層そうなのだが――これを聞いて、わたしは衝撃を受けるどころか、奇妙な歓喜の念を覚えた。長い年月を経た今となっては、わたしがあの男に全く恨みを抱いていないことは確かである。勿論わたしは嬉しさを抑え、伯爵夫人に対しては、あの人は自分の犯した罪に相当する罰を受けたわけですねと言うだけにしておいた。しかし、今述べた喜ばしい気分は、母上の結婚生活と違って、あなたの短い結婚生活が幸せなものだったのなら良かったと思います、と夫人に言った言葉の底に存在していたように思う。

「もしそうでなかったとしても今では忘れてしまいました」と夫人は答えた。

故スカラベリ伯爵も決闘で死んだのだろうか。そしてその相手もまたピストルで殺される運命になっているのだろうか。それは一体あの中のどの男だろう。スタンマーはその男の身体に弾丸を撃ち込む運命なのだろうか。いや、スタンマーはきっとわたしのしたのと同じように行動するに違いない。が、それにしても彼にとって不運なことに、あの女は全く口が達者だ。昨晩の彼女は実に素敵だった。本当に魅惑的だった。率直で遠慮がなく、しかもどこか柔らかい女らしさのあるあの物腰。優雅な快活さと、育ちの良い人間らしい明るさがあり、それでいてそういう育ちにつきものの堅固しさは一切ないのだ。そして、それらの性質すべてをおおうような形で、素朴で南国的な華やかさを備えている。彼女は完璧で、由緒正しい生粋のイタリア人だ。

わたしが既に書きとめた会話のあったあと、彼女は他の席へ坐り、その場の人が皆加われるような話が三十分ほど続いた。スタンマーはほとんど何も言わなかった。というのも、わたしの思うに、ひとつには外国語を話すのが恥ずかしいからであろう。わたしもスタンマーのようだっただろうか。わたしもあんなふうに黙りがちだっただろうか。当惑した時のわたしはそうだったのではないかと思う。そして非常な当惑に陥ることがたびたびあったのは確かである。

邸を立ち去る前にもう一度伯爵夫人とふたりだけで言葉をかわす機会があった。

「まだフィレンツェをお発ちにはならないのでしょう？」と彼女は言った。「もうしばらくはいらっしゃいますわね？」

「一週間の予定で来たのに、もう予定の期間は過ぎてしまいました」とわたしは答えた。「あまり興味をひかれるもので出発を一日延ばしにしているのです」

「ええ、美しい季節ですわ。わたくしどもの町がお気に召して嬉しいですわ」

「フィレンツェは気に入っています。それに加えて、わたしは彼に対して父親のような関心を持っていますのでね」と言ってわたしはスタンマーの方にちらりと目をやった。「彼がとても好きになったのです」

「立派なイギリス人《ベル・ティボ・イングレーゼ》ですわ。とても賢くて、気高い心の持ち主です」

　彼女は微笑を浮かべ、表情の豊かな澄んだ目をわたしに向けて立っていた。

「わたしは、彼のことをあまりほめたくないのです」とわたしは言った。「自分をほめているようになるといけませんのでね。と言うのも、彼を見ると、彼くらい若かった頃のわたしを思い出してならないのです。もし母上が一時間でもこの世に生きかえっていらっしゃったら、似ているのがお分かりになることでしょう」

　彼女はおもしろがっているような表情でわたしをじっと見つめた。

「でも、あなたは全然あの人に似た様子をしていらっしゃいませんわ！」

「ああ、それは二十五歳の時のわたしをご存じないからです。わたしも美男子でしたよ。それに、似ているというのは外見のことではなく、精神的なことなのです。わたしは純真で率直で人を疑わない青年でした。彼のようにね」

「人を疑わない、ですって？　今でも覚えていますが、母はあなたのことを、誰よりも疑い深くて嫉妬深い人だと言ったことがありますわ」

「一時的に疑い深い気分に陥ったのです。でも、元来わたしは邪推するような質《たち》ではありませんでした。人を悪く考えることなどできなかったのです」

「それでスタンマーさんは今、疑い深い気分になっているとおっしゃいますの？」

「そうですね、わたしの言いたいのは、彼が昔のわたしと同じ立場にいるということです」

　伯爵夫人は真剣な表情を見せた。

「さあ、一体何ですの、その立場とおっしゃるのは？　前にもお話に出ましたわね」

「時々わたしのことを話題にして下さったくらいなら、母上があなたに話しておいて下さってもよかったのに」

「母が話してくれたことと言ったら、母にとってあなたが困った謎だったということだけです」

　勿論、わたしはこれを聞いて笑い出した。これを書いている今になっても笑いが込み上げてくる。

「ええ、まあ、そういうことにしておきましょうか。単純なわたしが、何でも見通せる筈の婦人にとって、さっぱり分らぬ謎だったというのですからね――」

「そのおっしゃりようからしますと、おっしゃる意味はわたくしが、スタンマーさんにとって謎なのだというのですね？」

「彼はあなたの気持ちを知ろうとして頭をしぼっていますよ。彼を賢い男と言ったのはほかならぬあなただ、ということを忘れないで下さい」

彼女は振返って彼のほうを見た。運の良いことに、ちょうどその時の彼の様子はわたしの言葉を裏付けた。彼は客間にいるにしては目立ちすぎるほど怠惰な様子で椅子の背にもたれかかり、天井を見つめていたが、それは難問を与えられた人のような印象を与えた。スカラベリ夫人は彼の態度に驚いたようだった。

「彼には謎が解けないのだということがお分かりになりませんか？」とわたしは言った。

「あの人は悪意を持つことができないとあなたはおっしゃいました。わたくしのことを少しでも悪く思われたら残念ですわ」

彼女はこう言って、美しい、率直な表情でまじめに、そして訴えるようにまっすぐわたしを見た。わたしは微笑を浮かべて軽く会釈したが、その態度は「そんな筈はありませんよ」と言っているように見えたかも知れない。

「わたくしはあの人にとても敬意を抱いているんですもの。よく思われたいですわ。もしわたくしが謎なのでしたら、どうか力を貸して下さいませ。彼にわたくしという人間を説明して下さい」

「あなたを説明する、ですって？」

「あなたのほうがあの人より年も上だし、知恵もおありなのですから、あの人にわたくしが理解できるようにして下さい」

彼女はわたしの目の奥をじっとのぞき込み、それからむこうへ行ってしまった。

二十六日

かなり長い間何も記さなかったが、その間にサルヴィ邸へは数回でかけた。スタンマーにも何度も会った。何度も一緒に散歩をし、話をした。わたしは二週間ほどヴェネツィアへ一緒に行かないかと彼を誘ってみたが、彼はフィレンツェを離れる計画などには耳を貸そうともしなかった。心に疑いを抱きながらも、彼は非常に幸福なのである。そして実を言えば、彼の幸せな様子を見ていると、わたしまで自分の幸せだった頃をふたたび体験する思いがした。先日ついに彼が心を決めて、サルヴィ夫人がしたけしからぬ仕打ちというのを聞かせてほしいとわたしに頼んだ時に、わたしが却ってその好奇心を挫いたのも、そういうわけだからである。もしどうしても知りたいと言うのならきみを満足させてあげよう、だがこんな時に、にがにがしい思い出をくどくど語るのは残念だ、とわたしは彼に言った。

「でも、あなたは、ぼくがスカラベリ夫人を愛するのをやめさせようと骨折っていらっしゃるものとばかり思っていましたが」

「わたしの言うことに矛盾があるのは認めよう。しかし、それにはいろいろわけがあるのですよ。まず第一に、これは明白なことですが、わたしのすることには裏表があるという非難は免れないでしょう。わたしはスカラベリ伯爵夫人への賞讃を公然と表わしている――つまり彼女のもてなしを受けているのですからね。そして同時にきみの心に毒を注ごうとしている――そう言う表現が当っているのではありませんか？　きみがばかげた行動をとるのを防ぎたいという望みは、伯爵夫人に対する賞讃の念に劣らず心からのものなのだが、きみを毒する決心はつかずにいるのです。第二に、きみはまったく幸せそうだ！　どんなに有害な幻影でも、見ている間はとても楽しいのであれば、それを破壊するのはためらわれるものですよ。今は人の一生でまれにしかない瞬間だ。若く情熱的な身をイタリアの春のまっただ中におき、美しい女性の心の清らかさを信じていられるとは、なんとすばらしいことだろう！　きみはその流れに任せて浮かんでい給え。わたしが岸辺に立って見守っていてあげるから」

「本当の理由は、あの人を非難すべき根拠がないと感じるからでしょう」とスタンマーは言った。「あなたもぼくと同じくらい彼女を讃美しているんだ！」

「讃美していることはさっきわたしも認めたとおりです。彼女が世間並の浮気女だと言った覚えはありません。彼女の母親は巧妙きわまる男たらしでしたよ。その手腕にわたしはどんなに感心したことか！　しかし年若い友人に危険な女を避けるように警告することを、一方でその夫人とも社交上の交際をしているからといって、徳義上どこまで控えなければならぬか——これはなかなか微妙な問題です」

「そんな場合、ぼくだったら、まずその女性との交際を断ってしまいますね」とスタンマーは言った。わたしは彼を見て笑ったように思う。

「ひょっとして、きみはわたしに嫉妬しているのかね？」

彼は強く頭を振った。

「とんでもありません。ぼくはあなたがあの邸にいらっしゃるところを見るのが好きです。あなたの行為はおっしゃることと矛盾していますからね」

「伯爵夫人が魅力的だということは、もう何度も言ったじゃありませんか」

「もしそうでなかったら、あなたが言われるような場合、ぼくならあの人に警告を発しますよ」

「警告を発する？」

「あなたがあの人を疑いの眼で見ていて、あの人の策略から単純な若者を救うために全力を尽くそうとしているのだ、と話すのです。そうする方が正々堂々としていますよ」そう言って彼は再び笑った。彼がわたしのことを笑ったのはこれが初めてではない。けれどもわたしは気にかけたことはなかった。その意味がいつもわかっていたからである。

「きみはわたしに伯爵夫人にそう言うように勧めるのかね?」

「あなたに勧めるですって?」彼はまた笑いながら声高に言った。「あなたに勧めなどしませんよ! ぼくは救われるべき犠牲者ではあったとしても、陰謀の仲間ではありませんからね。それにあの人はあなたの考えに気づいていますよ」

「彼女がきみにそう言ったのですか?」

彼は口ごもった。「あの人はぼくに、あなたが自分を悪く言ったらよく聞いておいてくれるようにと言いました。彼女は、自分にはやましいところはないとはっきり言っています」

「ああ、実に巧妙な女だ!」

じっさい、そういう態度に出るとは彼女はたいそう利口なのだ。あとからスタンマーは、彼女の道徳性とでもいうべき点に関してわたしが悪口を言ったのを、彼女にほのめかしたことさえない、とはっきり請け合った。彼女は自分で推察したのだ! わたしに激しい敵意を抱いているにちがいない。が、それにもかかわらず、これまでわたしに何と愛想のよい態度を保ってきたことか! ほんとうに巧妙な女だ!

五月四日

サルヴィ邸からは一週間遠ざかっているが、様々の動機からフィレンツェを立ち去れずにぐずぐずしている。伯爵夫人に再び近づこうとしないことで気がとがめるが、彼女についてわたしがどう思っているかに彼女が気づいた、その瞬間から公然の戦いになったのだ。どちらの側にも遠慮は不要である。わたしが彼女のしかけた目の細かいわなをこわすのが自由なら、彼女があらゆる技巧を弄して、スタンマーを逃げられぬようにわなにかけるのも自由なのだ。しかし、こんな事情のもとでは、会ったとしても気持よく話し合うのはとても無理だろう。それにしても、彼女のわなを一体どうしてわたしがこわさねばならないのか。スタンマーが食われるのを見るのもおもしろいだろう。彼女の腹に入れられてしまってからの居心地はどうか、聞いてやりたいものである。（それにしても好奇心というものはなんと卑しい想像をさせるものなのだろう！）わたしが自分でけりをつけたように、彼にも彼なりのやり方で最後までやらせてみようではないか。筋書きは同じだ。だが、四分の一世紀後の今、どうしてわたしの時と同じ結末《デヌマン》を迎えねばならないわけがあるだろう。彼には彼なりの結末を迎えさせよう。

五日

しかし、いまいましいことに、わたしは彼にみじめな思いをさせたくないのだ。

六日

しかし、わたしの場合の結末――それは果して幸福なものであったろうか？

七日

彼は昨夜遅くわたしの部屋へ来た。とても興奮していた。

「あの人があなたにしたことというのは何です?」

彼がこう尋ねたので、わたしもまず彼に質問してみた。「伯爵夫人とけんかでもしてきたのかね?」

しかし、彼は自分の言葉をくり返すだけだった。

「あの人がしたことというのは何です?」

「かけ給え。聞かせてあげるから」彼はキャンドルのそばに腰をおろし、わたしをじっと見つめた。「いつも邸に来ている男がひとりいた。カメリーノ伯爵という男だ」

「あの人が結婚した相手ですね?」

「再婚した相手だ。わたしは彼女がとても好きだったが、信頼してはいなかった。きっと嘘をついているし、残酷なこともできる人だと思っていたのだ。それでも時々彼女が魅力を発揮すると、彼女の欠点を考えるのがつまらないこだわりに過ぎないように思えて、そういう時には彼女のためなら何でもする、という気持ちになってしまった。残念ながらそんな瞬間は長くは続かなかったけれどね。どんなものかきみには分かるでしょう。スカラベリ夫人にもあてはまらないかな?」

「スカラベリ夫人は嘘をついたことなど一度もありませんよ」とスタンマーは声を高め

た。

「そんなことをほのめかされたら、わたしだってきみと同じことを言ったに違いない。しかし、きみのさっきの質問が自分に無関係の冷静な好奇心から出たとは思わないな」

「知りたがったっていいじゃありませんか」と純真な若者は言った。

わたしは思わず笑い出してしまった。「とにかくわたしの場合はこうだったのだ。カメリーノはいつも来ていて、まるで邸の居候然としていた。素晴らしいビアンカを嫌う瞬間はあっても、彼を好きになる瞬間は全然なかった。しかも彼はとても礼儀正しくて知的な、大変愛想のよい男で、わたしとけんかする気などさらさらなかった。つまり問題はただ、わたしが彼に嫉妬していたという、それだけのことだったのだ。けれども、どんな正式の根拠があって彼と争うことができたろう。わたしには、はっきり認められた権利などなかったのだから。わたしは自分が何を望んでいたのか、あの情況で何をしようとしていたのか分からない。わたしには申し分のない家柄と有望な前途があったのだから、彼女に求婚しても少しもおかしくなかった。彼女が承諾してくれたかどうか、わたしには確信はない。求婚されることを願っていたかどうかもはっきりしないのだ。しかし、少なくともわたしをつかまえておくことは強く望んでいた――彼女はわたしをそばに置きたかったのだ。彼女に身をささげ、彼女のそばで暮して毎日彼女を眺めることだけのために、わたしは自分のすべて――イギリスも、仕事も、家名も捨てかねなかった」

「ではどうしてそうなさらなかったのです？」

「きみはどうしてそうしないのかね？」

それに対して彼はなかなか巧妙に切り返した。「ぼくからの質問に対して、あなたが公平に問い返そうとなさるのなら、ぼくへの質問は、二十五年後にしていただかねばなりません」

「正直な話、一時はわたしもさっき言ったような振舞をしかねなかった。それは彼女の望むところでもあったのだ——裕福で、感じやすく、すぐ人を信じる重宝なイギリス青年を永久にそばに置くことが。だが、彼女がわたしに本当に好意を寄せていてくれたのも確かなので、それを言わないと、彼女に対して公平でなくなるね」

これを聞くとスタンマーは立ち上がり、窓のところへ歩いて行った。そして少しの間外を眺めていたかと思うと、こちらをふりむいた。わたしは言葉を続けた。「彼女はわたしより年上だったが、スカラベリ夫人もきみより年上だ。ある日のこと、わたしは彼女に、なぜカメリーノを嫌うのかと怒ったような口調で尋ねられた。なにしろわたしは彼に対する感情を隠そうとする努力など全然しなかったし、それが表に出るようなことが起ったところだったのだ。『ぼくがあいつを嫌うのは、あなたがあいつのことをとても好いているからです』とわたしは言った。彼女は『好きではありません。本当よ』と答えたが、わたしは『あいつはどう見てもあなたの愛人だと言わぬばかりの様子ではありませんか』と言い返してやった。勿論ずいぶんひどい言い方だった。しかし、わたしの立場にいたらどんな男でもそう言ったと思いますよ。これを聞いた彼女の様子はおかしなものだった。青ざめたが、怒りはしなかった。『あんなことをした人が、どうしてわたくしの愛人の筈があリましょう』と言った。『あいつが何をしたのです？』と問うと、彼女は長いことためっていたが、ついに『夫を殺したのです』と言う。『なんですって？　それなのにあいつを喜んで邸に迎え入れているんですか？』という問いに彼女が何と言ったと思う？『仕方あり《ケ・ヴォーレ》ませんわ』と言ったのだ」

「それだけですか？」とスタンマーは尋ねた。

「いや、彼女がさらに言うには、カメリーノは決闘で伯爵を殺したのだが、原因は伯爵の嫉妬だった。伯爵は恐ろしく嫉妬深かったらしくて、彼女にひどい生活をさせたのです。ところが彼自身はと言えば、品行方正どころではない。友人を装いながらある男に対して侮辱的な背信行為をし、このことが知れわたったのだ。友人は、傷つけられた名誉回復の決闘を申し込んだが、何らかの理由によって――さすがに夫人も夫が臆病だったから、とは言いませんでしたがね――それが果たされないうちにカメリーノとの決闘が行なわれた。伯爵は嫉妬に狂って腹立ちまぎれにカメリーノの顔をなぐった。そして、どれだけ公正なことかわたしにはわからないが、この暴行の方がもうひとつの事件より先に償われるべきものとされたのです。驚くべき取り決めによって――イタリア人にはフェア・プレイの観念が全く欠けているとみえますね――はじめの侮辱された男がカメリーノの介添えになることが認められた。決闘は剣で行なわれ、初めは致命的とも思われなかった傷がもとになって、伯爵は次の日に亡くなった。伯爵夫人の名誉のために事件はできる限りもみ消され、それが成功したので、一般の人々の間では、もう一人の男がサルヴィ伯爵を刺す名誉を得たという評判が広まったのだ。その男自身、人々の誤解をあえて否定しようとは思わなかったので、その噂がそのまま残ることになった。その男さえそれで良いのなら、カメリーノも勿論否定せずにいる方が得になるわけです。伯爵夫人との親交を続けるのにその方がずっと具合が良いのだから」

スタンマーはわたしの話を非常に熱心に聞いていた。「それなら夫人はなぜ否定しなかったのでしょう？」

わたしは肩をすくめた。「きっと同じ理由だろうね。とにかくわたしはこの一部始終にぞっとしたのだ。自分の夫を手に掛けた男とその後も会っているという自尊心のなさに非常なショックを受けたのだ」

「伯爵は全くひどい男だったのだし、事件の真相は知られていなかったのでしょう」

「知られていなくても同じことだ。それに、伯爵がひどい男だったという話にしても、その妻と再婚相手の男とが彼を嫌っていたことを意味するにすぎないだろう」

スタンマーは深く思いに沈んでいる様子で、その目はわたしの目にじっと注がれていた。

「確かにその再婚には抵抗を感じますね。適当とは思えません」

「それにしても、再婚を聞いた時どんなにほっとしたことか！　時も所もよく覚えている。フィレンツェを発って七年後、インドの高原駐屯地にいた時だった。郵便で送られてきた何種類かのイギリスの新聞の中に、いわゆる「社交界消息」を満載したイタリア通信がのっているのがあった。上流社会の様々なうわさ話や結構な記事にまじって、こう書かれていたのだ。数年にわたり、フィレンツェで最も魅力的なサロンに君臨してきた女王として知られるビアンカ・サルヴィ伯爵夫人は、著名なボローニャ人カメリーノ伯爵と近く結婚の予定とね。そらね、きみ、やはりわたしは間一髪で逃げ出したのだよ。平気でそんなことのできる女ともう少しで結婚するところだったのだからね！　しかし、本能が警告を発してくれて、わたしは自分の本能を信用したのだ」

「シェイクスピア劇のフォルスタッフではありませんが『本能こそすべて』というわけですね？」そう言ってスタンマーは笑った。「それであなたはサルヴィ夫人に、本能が彼女に用心しろと警告していると話されたのですか？」

「いやそんなことは言わない。あなたは恐ろしい人だ、ぞっとします、とだけ言った」

「それなら大体同じことですね。それを聞いて彼女は何と言いました？」

「一体どうして欲しいの、と尋ねた。カメリーノとの交際は醜聞のたねだと言うと、彼女は夫がひどい男だったと言い出し、それに事件のことは誰も知らないのだから醜聞でも何でもありません、というわけなのだ。きみの理屈とそっくり同じさ！　そんな理屈は聞くのもけがらわしい、あなたには道徳観念がないのだ、とわたしは言い返し、激しく言い争った末、もう二度とお目にかかりません、と言明した。そして腹を立てたままフィレンツェを去り、わたしの誓いは守られたわけだ。その後二度と彼女に会わなかったのだから」

「彼女を深く愛してはいらっしゃらなかったのでしょう」スタンマーは言った。

「愛してはいなかった——その三カ月後にはね」

「もし愛していたら戻っていらしたはずです——三日後には」

「きみにはきっとそう思えるだろうね。わたしに言えるのは、それがわたしの人生でもとくに大きな努力を要したということだけだ。軍人として敵に立ち向かった経験は数々あるが、決断が必要だったのはそういう場合ではなく、駅伝馬車でフィレンツェを発つ時だった」

スタンマーは部屋の中を二、三度行ったり来たりした。「ぼくには分かりません！　カメリーノが夫を殺したのを、どうして夫人はあなたに話したのか。自分の名誉が傷つくだけなのに」

「彼が愛人だと思われる方がもっと深刻な問題になると考えたのだろう。愛人ではないし、絶対に愛人であるはずはない、とわたしに納得させるに一番効果のあることを言いたかったのだ。さらにまた、包み隠しのない態度だということで心証を良くしたいと思ったのだろう」

「おやおや、そんなところまで彼女の心理を分析したのですか?」彼は目を丸くして大声で言った。

「幻滅ほど分析の助けになるものはないのだ。それに実際どうです。カメリーノと結婚したではないか!」

「ええ、ぼくもそれは気に入りませんね」スタンマーはこう言って少し口をつぐんでいたが、言葉をついで言った。「もしもあなたがとどまっていらしたら、彼女も多分そうはしなかったでしょうね」

なんと無邪気なことを考えるものだ! わたしはそっけなく答えて言った。「そうしていたら、多分、正式な結婚なしで関係を続けただろうよ」

「驚きますねえ。すっかり分析しつくしていらっしゃる!」

「きみには感謝されていいでしょう。きみが自分ではできそうもないことを、わたしが代ってしてあげたのだから」

「ぼくの場合、カメリーノにあたる男は見当りません」

「もしかするとあの紳士達の中から見つけてあげられるかも知れない」

「ご親切様、でもお世話はかけません!」彼はそう叫んで立ち去った。納得して帰った

――とわたしは思いたい。

十日

頑固で困ったやつだ。まだやめずにいるのを見るといらいらする。カメリーノにあたる男をさがしているのかも知れない。いずれにしても彼のことは運命に任せて放っておくとしよう。非常に暑くなってきた。

十一日

今夜はスカラベリ夫人に別れを告げに行った。ほかには誰もいず、薄暗い大きな客間には彼女ひとりだった。キャンドルが二本ともっているだけで、大きな窓は庭にむかって開かれている。彼女は白い服で、とても美しかった。どうして長い間いらっしゃいませんでしたの、と彼女がきいたのは言うまでもない。

「そうおっしゃるのは礼儀のためだけですね。わけはご存じでしょう」

「まあ！　わたくしがなにをしたとおっしゃいますの？」

「いいえ、なにも。何かするほど愚かな方ではないのですから」

彼女はわたしをじっと見つめた。「あなたっておかしな方ですのね」

「いやいや、正気すぎるほどです。分別がなさすぎるというよりもありすぎるのですよ」

「とにかくあなたは、固定観念と呼ぶものをお持ちですわ」

「良い固定観念なら、あっても悪くはないでしょう」

「でも、あなたのは本当にひどいのですもの！」そう言って彼女は笑った。

「わたしという人間も、わたしの考えることも、お気に召さないのは当然ですな。それを考えに入れると、これまでとても親切にしていただいたのですから、お礼を言ってお手に接吻します。明日フィレンツェを発つのです」

「残念ですとは申しませんわ」彼女はまた笑って言った。「でも、お会いできたのは嬉しゅうございました。どんな方かしらといつも思っておりましたの。そして変わった方だと分かりましたわ」

「そう思われるのも当然でしょう。あなたの魅力に勝てる男だなんて！　しかし実際のところ、わたしも勝てないのですよ。今晩のあなたはすばらしい。それに、あなたとふたりきりになれたのはこれが初めてです」

彼女はこの言葉を心にとめたふうでもなく、むこうへ行ってしまったが、すぐに戻ってくるとわたしの前に立って、こちらをじっと見つめた。薄暗い部屋の中で、その美しい真剣な目が輝くようだった。

「一体どうして母にあんな仕打ちがおできになりましたの？」

「あんな仕打ちと言うと？」

「世界一魅力的な女性を見捨てられるとは！」

「見捨てたというのではないのです。たとえそうだったとしても、母上は十分慰めを得られたようではありませんか」

ちょうどその時、控えの間で足音がした。スタンマーだと夫人が気づいたことが、わたしには分かった。

「ああいうことにはならなかったでしょうに。母には保護者が必要だっただけです」彼女はつぶやいた。

話の途中でスタンマーが入って来たが、わたしを見た目には、幾らか虚勢をはっているところがあったように思われる。わたしのことを全くうるさいおせっかいなやつだと思っているに違いない。考えてみれば驚くほどおとなしい青年だ。何といっても、まだ二十五歳の若さなのに。しかし感心する一方で、苛立たされるのも確かだ——あの執着の仕方ときたら！

彼に続いてすぐに、常連のイタリア人が二、三人やって来たので、わたしは訪問を早めに切り上げることにした。

「では、さようなら」わたしがそう言うと、彼女は黙ったまま手をさし出した。わたしは穏やかに言い足した。「あなたは？　やはり保護者がお要りようですか？」

わたしの頭の先からつま先までじっと見てから、彼女は怒ったように答えた。

「ええ、要りますわ」

彼女の怒りを招きたくなかったわたしは、その手を離さずにいた。そして老いた頭を低くしてその手に接吻した。彼女の心を鎮めることができたと思う。

十四日　ボローニャにて

十二日にフィレンツェを発ち、ここに来てから三日になる。ボローニャもすばらしいイタリアの古都である。しかし、ここはフィレンツェのあの秘密を欠いているため、わたしの心を捕えない。

十一日の日記は、サルヴィ邸から戻って夜遅く書いた。そのあとわたしは椅子に坐ったまま眠ってしまい、目をさました時にはもう夜が明けかかっていた。ベッドへは行かず、長い間窓ぎわに立って川を眺めた。静かな、暖かい晩で、空には日の出の前触れのかすかな光が縞になっていた。ほどなく窓の下にゆっくりした足音が聞こえたので、見おろすとちょうど帰宅する途中のスタンマーの姿を街燈の光で認めることができた。わたしは彼に部屋へ来ないか、と声をかけた。少しして彼が現れた。

「きみに別れのあいさつをしておきたいのです。朝には発つのでね。でも、それは残念です、などと言わないでほしい。残念な筈はないのだから。わたしはきみをひどく悩ませてしまったようだからね」

彼は残念だと言おうとはしなかったが、お近づきになれたことを大変嬉しく思います、と述べた。

「あなたのお話はとても参考になりました」と彼は悪意のない様子で言った。

「カメリーノは見つけましたか」わたしは微笑して尋ねた。

「さがすのはもうやめたのです」

「そう。それではいつかきみが大変な間違いをしたのに気づいた時、わたしが忠告したのを思い出してくれたまえ」

彼は一瞬、理性を働かせてその日を思い浮かべようとしている様子だった。

「あなたの方こそ大きな間違いをしたのかもしれない、という考えが頭に浮かぶことはおありにならなかったのですか?」

「それはありましたよ。人間は実にいろいろなことを思いつくものだからね」

わたしが言葉に出したのはこれだけである。彼の若々しい、率直な顔つきとあいまって、その瞬間、彼の質問が今までにない大きな力でわたしに迫ったことは話さなかった。

彼はまた、わたしが結局非常に幸福な生涯を送ったかどうか尋ねた。

十二月十七日　パリにて

フィレンツェで会った青年、スタンマーから手紙が来た。ローマ発となっており、短いが注目すべき手紙なので、ここに書き写しておく価値がある。

「拝啓

謹しんでお知らせ致します。ぼくは一週間前にサルヴィ・スカラベリ伯爵夫人と結婚しました。あなたのお話はぼくを非常に混乱させせましたが、一カ月後にすべてはっきりしたのです。危険を伴うことというのはキリスト教の信仰のようなものです。内側から見なくてはなりません。

敬具
E・S

追伸——似ている、だなんてくだらない！　ぼくの幸福と同じくらいの幸福を見つけられるというなら別だが！」

幸福が彼をとても利口にしている。長続きしますように！　と言っても利口さのことで、幸福のことではない。

一八七七年四月十九日　ロンドンにて

昨夜某夫人邸でエドマンド・スタンマーに会った。ビアンカ・サルヴィの娘と結婚した男である。彼らがイギリスに来たことは先日聞いていた。風さいの良い青年で、はつらつとした、満ち足りた表情をしており、わたしにフィレンツェを思い出させた。別に彼との出会いを忘れたふうを装ったわけではないが、彼にむかって彼女のことをいろいろにけなしていたことを考えると、多少具合が悪かった。わたしには彼女についての見解がすっかりでき上がっていたからである。けれども彼は不自然な様子を全く見せず、かえってわたしと出会ったのを喜んでいるようであった。わたしは彼に、奥さんもご一緒ですか、と尋ねた。礼儀上そうしないわけにはいかなかったのだ。

「ええ、来ています。ほかの部屋にいるのでしょう。いらして彼女と近づきになって下さい。彼女と知り合いになっていただきたいのです」

「もう知り合いだということを忘れたのですね」

「いいえ、まだです。あなたが彼女をご存じだったことは今まで一度だってありませんよ」そう言って彼は意味ありげに笑った。

その時のわたしとしては、前スカラベリ夫人とその場で顔を合わせる気持ちになれなかった。そこでわたしは、今ここをおいとまするところですが、いずれ奥さんを訪問させていただきましょう、と述べた。しばらくふたりで他のことを話したあと、彼は突然言葉を切ると、わたしの腕に手をかけて、わたしの顔を見た。彼が幸福に見えたことを認めなければ、彼に対して公正を欠くことになるだろう。

「絶対にあなたは間違っていらっしゃいましたよ！」と彼は言った。

「ええ、そうですとも。その点はもう大急ぎで認めますよ」

再び話題はほかへ移ったが、すぐに彼はさっきの動作をくり返した。

「絶対にあなたは間違っていたのです」

「奥さんはきっとわたしを許して下さったと思いますよ。それならあなたの方には何も文句はないでしょう。さっきも言ったように、すぐに奥さんをたずねてお目にかかりたいと思っているのですから」

「ぼくの妻のことではなく、あなたご自身の恋の結末のことを考えていたのです」

「わたしの?」

「ええ、その昔のね。やはり誤りだったのではありませんか?」

わたしは彼を見つめた。彼はとても朗らかだった。

「ロンドンのにぎわう社交の場で決着をつけるような問題ではありません」

こう言ってわたしは彼から離れた。

二十二日

まだ夫人をたずねていない。ちょうど在宅していて実際に顔を合わせることになるのが恐ろしいのだ。それに彼の言葉があれ以来耳を離れない。「絶対にあなたは間違っていましたよ。やはり誤りだったのではありませんか?」——わたしは本当に間違っていたのだろうか? 本当に誤解だったのだろうか? あまりに慎重で、疑い深くて、理屈をふりまわしすぎたのだろうか? 彼女は本当に保護者を、誰か彼女の力になってくれる男を必要としていたのだろうか? 彼女を信頼すれば幸せになれたのだろうか。そしてわたしが立ち去ったからこそ彼女は結局あんな再婚をしたのか? 彼女は大変不幸だったろうか?

いやはや、なんと多くの疑問が次々に湧いてくることか! たとえわたしが彼女の幸福を損なったとしても、わたしだって幸福にはならなかったのだ。だがそうなれたかもしれないではないか。この年になってそんな発見をするなんて何ということだ！

嘘つき

一

汽車は三十分遅れたし、駅からの道のりも意外に遠かったので、オリヴァー・ライアンがその邸に着いたときには、来客はみな晩餐の身仕度のために各自の部屋に分散してしまっており、彼もすぐさま決められた部屋に案内された。部屋に入ると、すでにカーテンは閉じられ、キャンドルがともされ暖炉の火は赤あかと燃えているという手際のよさで、召使がトランクから彼の晩餐用の服を取り出した頃には、この寝室の快適さが邸全体の雰囲気を物語るように思えてきた。きっとここは楽しい邸で、さまざまな紳士淑女が招待されていて、活発な会話が交わされ、感じのよい人たちと親しくでき、その上、出されるご馳走も美味であろう。彼は仕事に追われていて、郊外の別荘を泊りがけで訪問したことはあまりなかったが、そういう機会に恵まれた人たちが、どこそこの邸で「すばらしい歓待を受けた」というような噂をしているのを耳にしたことはあった。このステイズ邸での歓待がすばらしいものとなるだろうことは容易に想像がついた。郊外の別荘で寝室に案内されると、彼はいつも棚の書物と壁の絵をまず見ることにしていた——それによって邸の主人たちの教養の程度や、さらには、その性格まで大体見当がつくからだ。今の場合、ゆっくり調べている時間はなかったけれど、さっと眺めてみただけで、書物は例によってアメリカの、それもユーモア小説が大半であるが、絵の方は、子供たちを描いた水彩画でもないし、お上品な宗教画でもないと分かった。壁にかかっているのは古風な石版画であり、丈の高い襟と乗馬用の手袋をつけた地方の名士の肖像が大部分であった。これはこの家で肖像画の伝統が尊ばれていることを示すものであり、肖像画家の彼にとっては喜ばしい。ベッドの傍にはお定まりのレ・ファニュー氏（一九世紀のアイルランドの怪奇小説家）の小説が置かれているが、これは地方の別荘で真夜中過ぎの数時間の読書にうってつけのものである。オリヴァー・ライアンはワイシャツのボタンをかけながら、早くも数ページを読み出さずにはいられなかった。

　そんなことでぐずぐずしていたせいかもしれないが、彼が階下に下りたときには、すでに客全員が広間に集まっていたし、その上、彼の姿が見えるや否や食堂へと一斉に動き出したところから見ると、皆彼が下りてくるのを待っていたようであった。彼はすぐに一人の婦人に引き合わされたが、これは彼が同伴女性のいない独身男として出席したからであった。食堂に入るのをぐずぐずして最後になった男たちは、よくあるように入口のところで入室の順序を譲り合ったりした。このささいな喜劇の結果、彼がどの客よりも後に席に着く破目になってしまった。これは相当身分の高い客たちと一緒だからなのだと、彼は考えざるを得なかった。というのも、たとえ彼がないがしろにされたと感じたとしても（実際はそのように感じなかった）、そのように扱われるのは、無名の芽の出ない青年画家としてやむを得ぬと考えて辛抱するわけにはいかなかったからである。残念ながら、もう青年と見られる年ではなかったし、社会的地位も努力の割にまだ高いとは言えぬまでも、「芽の出ない」などと言えるような状態では決してない。有名人の端くれとも言えるのだ。その彼が最後に入室するというのであれば、今日はまさに著名人ばかりの集まりであると考えざるを得ないではないか。こうして、席に着いて長い食卓のあちこちを眺め渡す彼の好奇心はいっそう強まるのであった。

二十五人ぐらいは出席している大きなパーティーであった。こんな社交の季節に彼に仕事を依頼するというのは、考えてみると妙な話だった。これでは、よい仕事をするのにふさわしい静けさに恵まれそうもない。もっとも、仕事の合い間に人びとを眺めるのが、仕事の妨げになったことはこれまで一度もなかった。それに、彼は知らなかったけれど、ステイズ邸ではいつでも来客があったのだ。仕事が好調に進んでいる場合には、周囲の出来事がすべて自分の仕事になんらかの意味で役に立ち、邪魔になるどころか、これと共鳴し、手を貸し、創作意欲を高めさえするというような、およそ芸術家としてこれ以上望めぬような状態がよく生じるのであった。そういう折には、どんなことが起っても——苦しみであれ、わざわいであれ——かならず作品の質を高めるにちがいないと感じるのである。それに仕事の場が急に変化するというのは、前にも経験があったが、心躍ることだ。ライアンは午後の遅い時刻に、霧深いロンドンの見慣れたアトリエを後にして、ここハートフォード州中心部の大邸宅での美しい女性や著名な男性、それに銀の花瓶に飾られたみごとな蘭の織り成す進行中のドラマの場面に急いでやって来たのだった。その美しい女性たちの一人が自分の隣にすわっているのを、彼は意味のあることとして心にとめた。もう一方の側には紳士がいたのだが、ライアンは今のところ同席の客たちと談笑する気分にはなっていない。というのは、デイヴィド卿がどこにいるのか探すのに夢中だったからで、卿にはまだ紹介されて居らず、彼としては当然ながら強い関心を抱いていたのだ。

しかしながら、どうやらデイヴィド卿は食卓にはいないらしかった。九十歳の高齢であるのを考慮すれば、それも無理からぬこととして納得がいった。オリヴァー・ライアンが卿について知らされていることといえば、年齢くらいであった。九十歳台の人を描くという機会に、彼は心をはずませていたわけで、老紳士が食事の席に姿を見せていないのは残念ではあったが（仕事にかかる前にモデルを観察する機会が一回失われたのだから）、そのことは老紳士が尊い存在であり、それだけに強烈な印象を与える人物かもしれぬ証拠のように思われるのだった。ライアンは老紳士の息子であるアーサー・アッシュモアを父と似ている可能性もあるので注意深く観察し、その頬のなめらかな光沢が果して父親譲りのものかどうかと考えた。あれが老紳士にも見られるのなら描くのは楽しいだろう——冬のりんごの渋い赤らみというべきもので、それに加えて眼がまだ生気を持ち、白髪が霜のように白いものであれば一層すばらしい。アーサー・アッシュモアの髪には真夏のような輝きがあったが、ライアンは肖像画の注文が息子でなく父親のほうであったのを嬉しく思った。父親にはまだ会っていないし、一方、目の前にすわっている息子は愛想がよく、しきりに客たちを歓待していたのだが、そう思った。

アーサー・アッシュモアは血色のよい、首の太いイギリス紳士であったが、絵の題材とはなりえない。農業経営者であっても銀行家であってもおかしくないというように、彼は無性格なので、個性を表現する肖像画には向かない。彼の妻も夫の欠陥を補う人ではなかった。大柄で元気はいいが、取柄のない女性で、夫と同じく、どういうわけかひどく新しいという印象を与えるのだ。どこかニスを塗ったばかりというような様子であり(ライアンにはそれが彼女の顔色によるのか衣服によるのかよく分からなかった)、そのため金ピカの額縁の中にでもすわったら合いそうな感じで、どこかカタログとか値段表とかのモデルを連想させるところがある。有名な肖像画家が一気に仕上げた値ばかり張る、質のよくない肖像画にすでになってしまっているような印象さえ与える。ライアンとしては、そういう肖像画を模写するような仕事はしたくない。彼の右手の席の美しい女性はその隣りの人と話をしているし、左手の紳士は人を避けておびえている様子なので、そこに並んでいる人びとの顔を次つぎに観察するという彼の大好きな趣味に耽ることができた。この趣味は非常に楽しいもので、人間の顔というものがこれほどまでに鮮やかであってくれる（ときには感歎するほどの場合もあるのだ）のに感謝したい気持によくなることがあった。なにしろ、彼は人間の顔を描くことで生計を立てねばならないのだから。アーサー・アッシュモアは絵の主題としてつまらぬ者であっても（デイヴィド卿の肖像が成功を収めた場合に、アーサーの妻君が、自分の夫の肖像も依頼してもいいのではないかと言い出すような不安が彼の心をかすめた）、また、たとえ奥方ほどではないまでも、印刷と余白の取り方ばかり立派なのに、大切な句読点もないページにやや似ているとしても、彼はつやつやした生気のある顔をしている。だが、アーサーから四人目の紳士はどうだろうか？　いったい何者なのだろうか？　あの男は絵の主題となるだろうか？　いつも洗ったり、ひげをそったりして、つやつやに保っているらしいあの顔は、いわば読みやすい字で書かれた表札に過ぎず、この人の人柄を知るための、たしかな手掛りにはならないのではなかろうか？

この顔にオリヴァー・ライアンの注意は惹きつけられた。最初はとてもハンサムだという印象であった。この紳士はまだ若いと言えぬこともない感じで、目鼻立ちは整っている。美しい豊富な口ひげは先端がピンとはね上がり、はなやかな、りりしい、向う見ずと言えそうな様子をしている。ワイシャツの真中には大きな飾りピンが光っている。全体として、いかにもすべてに満足している好男子のようであり、ライアンが観察したところでは、この男が好意ある眼差しを注ぐたびに、九月の陽光のようなおだやかで快適な雰囲気がいつも生まれるようである。まるでぶどうや梨、あるいは人間の愛情さえも、眺めただけで実らせられるかのようだ。ただ彼には奇妙なところがあり、まともなところと法外なところが混り合っていた。ペテン師が稀に見る巧妙さで紳士の真似をしているようでもあり、あるいは、紳士が武器を隠し持ってうろつき廻る趣味を持っているようでもある。亡命中の王子のようでもあり、また新聞社の従軍記者のようでもある。礼儀正しいところと悪趣味なところ、伝統を尊重する気持と新しがり屋のところがあるのだ。しばらくしてライアンは隣の席の婦人と会話を始めた（晩餐会の折にはいつものことだが、この場合も正式の紹介なしに喋り出すことになってしまった）。そしてまず最初にこの不思議な男が誰であるかを尋ねてみた。

「まあ、ご存じありませんの？　キャパドーズ大佐ですわ」ライアンは知らないので、教えていただきたいと言った。隣の婦人は社交上手で、何人もの話し相手と調子を合わせるのに慣れている様子だった。腕利きの料理人が新しい料理の入った鍋のふたを取るときの慣れた態度で、それまで話していた相手からひょいと、ライアンのほうへと向きを変えた。

「なんでもインドに長くいらしたとかいう話ですけれど。あの方、有名な人ではありませんの?」

ライアンが自分には初めての名前ですけれどと言うと、婦人はさらに「では有名ではないのかもしれませんわ。でもご本人はそうだとおっしゃっていますの。そう考えていれば、同じことですわね」

「誰が考えるのです?」

「あの方が自分でそう考えていらっしゃれば、同じことではありません?」

「とおっしゃいますと、つまり、あの方は事実でないことを言われるのですか?」

「まあ、そんなことは申しませんわ。なにしろ、わたくしはよく存じませんの。とにかく、とても頭のよい、面白い方です。今夜いらしている方の中では一番頭が切れる方ですわ。あなたのほうが上だとおっしゃるのなら、違ってきますけれど。でもあなたのことはわたくしにはまだ分かりませんでしょう? わたくし、存じ上げている方のことしか分かりませんもの。有名というのは、それで充分ではございません?」

「彼らにとって充分ということですか?」

「賢明なご質問ですわね。わたくしにとって充分ということですわ。わたくし、あなたの評判はうかがっています」婦人は言葉を続けた。「あなたの絵を拝見していまして、すばらしいと感心して居ります。でもあなたはあなたの絵とは違いますのね」

「ぼくの描くのは肖像画が大部分ですからね。そしてぼくの狙いは自分に似せることではありませんもの」

「それはそのとおりでしょう。でも絵のほうが派手ですわ。で、この邸ではどなたかをお描きになりますの？」

「ええ、デイヴィド卿の肖像画を依頼されているのです。今夜お目にかかれなくて残念に思っています」

「あの方は、ばかに早く、そう、八時頃に休まれるのです。なにしろ、もう半分ミイラみたいなものですからね」

「ミイラですって？」

「ええ、いつも寒がっていらして、チョッキやなにかを何枚も何枚も重ねて召していらっしゃいますのよ」

「ぼくはご本人にお目にかかっていないだけでなく、あの方の肖像画とか写真も拝見していません。そういうことをこれまで一度も依頼されなかったというのは驚きです。家族の方がこんなお年になるまで提案されなかったのは妙ですね」

「きっと、デイヴィド卿がこわがられたのでしょう。ほら、迷信がございますわ。肖像画など描かせると、完成した直後に死んでしまう――そんなふうに思われたのでしょう。それで今日まで延び延びになったのですわ、きっと」

「もう、あの世に行かれてもよいというのでしょうか？」

「もうとても高齢ですから、どうなってもよいとお考えなのですよ」

「ぼくが描いたために、亡くなるようなことはないでしょうね。ご令息がぼくを招かれたというのは、人道に反した行為ではなかったでしょうか？」

「あら、もう財産はすべて家族の方たちのものになっているのですから、お父上の身に万一のことがあるかどうかは関係ありません」婦人は彼の言葉を冗談とは取らずにそう答えた。彼女の喋り方はきちょうめんで、トランプでもやっているときのように、まともに相手の出方に応じるのだった。

「ご家族はお父様から白紙委任状を頂いているように、好きなように振舞っていらっしゃいますわ。例えば、沢山の人を招待なさったりして」

「なるほど、でも爵位はまだ譲られていないでしょう？」

「ええ、でもそれがなんだとおっしゃるのです？」

ライアンはこれを聞いて笑い出してしまったので、相手は目を見張った。彼の笑いが治まる前に、彼女はもういっぽうの側の紳士と会話を始めていた。ライアンの左側の席の紳士がようやく口を開いたので、二人は途切れ途切れにお喋りを始めた。と言っても、この紳士は口が重くて、婦人がピストルを発射する際に顔をそむけるような、そんな態度で発言するのだった。相手の言葉を聞きもらすまいとしてライアンは耳を近寄せねばならなかったが、このように身体を移動したために、同じ側で男の向うにすわっている美しい女性に目を止めることになった。この婦人は横顔しか見えないので、最初彼は美しい人だと感心しただけであったけれど、やがて嬉しい驚きを味わった。忘れ得ぬ人であり、以前に親しく交際したことのある人であると気付いたのだ。すぐにそれに気がつかなかったのは、まさかここで出会うとは夢にも思わなかったからで、もうずいぶん長い間会っていなかったし、消息もまったく聞いていなかった。彼女のことはたびたび思い出したけれど、その存在は彼の人生からもう消えてしまっていた。彼女を思い出すのは週に二回ぐらいであったが、かれこれ十二年間も会っていないのを考慮すれば、「たびたび」思い出したと言ってもよいだろう。彼女だと分かった瞬間、あんなあでやかな姿をしているのは彼女以外にはあり得ない——とくにあの世界一魅力的な形の頭は他の女性のもののはずがないと、彼は思った。彼女は少し前かがみになっていて、向う隣の人の話に聞き入った様子で、ずっと横顔を見せている。話を聞いていながら同時に何かを見詰めているようだ。ライアンはしばらくして、その視線を追ってみた。すると彼女の目は、先にキャパドーズ大佐だと説明を受けた紳士に注がれている。それも、いかにも満足気な様子が端からもよくうかがえるのであった。大佐は女性が好感をもって眺めるような風采の男には違いないのであるから、それも不思議はないのだろうが、ライアンとしては、自分がずっと彼女のほうばかり見ているのに、彼女はこちらには一瞥も与えてくれぬのに多少不満を覚えた。もちろん彼女と自分の間には今日では何の関係もないのだし、自分には何の権利もありはしないけれども、自分がこの邸にやってくることは分かっていたはずだ（大事件だなどと言うつもりはないけれど、彼女もここに来ている以上、いやでも耳に入るはずだ）。とすればそれに応じた態度を取ってもいいのに、一体どうしたというのだろうか。

　キャパドーズ大佐を見る彼女の目付きは、まるで大佐に恋しているかのようであるが、こういう態度はあれほど誇りが高く、それでいて控え目な女性としては奇妙な話である。しかし彼女の夫がそういうことを好むのであれば――あるいはそれに気付いていないのならば、むろん構わないわけではある。もう何年も前に彼女が結婚したという噂をおぼろげながら聞いていたから、そして、未亡人になったという話は聞いていないのだから、彼女が、ミュンヘンの貧乏画学生だった自分に拒んだその愛を捧げた幸せな男が夫として存在しているのは確実だと思われた。キャパドーズ大佐は彼女の視線に一向に無頓着なようであり、矛盾したことだが、この様子を見てライアンは喜ぶというより、むしろ腹立たしかった。急に彼女は首を曲げてこちらに正面の顔を見せた。ライアンは視線が合ったら挨拶しようと腹を決めていたので、満杯の水差しがゆれてこぼれるように、すぐさまにっこり笑ってしまった。ところが彼女のほうは何の返答もせず、また視線をそらし、椅子にすわり直した。その瞬間に彼女の顔が語ったものは、「ほらあたしは昔通りに美しいでしょう」ということであった。それに対して彼は、「そのとおりですけど、相変わらずぼくはその恩恵に浴せませんね！」と心の中で答えた。彼は左手の青年紳士に、あの美しい婦人が誰だかご存じですか——ここから五人目の人ですが、と尋ねてみた。青年は身体を乗り出して眺め、それから「キャパドーズ夫人だと思います」と答えた。

「というと、あの紳士の夫人ということですか?」そう言ってライアンは大佐のほうを指し示した。

「ああ、あの方がキャパドーズさんですか?」青年はあやふやに言った。そして実は昨日やって来たばかりで、あまり大勢来客があるのでよく分からないのだと弁解した。ライアンにはキャパドーズ夫人が夫を熱愛していることが大変よく分かったので、自分が彼女と結婚したのであればどんなによかったかと、思わずにはいられなかった。

「彼女は誠をつくす方ですね」三分程してからライアンは右隣の婦人に思わず言った。それからキャパドーズ夫人のことですと説明した。

「ではあの方をご存じですの?」

「昔、ぼくが外国で暮らしていた頃に知っていました」

「ではどうしてさっき、あの人のご主人のことをお尋ねになりましたの?」

「あの方のご主人だと知らなかったのです。ぼくが知っていた頃より後に結婚されたのですから、あの人の今の名前も知らなかったくらいです」

「では、どうしてお分かりになりましたの?」

「隣の紳士がたった今教えて下さったのです。ご存じのようです」

「そのお隣の方は何もご存じないものと思っていましたわ」婦人はこちらを見ずに言った。

「名前以外は何もご存じないらしいのですがね」

「それでは、誠をつくす人だっていうのは、あなたがご自分でお考えになったことですわね。それはどういうことですの？」

「ああ、ぼくにお尋ねにならないで下さい。あなたにお尋ねしたいのですから。皆さんの間でのあの人の評判を教えて下さい」

「そんなに何でも答えられませんわ！　わたくしの意見だけなら言えますけど、あの方はつめたいと思います」

「彼女が正直で率直だからそう思われるのです」

「わたくしの好きなのは、人を欺く人だとでもおっしゃいますの？」

「正体が分かりさえしなければ、そういう人のほうを、誰でも好むのだと思いますよ」とライアンは言った。「それにあの人の顔には親しみにくいものがあるのでしょう。目はとてもイギリス的なのに、全体としてみるとどこかローマ人らしいところがありますね。根っからのイギリス人なのに、顔の色や狭い額、それにきれいに波打つ黒髪などのせいで、理想化されたイタリアの農婦のように見えるのでしょう」

「そうですね。それにピンや短剣の髪飾りをいつも髪にさしているので、そういう印象が強まるのですわ。正直申しまして、わたくしはご主人のほうが好きです。とても賢明な紳士ですもの」

「ぼくが彼女と知り合っていた頃には、比較して彼女が損になるような人物はいませんでした。とにかく、ミュンヘン時代はどの点から言っても最高に楽しい人でした」

「ミュンヘン？」

「ええ、そこに彼女は家族と住んでいたのです。あまり裕福ではなく——はっきり言えば倹約が必要だったので、安く暮らせるミュンヘンにいたわけです。あの人の父上はどこかの名門の次男で、再婚したために養わねばならない子供が大勢いたのです。彼女は最初の夫人の娘で、義理の母親に好意を持っていなかったのですけれど、小さな弟や妹たちをとてもやさしく世話していましたよ。ぼくは一度彼女を若きヴェルテルのシャーロッテとしてスケッチを描いたことがあるのです。子供たちに囲まれてバタつきパンを分けているところです。土地の絵描きはみんな彼女を愛していましたけれど、むこうはぼくらなどに目もくれませんでしたね。自尊心が高かったのは確かですが、つんと澄まして令嬢然としていたのではありません。結婚に関しては、気取ることなく率直に事情を打ち明けましたよ。サッカレー描くところのエセル・ニューカムのような人でした。裕福な男と結婚する必要がある、それは一家のためにできる唯一のことだからとはっきり言っていました。結局、希望通りにお金持と結婚したらしいですね」

「あの人の口からそういうことをお聞きになりましたの？」

「ええ、もちろんぼくもプロポーズしましたからね。それはとにかく、あの様子からすると、彼女は結婚に満足しているようですね」

婦人たちが食堂から出て行くと、アッシュモアは、いつものように紳士たちだけ集まるようにと提案し、そのためライアンはキャパドーズ大佐と向き合って坐ることになった。その日は狩猟が大成功だったらしく最大の話題は獲物となる動物の動きについてであった。紳士たちはこもごもに自分の経験を語り、意見を述べたが、キャパドーズ大佐の気持のよい声が他を圧した。大佐の声は明るい澄んだ声で、しかも男らしい。ハンサムな男の声としては、理想的だと、ライアンには感じられた。発言の内容から判断すると大佐は乗馬の名手のようであったが、これもライアンの予想通りであった。と言っても大佐は腕前を得意になって吹聴するというのではなく、ごく控え目にさりげなく話題にするのだった。けれどもよく聞いてみると危険きわまりない、生死に関するような体験をしていたのである。初めて聞くライアンには大層興味深い内容であるのに、ふと気づくと、他の人たちは大佐の話にあまり注意を払っていない様子だった。当然の結果として、大佐は熱心に耳を傾けてくれる彼だけを相手にし、じっと目を据えて語りかけてくるのだった。ライアンとしては感服した顔で聞かざるを得ない——話し手がそういう態度を当然視しているらしいのだ。

近所に住む地主で狩猟の最中に事故を起した男が話題にのぼった。獲物を仕留める最後の段階でしくじり、危険な状況に陥り、生命が危ぶまれているのであった。頭を打って意識不明になり、最新の知らせではまだ同じ状態のままだという。きっと脳震盪を起したのだろう。この病人の回復の見込みに関して、意識を取戻すか否か、取戻すとすればどれくらい時間がかかるかなど、さまざまな意見が出された。この話を聞いていて、大佐はライアンに向って、たとえその男が何週間も――そうずっと何週間にもわたって、いや、何カ月も、さらには何年にもわたって、意識が戻らないとしても、わたしならあきらめませんね、と小声で言った。大佐が身体をテーブルに乗り出したので、ライアンもよく聞こうとして身体を乗り出した。大佐は、わたし自身の経験から知っているのですが、人間はどれほど長期間無意識状態が続いても、身体に害はないものなのですよと言った。実は、もう何年も以前のことですが、アイルランドで事故に遭いまして、二輪馬車からほうり出され、完全に空中で一回転して、地面に頭から落ちたことがあるのです。死んでしまったと思われましたが、まだ息がありました。すぐに近くの小屋に運ばれ、そこで豚の間で数日間横たわっていて、さらに近くの町の旅館に移されました。あやうく生き埋めにされるところでした。三カ月間まったく何の感覚もなく、誰が側に来ても全然見分けがつかず、とにかく、死んだように意識不明のままでした。何しろ危篤状態のままなのですから、誰もわたしの側に近づけないし、もちろん食べさせられないし、顔をよく見ることもできませんでした。それがある日突然目を開いたのです！　それも、元気いっぱいだったのですよ！

「誓って言いますが、この経験は身体によい影響を与えました。頭を休めることになったからです」大佐のように普段頭脳を酷使している人間には、そのような頭休めの期間は神からの贈物だと、言いたいらしかった。ライアンはこの話を聞いてひどく驚いたが、少しいんちきがあったのではないかと大佐に問い質したいと思った。話に嘘があったというのではないが、死んだふりをしていたのではないか、確かめたかった。しかし間一髪で生き埋めを逃れたという話に感心したので、確かめるのは遠慮した。生き埋めにされてしまった例もあって、それは大佐の友人にインドで起ったことだという。ジャングル熱による死と診断され、棺に入れられ、ふたを釘づけされてしまったそうだった。大佐がこの哀れな友人の運命をさらに語ろうとした時、アッシュモア氏が合図をして、全員立ち上って応接間に移ろうとした。この時までには大佐の話に耳を傾けている者はいなくなってしまったのにライアンは気がついた。大佐とライアンはテーブルの両側をまわって来て、他の紳士たちが部屋を出る前にぐずぐずしている間に、互いに接近した。

「ご友人は文字通り生き埋めになったのですか？」ライアンはいくぶん疑わしそうに尋ねた。

キャパドーズ大佐は何の話かもう忘れてしまったかのような様子で、彼を見た。それから明るい表情になった。そうすると美男子ぶりが一層引き立った。「本当に埋められてしまったんですよ」

「そのまま放置されたのですか？」

「わたしが行って、地上に出してやるまではね」

「あなたが行かれて？」

「彼の夢を見たのです。不思議な話なのですよ。夜わたしを呼ぶ彼の声が聞えたのです。ぜひ掘り出してやらなくてはと思いました。インドにはけしからん人間がいますからね、ほら、墓を暴いて盗む奴らですよ。こいつらが友人の墓を掘り返しているような、そんな予感がしました。そこですぐ飛んで行きました。やっぱり、やつらが来ていて、ちょうど掘り出したところでしたよ！　バン、バンと撃ちましたら、一目散に逃げて行きました。わたしが彼を救出したのを信じてくれますね？　空気に当ると、彼は息を吹き返しました。しかしどこも具合の悪いところはなく、元気なものでした。ちゃんと年金をもらえるようになり、つい先日帰国しました。わたしを生命の恩人だと言っていますよ」

「夜あなたを呼んだのですか？」ライアンはびっくりして尋ねた。

「それが面白い点でしてね。一体何が呼んだのでしょう？　彼は死んでいたわけではないのだから、幽霊の筈はないし、もちろん、彼は身動きができなかったのですから。何か正体不明のものが呼びに来たのでしょう。ほら、インドは不思議な国ですから、神秘的な要素があるのです。説明のつかぬことがたくさんありますよ」

　みんな食堂を出て行き、先頭のグループに混って出たキャパドーズ大佐はライアンと離れてしまった。でも応接間に着くまえにまた一緒になった。

「アッシュモアがあなたのことを教えてくれました。もちろんお名前は聞いていました。お近づきになれて嬉しいですよ。以前妻が存じ上げていたと思います」

「奥さまが覚えていて下さるのはありがたいです。実は、食事の席でぼくはすぐ分かったのですが、奥さまのほうはぼくをお忘れのようでした」

「それは、きっと恥ずかしかったのでしょう」大佐はのんびりと快活な口調で言った。

「ぼくのことを恥ずかしく思われたのでしょうかね」ライアンも同じ調子で言った。

「何か絵のことで関係があったのでしたね。そうだ、あなたが妻の肖像画を描かれたのだ」

「何度も描きましたよ。その肖像画がお気に召さなかったことは十分考えられます」

「いや、このわたしに関しては、そんなことはありません。わたしが妻を愛するようになったのは、あなたが贈呈された肖像画を見たからなのですから」

「子供たちと一緒の、パンを切っている絵ですか？」

「パン？　いや、いや、蔦の葉と豹の皮の――バッカスの女祭司といったところですよ」

「ああ、思い出しました。ぼくの最初の本格的肖像画の仕事です。今あれば見たいですね」

「見せてくれと妻に頼まないで下さい。恥じ入るでしょうから」大佐は声を高めた。

「恥じ入る?」

「手離してしまったのです。それもばかに気前よくね」そう言って彼は笑った。「妻の昔からの知り合いが――一家がドイツに住んでいた頃親しくしていたのです――その絵に惚れこみましてね。ジルバーシュタット＝シュレッケンシュタイン大公というのですが、ご存じでしょう? わたしどもがボンベイにいた頃訪ねて来て、あなたの絵に目をつけたのです。大公はヨーロッパ有数の収集家なのですよ。欲しいといってきかないのです。たまたま彼の誕生日だったものですから、妻は差し上げると言ってしまいました。大公はすっかり満足して帰りましたが、わたしどもは惜しがっています」

「ご親切なことです。ぼくの若い頃の未熟な作品が立派なコレクションに入っているのなら、大層名誉な話です」ライアンはそう言った。

「大公の城の一つに収められていますよ。いくつも城がありまして、どの城かは分かりませんが。大公は絵のお礼に、インドを発つ前に、豪華な時代物の花瓶を送ってくれました」

「それでは絵の価値以上でしょうね」

キャパドーズ大佐はライアンの言葉に対して何も言わず、何か考えているようだった。

しばらくしてから、「わたしどもの家にいらっしゃれば、妻がその花瓶をお見せするでしょう」と言った。応接間に入ると、大佐はライアンの背中を軽く押して、「さあ妻と話していらっしゃい。きっと、喜びますよ」と促した。

オリヴァー・ライアンは広びろとした応接間の中に二、三歩入っただけで、繰り広げられている光景を眺めて立っていた。ランプに照らし出された美しい婦人たちの群がる明るい構図、ひとりでいる人物、白と金色の調度品、古いどんすを張ったパネル、パネルの真中に飾られた名画などに見とれてしまったのだ。その状景には渋い輝きがあり、光沢を放つドレスの裳裾が敷物の上にさっと広げられたといった趣きがあった。部屋の一番奥のところにキャパドーズ夫人が他の人びとからやや離れて坐っていた。小さなソファで、夫人の隣に空席があった。ライアンはそこを夫人が自分のために確保しておいてくれたというようにうぬぼれるわけにはいかなかった。食事の席で彼の目礼に答えなかったくらいだから、そんなはずはない。けれども、彼としてはぜひそこに行って坐りたかった。その上、大佐はそうしてよいと認めているのではないか。そこでライアンはご婦人方のガウンのすそをまたぐようにして部屋を横切り、夫人の前に立った。

「知らぬ顔だなどとおっしゃらないでしょうね」彼は言った。

夫人は再会を心から喜んでいる気持を素直に出して彼を見上げた。「お会いできて嬉しいですわ。あなたがいらっしゃると聞いて、楽しみにしていました」

「食事の時笑顔をこちらに向けて頂きたかったのですが、駄目でしたね」

「見えなかったのです。合図して頂いたのが分かりませんでした。それに、わたくし遠くから笑ったり、合図したりするの、好きではありませんの。その上、わたくしが恥ずかしがりのこと、お忘れでないでしょう？　さあ、ここなら楽しくお話しできますわ」そう言って夫人は、小さなソファの上で彼が坐りやすいように、身体をずらせた。ライアンはそこに坐り、話し合ったが、そうしているうちに、昔の彼女への好意が甦ってくるのを覚えた。どうして彼女が好きであったか、その理由もとてもよく思い出された。今日でも彼女は、媚態というか、男に取り入ろうとする技巧などとは、えんもゆかりもないといった感じで、相変らずつつましやかな美人だった。技巧的に振舞うというのは、生来彼女に欠けている能力のようであり、彼女がどこかの病院か施設から出て来たぐいまれな人物――例えば、聾唖者か盲人でありながら普通人以上の能力を発揮する人のようだという印象をライアンに与える瞬間があった。上品で異教徒風の美しさで幾多の男を魅了できるのに、その特権を顧みることなく、人びとが彼女の額の美しさを感心して眺めている時、本人は寝室の暖炉の火がうまく燃えているか気を配っていた。素朴で親切で善良であり、表情に乏しいけれど、非人情であるとか愚かであるということはない。彼女は時折り選び抜かれたという感じの言葉を吐いたが、それはなまの印象を率直に述べたものらしかった。奔放な想像力には欠けるが、人生についての印象や感想や見解を、これまで地道に積み重ねて来たようだった。ライアンはミュンヘン時代の昔話をし、その当時の出来事を、楽しかったこと悲しかったことを取り混ぜて持ち出した。また彼女の父親や他の家族たちのその後の消息についても尋ねた。彼女の方は、ライアンが有名人になってしまったので、彼のほうから話しかけてくれるかどうか自信が持てなかったし、食事の席での合図も彼女に向けられたものかどうか分からなかったのですと説明した。これは明らかに真実の話で——というのも彼女は嘘などつける人間ではないからだが——、このような風格のある美貌の女性がそのような謙虚な言葉を口にすることに、彼は感心した。父親はもう亡くなっていて、兄弟の一人は海軍に、もう一人はアメリカの牧場におり、姉妹の中の二人は結婚し、末の妹は社交界にデビューしたばかりで、とても美人だということだった。継母については何も言わなかった。ライアンのこれまでの生活について尋ねるので、彼は、自分の人生最大の出来事といえば結婚しなかったことでしょうと言った。

「まあ、結婚なされればよろしいのに。とても楽しいことですもの」

「これは、これは！　あなたからそんなことをうかがうなんて！」

「どうしてわたくしからではいけませんの？　とても幸せに暮していますのよ」

「だからこそ、ぼくは幸せたりえないのですよ。今のあなたの境遇を賛美するなんて酷です。もっとも、もうご主人とはお近づきになりましたよ。向うの部屋でいろいろお話ししました」

「もっとよく知って頂きたいと思いますわ。ほんとうの姿を知って下さいね」

「もっとお近づきになれば、ますます良さが分かるのでしょう。それにしてもご主人はハンサムな方ですね」

　夫人はきれいなグレイの目をライアンにしばらく注いだ。「好男子でしょう？」

「好男子で、頭脳明晰、その上、人扱いはお上手ですね。どうです、ぼくは気前がよいでしょう」

「そうですわね。とにかく主人をよく知って下さい」キャパドーズ夫人は念を押した。

「ご主人は見聞がお広いようですね」ライアンが言った。

「ええ、わたくしたち、ずいぶんあちこちに参りましたもの。ところで、娘に会って下さいね。九歳ですけど、それは美人なのですよ」

「わたしのアトリエにお連れなさい。ぜひ描かせて欲しいですね」

「あら、それは困りますわ。悲しいことを思い出しますから」夫人は言った。

「むかし、ご自身がモデルになって下さったことを言われるのではないでしょうね？　ずいぶん退屈されたことでしょうけれど……」

「いいえ、あなたには責任のないことです。わたくしどもが申訳ないことをしたのです。この機会に白状してしまいましょう。以前からとても気になっていましたの。あなたがわたしを描いて下さった、例の美しい絵のことなのですけど、あれは本当に評判のよいものでしたわね。ところが、あれは、あなたがロンドンのわたくしどもの家にいらしても、もうありません。ぜひ近いうちにお招きしたいと思っていますけれど。とても気に入っているのでわたくしの私室に飾ってある、というのではないのです。と言いますのも、実は……」そこまで話すと、夫人は言葉を切った。

「あなたはひどい嘘をつけぬ質《たち》だからでしょう」

「ええ、そうですわ。ですからあなたが絵はどこか、とお聞きになる前に……」

「存じていますよ。手離されたのでしょう。もう打撃は受けました」ライアンが言葉をはさんだ。

「まあ、お聞きになりましたの？　いずれお耳に入ると思っていましたわ。でも、あれで、いくらになったとお思い？　二百ポンドなのです」

「もっとずっとよい値になったでしょうに」ライアンは微笑を浮べて言った。

「でも当時は高額と思えました。あれは、もうかなり前のことで、まだ結婚したてで、お金が必要だったのです。今でこそ暮し向きはよくなりましたけど、当時は収入はわずかでした。売却の機会があって、とてもよい値だと思われたものですから、恥ずかしいことですけど、その話にとびついてしまいました。今では、主人が期待していた財産の一部が手に入り、安楽に暮していますけれど、あの絵はなくなってしまいました」

「幸いにも、絵のモデルは健在ですね。でも、その二百ポンドというのは、あの花瓶の評価額なのですか?」

「あの花瓶の?」

「大公が絵のお礼に下さった、ほら、古代インドの古い花瓶ですよ」

「大公?」

「何とかいう名の、ええと、ジルバーシュタット=シュレッケンシュタイン公です。ご主人からその取引のことを伺いました」

「主人ですか」キャパドーズ夫人はそう言うと、少し顔を赤らめたように、ライアンには思われた。

夫人をこれ以上当惑させぬように、また、曖昧な点をはっきりさせようとして、「ご主人の話では、ぼくの絵は大公のコレクションに入っているそうですね」と言った。だがこう言ってしまってすぐ、曖昧な点はそのままにしておくべきだったと反省した。

「大公のコレクション? 評判はあなたもご存じですの? ええ、名品が含まれていますわね」夫人は狼狽しているようであったが、やがて落ち着きを取り戻した。これはきっと、何かの理由から――よく分かればもっともな理由なのだろうが――夫と妻はそれぞれ違う、絵の売却の説明を用意しておいたのだろうとライアンは考えた。もっとも、旧姓エヴェリーナ・ブラントが説明を細工するなどとは考えられない。少なくとも昔の彼女のやり方にはなかったことであり、今日の彼女の目にもそんな様子はまったくない。だがとにかく、夫と妻は二人ともこの問題をばかに気に病んでいるのは確かだ。ライアンは話題を転じ、お嬢さんをぜひアトリエに連れていらっしゃいと言った。それからもうしばらくいっしょに坐っていたが、気のせいに過ぎぬのかも知れないが、何となく夫人が、一時にもせよ話がくい違ったのを苦にしているのか、少し放心状態であるように思えた。それでも彼は最後に、ご婦人たちがみな寝室に引き上げようと集まり始めたときに、思い切ってこんなことを言った。

「これまでのお話では、ぼくの名声と成功に感心して下さっているそうで、実際以上に高く評価していらっしゃるようですね。もしぼくが成功を収めると分かっていたら、あの時求婚に応じて下さいましたか?」

「成功なさるって、分かっていましたわ」

「そうですか。本人は知りませんでした」

「あなたは慎み深い方でしたもの」

「ぼくが求婚したときには、そうは思われなかったのでしょう」

「とにかく、もしあなたと結婚していたら、主人とは結婚できませんでしたわね。主人はとてもよい人です」夫人は言った。夫人がご主人をどう思っているか、その点は晩餐の席で目撃した様子から分かっていた。だが夫人の口から直接それを聞くと、少しいやな気がした。その「主人」は丁度そのとき、みながお休みの挨拶を長ながと交している最中に姿を見せた。夫人はそちらを向くと、「ライアンさんは、エイミーを描きたいとおっしゃるの」と言った。

「なるほど。あの子は可愛い子で、しかも面白いやつです。とても変ったことをやるのです」大佐はライアンに言った。

夫人は女主人の後から列を作って部屋を出てゆくところだったが、それを聞くと立止り、「おっしゃらないで下さいよ」と言った。

「え、何を言うなって?」

「あの子のすることですよ。ライアンさんご自身で発見されればよいことですもの」そう言うと夫人は部屋を出ていった。

「あれは、わたしが子供の自慢をして、人を退屈させると思っているのです」大佐は言った。「ところで、あなたは喫煙されるのでしょうね」と言った大佐は、それから十分ほどして、小さな白いぶち模様が一面にある深紅の絹の背広という派手な服装で、喫煙室に姿を現した。これを目撃したライアンは、現代でも華麗さは死んではいず、服飾の美を目にする機会はあるものだと思い、感心してしまった。もし大佐の妻が古代の美女だとすれば、大佐は色彩の時代の典型で、十六世紀のヴェネツィア人として充分通ったことだろう。夫婦ともに実に見栄えがすると思いながら、ライアンは、大佐が暖炉の前に堂々と立ち、威勢よく煙を吐き出している様子を見て、エヴェリーナがこの男と結婚したのを悔いないと言ったのも無理はないと考えた。ステイズ邸の訪問客すべてが喫煙するわけではなく、紳士の中にはすでに寝室に引き上げた者もいた。今日はみな疲れているので喫煙室の集りは悪いかも知れない、と大佐は説明した。そこが狩猟のパーティーの困る点で、男たちは晩餐後すぐ眠くなってしまう。ご婦人方は、狩猟に参加した人でさえも、みな元気で疲労の顔を見せていないのだから、だらしないのは男のほうだ。でも喫煙室の刺激的な雰囲気にひたって元気を取り戻す男も多いから、いずれこれから何人か現れることでしょう。このような話を大佐はするのだった。部屋には大きな名刺受があり、暖炉の火に照らされると、名刺受も中味の名刺も気持よく輝いている。暖炉のそばのテーブルには空になったグラスやボトルが置かれていて、そういう形ですでに疲れをいやした者のいたことを示していたが、より話し好きな男たちの胸の中には談笑への欲求が頭をもたげていた。ライアンは、他の客たちがさまざまな服装でばらばらに入室してくる前に、キャパドーズ大佐と二人だけでしばらくいた。大佐には疲労の色もなく、衰えをほとんど知らぬようであった。

二人は、ライアンが喫煙室の構造が風変りだと言ったことから、この邸の建築を話題にした。大佐の説明だと、ここは元来二つの別の建物をつなぎ合わせたもので、一方は相当年代を経ていた。元の二つの邸は古い方も新しい方も、いずれもかなりの大きさであり、違った種類の美観を誇っている。二つ合わせた今は、とても広壮な邸宅になっているから、ライアンさんは、ぜひあちこち歩いてみられると面白いでしょう。新しい部分はこの家のご隠居が古い方を買った時に建造したのです。ええ、四十年前にお金を出して買ったので、祖先伝来のものではありません。とくに名門の所有だったということはないのです。ここのご主人は趣味がよくて、元の邸の良さを損うようなことはせず、新しく増築するのに必要以上には一切手を加えませんでした。とにかくとても変った邸でしてね、不均整な、だだっぴろい、謎めいた感じの建物で、ときどき壁で出口をふさいだ部屋とか、秘密の階段などが見つかるという話です。全体として暗い印象の強い邸で、増築した部分は、とても見事ではあるけれど、全体を明るい感じの邸にするには至っていません。数年前に修理中に通路の床の石板の下から骸骨が発見されたという噂があるのですが、家族の人たちはその話題を避けようとしています。今いる場所は、むろん古い方の一部で、何といっても、最上の部屋は古い方にあるのですよ。喫煙室は昔は素朴な台所として使用されていた所で、その後半分ほど改装されたものと思われます」と大佐は解説した。

「それでは、ぼくの部屋も古い部分にあるわけで、嬉しいですね」ライアンは言った。「快適な所で最新の設備もありますが、ドアのくぼみは深いですし、それに部屋から一歩出て最初にある短い階段も、それから廊下も古いものですね。あの羽目板を側面に張った廊下はすばらしいものです。あそこはランプがあっても薄暗く、どこまでもどこまでも延びているように見えます」

「先の方へ歩いて行ってはいけませんよ!」大佐が微笑しながら大声で言った。

「幽霊の出る部屋に通じているのでしょうか?」

大佐はライアンの顔をしばらく見てから、「おや、ご存じでしたか?」

「いいえ、知っていて申したのではなく、そのように期待しただけです。これまで運が悪くて、幽霊の出る邸に泊ったことが一度もないのです。招待される邸は、いつもこの上なく安全なところばかりだものですから。そこで、どういうものか分かりませんが、ほんもののお化けが見たいのですよ。この邸には出るのでしょうか?」

「もちろんですとも、飛切りの幽霊が出ます」

「で、ご覧になりましたか?」

「何を見たか聞かないで下さいよ。お話ししても信じてくれる人はいないでしょう。そのことは言いたくありませんね。でもこの邸には、他のどの邸にも負けぬような恐ろしい部屋がありますよ」

「廊下に面した部屋なのでしょうか?」

「最悪の——最上のとも言えますが——部屋はいちばん奥にあります。でも、あの部屋で泊るのはまずいですな」

「まずい?」

「つまり、あなたのお仕事が完成してしまうまではね。さもないと、あの部屋で一夜を過した翌朝、緊急な用件を伝える手紙が届き、午前十時二十分の汽車で帰ることになりますよ」

「口実を設けて逃げ帰るとおっしゃるので？」

「もちろん、あなたが普通の人より勇気があるのなら話は別ですがね。普段はあの部屋には誰も泊めないのですけど、客の数が多い時には、止むを得ずあそこも使います。翌朝には決まって同じことが起ります。朝食の席でばかにそわそわしている人物が一人見受けられ、やがて『緊急な用件』を伝える手紙が届きます。もちろん、あれは独身者用で、わたしたち夫婦は別の端の部屋に泊っています。つい三日前、わたしたちがここに着いた翌朝にもいつもの喜劇を見ました。何とかいう名の青年が、他に部屋がなくて、例の部屋に泊りました。やはりいつもの仕儀でした。朝食の席に手紙が届き、困惑した表情の若者は、急にロンドンに帰らねばならぬ用事が生じた、訪問を切り上げて申訳ない云々というのです。アッシュモア夫妻は互いに顔を見合わせ、不安顔の青年は逃げて行きました」

「なるほど、それでは困りますね。ぼくは絵を仕上げねばなりませんからね。ところで、この邸のご主人はその噂をされるのをいやがっているのですか？　幽霊が出るのを誇りにしている方もいますけど」

キャパドーズ大佐がこの問いに何と答えようとしたのか、ライアンには分からぬままだった。丁度その瞬間に邸の主人が三、四人の紳士と一緒に部屋に入って来たのだ。大佐がこの話題をさらに発展させようとしない様子から、ライアンには咎の見当がついたような気がした。もっとも、大佐が別の話題に転じたのは、紳士の一人が連れと議論していた、その日の狩猟に関する問題で大佐の意見を求めたからではあった。アッシュモア氏はライアンに話しかけ、きょうはまだお話しする機会がなくて残念だったと言う。二人の間で話題になったのは、当然ながらライアンが画家として招待された目的に関するものであった。ライアンは、デイヴィド卿と面識がないのは仕事上不利であり、通常肖像画に着手するに先立って、お人柄を知るように努めるのです、今回の場合は、お父上が高齢の方なので、その余裕はないのでしょうが、と言った。「父のことはわたしからお話ししましょう」とアッシュモア氏は言い、三十分にわたってデイヴィド卿の話をしてくれた。とても興味深いもので、父親を尊敬している気持が滲み出ていた。あまりお喋りではないアッシュモア氏がこれほど熱心に話すところを見ると、きっととても好感のもてる老紳士なのだろう、とライアンは思った。ようやく彼は椅子から立ち上り、翌朝から肖像画に着手するのに頭をはっきりさせておくために、もう床に就かねばなりませんと言った。アッシュモア氏はそれを聞くと、「ではキャンドルを持って行って下さい。もう消燈しましたから。召使は早めに休ませるようにしているものですからね」と言う。

まもなくライアンは火をともしたキャンドルを手にし、部屋を出ようとしたが（お先に失礼する旨の挨拶をして他の人の楽しみの邪魔をするようなことはしなかった——他の人たちはみなレモンしぼり器やソーダ水のコルク栓に気を奪われていた)、その時ふと以前に明かりの消えた邸宅で、ひとりで寝室に引き上げた時のことが思い出された。彼は喫煙室からいつも最初に退室していたから、そういう機会は稀ではなかった。これまで滞在した邸宅で幽霊の出没した所はなかったのだが、それでも芸術家気質の彼であっただけに、時には暗い大広間や階段が不気味に感じられることもあった。長い廊下を歩く自分の足音にも、冬の月が踊り場の高窓に差しこむ様子にも、どことなくぞっとするような趣きがしばしば感じられたのだ。もし幽霊についての噂のない邸でも、夜には怪しい感じを与えるのだとすれば、ステイズ邸の古めかしい廊下はさぞや気味が悪いのだろうと、思わずにはいられない。この邸の主人が例の噂を気にしているかどうかは分からなかった。キャパドーズ大佐に彼が先刻述べたように、そういう評判を歓迎する家主が多いのは事実だ。とにかく、ライアンが多少の危惧の念を持ちながらも、このことに関してアッシュモア氏に尋ねてみようと決心したのは、大佐の話にどこか奇妙なところがあるような気がしたからであった。喫煙室の扉に手をかけながら、彼は主人に言った――「途中で幽霊に出会わないでしょうね?」

「幽霊?」

「この由緒ある旧館では当然幽霊が出てもよいと存じますが」

「できるだけご期待に添うようにしていますけれど、思うようには参らぬものでしょう?

幽霊は暖房用の配管がいやでしょう」アーサー・アッシュモアが答えた。

「配管に触れて、地獄を思い出すからですか？　でも、たしか廊下の突き当たりに幽霊の出る部屋があるのではありませんか？」

「まあ、いろいろな噂話はありますし、わたしたちとしても、そういう噂はあったほうがよいと思っています」

「あの部屋にぜひ泊めて頂きたいものです」ライアンは言った。

「よろしかったら明日にでも移って下さって結構ですよ」

「肖像を完成するまで待ったほうがよさそうですね」

「お好きなように。でも、どちらにしても、そこで仕事をなさるわけではありませんよ。父の自室で描いて頂きますから」

「いいえ、その点は結構です。三日前の例の逃げ帰った紳士の二の舞いを演じることになりはしまいかと心配だからです」

「三日前の紳士ですって？」アッシュモア氏は尋ねた。

「朝食の席で緊急の手紙を受け取り、十時二十分の汽車であわてて帰った人のことです。その人はあの部屋に一晩以上頑張ったのでしょうか？」

「何のお話か分かりませんね。三日前に、そのような紳士などいませんでしたから」

「それなら、それで結構です」ライアンはそう言って、お休みを言い、喫煙室を出た。ゆらぐ焔のキャンドルを手にして、自室と思われる方向に進み、途中に多くの気味の悪い物体を見かけたものの、部屋のある廊下まで何事もなく辿り着いた。暗闇の廊下はずっと先まで続いているらしく、彼は好奇心に駆られて、ずっと奥まで進んでみた。部屋の名が扉に記されている部屋をいくつか通り過ぎたが、とくに変った様子はない。一番奥の部屋、つまり幽霊の出る部屋をのぞいてみようかという気持に駆られたが、無思慮だと思い返した。何しろ、話のうまいキャパドーズ大佐があれほど大胆に、心得顔に、語ったのだから、幽霊はそこに存在するかも知れないし、存在しないのかも知れない。だが何といっても、大佐自身がこの邸内一の謎めいた人物であるに違いない――ライアンはそう結論したい気持に傾いた。

二

デイヴィド卿は、会ってみると、絵の主題として申し分なく、また、画家を気持のよいくつろいだ気分にさせてくれるモデルであった。その上、愛想のよい紳士で、顔中しわだらけではあっても、頭は少しもぼけてはいない。ライアンが画家としてモデルに着させたいと望む、正にそのような毛皮つき部屋着を着ている。自分の高齢を誇っているが、体力の低下を恥じている。といっても本人が衰えを誇張しているだけで、モデルとしては、まるで外科医の手にかかって手術でも受ける時のように、画家の希望する姿勢をいつまでも取り続けることができた。肖像画を描かせた人はまもなく死ぬということを恐れたためにこれまで肖像画を断ってきた、という評判を否定し、ライアンにとってありがたい理由を述べた。紳士は生涯に一度だけ描いてもらうべきであり、何枚も描かせて、あちらにもこちらにも飾らせて置くというのは悪趣味であり、愚かしい。女性なら飾りになるので、それもよかろうが、男性の顔は何度も描いてもらうのには不向きなのだ。肖像画を依頼すべき適切な時は、生涯のすべての経験が表情に出る頃、つまり最晩年がよいのだ。このデイヴィド卿の見解に対して、ライアンは、その時期は生涯の総決算ともいえない、それまでに失われてしまうものもあるのだから、と答えるわけにはいかなかった。卿の場合には、実際、生涯のすべてが損われずに結晶して残っていたからである。デイヴィド卿は自分の肖像画を、子孫の者が困った時に参照すべき、国土の地図にたとえた。そして、まともな地図は国が完全に踏破されてはじめて描きうるというのだった。

デイヴィド卿は毎日、朝から昼食までライアンに描かせ、その間、さまざまな話題について語り、とくに邸に訪問中の客について噂話をした。もう人前に顔を出さなくなっているので、ステイズ邸の客にも昔ほどは会っていない。自分のまったく知らぬ顔ぶれも出入りしているらしいから、ライアン君の人物観察を聞かせて欲しいというのだった。ライアンは人びとをありのままに描写し、戯画化などしなかった。卿が現在の客を知らぬ場合には、たいていその両親を昔知っていた。人びとの先祖について、こわいほどよく知っている老紳士がよくいるが、卿もその一人だったわけだ。しかし、キャパドーズ一族の場合は、それどころではなかった。この一族については、あれこれ話しているうちに、話題に上ってきたのだが、卿の知識は二世代、いや三世代にまで及んでいた。キャパドーズ元帥は古い友人であったし、その父親も覚えていた。元帥は粋な軍人であったが、私生活では投機好きで、いつもロンドン商業区に出入りし、つまらぬ株に手を出すくせがあった。結婚した相手の娘さんがすこし財産を持っていて、六人の子供をもうけた。他の子供がどうなったかよく知らぬが、一人は聖職につき高位にのぼったはずで、たしかロッキンガムの副監督になっている。今ステイズ邸に泊っているクレメントは軍人としての才能があり、東洋で従軍し、美人を妻にしている。息子と一緒にイートン校に行ったので、休暇にはよくステイズ邸に遊びに来ていた。最近、イギリスに戻って、また夫婦同伴で出かけてくるようになったが、それは、まだ自分が隠退する前のことだと言う。クレメントは愛敬のある奴だが、ひどい欠点が一つある、と卿は言った。

「ひどい欠点ですって?」ライアンは尋ねた。

「ひどい嘘つきでね」

これを聞くとライアンは描く手をすぐに休め、「ひどい嘘つきですか?」とおうむ返しに言った。この言葉を聞いて、はっとしたのだった。

「まだ知らなかったのなら、よほど運がよいのです」

「そういえば、大佐にはロマンチックな傾向があるのには気づいたのですが……」

「いや、ロマンチックなことばかりではないのです。時刻についても、帽子屋の名についても、嘘をつくのだから。そういう人間は世間によくいますよ」

「ひどい悪党ですね」とライアンはきっぱり言ったが、その声は、エヴェリーナ・ブラントがそんな男と結婚したのかと思って、少し震えていた。

「いや、そうとも限りませんな。少なくともあの男は悪党ではありません。実害はないし、彼には悪意はないのです。盗まぬし、欺しもせず、ギャンブルもやらず、酒に溺れることもない。親切な男で、妻を熱愛し、子供も可愛がる。正直な返事ができないというだけです」

「それでは、彼が昨夜わたしに話したことは、一つ残らず、嘘だったのでしょう。まゆつばのことばかり言うのです。わたしも、どうも素直に納得できないと思いましたけれど、まさかそんな簡単な説明があるとは知りませんでした」

「昨夜は調子づいていたのでしょう。これは足や口が不自由だとか、左利きだとかと同じで、生まれつきのものです。間歇熱《かんけつ》のようなもので、表に出る時も出ない時もあるようです。息子が言うには、彼の友人はみんな知っていて、咎め立てせぬそうです。とくに奥さんのために」

「問題はその奥さんだ、奥さんだ！」ライアンは絵筆を忙しく動かしながら小声でつぶやいた。

「きっと奥さんは、慣れているのでしょう」

「いいえ、絶対にそんなことはありませんよ。どうして慣れていることなどありましょうか?」

「だって君、もし夫を愛していれば別ですよ。それに女性は誰でも大言壮語する傾向があるでしょう? 自分でも嘘をつくものだから、嘘つきに理解があるのですよ」とデイヴィド卿は言った。

ライアンは一瞬沈黙した。キャパドーズ夫人が夫を愛していないと言い張る根拠はなかったからだ。しかし少ししてから、「でも夫人の場合は違いますよ。わたしはずっと以前、二人が結婚する前にあの人を知っていました。知っていて、敬愛していました。それは心の清い人でした」と主張した。

「わしもあの人は大好きだが、あの男の肩を持つところを見たことがありますよ」

ライアンはデイヴィド卿を見据えたが、それはモデルを見る眼ではなかった。「間違いありませんか?」

老人はためらったが、それからにっこりして、「きみはあの人を愛しているね」と言った。

「その通りかも知れません。とにかく、昔は恋していましたからね」

「あの人は彼の嘘をかばう立場にあるのでしょうな」

「見て見ぬふりをしていることはできるでしょう」ライアンは言った。

「きみの前では、きっとそうしますよ」

「その点をぜひ確かめたいですね」こう言ってから、ライアンは、「何ということだ、あの男のおかげで、彼女はどんなに変ってしまったことか！」と心の中でつぶやいた。キャパドーズ夫人に対する自分の気持を、すでに充分過ぎるほどデイヴィド卿に伝えてしまったと思い、彼はこれ以上この問題には触れなかった。しかし、彼女のような婦人がこのような苦しい立場にあって、一体どのように振舞うかという疑問は、彼の心の中で大きな位置を占め始め、他の客たちと一緒にいる時など、彼女の様子を以前にもいや増す関心を持って観察するようになった。ライアンはこれまでの人生でいろいろの苦労を味わってきたが、この時ほど気遣わしい思いをしたことはなかった。悪い夫の影響と、妻としての従順な気持のせいで、元来正直に生まれついた女性がどこまで変ってしまっているのだろうか。普通の女性の場合の変貌がいかなるものであったにせよ、あの彼女だけは悪に染まるなんてことは絶対にありえない。そう彼は信じた。たとえ彼女が素朴な人柄で絶対に人をだまそうにもだませぬ、というのではないにしても、そのようなことをするには誇りが高過ぎるのだ。たとえ良心的過ぎるのではなかったにしても、積極的に嘘をつこうなどという気持は皆無だ。そんなことを彼女が大目に見たり、辛抱したりするはずがない。彼女は、夫が調子よく口から出まかせの嘘をついているかたわらで、悩み苦しんで坐っているのだろうか？　それとも逆に、今では彼女も堕落してしまって、名誉を犠牲にしても景気のよい嘘をつくのをすてきだと思っているのだろうか？　もし後者だとすれば、それには大錬金術が、金を鉛に変える逆の錬金術が要ったことであろう。黙って苦悩に堪えているのか、それとも夫に惚れ込んでいるためその恥ずかしい悪癖までが生命力と才能のすばらしい証拠のように思えるのか——この二つの可能性の他にも、彼女が夫の本性を見抜いていないで、その発言をすべて真実だと思いこんでいるという可能性もあった。だが、この仮定が無理であるのは、少し考えれば分かることだった。物事についての大佐の説明が、彼女自身の知るところと矛盾することが、これまでにも繰り返しあったに違いない。例えば、ライアンがこの夫婦に出会って一、二時間も経たぬうちに、彼の昔の絵と交換に何を得たかについて大佐は言わずもがなの妙な作り話を語り、彼女はこの噂と対決せねばならなかったではないか。たしかにあの折でさえも、彼女には、ライアンの気付いた限りでは、傷心の様子はうかがえなかった——だが今のところは、とにかく事の真相を探らねばならぬ。

ライアンがキャパドーズ夫人に対して抱き続けている愛情の故に、この問題は非常に気掛かりであったわけだが、愛情を抜きにしても、長年の肖像画家の体験を通じて、人間心理に興味を持つようになっていたため、好奇心をそそられた。しかし現在のところ、真相の探究は次の三日間に限定しなければならなかった。大佐夫妻は別の邸を訪問しようとしていたからだ。探究はむろん大佐にも及んだが、それは何といっても大佐が人並はずれの変人だったからだ。その上、事はすばやく進められねばならなかった。他の客たちにあれこれ尋ねるのは、彼が昔愛した女性の秘密を暴くことにも通じるため、彼としては好まぬ方法であった。もっとも仲間の客の噂話からヒントが得られるかも知れなかった。大佐がその奇妙な癖のためにどのような立場に置かれているか、またその妻にどう影響しているかは、夫妻がよく滞在する邸では人びとの噂の種になっているに違いない。ライアンの経験では、このような邸では、仲間の客相互について、あれこれ批評するのをとくに遠慮するような雰囲気はなかった。彼が絵筆を揮い、デイヴィド卿とお喋りをしている期間、大佐が一日中狩猟に出ていたので彼の調査はなかなか進展しなかった。だが、たまたま日曜日が間に入り、それでかなり埋合せがついた。キャパドーズ夫人は狩猟をせず、肖像画の仕事が片付いた時、容易に近づくことができた。夫人と二回ほど相当遠くまで散歩をし(彼女は散歩好きだった)、お茶の時間には大広間で他人に邪魔されぬ会話に向いた片隅を見付けて、彼女を誘うことができた。どのように観察しても、夫人には恥の意識に苛まれているという様子はなかった。つまり、自分の結婚している男が嘘つきであることが悩みの種とは見受けられない。彼女の心は平静そのもので、その目には――ライアンは思い切ってその奥底までのぞきこんで見たのだが――不安の影はなかった。彼は何度となく懐しい昔の頃の話をして、自分でもこの再会まで覚えているとは知らなかった事柄を、あれこれ相手に思い起させた。それから大佐を話題にして、その男ぶりの良さとか、話上手を賞め、すぐに友情を抱いたことを告げ、それから、一体ご主人はどういうタイプの人なのですかと尋ねた(彼自身これは思い切った質問だと内心少しびくびくした)。「どういうタイプの人ですって? 自分の夫のことは、うまく語れないものですわ。とにかく、わたくし、とてもあの人を気に入っていますわ」とキャパドーズ夫人は言った。

「それはもううかがいましたよ!」ライアンは、さもうらめしそうに言った。

「では、どうしてまたお尋ねになるの?」と言って、言葉を切ったが、しばらくして、自分がとても幸せなので、彼に同情する余裕があるとでもいうように付け加えた――「あの人は善良で親切で申し分ありません。軍人で、紳士で、そして素敵な人ですわ! 欠点は何もありません。その上、才能豊かです」

「ええ、大した才能の持主だというのは、ぼくにも分かります。もちろん、ぼくは『素敵な人』とは思いませんよ」

「あなたのご意見など気にしませんわ!」夫人は言った。微笑している彼女はこれまで以上に美しく見えた。彼女は鉄面皮であるのか、あるいは、心の奥底をまったく見せないのか、とにかくライアンの期待しているような反応を彼女から得る見込みはまずなかった。彼としては、悪徳の中でももっとも軽蔑すべき、もっとも下卑た悪癖の持主などではない男と結婚したほうがよかったと、彼女に瞬時でもよいから思って欲しかった。大佐が得意然として、飛び切りひどい口から出まかせをいってのけた時に、聞く者たちが互いに顔を見合わせて、にやにやしたのを、一体彼女は見なかったのだろうか。それを感じなかったのであろうか？　彼女のような性質の女性が、来る日も来る日も、来る年も来る年も、どうしてこのような事態に堪えられるのだろうか――彼女の資質が変化したというのなら話は別だが、彼がそのような変貌を信じられるのは、彼女自身が嘘をつくのを目撃した場合に限るのだ。ライアンはこの問題に夢中になったものの、その反面、答が得られぬためいら立ちを覚えもし、さまざまな推測を試みた。彼女は夫の嘘を放任しているのだから、自分で嘘をつくのと同じではないのか？　彼女の生涯は終始共犯者のそれではないか？　夫に嫌悪感を示していないという、ただその事実によって夫に加担し、励ましているのではないか？　もしそうでなければ、逆に、実際は嫌悪していて、平気な顔を装っているのは、たんに絶望の極みに達しているせいなのかも知れない。ひょっとすると、夫と二人だけの時には激しく彼を非難しているのかも知れぬ。毎晩自分らの部屋に引き上げてから、その日の嘘八百についてきびしく主人を責めているのかも知れない。しかしもしこのような夫婦げんかが何の役にも立たず、彼が少しも改めようとしないのなら、どうして彼女は、ライアンが一日目の晩餐の席で盗み見た、あのような罪のない、満足し切った表情で夫を見ることができるのだろうか？　それも結婚してまだ日が浅いというのでもないのに。もし、ライアンが夫人を愛しているのでなかったら、大佐の悪癖をただ滑稽なものとして見ることができたかも知れないが、実際は、悲劇的なものと思われた。もっともこのように自分が憂慮するのも、他人には滑稽に映ったかもしれない。

三日間の観察の結果、ライアンに分かったことの一つは、キャパドーズ大佐が大嘘つきであったにしても、その嘘は悪意のあるものではなく、また主に大事に至らぬ些細な事柄に限られているということだった。「大佐は無害な嘘つきだ。私利私欲を計ったり、他人を傷つけようというつもりはない。いわば『芸術のための芸術』であり、美への愛から嘘をつくのだ。事柄がこうなったかもしれぬとか、こうあるべきだったとか、いろいろ頭の中に描き、それによって現実を色彩豊かなものに変えるのだ。その点、彼はぼくと同じく、彼なりの絵筆を握っているのだ！」ライアンはこのように考えた。大佐の嘘はさまざまな種類があったが、どれにも共通の要素があり、それは徹底的な無用性であった。それ故にこそ腹立たしかった。それは普通の会話の場に割り込んできて、貴重なスペースを占領し、その場を実体のないゆらめく蜃気楼のようなものにしてしまうのだった。これが止むを得ずつく嘘であれば、丁度芝居の初日の夜、原作者から貰った無料入場券を持って劇場に現れた人に対してのように、それなりの場所が与えられよう。しかし無用な嘘は入場券なしで現れた客のようなもので、通路に補助椅子を置いてもらう以上の扱いは受けられないのだ。

ライアンはある一点では大佐を無罪放免した。不思議なことに、大佐は自分で自分を抑えられないはずであるのに、軍隊では口による災いを一度も犯していないのだった。彼は軍隊に敬意を払い、そのため例の悪癖も出ずじまいだったらしい。それに、何かについて大口をたたいている彼が、妙なことに、軍隊での手柄についてはほらを吹かなかった。彼は狩猟が何よりも好きで、相当の遠隔地でもやったことがあり、たった一人で危険な目にあって、間一髪で逃れた思い出話をするのが得意だった。周囲に目撃者のいなかった場合には、もちろんほらはひどくなるのだった。大佐は新しい知り合いには、いつも派手な嘘をつくことを、ライアンはすぐに発見した。そしてこの異常な男は首尾一貫せぬところがあって、ときには、ごく平凡な本当の話ばかりする時期があったのだ。デイヴィド卿が言ったように、彼の真実からの逸脱は間歇的なのであり、ときとして一カ月間も逸脱を中止することがあったのだ。虚言の美神は自分の都合のよい時に彼に力を授けるのであり、女神が彼に干渉しないでいることもよくあった。このため、大佐はみごとな嘘のきっかけを見失い、聞き手の嘲笑が予想されるのに大口をきき始めることがよくあった。通常彼は真実を否定するより、偽りのことを肯定することのほうが多かったが、この割合はときに目立って逆にもなった。彼はよく周囲の人たちが自分を嘲笑するのに仲間入りすることがあり、そういう場合は、自分はみなをかつごうとしているのだと認め、「ぼくの語る奇談はすべて試作という性格があるのだ」と言った。それでも前言をすっかり取り消したり、恐縮したりはせず、水泳でもぐっていた後、思わぬ所で顔を出すように、しばらくすればまた平気で嘘をつく。ライアンの推察では、大佐は時折自分の嘘が暴露した場合に、それを一所懸命に弁護することもあるようだった。もちろんそれは追い込まれた時であったけれど、そのような場合には、攻勢に出て、他人を中傷したりすることもあるらしい。このような場面では、その妻たる者、とても涼しい顔でいられるはずはなく、ライアンとしては、その時の夫人の様子を観察したく思った。喫煙室などで、居合せた人が大佐の親しい仲間の場合、彼らは遠慮なく彼を攻撃したのだが、彼の大言壮語にもう慣れっこになっているため、彼のいない所で批判めいたことを改めて述べる者はいなかった。ライアンも、すでに触れたように、こういう人たちから大佐についての意見を聴取する気持はなかった。

とにかく不思議でならなかったのは、大佐は人をぎょっとさせたり、馴れ馴れしく扱ったりしているのに、人気があるという点であった。飛び切りひどい嘘をついた場合でも、それが生命力や快活さのほとばしりであり、さらには、かっこうよささえあると考えられているようだった。彼は自分の武勇伝を語りたがり、いつも派手に誇張して話したが、勇敢であるのも事実だった。盛大に尾鰭を付けて語るにしても、騎手としても鉄砲撃ちとしても腕は一流だった。要するに、彼は見せかけとそう違わぬほどの頭の良さと、きらびやかな経歴の持主だったのである。だが、何といっても、大佐の最大の取柄は、人が自分の話に興味を持ち、信用してくれるものと信じこんで、誰かれにも愛想よく話しかける態度だった（これを得意がる様子はなかった）。このため彼は安っぽく、かつ、ある程度低俗に思えることさえあったが、その反面、打ち解けた雰囲気は伝染し、人はありそうもない話でも容易に信じこむのである。彼は自分が嘘をつくだけでなく、たとえ彼に反駁する場合でも（あるいはかえってその場合に）、聞き手に自分も嘘つきだと感じさせてしまう、というのが、オリヴァー・ライアンの感想だった。

夜、晩餐の時やその後でも、ライアンは大佐夫人の顔を観察しては、何かかすかな影や痙攣がうかがえぬかを知ろうとした。しかし夫人の表情には何の変化も現れず、それどころか、驚いたことに夫が口を開くとほとんど常に傾聴する様子さえ示すのであった。それが彼女の自負心であり、夫の嘘から顔をそむけていると悟られることさえ望まないのだ。だがライアンの頭には、彼女が翌朝まだ暗いうちに大佐のしくじりを繕うために、ベールで顔を隠してあちこちを訪れている姿がついて離れなかった。それは盗癖を持つ者のために、親類が被害を受けた店を定期的に訪ねて弁償するのと同じだった。

「お許し下さいませ。もちろんあれは嘘でしたが、そのためご迷惑を掛けませんでしたでしょうか。本当に、夫は性懲りもなく……」彼女が平身低頭してそう言うのを聞けたらどんなによいか！　ライアンは彼女の屈辱感あるいは夫への忠誠心につけこもうという邪悪な意図も、意識的な願望も持たなかったが、彼女に、別のある男と結婚していれば名誉を失わずに済んだと気付かせたいものだと心中思っていたのは否定できない。彼はさらに、彼女がいつの日か頰を紅潮させて彼に、その問題はもう取り上げないでと哀願する瞬間を夢みた。そういう時がくれば、彼の心は慰められ、きっと度量の広さを示しうるだろう。

ライアンはデイヴィド卿の肖像画を完成して邸を辞した。創作に興味がわいて一気に仕上げたが、製作中は大成功だと自信があったものの、出来上って、全員が賞めてくれ、とくにアッシュモア夫妻が喜んでくれたのを知った時点で、かえって疑念が生じた。とにかくパーティーの出席者に変動があり、キャパドーズ夫妻は他の邸に移って行った。しかし、ライアンは、夫人との別れは、これが終りというより始めなのだと了解し、ロンドンに戻ってからしばらくして、夫人を訪ねた。夫人は在宅予定を教えておいてくれ、彼を憎からず思っているようだった。だが、もしその通りなら、どうして結婚してくれなかったのだろう、あるいは、せめて彼と結婚しなかったのを残念に思わないのだろうか？　彼女は残念がっているにしても、それをあまりにもたくみに隠していた。この点についてのライアンの関心は愚かしく独りよがりだと読者の目に映るかも知れないが、心に傷を受けている者はある程度大目に見てやらなくてはならない。それに結局彼の求めているのは僅かである。彼女が今日彼を愛して欲しいとか、あるいは彼に愛情を告白させて欲しいなどというのではなく、ただ彼女が残念がっている証拠を何か見せてくれというだけである。今のところ彼女は、そうする代りに、自分の年の行かぬ娘をかれに紹介するだけで事足りるとしていた。その子供は美しい娘だったし、見たこともないような無邪気な可愛い目をしていた。それでも彼はこの子は恐ろしい嘘をつくのかしらん、と考えてしまった。そう考えると大層嬉しくなった。つまり、この娘が成長するにつれて、父親からの遺伝の徴候はないかと、夫人が不安げに見守るのではなかろうか。エヴェリーナ・ブラントがそんなことをするなんて！　彼女は娘に父親のことで嘘をつくのだろうか？　父親の正体をごまかすために、娘を抱きしめながら、嘘をつかねばならぬのか？　大佐は娘に嘘つきだとさとられぬように、娘の前ではつつしむのだろうか？　ライアンはこの点を疑った——嘘は大佐の本性に根ざすものだからそれは無理であり、娘が嘘から逃れる道は、頭が悪くて嘘を見破れぬ場合に限られるのだ。娘はまだ年が行かず、成長してどうなるか判断できぬ。もし利口に育てば、父親と同じ道を歩むだろう。それは母親の立場をどれほど悲しいものとすることか！　娘の顔はずるそうではなかったが、父親の顔だっておなじだから、それは何の証しにもならない。

ライアンは、娘のエイミーを彼に描かせてくれるという約束のあったことを大佐夫妻に何度も催促し、今では彼が時間の都合がつきさえすれば、すぐ開始することになっていた。娘の他に大佐もまた描いてみたいという願望がライアンの内部に芽生えて来た。大佐の肖像画を描ければ、ライアン個人は多大の秘かな満足が得られるに違いない。大佐の本性を引き出して、以前デイヴィド卿と話し合った全体像を余すところなく描いてやるのだ。凡人にはそれが分からないだろうが、分かる者には見抜ける筈だ。絵を解する人びとは、きっとその肖像を高く評価するだろう。それは意味深長な作品で、微妙な性格描写の傑作であり、合法的な裏切りともなるだろう。ライアンは、もう何年も前から、画家と心理探究家と両方の手腕を示すような作品を描いてみたいと望んでいたが、ようやくその機会が面前にあらわれたのだ。もっとよい題材でないのは残念だが、それは彼の責任ではない。すでに彼は誰よりもよく大佐の隠れた性格を暴露できるようになっているような気がしていた。彼はそれを直観でなく、慎重な計画によって行なっていた。自分の計画の成功にライアンは、われながらぎょっとする瞬間もあった。大佐がそれほどひどい嘘をつくことがあった。このままで行けば、いつかは大佐もはっと気を取り直し、ライアンの目と目の間をじっと見詰め、ある計画に乗せられているとさとるだろう。そうなれば彼の妻もそれに気づくに違いない。もっともライアンにとってそれはたいして問題ではなかった――どうせ彼女は自分もその計画に乗せられているとまでは勘づく筈がないのだから。

彼は今では日曜の午後にはキャパドーズ夫人に会いに出かけるのを習慣にしていたので、彼女が留守だと腹を立てた。夫妻は大の訪問好きで、とくに大佐はいつも狩猟の機会を狙っていて、他人の邸に招待されるのをのがさなかったのだ。このため夫人もロンドンを離れることがよくあった。この種の社交生活は、田園の邸でとかく夫の悪癖がさかんに発揮されるために、夫人にとっては好ましくないもののように思われた。自分は家にいて夫だけを行かせ、夫が人をかついでいる場に居合せないで済めば、彼女にとって息抜きとなり、快適であったろうに。事実、彼女は家にいるほうが好きだと言ったが、その理由として挙げたのは、他人の邸で苦痛をなめるからというのではなく、子供と一緒にいたいからというのであった。この程度の嘘をつくのはそう悪いことではないのかも知れないが、やはり低俗なことだった。ライアンは「低俗」という評語を思いついて喜んだ。きっといつの日にか大佐は行き過ぎの余り、嫌われ者になるだろう。だが今のところは、彼は才能もあり、美男子で、非難をまぬがれているけれど、間違いなく彼は「低俗」だ。冬の終りに近い頃、例外的に二度、大佐が数日間狩猟に出た時、夫人は家に残った。ライアンの訪問を二度のがしたくないという気持が働いたために残ったのかどうか、彼はこの疑問を自らに問う段階には達していなかった。このような疑問は、もっと後になって彼が娘の肖像を描き出して、夫人がいつも一緒にやって来るようになった時点で、より適切なものとなったであろう。しかしいずれにせよ、彼女は本来口実を設けたり、子供をだしにする人ではなく、悪い遺伝子を持つ娘ではあっても、子供を心から愛しているのはライアンにも見て取れた。

肖像画のために子供をアトリエに来させる回数をライアンは倍加したのだが、夫人はかならず同伴した。女家庭教師や女中にはまかせられぬというのだ。彼はデイヴィド卿の場合は僅か十日間で仕上げたのに、幼な顔の子供の肖像は翌年まで持ち越されそうだった。

彼があまり何度もキャンバスの前に坐らせるので、この様子を見た者は、彼が少女を疲れ果てさせてしまうと思ったことだろう。だが彼も、キャパドーズ夫人も、そんなことはないと分かっていた。長い休憩をもらって、少女はポーズをやめ、アトリエのあちこちを飛び回り、珍しいものを眺めて楽しみ、いくらさわってもよいという許可をもらって古い衣服や掛け布で遊んだ。その間少女の母と画家は笑ってお喋りをした。彼は絵筆を置き、椅子にそりかえり、一緒にお茶を楽しんだ。キャパドーズ夫人が知らなかったのは、彼がこの期間、他の注文を無視したという点だった。一般に女性は男の仕事に関して、それがあまり重要でないという漠然たる推測以外には、想像力を働かせないものだ。ライアンは実際、あらゆる仕事を先に延ばし、何人かの著名人を待たせたのである。彼が絵筆を忙しく動かしている三十分の間は、沈黙があった。彼はエヴェリーナがそこに坐っていることをもっぱら意識していた。彼が喋りかけぬならば、彼女はすぐ沈黙し、それで当惑したり、退屈したりするようなことはなかった。ときにはアトリエにたくさん置いてある書物の一冊を取り上げることもあり、また時には、少し離れた所に坐って、絵の進行具合を、余計な口はいっさい差しはさまずに、娘を描く一筆一筆も気になるといった様子で熱心に観察することもあった。ライアンは絵筆よりも自分の胸の中のことをより懸命に考えてばかりいたので、絵が乱暴になることもあった。彼女と同じく、彼も当惑はしていなかったのだが、一種の興奮状態にあった。少女を描いている間に（子供も感心なほど黙って描かせていた）、二人の間に何かが——暗黙の了解、無言の秘密のようなものが、芽生えつつある、あるいは、すでに芽生えてしまったかのようだったからだ。少なくとも彼はそのように感じたが、結局、夫人も同じように感じているという確信はなかった。彼が彼女に求めたものはごく僅かだった。不幸を告白せよということでもなかった。もし彼女が彼と結婚していたならばよい生活が送れたと思っていると、たとえ無言の合図によってでもよいから、伝えてさえくれれば、彼は無上の満足を覚えることであろう。彼女が満ち足りたようにそこに坐っている姿を見ても、彼はそこにそのような合図があるのかも知れぬと、大胆にも想像をたくましくすることも時にあった。

三

ライアンがようやく大佐の肖像画の件を申し出たのは、ロンドンの社交季節の終り近くで、誰もが町を離れる前で、あまり日数がなくなっていた。僅かな日時を何とか活用して、とにかく仕事に着手するのが大切であり、秋になってロンドンの生活が再開されると共に、仕事も再開すればよい、というのがライアンの意見だった。キャパドーズ夫人は、またそのような高価な贈物を頂くわけにはいかないと言って、この提案に反対した。昔彼女自身の肖像画を描いて頂いたのに、それを無思慮にも処分してしまったことはお話しした通りです。その上、今度は娘のすばらしい絵を——あなたがご自分でも満足できるまでに完成した暁には、必ずすばらしくなるに決まっていますもの、その絵を下さると言うのでしょう。それは家宝となる貴重な品です。もうこれ以上の恩恵をお受けするわけにはいきません。そうかといって、主人の肖像画をお金を払って注文することなど不可能です。その理由はお分かりでしょう、わたしたちの財力では、あなたが普通に得ていらっしゃる礼金をとても払えないのです。それに、次つぎに親子三名の肖像画を無料で描いて頂くに価いするようなどんなことを致しましたでしょうか。とくにわたくしは何をしたでしょうか。本当にあなたは親切すぎます。主人の肖像画のことはお断りしなければなりません。

ライアンは絵筆を動かしながら、彼女の言葉を黙って、反対もせずに聞いていたが、やがて言った。

「なるほど。ぼくからの贈物というのがいやでしたら、どうです、ぼくの楽しみと研究のためにご主人を描かせて下さるというのではいかがです？　ぼくからご主人へのお願いなのです。大佐を描くのは勉強になります。仕上った絵はぼくの手元に置いてもよいのです」

「どうして勉強になりますの？」

「またとないモデルですもの。大変に興味深い題材です。とても表情豊かな顔をしていらっしゃいます。だから肖像画家として、ぼくはいろいろ学べるのです」

「表情豊かって、何を表していますの？」と夫人は尋ねた。

「むろん、性質ですよ」

「で、主人の性質を描きたいのですか？」

「もちろんですとも。すぐれた肖像画にはそれが描かれているのです。ぼくは大佐の肖像をすばらしいものにします。ぼくの評判もそれによって高まりましょう。というわけで、このお願いはぼくの都合から出たものです」

「あなたの評判がこれ以上あがるなんてこと、ありますの？」

「ぼくは貪欲なのです！　ぜひ同意して下さい」

「主人の性質は気高いものですわ」

「ですから、それを描き出してみますよ、ご心配なく」ライアンははっきり言ったが、言いながら少し自分が恥ずかしくなった。

夫人は帰る前に、主人は同意しましょうと言ったが、それに付け加えて、「そんなふうに心をのぞかれるのなんて、わたくしなら絶対にごめん蒙ります！」と言った。

「ああ、あなたの絵なら、暗闇の中でも描けますよ」

大佐はそれから少しして、余暇を見つけてライアンのキャンバスの前に立ち、七月末までには数回アトリエを訪ねた。ライアンはモデルの資質にも自分自身の気分の乗りようにも満足し、これならきっと秀作が生まれると自信を持った。調子が出、自分のモチーフに惚れ込み、仕事に熱中した。一つだけ気にかかることがあったが、それはこの絵を院展に出品する時にカタログに載せる題名をただ『嘘つき』とするわけには行かぬだろうという点だった。だが、それは大した問題ではなかった。というのも、大佐の第一の特徴だとライアンに思われる嘘つきという性格は、どれほど鈍い人にも分かるよう、画の中ではっきり出るようにしようと心を決めていたからである。今ではライアンの目には大佐の性質としてそれ以外のものは何も映って来ないのだから、彼はそれを描き出すことにもっぱら心を砕いた。どのようにして描くか、自分でもしかとは分からなかったが、キャンバスに向うたびに、その方法の神秘が新たに感得されるように思われた。それは大佐の目にも口にも、顔の筋の一本一本にも、姿勢にも、あごのくぼみにも、髪の生え方、口ひげのひねり方、微笑の浮べ方、さらに呼吸の仕方にも現れていた。大佐がいつも煙にまいている世間を見る見方にも現れていた。ヨーロッパ全体で、半ダースばかりライアンが最高傑作と折紙をつけている肖像画があって、それらはいずれも完璧な出来栄えであると共に、美術館での保存状態も最高なので、不滅の生命を持つと彼は考えていた。今製作中の画をこの最高の作品群に加えたいというのが彼の念願だった。大佐の肖像画の構成に参考になったのは、英国国立美術館にあるすばらしいモローニ（一六世紀イタリアの画家で性格的な肖像画で有名）作の、白い上衣をつけ鋏を持って仕事台に向っている若い仕立屋の肖像だった。大佐は仕立屋ではないし、モローニのモデルはそこらの仕立屋とは違って嘘つきではなかった。だが巧妙で精確な描き方の上で、これと同一線上に並ぶ作品にしたいものだ、と彼は望んだ。今回は、これまでほとんど経験したことのないほど、彼の絵筆の下で作品が息づいてくるという満足を味わった。大佐はモデルとなるのを好み、描かれながら喋りたがった。彼のお喋りから画家はヒントを得られたので、これは好都合だった。ライアンはもう何週間も前からあたためていた、大佐の正体を描き出そうという計画を実行に移した。この目的にもっとも好適な立場にいたわけで、ライアンは大佐に思う存分喋らせるため、はげましたり、扇動したり、聞き惚れた様子をしてみたりした。事は調子よく運んだのだが、大佐が反応して来ないこともあった。ほら話をしたくても、気分がのらぬ場合があり、そういう時はライアンの絵筆も調子が出なかったのだ。モデルの嘘が派手になればなるだけ、より巧みに筆が動く。逆に彼の面白いお喋りが中断すると、絵も進まなくなる。ライアンは大佐の作り話が地味なものとなると、大佐の尻をたたいた。相手が策略に気付くのではないかと心配になることも時どきあったが、その点は大丈夫のようであった。たいていは、画家がいつも傾聴しているのに気をよくして、べらべらと嘘八百を並べ立てるのだった。こうして大佐の肖像画は急速に仕上っていった。少女の絵にあれほど時間を要したのと較べると、本当に驚くほど短時間で片がついた。八月五日までには、ほぼ完成したが、この次の日に大佐夫妻はロンドンを離れる予定で、この日以後はしばらくアトリエに来られないのだった。しかしライアンは充分に満足し、もう完成の目安もつき、残りは場合によってはモデルの協力がなくても、自分の都合で仕上げられると思った。いずれにせよ急ぐ必要はない。作品はこのままにしておき、十一月に彼自身ロンドンに戻った時点で、気分を一新して再び取りかかればよいのだ。大佐は次の日に妻の都合がつけば、アトリエに来て絵を見せてもらえるかと尋ねた。夫人は大変に見たがっているという話だったが、ライアンは、恐縮だが待って下さい、ぼくはまだまだ出来栄えに不満なのですから、と言った。ライアンがこの前、夫人を訪ねた折りにも同じような申し出がなされたのだが、その時も彼は待つように頼み、自分が納得していないことを理由としたのであった。本当は充分に満足していたのであり、彼は少し自分が恥ずかしかった。

八月五日までにかなり暖かくなっていたので、大佐が背をのばして坐りお喋りしている間に、ライアンは換気のためにアトリエからすぐ庭に出られる小さなドアを開いた。このドアはモデルやその他身分の低い人たちの出入りに用いたり、また、キャンバスや額、梱包資材、画材などの搬入に使うこともあった。アトリエに入る主要な入口は彼の部屋のある母屋からで、ここから入る場合は、アトリエに直接出る前にまず二階の回廊に出て、そこからくねくね曲った美しい階段を下り、所狭しと美術品を飾った広いアトリエに到る。回廊に出た訪問者は眼下に見える、ライアンの収集した宝物や巧妙な芸術品の山のようなアトリエを見て、感歎の声を上げぬ者はない。これに較べると、庭から入るのはずっと簡素であり、実用と共に私用にも便利だった。

セント・ジョンズ・ウッドのライアンの家は大きくはなかったが、夏の日にこのドアを開くと花や樹木も見え、かぐわしい香りもし、小鳥のさえずりも聞えた。この朝、このドアから未知の訪問者が断りもせずにアトリエに入りこんで来た。どちらかといえば若いと言える女で、まず大佐が見つけ、それからライアンも気付いた。その女は何も言わずに、二人の男を交互に眺めやった。「おや、また一人現れたか！」とライアンは叫んだ。事実、この女は画家にしつこくつきまとう、職探しのモデル然としていた。彼女が言うには、画家を訪ねると、よく召使に追い帰されて会ってもらえないので、思い切って案内なしに入って来たというのだった。

「でもどうやって庭まで入ったのだね？」ライアンは尋ねた。

「門が開きっぱなしだったのよ、勝手口の門がね。肉屋の車がそこにあったわ」

「肉屋が閉め忘れたのだな、けしからん」

「とおっしゃると、あたしに用はないのかしら？」女は尋ねた。

ライアンは何も言わずに絵筆を動かし続けた。最初鋭い視線を投げた後、もう女には見向きもしなかった。しかし大佐のほうは興味あり気にこの女を観察した。この女は、若いのに老けて見えるのか、年なのに若く見えるのか、どちらだか分からない感じだったが、とにかくある程度の年齢には達しているようで、顔はバラ色ではあったが、ういういしい感じはない。それでも顔立ちは悪くなく、以前顔色を売物にしてモデルをやったことがあってもおかしくない。たくさん羽根のついた帽子をかぶり、やたらにビーズのついた服に長い黒手袋、腕には銀色のブレスレットをつけ、ひどい靴をはいている。失職中の家庭教師というのでもなければ、求職中の俳優というのでもない様子で、どことなく、まずいことがあって仕事を止めたか、止めさせられたかしたような印象を与えた。どこか薄汚ない感じで、その上、彼女が部屋に入ってしばらくするとアルコールの臭いがほのかにして来た。物言いは下町ふうである。ライアンが、来てもらったのはご苦労だが、きみの役立ちそうな仕事はないと言うと、少し感情を害したように、「前には使ってくれたのに」と言った。

「ぼくは覚えてないな」ライアンが答えた。

「先生の絵を見る人には分かるはずよ！　あたしは忙しいんだけど、立ち寄ってあげたのに！」

「それはどうも」

「またあたしに用があるようになったら、葉書で連絡を……」

「葉書は出さぬことにしているんだ」ライアンが言った。

「そうなの。あたしも手紙のほうが好き。とにかく、ノッティング・ヒル、モーティモア・テラス・ミューズのミス・ジェラルディン宛に連絡してよ」

「結構、結構。覚えておこう」

ミス・ジェラルディンはまだ退散しないで、「ひょっとしてと思って、寄ったのよ」と言う。

「悪いけどこれからも約束はできないな。ぼくは肖像画以外の仕事をする余裕がないからね」

「なぁるほどね。あたし、あの紳士の代りをしたいわ」

「そうしたら、ぼくに似なくなってしまうんじゃないかね」大佐が笑いながら言った。

「もちろん似ないわ！　あたしは美男じゃないもの。肖像画はいやよ。モデルがあぶれるもとだから」ミス・ジェラルディンはきっぱり言った。

「でも肖像画を描けない画家も、たくさんいるんだから、だいじょうぶだよ」ライアンはなぐさめ顔で言った。

「あたしこれまで一流画家のモデルにだけなって来たんですからね！　あたしがいないと仕事のできない先生がたくさんいたわ！」

「ひっ張りだこなら結構じゃないか」ライアンはそれ以上相手をするのにうんざりし、もう引き止めないよ、もし用件があればこちらから連絡すると言った。

「わかったわ。住所はミューズですからね。残念だわ」彼女はそれから大佐のほうを向いて、「あなたがあたしに用があれば……」と言い出した。

ライアンは「この紳士に妙なことを言わないでくれたまえ。困っていらっしゃるよ」と言った。

「困るですって、あらまあ！」彼女は酒気をぷんぷんさせながら笑い声をあげた。「ねえ、ひょっとするとあなたなら葉書をくれるんじゃないかしら？」女は大佐にそう言いながら、ふらふらした足取りで引き上げていった。来たときと同じく庭に出ていった。

「実にひどい！あの女は酔っている！」ライアンは言った。彼は一所懸命に描いていたが、それ以上言わずに顔を上げた。女が開いたドアからまた顔を出したのに気付いたのだ。

「そうよ、あたしは、そういうことは大きらいさ！」

ライアンが言ったように、間違いなく酔っているようにげらげら笑い、それから女は消えた。

「何のことを言っているのですかな？」大佐が尋ねた。

「なに、あの女をモデルに使わず、あなたを描いているのに文句をつけているのですよ」

「あの女を使ったことがあるのですか？」

「絶対にありません。大体、会ったこともありません。勘違いしているのです」

大佐は少し黙っていたが、やがて口を開いた。「あの女、美人でした――十年前には」

「そうかも知れませんが、身を持ち崩しています。わたしは酒に溺れる女はたくさんですね。あの女はぜんぜん気に入りません」

「きみ、きみ、彼女はモデルじゃないんですよ」笑いながら大佐が言った。

「今ではモデルの名に価しません。でも前はそうだったと思います」

「絶対に違います《ジャメ・ド・ラ・ヴィ》ったら！　それは口実です」

「口実？」ライアンは聞き耳を立てた。大佐は一体何を言い出すのか。

「用があったのは、あなたでなく、わたしのほうだったのです」

「そう言えば、あなたにも何か言っていましたね。どういう用があったのです？」

「仕返しをしようとしたのですよ。わたしは憎まれているんですよ、まあ、あの女だけのことではありませんけど。わたしを見張っていて、後をつけて来たのです」

　ライアンは椅子の中で体をそらせた――大佐の言葉は一つも信じられなかった。そのためかえって彼は愉快になり、大佐の陽気であけすけの態度を喜んだ。女の一件は、たちまち、いわば芳香を放つ満開の花となった。「あきれましたな！」ライアンは親しみのこもった同情と興味をこめてつぶやいた。

「女が入って来たとき当惑しました。でも、あっと驚く程ではありませんでした」大佐は言葉を続けた。

「それにしては、お気持をうまく隠したものですね」

「なに、わたしのようにああいうことに慣れている者にとっては、平気ですよ。それに今日は半ば予想していたのですよ、実のところ。あの女があたりをうろうろしているのを見たのです。今朝家の近くで見かけました。きっと尾行したのでしょう」

「しかし、それではあの女は何者なのですか？　あんなに厚かましくて！」

「たしかに厚かましい。だが、お気付きのように酔っていましたからね。それにしても、ずけずけ侵入してくるなんて、図々しいですよ。本当に、相当の悪ですな、あいつは。モデルではないんですよ、今も昔も。仲間にモデルをやっているのがいて、その真似をしたのですね。実は、十年ほど前に、わたしの友人をとりこにしたのです。馬鹿な青年で女の餌食にされて丁度いい奴でしたが、家庭的につながりがあったので、助けてやったのです。話せば長くなりますが、とにかくもう忘れていたところでした。あの女はもう三十七歳になっています。わたしが間に入り、男に縁を切らせました。女を追っ払ってやったのですよ。で、あの女はわたしのせいだと知って、恨んでいるのです。名前はジェラルディンなんかではなく、住所もさっきのは嘘でしょう」

「本名は何というのです？」ライアンは注意深く尋ねた。大佐はいったん調子にのれば、いくらでも細部が出てくるのだった。

「ピアスン——ハリエット・ピアスンです。でも以前はグレナディンという名を使っていましたがね。変てこな名でしょう？　グレナディンをごまかしてジェラルディンとするのは容易だったでしょうな」ライアンが大佐の素早い返事に感心している間に、相手はさらに言葉を続けた。「もう何年も会わなかったので、すっかり忘れていましたよ。あの女、どうするつもりか分かりませんが、危害を加えることはありますまい。今日お宅に入るとき、道の少し離れた地点にあの女がいたように思います。わたしがここに通っているのを知り、早くから来ていたのでしょうな。今もあそこで待っているかも知れません、いや、そうに違いありません」

「保護を求めたほうがいいのじゃありませんか?」笑いながらライアンは言った。

「最上の保護方法は五シリング渡すことですよ、それ位までなら折れてもいいですね。もっとも、女が硫酸瓶でも隠していれば話は別です。でも普通、そういうものは裏切った男にかけるもので、わたし自身はそんなことはしていないのですからね。最初顔を合わせた時に、わたしは誘いにのらぬと申し渡したくらいですから。今日あそこで待っていたら、少し一緒に散歩して話し合い、さっき言ったように、五シリングぐらい渡してやりますよ」

「なるほど、もう五シリング、わたしが出させてもらいましょう」ライアンはこの面白い話のためならそれくらい安いものだと思った。

　しかし大佐が翌日からロンドンを離れたため、しばらくこの件はお預けになった。女とその後の関係を記した手紙が来ないかと期待したが、話が得意の大佐も文章は苦手のようだった。とにかく、何の連絡もなく町を出発してしまったのだが、三カ月後にアトリエで再会する約束は出来ていた。オリヴァー・ライアン自身の休暇の過し方はいつも同じだった。最初の数週間は英国南部にだだっ広い古い邸を持つ兄を訪ねるのだが、ここには彼の大好きな立派な様式の庭園があった。それから外国に出るのだが、たいていイタリアかスペインだった。今年もこの習慣に従うことにした。それに先立ち、ほぼ完成した大佐の肖像画をとくと眺め、頭の中の考えを画面に移すという、いつもは嘆かわしくも妥協に終る作業でこんなに満足したことはないぞ、と思った。田舎の兄の邸に行ってからのある明い午後のこと、古風なテラスでパイプをくゆらせていると、ふとその絵を再び見て、二、三筆を加えたいという欲望に駆られた。田舎に来てからも、何度も思い出してはいたのだが、この欲求はとても強くて無視できなかった。もう一週間してから帰宅の予定であったが、とても待っていられなくなった。五分間もあの絵を見れば充分だ。頭にうずまいている問題が解消するだろう。そう考えて彼は翌朝ロンドン行の列車に乗った。あらかじめ連絡しておかなかった。クラブで昼食を取り、サセックスの兄の所へは多分午後五時四十五分の下りで戻ればよい。

セント・ジョンズ・ウッドは一年のどの季節でも静かだが、九月の初旬の今は、日当りのよい直線の道にはどこも人の姿は見られなかった。道の両側に並ぶ、こぢんまりした漆喰の塀は、いかめしい感じの扉があちこちに設けられていて、少しばかり東洋風に見える。ライアンの家は静まり返っていた。召使の急を襲うのも時にはよいと考えていたので、彼は合鍵を使って扉を開けて中に入った。留守番の責任者で、料理女と家政婦を兼ねている女が、足音を聞きつけてやって来て（彼は召使たちとあまり形式ばらぬ関係にあった)、不意をつかれて戸惑ったという様子も見せずに出迎えた。彼は、家の中がきちんとしていなくても構わない、ほんの数時間アトリエで仕事をするだけだからと言った。これに対して、家政婦は、ほんの五分前に紳士と淑女がやって来てアトリエにいるので、ちょうど顔を合わせるところだと言う。主人は留守だと告げたのだが、それは構わぬ、絵を見たいだけであり、他には何にも手を触れぬように気をつけるから、アトリエに通して欲しいといったと言う。「お通ししてよろしかったでしょうね。殿方は肖像画を描いてもらっているとおっしゃり、何とかいう風変りな名前、軍人の肩書のある名をおっしゃいました。ご婦人のほうはとても美しい方です。とにかくお二人はアトリエにいらっしゃいます」

「ああいいよ」二人の訪問者とは誰か分かっているので、ライアンはそう言った。家政婦は普段客の出入りの世話はしていないので、知らなかったのだ。いつも客の世話をする召使は、ライアンの供をして田舎に行ったのだ。キャパドーズ夫人が画家の意向に背いて、このように夫の肖像画を見に来たのは驚きだったが、彼女が思い立ったらやり通す女であるというのは彼にとって既知の事実だった。それに、その婦人はキャパドーズ夫人ではないかも知れない。大佐は誰かおせっかいな知人、自分の夫の肖像画を欲しているような婦人を連れて来たのかも知れないからだ。とにかく、こんな時節にまだロンドンにいて、一体何をしているのだろうか？　ライアンは多少の好奇心に駆られてアトリエへと向った。

大佐たちはどういうつもりなのかと漠然といぶかった。彼は仕切りの所のカーテンを押し開いた。この回廊に通じるドアは、アトリエを増築したとき便宜上作ったものであった。押し開いたと述べたが、それは正確ではない。ライアンはカーテンに手をかけたが、その瞬間異常な物音にはっとして手を止めた。物音は下のアトリエから聞えて来るもので、どうやら激しい泣き声のようなので、仰天してしまった。一瞬よく耳を澄ませてから、回廊に出たが、ここは古風な厚地のムーア風の絨毯が敷かれているので、足音を忍ばせたのではないのに、音がしなかった。こうして否応なしに、二十フィートばかり下のアトリエにいる二人の人間に気付かれぬという結果になった。実際、二人は何か自分らのことに夢中になってしまっているので、人の目を意識しないのも無理からぬことだった。ライアンの目前に展開した情景は、これまで経験したこともない異常なものだった。最初は、何のことか訳が分からなかったし、遠慮も働いて、邪魔をするのをためらっていた——女が激しく泣きながら男の胸にすがりついていたからだ。だがそれから少しして(といっても数秒のことだ)、彼の心に二人を観察してやろうというはっきりした気持が生じた。そのため少しあとずさりしてカーテンの背後に身を隠した。それから二つに別れている扉のカーテンを合わせて出来るすき間から下の様子をうかがった。彼は自分のやっていることが何か充分認識していた——盗み聞きだった。だがそれと同時に、自分の秘密が勝手にもてあそばれているという奇妙な事態が進行中だということ、そして、それはある点では自分に関係ないが、ある点では確実に関係があるということにも気がついた。これらの考えはすべて一瞬のうちにまとまったのである。

　二人の客はアトリエの真中にいた。キャパドーズ夫人は夫の胸にすがり、胸も張りさけんばかりに泣いている。彼女の嘆く姿はライアンにとっておぞましいものであったが、大佐がそれに答えて「ひどい奴だ、ひどい奴だ！」と乱暴な口調で言うのを聞いたときは、おぞましいというより驚きが強かった。一体全体何が起ったのか？　なぜ彼女はすすり泣き、大佐は誰をののしっているのか？　次の瞬間分かったのだが、大佐は未完の肖像画をようやく探し出して来て（画家が邪魔にならぬように表を壁面に向けて画を置く隅を知っていた）、空のイーゼルに置き、妻に見せたのであった。彼女はそれを数分間眺め、それからそこに見たもののために嘆きと怒りの爆発が生じたということらしい。彼女は泣くのに忙しく、大佐は妻を抱きながらののしりの言葉を吐くのに忙しく、二人とも周囲を眺めたり、上を見上げる余裕はなかった。この情景はあまりにも意外であったため、ライアンは即座にはそれを自分の絵の勝利――大成功の証拠だと受取れなかった。どういう事態なのかと考えるのみだった。勝利という考えは少し後から浮んで来た。カーテンの間から絵が見えたが、彼はその迫真性にはっとした。これほどまで上出来とは思っていなかった。夫人は夫から少し離れて近くの椅子に坐って泣き崩れた。テーブルにうつぶせになり、腕の間に顔を隠している。突然その泣き声は聞えなくなったが、まるで恥と不安で胸がいっぱいだというように体を震わせている。大佐は一瞬絵を見つめて立っていたが、それから妻のところに行き、上からおおいかぶさるようにして、抱きしめて慰めた。「一体全体どうしたのだね？　なんで泣いているのだ？」大佐は尋ねた。

ライアンは夫人の答を聞いた。「残酷ですわ、あまりにもひどすぎますわ！」

「ひどい奴だ、ひどい奴だ！」大佐は繰り返した。

「全部出てしまっているわ！　出てしまっている！」夫人は叫んだ。

「一体、何が出ているっていうのだ？」

「あってはならぬもの全部ですよ。あの人が見たもの全部が出てしまっている！　ああ、恐ろしい！」

「あいつが見たもの全部だって？　それでいいじゃないか！　ぼくは好男子だものな。どうだい、いい男に描けているじゃないか」

キャパドーズ夫人は椅子から飛び上がった。鋭い視線を夫の肖像画に向け、「好男子ですって？　ぞっとしますわ！　こんなものを描くなんて、絶対にいけないわ！」

「ねえ、後生だから話してくれ、何がいけないのだ？」

大佐はもう怒鳴るような口調になっていた。紅潮した戸惑った顔がライアンにも見えた。

「あなたを悪人にしてしまったのですもの！　あの人は発見したのだわ！　これでは誰に

も分かってしまう。この絵が院展に出品されたら、どうなることでしょう！」

「きみは気でも狂ったのかい？　でも、きみがいやだというのなら、出品させないよ」

「でも、あの人は出品するに決まっていますわ。とてもよい絵ですもの。さあ、行きましょう」夫人は夫の手をつかんで悲しそうに叫んだ。

「よい絵だって？」

「さあ、ここを離れましょう、離れましょう」夫人は繰り返すのみで、回廊に上ってゆく階段のほうに向った。

「そっちはいけない。今のきみの状態で家の中を通るわけにはいかない」大佐がそう反対するのが聞えた。それから「このドアから出られる」と言って、彼は妻を庭に通じる小さなドアに導いた。そこは閂がかかっていたが、彼はそれをはずしてドアを開いた。夫人はすぐ外に出たけれど、大佐はそこに立って、アトリエの中を振り返った。「ちょっと待っていて」そう言うと、大佐は興奮した足取りで中に戻った。また絵の前に来て、じっと立って眺めている。「けしからん奴だ、けしからん奴だ！」またもや、彼はおなじ文句を繰り返した。この悪口が肖像画のモデルに向けられたのか、それとも画家に対してなのかライアンには不明だった。大佐はぐるりと振り向き、部屋の中を何か探すようにした。どうするつもりか、ライアンはすぐには推察できなかったが、やがて、「絵に乱暴を働こうというのだな」と小声で言った。階段を駆け下りて、止めさせようと一瞬思ったが、エヴェリーナ・ブラントのすすり泣きがまだ耳を離れず、介入するのは思い止った。大佐は探しているものを小さなテーブルの雑多な品物の中に見つけ、それを手にしてイーゼルの所に駆け寄った。それと同時にライアンは、大佐の手にしたのが東洋の小刀であるのに気がついた。大佐はそれをキャンバスに突きさした。突然怒りが込み上げてきたらしく、小刀をもつ手に力をこめて(小刀の刃は鋭いものではなかった)刀をずっと下まで一気に引き、絵に長い醜い裂け目をつけた。いったん引き抜いてから、顔の部分に何度も切りつけた。まるで犠牲となった人間に刀を突きさしているようで、奇妙なことに、一種の象徴的な自殺行為を行っているような印象を与えた。二、三秒すると大佐は小刀を投げ出し、そこに血がべっとりついているとでもいうように、ちらりと見やり、それから急いでその場を離れ、背後でドアを閉じた。

この事件でもっとも不思議に思えたのは、オリヴァー・ライアンが自分の絵を救うために何の手出しもしなかった点である。彼は一部始終を目撃しながら絵を失いつつあるとは感じなかったし、たとえ感じても気にしなかった。それ以上に、確証を得たことを強く感じていたからだ。彼女はたしかに夫を恥じている、そしてこのぼくが恥じるようにさせたのであり、その意味で、たとえこの絵は切断されてしまっても、大成功を収めたのだ。この発見で彼はすっかり気持が高ぶったので、大佐の姿が消えてから階段を下ったとき幸福な思いで身体が震え、頭がくらくらして一瞬坐らねばならぬほどだった。肖像画には十箇所ほどぎざぎざの切り傷があった。大佐は文字通り抹殺したのである。ライアンは絵には触れず、ほとんど見もしなかった。ただ興奮状態で一時間ばかりアトリエのあちこちを歩き廻った。まもなく家政婦がやって来て、昼食をお取りになるようにとすすめた。階段の下に召使部屋からの通路があったのだ。

「あら、殿方とご婦人はお帰りだったのですか？　気がつきませんでした」

「庭から出て行かれたのだよ」

家政婦はイーゼルに置かれた絵に気付いて立ち止った。「あらまあ！　絵をひどい目にあわせなすったんですね！」

ライアンは大佐をよそおった。「ああ、急に嫌気がさして切りさいてしまったんだ」

「まあ、あんなに苦心されたのに！　あのお二人のお気に召さなかったからですか？」

「そう、気に入ってもらえなかった」

「あの方たちはさぞ気位がお高いのでしょうね！　あきれましたわ」

「いいから切ってしまってくれ。火を起すのに使えるだろう」

ライアンは三時半の汽車で田舎に戻り、それから数日してフランスに渡った。イギリスを留守にした二カ月の間、彼は何かを――はっきり何だとは言えなかったが――待っていた。大佐から何かしら意思表示があると思ったのだ。大佐は、自分が絵にひどい仕打ちをしたのが当然発覚したと思い、ライアンの困惑に何らかの形で同情すべきだとは考えないのだろうか？　大佐は罪を認めるだろうか、それとも嫌疑を否認するだろうか？　後者は口のうまい大佐にとっても困難であり、例の才能をよほど発揮しなくてはならぬだろう。二人をアトリエに案内した家政婦が二人の訪問と暴行を結びつけるような証言を行うのを予想しなければならぬからだ。大佐は詫びを入れるか、補償を申し出るかするだろうか。それともアトリエで夫人の悲しみと怒りの声にすぐ感染してもらした罵りの叫びをいたずらに繰り返すだけだろうか？　自分は絶対に絵には手を触れていないと断言するか、それとも、手を下したと認めるか――大佐にはその二つしかないのだが、いずれの場合もよほど巧みな作り話を考え出さなければならない。どんな話にしてくるかライアンは首を長くして待っていたが、手紙は届かず、失望した。しかし、キャパドーズ夫人がどんな話をでっち上げるかに対する興味はいっそう強かった。もしそういう作り話を夫人がするとすれば、それこそ真の試金石となるからだ。つまり、夫のためにどこまで無理をして嘘をつくか、また逆に、ライアンのためにどこまで真実を認めるかが、それで判明するのだ。夫人がどう出てくるか、待ち切れなくなって来た。大佐の作り話がどうであれ、彼女はそれに従うだろうか？　ライアンは一刻も早く彼女の心中について大体の見当をつけておきたいと思い、ヴェネツィアから手紙を書いた。絵の件にはいっさい触れず、自分の旅行のことを述べ、そちらの様子を知らせて欲しい、いずれロンドンでの再会を楽しみにしているという、昔の友情を偲ばせる手紙だった。手紙を投函してから毎日待っていたが、返事は来ない。きっと妙なことを書いてしまうのが心配で書けないのかも知れぬし、ライアンの「裏切り」によって生じた怒りの感情からまだ脱していないのかも知れない。大佐が妻の怒りを支持し、妻はそこから生じた夫の行為を支持したのであり、夫妻とライアンの間は完全に決裂したのであり、すべては終ったのだろう。この判断をライアンは残念だと思った。また、夫妻のような魅力的な人びとが不正行為を働いて、知らぬ顔をするなどというのは、いかにも嘆かわしいと思わずにはいられなかった。ようやく手紙が着き、読んでも夫人の真意は相変らず不明だったが、彼は嬉しかった。短い手紙ではあったが、愛想のよいもので、恨みがましいところも、やましいことがあるといった様子もない。ライアンにとってもっとも興味があったのは追記の部分で、「一つお断りしなければなりません。実は九月のはじめに、二、三日ロンドンに帰っていまして、わたくしあなたの言いつけに背いてしまいました。悪いとは知りつつも、どうしても見たくなったのです。主人にアトリエに連れて行ってもらいましたの。完成するまでは見せられぬというお言葉でしたが、あなたが主人をどう描いていらっしゃるか、ぜひ見たかったのです。わたくしたちは、お宅の召使に頼んで絵を見せて頂きました。本当に驚くべき作品です!」とあった。「驚くべき」というのはどのようにも受け取れるわけだが、この手紙からするとまだ決裂には到っていないのだ。

ライアンがロンドンに戻って三日ほどした日が日曜日だったので、彼はキャパドーズ夫人に会いに行き昼食をご馳走になった。いつでも昼食に来てよいと春に招待されていたのであり、これ以前にもこの好意に甘えたことがあった。大佐の肖像画を描き出す以前は、こういう訪問が大佐を近くで観察するよい機会となっていた。ただ大佐はいつも食事が済むとすぐ後消えてしまうので（なんでも女性の知人を訪問のためということだったが）、食後の三十分は、他に来客のある時でも最高だった。十二月はじめの今日は、運よく夫妻は二人だけで、娘のエイミーもいなかった。夫妻は応接間にいて、昼食の合図があるのを待っていた。ライアンが入って行くとまもなく、大佐は「やあいらっしゃい。またお会いできて嬉しいですよ、すぐ絵の方をまた始めて欲しいと思っています」と切り出した。

「ええ、ぜひそう遊ばせ。とても美しい絵ですもの」夫人は彼に握手の手を差し出しながら言った。

ライアンは二人の顔を交互に見た。彼らが何を言い出すと期待していたのか自分でも判然としなかったが、まさかこういう言葉をきくことになるとは予想もしていなかった。

「ぼくの絵に見るべき所あり、というわけですか？」

「すばらしいの一語に尽きますわ」キャパドーズ夫人は金色がかったとび色の瞳に微笑を浮べて言った。

「妻が例の悪事についてお便りしましたね？」大佐は尋ねた。「どうしても連れて行けと言って、きかぬものですからね」ライアンは一瞬、悪事とは絵を傷つけたことを指すのかと思ったが、大佐の次の言葉がこれを否定した。「肖像画のモデルというのは良いものですな。お喋りに絶好の機会ですし。今ならたっぷり時間もありますよ」

「ご存じでしょう、もうほとんど仕上っているのですよ」ライアンは言った。

「そうでした。残念ですよ。また始めて欲しいところです」

「それが、実は、また最初から始めなくてはならなくなったのですよ！」オリヴァー・ライアンは夫人を見やりながら笑って言った。「あの絵は目茶目茶になってしまいました」

「目茶目茶に？　何のためにそんなことをなさったんです？」ライアンは説明した。昼食を命じるために立上ったからだ。彼女は彼と目を合せなかった。夫人は晴れ晴れとした美しい姿で彼の前に立って、そう尋ねた。正面からこちらを見つめる彼女の心中は、計り知れなかった。

「わたしがやったのではありませんよ。十箇所もナイフで突きさされていたのです！」

「何だって！」大佐が叫んだ。

ライアンは微笑を浮べて視線をそちらに向けた。

「まさかあなたがやったのではないでしょうね？」

「もう駄目ですか？」大佐は尋ねた。彼は妻と同じく何の疚しいところもないという顔をし、ライアンの質問を冗談とみなしているようだった。「わたしがやったとすれば、またはじめから描いてもらうためですね？　それを思いつけば、きっと、やったところですよ！」

「まさか奥さまでもありませんね？」ライアンは尋ねた。

夫人が答える前に、夫はとてもよい答を思いついたというように妻の腕をつかんだ。

「きっとあの女がやったんだよ！」

「あの女？」キャパドーズ夫人は相手の言葉を繰り返した。ライアンもまた、どの女のことかと考えた。

「ぼくらがアトリエから出たとき、戸口――いや少し離れていたかな――のところにいた女さ」それからライアンに向って、「あなたに話したことがありますよ。ほら、あの日侵入して来たジェラルディン、グレナディンという女ですよ。あの女がお宅の近くにうろうろしていました。妻にそのことを言ったのを覚えています」

「あの女が絵を破いた、とおっしゃるのですか？」

「ああ思い出しましたわ」夫人が溜め息をついて言った。

「あの女がまた侵入したのですよ。入り方を覚えていて、チャンスを狙っていたのです。ひどい女だ！」

ライアンは思わず下を向いた。自分の頬が赤らむのを感じた。まさに、これこそ彼の待ち望んでいたものだ――大佐が罪のない人間を無法にも犯人に仕立てる日が来たのだ。この非道な行為に夫人も片棒をかついでいるのか？　過去の数週間の間に、ライアンは、大佐が絵を切り刻んだ時、夫人はすでにアトリエの外にいたという事情を思い起していた。でも大佐は妻に追いつくや否や、やってきたことを手柄顔に話したに違いない。たとえ話さなかったとしても、ああいう行為の直後で興奮していたのだから妻には推察できたに違いない。ミス・ジェラルディンが戸口をうろついていたなどとは一瞬も信じられない。また、昨夏大佐が話したこの女との関係も嘘にきまっていた。あの女がアトリエに入って来たとき、ライアンには初対面だったが、どういう職業の女か一目で分かったのだ。彼はさまざまな種類のロンドンの女性モデルと交渉があったので、こういう女たちが職にあぶれた場合のこともよく心得ていたのだ。その上、あの九月の午前中彼が大佐夫妻のすぐ後で屋内に入った時、通りにはミス・ジェラルディンの姿はどこにもなかった。家政婦が殿方と淑女がアトリエにいると告げた時、通りに人気がないのを思い出したのだから、これは間違いない。紳士たちの馬車が戸口にないのを不思議に思ったものだ。二人が地下鉄で来たのかも知れぬと考えたが、それは、彼の家が地下鉄の駅の近くで、大佐は肖像画を描くとき、一度ならずこの駅を利用したことがあったからである。「一体、あの女はどうやって中にはいったのですか?」ライアンはこの質問を二人のいずれということもなく尋ねた。

「食堂にまいりましょう」キャパドーズ夫人は応接間を出ながら言った。

「お宅の召使をわずらわさずに、わたしたちは庭から入りました。妻に庭も見せたかったのです」ライアンは大佐と共に夫人の後に従ったが、大佐は階段の上で彼を引き止めた。

「おや、わたしは愚かにも、戸の閂を外したままにしたのかな？　まさかと思うが」

「ぼくには分かりませんよ」ライアンは階下に下りながら言った。「腹をすえて、乱暴にナイフを振りまわしたという感じでした」

「あの女は元来乱暴者ですよ、ひどい奴だから縁を切らせたのですよ」

「でも動機が分かりませんね」

「すこし気が変なのです。それにわたしを憎んでいます。それが動機です」

「でも、あの女はぼくを憎んではいませんよ」ライアンは笑って言った。

「絵を憎んでいたのです——そう言っていたでしょう？　肖像画が増えると、あの女のような者には仕事口が減るって」

「ええ。でも本当はモデルでないとすると、別に関係ないでしょう」

この問いは大佐を一瞬困らせたが、あくまで一瞬のことだった。「きっとひどく混乱していたのですよ。さっきも言ったように、前から少し頭がおかしいのです」

食堂に入ると、夫人が坐ろうとしているところだった。「お気の毒に、ひどい話ですわね。あなたは不運なのですわ。神様があなたに、無償で傑作を描くような、私利私欲のない行為をさせて下さらないのでしょう」

「あなたもあの女を見られたのですか？」ライアンは思わず語調を強めて尋ねた。

夫人はその調子に気付かなかったようであり、また気付いても気にかけぬようだった。

「お宅の戸口から遠くない所に、主人がわたしの注意を引いた女性がいました。主人はその人について何か言いましたけれど、わたくしたちは反対方向に歩いて行きました」

「で、その女が犯人だと思われますか？」

「どうしてわたくしに分かりましょう？　もしそうだとすれば、可哀想に、気が変だったのですね」

「あの女をぜひつかまえたいものだ」ライアンは言った。しかしミス・ジェラルディンと二度と話そうという気はないのだから、それは偽りだった。彼は夫妻の正体を見定めたが、他人に、とりわけ、彼ら自身にその正体を暴露したいとは思わなかった。

「あの女は二度と再び現れませんよ。もう安全です」大佐は大声で言った。

「でもあの女の住所は覚えています。モーティモア・テラス・ノッティング・ヒルです」

「それは嘘です。そんな地名はない」

「本当にひどい女だ！」ライアンが言った。

「他に犯人の心当りは？」大佐は尋ねた。

「思い当りません」

「で、召使たちはどう言っているのです？」

「自分らがやったのではないと言っていて、ぼくも、そんなことは言ってないと答えました。それで召使との話し合いは終りです」

「召使たちはいつ発見したのです?」

「彼らが発見したのではありません。帰宅して、わたしが見つけたのです」

「押し入るのは容易だったと思いますよ。あの日にも、サーカスで道化役が登場するような具合に、ひょっこり現れたじゃありませんか」

「そうでした。ものの三秒もあればやれたでしょうね。絵が引き出されていなければ、もっとかかりますが」

「わたしを恨まないで下さいよ。もちろん、絵はわたしが引き出しました」

「元の場所に戻さなかったのですか?」ライアンは悲しそうに尋ねた。

「ねえ、あなた、そうして下さいって、申したでしょう?」夫人は上品な非難の口調で言った。

大佐はこれ見よがしにうなった。両手で顔を覆った。夫人の言葉はライアンにとって最後の決め手だった。彼女だけはひそかに真実を貫いているという、彼の夢は完全に崩れ去った。昔の恋人に対してさえ、彼女は真実を語れないのだ! ライアンは胸が悪くなった。食事がのどを通らない。さぞ変な様子に見えることだろう。彼は、取り返しのつかぬことは嘆いてもはじまらぬ、というようなことをつぶやき、話を他の話題に転じようと試みた。しかしそれは恐ろしい努力を要した。二人とも同じくらい苦しんでいるのだろうか？　いろいろなことが頭に浮んできた。夫妻の話をこちらが信じていないと推測しているだろうか（もちろん彼らは、犯行現場をライアンに目撃されたとは推測していないだろう）。この話はあらかじめ打ち合せておいたのか、それともとっさに思いついたのか、あるいはまた、大佐がそれを提案して彼女は抵抗し抗議したのだが結局言いくるめられてしまったのか。とにかく、あそこに坐っていて彼女は自己嫌悪に陥っていないのかどうか。自分らの不正行為を哀れな女に押しつける残忍さと卑怯さにもあきれたが、それと共に、モデル女が立腹して夫妻の嘘を暴く危険があるのに、そんなことは構わぬという無神経ぶりも、それに劣らず異常に思える。むろん、その危険はたんにミス・ジェラルディンの無罪を証明するだけで、それで夫妻が犯人だと判明するわけではないし、夫妻が犯人と見られる可能性はまずないというので安心しているのだ。それにあの大佐はあの女がどこかに消えてしまい二度と再び姿を現わさぬと高を括っているのだ（九月にアトリエで出会った時も、そう考えて女との関係について作り話をしたのだろう。もっとも、結果など考えずに、口から出まかせを喋ったのかも知れない）。ライアンはこの話題はもう打切りたいと望んだので、少しして夫人が「絵の修復はできませんの？　最近はずいぶん上手に修理が出来るそうですわ」と言った時にも、「そういうことは知りません、構いませんよ。その話はよしましょう！」と言っただけだった。夫人の偽善ぶりは不快だった。けれども、彼女の恥辱の最後のベールを取り去ろうとして、少ししてからこう言った——「あなたも、彼あの絵がとても気に入って下さったのですね？」これに対して、夫人は赤くもならず、青くもならず、言葉をにごしもせず、彼の顔を正面から見すえて、「ええ、とても」と答えた。本当に、夫に飼いならされてしまっているのだ。この後はライアンは沈黙を守ったし、夫妻も、いやな出来事で気分を悪くしている者に同情するように、如才ない態度で彼をそっとしておいた。

昼食が済むと大佐は二階に来ないでどこかに行ってしまった。ライアンは夫人と共に応接間に戻ったが、その途中、もうそろそろおいとましなければならぬと告げた。彼はその僅かな時間を暖炉の前で夫人と一緒に立って過した。夫人は自分も坐らず、彼にもすすめなかった。その態度は自分も外出するつもりであるのを示した。やはり夫に飼いならされてしまっている。だがライアンは一瞬夢想した——彼女がライアンと二人だけになった今、ひょっとすると張りつめていた気持が崩れ、さきほどの発言を取消して真相を告白し、詫びながら「ライアンさん、今度のぞっとするような喜劇を許して下さい——分かって頂けますわね！」と心の中を打ち明けるかも知れないと。もしそうしたら、彼はどれほど彼女を愛し、同情し、いつでも援助の手を差し出すことだろう！　もし彼女がそういった種類の告白をするつもりでないのなら、どうして彼を親しい旧友のように扱ったのか？　どうして何カ月もの間彼が彼女の気持について想像をたくましくするままにさせておいたのか？　どうして毎日彼のアトリエに子供の肖像画のためという口実でやって来て、思わせぶりな態度を取ったのだろう？　要するに、実際に告白しないつもりなら、なぜ無言の告白寸前まで来たのだろうか。しかし、彼女は告白しようとしない。暖炉の前に立っている間に彼にはそれが分かった。彼女は部屋の中を動き廻って、テーブルの上のものを幾つか並べ変えたりしていたが、それだけだった。突然彼は言った、「あなた方が家から出ていらした時、彼女はどっちの方向に進んでいました？」

「彼女――わたくしたちが見た女のことですか？」

「ええ、ご主人の妙な知合いのことです。あの人を追えば、犯人は分かるかも知れません」ライアンは別に夫人を脅かすつもりはなく、ただ彼女に「ああ、許して下さい。そんな人はいなかったのです」という機会を与えたかったのである。

キャパドーズ夫人は、「その人はわたくしたちと逆の方向でした。道を横断しましたから。わたくしたちは駅のほうに参りました」と平然と言ってのけた。

「それで、その人はご主人に気がついたようですか？　こちらを向きましたか？」

「ええ、そうでした。でもわたくしはよく見ていませんでしたわ。馬車がやって来て、それに乗ってしまいましたから。乗ってからはじめて主人は、その人のことを話しました。何でもよからぬ目的でそこにいると申していました。あの時戻ればよかったのですわ」

「ええ、そうすれば絵は無事だったでしょう」

一瞬彼女は黙っていたが、それから微笑した。「あなたにはお気の毒でしたわ。でも、わたくしは絵のモデルをちゃんと所有しておりますわ」

ライアンはこれを聞いて顔をそむけた。「さて、そろそろおいとませねばなりません」彼はそれ以上別れの言葉を述べずに、邸を後にした。通りをゆっくりと歩きながら、ステイズ邸で最初彼女を目撃した時、彼女がどのようにテーブルの向い側の夫を見つめていたかを思い出した。ライアンは曲り角で立止り、ぼんやりとあっちこっちを眺めた。もうこの家に来ることはあるまい。何しろ、彼女は今でも大佐を愛しているのだ。何とよく飼いならされてしまったことだろうか！

教え子

一

かわいそうに青年は喉まで出かかった言葉が出せずにいた。何しろ相手はおっとりかまえて上流社会のことしか話題にしないのだから、どうして給料のことなど持ち出せようか。とはいえ、もう話はすんだものとして、その点に少しも触れずに引き下がるのは厭だった。そこに坐って、薄汚れたスエードの手袋を宝石の輝やく太い手でしごいている大柄で愛想のよい婦人の態度には、金銭のことなど切り出させぬようなものがあった。婦人は肝心な話に近づいたと思うと、すぐまた話題を転じるというふうにして、青年がたずねたいと思っている以外の話ばかりを何遍となく繰り返すのである。もちろん金額を知りたかったわけだが、青年がおずおずとその方向に話を持って行こうとした瞬間、モリーン夫人が扇子を取りにやった子供が戻って来てしまった。子供は扇子を持たずに戻って来て、そんなものなかったよとそっけなく言った。この冷淡な言葉を投げつけながら、子供は自分の家庭教師となる青年をまじまじときびしい眼差しで見やった。青年はこの子にはまず第一に母親に口をきくときには、目上の人に対するような態度をとるように、特に、不作法な答えをしないように、きびしく躾けなくてはならぬと考えた。

モリーン夫人が口実を設けて子供を追いはらったとき、ペンバートンは、いよいよ給料の問題を相談するのだろうと思った。だが実際に夫人が口にしたのは、十一歳の子供の前では話しにくい、その子自身についての二、三の事柄で、それも大体長所を並べるだけであった。もっとも一度だけ声を低めたと思うと、慣れ慣れしく左脇をたたきながら、「それがあなた、みなこのことで駄目になってしまうのですわ。身体が弱くてね」と嘆息するように言った。ペンバートンは、悪いのは心臓だろうと見当をつけた。子供が病弱なのは、初めからそういう条件で依頼されたのだから、知っていた。オックスフォード時代の彼の知り合いで、現在はニースに住んでいるあるイギリス婦人が、ある感じのよいアメリカ家庭で住込み家庭教師として本当に信頼の置ける青年を探しているという話をたまたま耳にして、ちょうどそういう口を探していた彼に世話してくれたのであった。

ペンバートンが部屋に招じ入れられたとき、これから習う先生を一目、この目で見てやろうといわんばかりの様子で現われた子供は、予期に反して、こびるような態度を示さなかった。モーガン・モリーンは虚弱というのではないが、どことなく病的な感じのする子供であった。利口そうなのは、教える側としては有難いけれど、口も大きく耳も大きいのでお義理にも可愛いとはいえず、なんとなく生意気そうな印象を与えた。ペンバートンは内気な、臆病といってもよい青年であったから、自分の教える生徒が自分より頭がよいかもしれぬという可能性は、未経験の職にともなうさまざまの危険の中でも、とりわけ彼を不安にさせていた。とはいうものの、個人の家庭で家庭教師を引き受ける場合、それくらいの危険は覚悟せねばならぬ。優等で大学は出たが、まだ一度も金を稼いだ経験のない自分であってみれば、それくらい当然だ、と反省していた。それはともかく、モリーン夫人が、一週間以内に仕事を始めて頂くことに話がついたのですから、今日はこれ以上お引き止めしませんというように席を立ったとき、子供がそばにいたにもかかわらず、彼は思い切って、どのくらい頂けるのでしょうと言ってみた。幸い、この質問は下品には響かなかった。夫人が、金のかかった衣裳をつけているのを鼻にかけているように気取った微笑を浮かべていたからだけではなく、「その点は世間並みのことは致しますからご安心なさいませ」と優雅に答えたからであった。

ペンバートンは帽子を取りながら、「世間並み」といっても人によってずいぶん開きがあるものだが、夫人は具体的にどれくらいの額を指しているのだろう、と考えた。だが子供は母の言葉を誓約と取ったらしく、それを聞くと嘲るような調子で、「どんなもんだか!」とフランス語で叫んだ。

ペンバートンは当惑して子供の方を見た。こちらに背を向け、両手をポケットに入れて、窓の方にゆっくり歩いて行く。おとなびた肩は、運動を知らぬ子供のものであった。母親は運動が駄目だから学校に行けぬと言うが、この子に運動の楽しみを教えてやれぬものだろうか、と青年は思った。モリーン夫人は子供のけしからぬことばを聞いても冷静さを失わず、平然として話を続けた。「主人があなたのご希望にそうように致しますでしょう。さきほど申しましたように、今は一週間ばかりロンドンに行っていて留守ですが、帰り次第、かけあってみて下さい」

率直で親切なことばを聞くと、青年は相手に調子を合わせて笑いながら、「かけあうって、まさかけんかはしませんよ！」と言った。

「いくらでも出してくれるよ」窓辺から戻って来た少年は意外なことを言った。「ぼくんちじゃ、値段のことなんか気にしないんだ。すごく豪勢な暮らしをしているんだもの」

「あきれた子ね！　変なことをいうものじゃありませんよ」母親は子供を抱こうとして手を差し出したが、子供の方はその手から、するりと抜け出し、利発そうな罪のない目をペンバートンに向けた。少年の皮肉な顔が、そのときどきでおとなびて見えたり、子供じみて見えたりすることに青年は先刻から気が付いていた。この瞬間は子供じみて見えるけれど、やはりそこには不思議な直感や知恵が秘められているように感じられる。どちらかというと早熟な子供を嫌っていた青年は、まだ十三歳にもならぬ教え子のうちにそのきざしを発見して失望した。もっとも、それだからこそ、この子に退屈することはあるまい、もしかすると一種の刺激にさえなるかもしれない。こう考えると、多少の反発は感じながらも、モーガンに興味を引かれた。

「えらそうなことを言って！　豪勢な暮らしなんかしてないじゃありませんか」モリーン夫人は、子供を自分のところに引き寄せようと、また手を伸ばしながら快活に言った。それからペンバートンの方を向いて、「大体いくら位になるか、見当はついていらっしゃるのでしょう？」

「あんまり期待しない方がいいよ！」子供が横槍を入れた。「家は上流家庭だけどさ」

「あんたが勝手にそう決めこんでいるだけよ」モリーン夫人はやさしくたしなめた。「では金曜日に――あなたは御幣など担がないでしょうね――お待ちしていますわ。そのときには皆家にいます。今日は娘たちが外出していて残念ですわ。お会いになれば、きっとお気に召すでしょう。それからこの子とは全然ちがう息子がもう一人居りますの」

「ぼくの真似ばかりしているんだよ」モーガンがペンバートンに言う。

「真似るって？　何言ってるの、お兄さんはあんたより二十も年上なんですよ！」モリーン夫人は叫んだ。

「きみは面白いことを言うんだね」ペンバートンは子供に言った。それを聞くと、母親はここぞといわんばかりに同意し、ほんとに、この子のしゃれは家中を沸かしているのですと言った。子供は母には構わず、青年に向かってやぶからぼうにきいた。「先生は本当に家に来たいの？」青年は後になって自分でも驚いたのだが、こんなことをきかれても、生意気な子だとは思わなかった。

「もちろん来たいよ、きみのうまいしゃれをききたいしね」ペンバートンはこう答えたものの、実際には少しも来たくなどなかった。一度でよいから豊かな経験をしてみたいと思って、僅かばかりの財産を一年間の外国生活で使い果たしてしまっていた。おかげで楽しい経験はしたけれど、財布の方がからっぽになってしまい、止むを得ず家庭教師をやろうとしているのだ。それに少年の目に、来て下さいという嘆願のようなものがかすかに読みとれたのであった。

「じゃ、ぼく、うんと面白いやつを考えておくよ」こう言って少年はまた向うへ行き、開き窓から外のテラスに出た。ペンバートンは、少年がテラスの手すりに寄りかかっているのを見た。青年がモリーン夫人と別れの挨拶をしている間中、彼はそこにいた。ペンバートンが子供にもさよならを言おうとしているらしいのを見て、夫人は、「あの子はほうっておいて下さい。変り者ですから」と言った。子供に何か告げ口されるのを恐れているのだろう、と青年は想像した。夫人はさらに、「あの子は天才です。きっと気に入って下さるでしょう。家で一番面白い子ですの」青年がうまい返答を探しているうちに、夫人は続けて「もちろん家の者はみんないい人間ですのよ」と言った。これで会見は終わった。

約束の金曜日の来るまでに、「あの子は天才です。気に入って下さるでしょう」という夫人のことばが、ペンバートンの頭に繰りかえし浮かんで来た。天才児というものは、あまり可愛くないとも思われたが、それで家庭教師の仕事が面白くなるのなら結構だ。自分はこれまで家庭教師を退屈なものと思いこみ過ぎていたのかもしれない。話し合いがすんで屋敷を辞したとき、バルコニーを見上げるとモーガンが手すりにもたれているのが見えた。「うんと楽しくやろうね」ペンバートンは叫んだ。

少年はちょっとためらったが、すぐ笑って、「先生が今度来るときまでに、何か面白い冗談を考えておくよ!」と答えた。

これを聞いて、青年は「あの子にもいいところがあるぞ」と独りごとをいった。

二

モリーン夫人が約束したように、金曜日には家族全員に会えた。父親は帰って来ていたし、娘たちともう一人の息子もいた。モリーン氏は白いあごひげをのばし、打ち解けた態度で、ボタン穴には外国の勲章のリボンをつけている。後で聞いたところでは何かの功労に対して贈られたということであったが、どういう功労であったかは聞きもらした。この点に関しては——ほかにもそういうことは沢山あったが——モリーン氏の態度は打ち解けてはいなかった。その態度からは彼が世慣れた人間だということがよくわかった。長男のユーリックは父と同じく世事に通ずべく修業中らしいが、ボタン穴には貧弱な花が挿してあるだけで、口ひげもまだ一人前にはなっていない有様だ。娘たちは容姿、髪、物腰いずれもよく、肉付のよい小さな足をしているのだが、まだ一人で外出したことは一度もない。モリーン夫人は、前に会ったときにはわからなかったが、近くで見ると優雅さに欠ける面があり、全体として、なにかちぐはぐな感じがする。夫人の約束通り、給料についてモリーン氏はペンバートンの希望を全面的に受入れてくれた。なるべく控え目な額にしておいたので、モリーン氏は、本当にそんなに少なくてよいのですかと言った。それから言葉を続けて、わたしは子供たちと親しい友だちになってやろうとしています。こうして働いているのも子供のためなのです、と言った。彼がロンドンその他の場所に出かけて行くのもそのためで、努力こそ一家の信条であり、関心事でもあった。家族の者はだれもが忙しく働いていて、生活のためにはそれが必要だということを全然隠しだてしなかった。自分たちは真面目な人間であり、一家の財産は真面目に暮らして行くのに足りぬほどではないが、やはり注意深い管理が必要なのだという事情をあけすけに話すのであった。モリーン氏は親鳥として巣に運ぶ食物を探した。ユーリックは主にクラブで生活の糧を得ていたが、そこでは賭博で儲けているらしかった。娘たちは髪を結ったり着付けをしたり、みな自分でした。モーガンの教育は、もちろん最良のものが望ましいけれど、費用はあまりかからぬ方が有難い——ペンバートンはそのように理解してくれと懇願されていると感じた。しばらくたって、モーガンの性質と教育に興味を覚えるようになってからは、子供に心配させたくなかったので、自分が金に困っているのを忘れて、費用のかからぬことを家族と共に喜ぶようになった。

知り合ってから最初の一週間、モーガンは知らぬ外国語で書かれた本のページのように皆目見当がつかなかった。ともかく、これまでペンバートンに子供というものを誤り伝えた、単純なアングロ・サクソン系の子供とは全然違っていた。実際、モーガン少年を本にたとえれば、飜訳するのに相当の熟練を要する神秘の書ということになろう。あれからかなりの年月の経過した今日、風変りなモリーン一家についての青年の記憶には、プリズムの反射や続き読み物のように、どこか走馬燈でも見るようなところがあった。青年自身の手で切り取られた一束のモーガンの髪と二人が別れていたとき少年からもらった六通ばかりの手紙など、いくつかの確実な証拠がなければ、このエピソードやそこに登場する人物たちは夢の世界のことのように現実味のないものと感じられるだろう。青年が住みついた当初、この一家について一番奇妙に感じたのは、万事が順調に行っているらしいことであった。この一家くらい何をやっても失敗しそうな家はこれまで見たことがなかった。しかし、彼をあれほど長期間にわたって留めておいたのは成功とはいえなかったか？　また、あの最初の金曜日の朝食のとき——金曜だったのはやはりいけなかったか——彼を引き入れて、逃げ出せぬようにしてしまったのは成功ではなかったか？　それも前から予定した行動でも、かけ声で命令一下やったのでもなく、本能的に、まるでジプシーの一団のように一家が協力し合ったからそうできたのだ。彼らは本当にジプシーの一団のような珍しいものに見えた。ペンバートンはまだ若く世間知らずだった。そしてイギリス留学の数年間はごく平凡に暮らしていたので、モリーン一家の風変りな生活様式は、独自なもので世間のしきたりの逆を行っているように思われた。オックスフォード大学ではそんな連中に出くわしたことはなかったし、それ以前彼が清教主義に力一ぱい反抗したつもりだった、イエール大学での四年間にもモリーン一家に似た人は全然見かけなかった。ともかくモリーン一家の反抗ははるかに極端なものであった。最初に会った日に、彼らを「コスモポリタン」と定義できたときペンバートンは得意だった。もっとも、後になってからは、その定義は貧弱な色あせた、その場かぎりのものになってしまった。

しかしはじめてこの定義を彼らにあてはめたときは嬉しかった。この一家と一緒に暮らせば真の人生に触れられると思ったからで、その頃彼はまだ経験至上主義であった。社交の様式が変わっているのは国際人たる証拠だ。おしゃべり、派手好き、上品なユーモア、際限のない時間の空費(彼らはいつもおめかししているのだが、それがいつになっても終わらない。一度などはモリーン氏が応接間でひげを剃っているところが見られた)、フランス語とイタリア語、流暢ではあるが味もそっけもないアメリカ語——これらはすべて国際人の証拠のように彼には思えた。一家はマカロニとコーヒーを常食としていて、これをうまく作るこつを心得ていたが、その他多くの料理の調理法も知っていた。歌と音楽が溢れ、いつも鼻歌を歌い、一人が歌い出すと他の者もそれに和して歌うといった調子だった。大陸諸都市を、まるで職業上の必要から知っているように熟知していて、旅芸人のように「あそこはなかなかいい」と言ったりする。ニースでは、別荘、馬車、ピアノ、バンジョーを持ち、公式のパーティに出かけた。友人の招待日は絶対に欠かさず、気分のすぐれぬときにさえ出かけて行った。このためモリーン夫人がポーラやエイミーと招待日のことを話し合っているのをきいていると、まるで一週間が八日も九日もあるみたいだった。モリーン一家を知るにつれて、来たばかりの同居人はその豊かな教養に圧倒される思いだった。モリーン夫人は、以前ある作家のものを飜訳した経験があるそうだが、青年はその作家を知らなかったので、恥ずかしかった。彼らはヴェネツィアの方言をこなし、ナポリの歌を歌うことができた。その上、内輪話のしたいときには自分たちで考え出した巧妙な言葉を用いた。それは一種の暗号で、ペンバートンは最初ヴォラプック（シュレイアの創始した人造の国際語）かと思ったが、よく知ってみると文法組織が違っていた。

「家だけの通用語で、ウルトラモリーンというんだよ」モーガンが面白そうに説明してくれた。だが少年自身は、聖職者のように口語のラテン語を用いることはあったけれど、めったにその通用語は用いなかった。

モリーン夫人は、苦労して暗記している他人の招待日の間に自分の家の招待日を割り込ませた。せっかくのその日を友人たちはときどき忘れてしまうのだが、立派な人の名が始終出され、またモーガンが公爵と呼ぶ、外国の称号を持ち、イギリスの服を着た二、三人の正体不明の人が来ているために、人が沢山出入りしているような印象を与えた。公爵たちは娘たちと並んでソファに坐り、他人に聞かれて困ることなど何も話していませんよ、といわんばかりに声高にフランス語を喋っているので、ペンバートンは、あんな大声で、しかも他人のいるところでプロポーズができるのかと訝しんだ。どうせモリーン夫妻の望んでいるのは、それにきまっていると彼は思っていた。ところが、この目的を叶えるためでさえ、モリーン夫人は娘たちに紳士と一対一で会うことは許さない。決して内気とはいえぬ娘たちなのだが、そのように厳格にすることでしとやかに見えるのだ。この一家はボヘミアンでありながら、礼儀作法については実にやかましかった。

しかし彼らにも厳格でない一面があった。ことモーガンに関する限り、不思議なほどやさしく、甘やかすのであった。その可愛がりようには真実のやさしさと嘘でない崇拝の気持ちが半々に混じっている。あまり可愛い子とはいえぬのに容貌までほめ、自分たちとは出来が違うというように少し恐れていた。モーガンを小さな天使とか神童などと呼び、身体の虚弱なことをひどく不憫に思っている。ペンバートンは、家族があまり極端な可愛がり方をするので、自分はかえってその子を憎らしく思うようになるのではないかと恐れたが、そうなる前に彼自身、その子を溺愛するようになってしまった。もっと後になって、家族のものたちを憎むようになってからも、彼らがモーガンに対してだけは親切を尽くすので青年は何とか辛抱できたのである。加減が悪いときけば音をたてぬようにそっと歩き、また、モーガンを喜ばせるためならパーティさえ諦める。しかしその一方、自分らはモーガンを育てるには適任でないと感じているのか、奇妙なことに、彼を遠ざけておきたいと願っているようであった。そして自分たちは責任を免れたいというように、独り者で親切なペンバートンに少年をむりやりに養子にさせるような形で押しつけてしまった。モーガンが新しい家庭教師を気に入ったのに気付いて家族のものは大喜びだった。それが青年への最大の讃辞だと考えたらしい。うわべでは子供を熱愛するようなふうをしながら——うわべだけでなく実際にも可愛がっていることはいるのだが——一方では、縁を切りたいと望んでいるという、この矛盾をどう彼らが解決しているのか不思議だった。自分らの正体を見破られる前に、子供を追っ払ってしまいたいとでも考えているのだろうか？　この家に住んで何カ月かたつ中に、少しずつ彼らの正体は明らかになっていった。家族のものは、青年の教育に口出しして非難されるのを避けるように、極度に気を使って、われ関せずの態度を取った。モーガンに他の家族との共通点があまりないことが次第にわかってくると——家族のものがそれを謙虚に認めるのでその点に注目するようになったわけだが——ペンバートンは遺伝の神秘、隔世遺伝を考えざるを得なかった。家族が強い関心を示していることに対して、少年だけまったく超然としているが、そういう態度はどこから生まれて来たのか、局外者にわかるはずはなかった。二、三世代以前の先祖からの隔世遺伝かもしれない。

　ペンバートンがモーガンをよく理解するまでには大分時間がかかった。これまで青年が頭に描いていた家庭教師に教わる気取った子供のイメージとは合わぬので、初めのうちは困惑するのみであった。こういう子供に共通とされる性質は欠けている一方、神童にしかみられぬ特質は多分に持っているというように、正体が掴みにくかった。しかしある日のこと、モーガンはまさにその神童なのだと気がついて、青年は、子供に対する理解が一段と深まったように感じた。今のところ、まだたしかにそうだという証拠は僅かしかないけれど、彼をうまく扱うにはこれ以上適切な解釈はあるまい。モーガンには、学校生活で平凡になってしまっていない子供によく見られる性質があった。それは家庭内ではぐくまれた感受性ともいうべきもので、子供自身にはよくないものかもしれないが、他人から見ると可愛く感じられる。旅行ばかりしている一家と共にヨーロッパの各地をめぐり歩いたので、歌を耳から覚えるのと同じように、洗練された知覚力を自然に身につけていた。こういう教育は、あらかじめ計画して行うべきではないのだろうが、モーガンに関する限り、その結果は、美しい織物のように見事なものであった。また彼には一種の禁欲主義的なところが見られたが、これはごく幼いときから病弱で苦しまねばならなかったからであろう。このため人に勇敢な子という印象を与える。もし学校に行って、外国語を喋る厭な奴と級友から思われたところで一向に意に介さなかっただろう。この子が学校に行けなくて幸いだったと、ペンバートンは考えるようになった。百万人の子供の中、一人の例外を除けば学校はよい結果を生むのだろうが、モーガンはその数少い例外なのだ。もし学校に行っていたとすれば、級友と学力を比較して鼻を高くしたり、知ったかぶりをするようになっていただろう。ペンバートンは、自分が学校の代りをしてやろうと思った。五百人の馬鹿面した子供のいる大きな学校よりも立派な学校になってやろう。そうすれば、賞状を貰うこともないから、いつまでも自分の才能を鼻にかけず、無邪気な面白い子のままでいるだろう。面白いというのは、モーガンはこれまで人生の厭な面を見せられて来たはずなのに、結構子供らしい冗談を飛ばすからで、あまり活潑な子とは言えぬのに、その点だけはだれにもひけを取らなかった。要するに、モーガンは顔の青い、鋭敏で、虚弱なコスモポリタンであり、頭の運動を好み、かつ、人間の生態については意外に多くを知っていたが、それでも子供らしい迷信の世界を持っていて、日に何度となく憎まれ口をきいたり冗談を飛ばしたりするのであった。

三

ニースにいたときのこと、夕暮れ近く、ペンバートンとモーガンが散歩から戻って、海のかなたの夕焼けを眺めながら戸外で休んでいたとき、この生徒は突然こう言った、「ねえ先生、こんなふうにぼくたちと親しくしているのが気に入っているの?」

「何を言うんだい、いやだったらいるわけがないじゃないか」

「先生がこれから先いつまでいるか、わかったもんじゃないや。そのうちに出て行ってしまうんじゃないかと、ぼく思っているんだよ」

「まさか首にするんじゃないだろうね」ペンバートンが言った。

モーガンは夕日を眺めながらちょっと考えていた。

「本当はそうすべきなんだと思うな」

「今の場合は『すべき』ことをやらないで欲しいな。ぼくはきみにものごとの是非を教えることになっているわけだけど」

「幸いに先生はまだ若い」モーガンは先生の方を向いて言葉を続ける。

「もちろん、きみと較べればね！」

「だから、時間を無駄にしても大したことはないかもしれない」

「うん、そう考えたらいいんだよ」ペンバートンは相手に調子を合わせた。

二人はしばらく黙っていたが、また子供がきいた。

「先生、ぼくの両親が好き？」

「ああ、もちろんさ。とてもいい人たちだからね」

この答えをきくとモーガンはまた黙ってしまった。それから不意に、親しみのこもった馴れ馴れしさで、

「先生の嘘つき！」と言った。

ある理由でペンバートンは赤くなった。子供はそれにすぐ気づいて、自分も赤くなった。こうして先生と生徒は、一般の師弟の間では、たとえ暗黙のうちにでも、触れられることのない、様々のことを理解しているように、しばらくお互いの顔を見つめ合っていた。ペンバートンは当惑を覚えた。まだおぼろげではあったが、二人の間にある問題が頭をもたげて来たのだ。彼がその存在を意識したのはこのときがはじめてであった。それは、いまだかつて、いかなる教師と教え子との間にも存在したためしのない、きわめて特異な問題であった。もっと後になって、普通は子供とは話さぬような事柄をモーガンと話すようになってから、ペンバートンはこのニースのベンチでの当惑した瞬間を、それ以後深まった相互理解の発端と考えた。あのときさらに気まずい思いをしたのは、教師としての義務だと思って、彼がモーガンに向かって、ぼくのことならどんな悪口を言ってもよいけれど、両親のことをそんなふうに言ってはいけないと注意したからである。注意を受けると、モーガンは悪口なんか言っているつもりはないと、こともなげに答えた。その通りに違いなかったので、ペンバートンは妙なことを言ってしまった格好になった。

「それじゃあ、ぼくがご両親をよい人だと言ったからって、嘘つきということにはならないじゃないか」青年は性急な議論だと思いながら言った。

「でも先生の親じゃないもの」

「ご両親はきみをこの世のだれよりも可愛がっていらっしゃる。それを忘れてはいけないよ」

「それが、先生がぼくの両親を気に入っている理由なの？」

「それにぼく自身にも親切にして下さっているからね」直接の答を避けて青年は答えた。

「やっぱり嘘つきだ！」モーガンは相手の腕に自分の腕を組みながら笑った。ペンバートンにもたれかかって、細い足をぶらぶらさせながらまた海の方に目をやった。

「ぼくの脛を蹴らないでくれよ」そう言いながら青年は、子供に親の悪口が言えるものか、いまいましい、と心の中でつぶやいた。

「もう一つ理由があるんだ」モーガンは足を静かにして言葉を続けた。

「もう一つの理由って、何の？」

「先生の親じゃないっていうことの他にもう一つの理由があるんだ」

「さっぱりわからないね、きみの言うことは」

「まあ、そのうちにわかるよ、ちゃんと」

　事実、まもなくペンバートンはわかりすぎるくらい、わかるようになった。しかしそれを子供に告白する前に、自分の気持と戦った。こんなことを子供と言い争うなんて実に妙だと思ったからだ。こんな葛藤に引きこまれて、よくモーガンが嫌いにならなかったものだと不思議であったが、その頃にはすでに子供が好きになってしまっていたのだ。モーガンは特異な子供で、彼を知るには彼自身の妙な考え方をすべて受け入れねばならない。モリーン一家の正体を知るようになるまでに、特異な子供に対する嫌悪感はなくなっていた。いざ事情がわかってみると、彼は自分が窮地に追いこまれてしまったと気付いた。みすみす損だと知りながら、子供と運命を共にすることになってしまったからだ。これからは一緒に物事に直面して行かねばならないだろう。その夕、ニースで、帰宅する前に子供は青年の腕にぶらさがりながら言った。

「ともかく先生は最後まで頑張るでしょうよ」

「最後まで?」

「ひどい目にあうまでという意味さ」

「そんなこと言って、きみこそひどい目にあわなくちゃならないぞ」青年はそう叫んで、子供を引き寄せた。

四

ペンバートンがこの一家に住みついてから一年して、モリーン夫妻は突然ニースの別荘を引き払った。これまでにも二回の気まぐれな小旅行を経験していたので、青年はあわただしい引越しには慣れていた。一度は最初の夏のスイス旅行、もう一回は晩冬、フィレンツェに急に出かけたのに、十日ほどして妙に意気消沈して三々五々戻って来たのであった。理由は予期に反して面白くなかったということで、もう当分はニースを離れぬと言っていたのに、次の年の五月、ある雨の降る蒸し暑い夜、パリ行きの二等車に乗り込んだ（この家族は、その時々で列車の等級がちがうのであった）。ペンバートンは色とりどりの旅行鞄を積みこむのに手を貸した。この旅行は、夏を「どこかさわやかな土地」で過したいからというのであったが、いざ、パリに着くと、小さな家具付きのアパートに落着き、次の四カ月をつつましく暮らすのであった。三流どころの通りにある四階で、意地の悪い門番がいた。

この失敗に終わった滞在の取柄といえば、ペンバートンとモーガンが廃兵院《アンヴァリッド》、ノートル・ダム寺院、監獄《コンシェルジェリ》、あちこちの博物館を見学して、何百回もの有意義な散歩をしたことであった。二人はパリを完全に知るようになったが、この知識は数年後、再訪し、もっと長く滞在したときに役立った。第一回目と第二回目のパリ滞在の記憶は、今日となっては、青年の頭の中でどうしようもないほど混じり合ってしまっている。目をつぶると、モーガンがいつもはいていたみすぼらしい半ズボンが浮かんでくる——ワイシャツとは不調和なもので、モーガンの背が高くなるにつれて色あせるのみであった。色のついた何足かの靴下に穴があいていたことまで思い出される。

モリーン夫人はモーガンを可愛がっていたけれど、必要以上によい身なりをさせてはいなかった。一つにはモーガンが、ドイツの哲学者然として外見には少しもかまわなかったからだ。「きみの身なりは相当なものだな」とペンバートンは、そんなことに文句をつけるのはどうかと思ったけれど、一度ならず注意した。それに対して子供は落ちつき払って、相手を頭の天辺から足の先まで見て、「先生だってそうだよ！　ぼくがいい服を着て、先生に引き立て役をやらせるのはいやなんだ」と答えるのだった。これにはペンバートンも答えようがなかった。その子の言う通りだったのだから。ペンバートン自身の服も貧弱だが、それよりもモーガンがあまりみすぼらしく見えるのは厭だった。もっと後になってからは、青年は「本当に貧乏なんだから、貧乏らしく見えたってかまわないじゃないか」と自分に言いきかせ、モーガンのみじめさにはおとなっぽいところ、紳士らしいところがあるから、いたずらして服をよごしている、そこら辺の子供とは全然ちがうのだと思って自らを慰めた。子供が先生だけを相手にするようになると、モリーン夫人は、それをよいことに、次第に子供の服を新調するのを控えるようになった。他人の目につかぬことは手をはぶくのが夫人の方針で、モーガンは注意をひかぬから放っておいたのだ。そして子供の服がこの賢明な方針通りよごれてくるとお客の前に出さないようにした。彼女の態度はきわめて論理的で、人目につくものだけはなやかにするのであった。

この第一回のパリ滞在、およびその他のときを通じて、ペンバートンは自分とモーガンの二人連れが人の目にどう映るかわかっていた。二人は、ほかに行くところがないみたいに、ものうげに植物園をさまよった。そして冬が来ると、住む家もない者には皮肉なほど豪華なルーブル美術館に行って坐っていた。まるで暖房だけをあてにしているみたいだったので、ときどきそのことで冗談を言い合った。これは子供でも充分理解のできる冗談だった。彼らはパリの、名もない無数のその日暮らしの大衆の仲間入りをしたつもりになって、それを誇っているようなふりをした。こうして彼らは様々の人生に触れ、下層の人々との間に一種の同胞愛すら感じた。モーガンの両親は、子供に貧乏のつらさを味わわせるようなことはなかったのだから、青年は貧乏という点でモーガンと共鳴できなかった。だが、子供の方は先生と一緒に貧乏しているのだと決めこんでいたので、結局、同じことになった。世間の人が自分たちのことを何だと思うだろうと考えてみた。ときには、まるで誘拐事件の嫌疑をかけられているように、じろりと見られたように感じることもあった。だが、モーガンは身なりがよくないから、家庭教師に連れられた貴族の子弟とは見られまい。青年の病弱な弟くらいには見られよう。モーガンは五フラン持っていることがときどきあった。一度はそれでネクタイを二本買い、ペンバートンに一本を無理に受け取らせたが、そのとき以外は、慎重に選んで古本を買うのに使った。セーヌ河畔の欄干沿いに並べられた屋台でほこりにまみれた本をあさるのは大層楽しかった。二人が勉強を始めてからしばらくすると、手持ちの本はつきてしまったので、古本でおぎないをつけなくてはならなかった。ペンバートンはイギリスに沢山本を置いてあったが、友人に手紙で、本を買ってくれる人を探してくれるよう依頼しなくてはならなかった。

その夏、モリーン一家がさわやかな気候を味わえなかったのは、自分のせいかもしれぬと青年は思った。彼らが味わおうとした瞬間に、口から盃をはじきとばしてしまったのは彼だった。つまり、モリーン夫妻に対して、第一回目の抗議を申し込んだのだ。滞っている給料を何とかして欲しいと訴えたのは、これが最初で、成功したのはこのときだけであった。一家が費用の嵩みそうな旅行に出かけようとしていた前夜のことで、青年は、最後通告を発するには好機だと思ったのだ。奇妙な話だが、これまで、モリーン夫妻と、あるいは夫妻のいずれか一方と一対一で会ったことは一度もなかった。いつも息子か娘たちと一緒だし、ペンバートンの方にはモーガンが大抵そばにいたからだ。この家では、人の心遣いなどないがしろにされると思ったけれど、ペンバートンは、子供たちのいるところでは両親に、未払いの給料の要求をしないくらいの慎しみ深さを失わずにいた。到着してからまだ百四十フランしか受け取っていないことを、ユーリック、ポーラ、エイミーの三人は知らぬものと考えるほど、青年はまだうぶであった。そして寛大にも、子供の面前で親の名誉を傷つけたくないと思ったのである。彼の申し入れをきくと、モリーン氏は、人の話をきくときにはいつもそうするように、慣れた態度で、青年に、あなたも、もう少し分って下さいよと——もちろん口には出さないが——それとなく訴えるのであった。青年は慣れた態度をとるのも仲々役に立つものだと、モリーン氏を見て思った。ペンバートンがその必要もないのに、どきどきしているのに、モリーン氏は平然とかまえているのだ。慌てた様子さえ見せない。もっとも、「ペンバートンさん、正直なところ驚きましたね。あなたのことをとやかくいうつもりはありませんがね」としゃあしゃあと言ってのけた手前、多少は驚いたふりをしていたけれど。

「ねえきみ、この問題を考えなくちゃいけないね」と妻に言った。青年にはよく考えておくと約束した。それから部屋の戸口で、不本意ながら、やむをえぬ事情で先きに失礼しなくてはならぬ者のような素振りをして、姿を消してしまった。ペンバートンが夫人と二人だけになると、彼女は「そうですわね、そうですわね」と、まるでその気になれば解決策はいくらもある、さて、その中のどれを選ぼうかと迷っているというような表情を浮かべて、丸いあごをなでながら言った。一家のものは旅行を取り止めにしなければならなかったが、モリーン氏だけ数日姿を消すことができた。主人の留守中に、夫人は自分から言い出して、この問題を青年と話し合った。といっても、これまでお互いに仲良くやっているものとばかり思っていましたのに、と言うだけであった。これに対して青年は、今すぐ相当額を支払って頂けないのならこの家を出て行ってしまいますとやり返した。一銭もないというのにどうやって、ときかれはしないかとひやひやしたが、幸い何も言われなかったのでほっとした。きかれたら返答につまっただろう。

「家を出ていらっしゃることはないでしょう、あなたはモーガンが可愛いからきっと居てて下さるでしょう、そうに違いありませんわ。本当に親切な方!」よごれたハンカチを彼に当向かって振りながら、まあ今度だけはこんな無作法を許してあげますわ、と言わんばかりにいたずらっぽく笑った。

来週になればイギリスに出した手紙の返事も届くだろう。そしたら、この家を出て行こうと、ペンバートンの決心はついていた。ところが、実際には、もう一年滞在を続け、それからいよいよ出て行ったときも、三カ月してまた戻って来てしまった。それは、待っていた手紙の届く前に（届いてみると当てはずれであった）、モリーン氏が、世慣れた注意深さをまたもや示しながら、三百フランくれたからだけではない。癪にさわることだが、モリーン夫人の予言した通り、モーガンをこの家に残しておくに忍びなかったからだ。最後通告を発した晩、自分の置かれた一家の正体をまざまざと思い知らされたことによって、この気持はいっそう強まった。このときまで青年に正体を見破られなかったのは、一家の術策の成功を意味するものではないか。その晩、ペンバートンが使用人のせまい部屋に戻って来たとき、突然真相が頭にひらめいた。青年は、もし目撃者がいたらこっけいだと思ったほど暗澹たる気持に襲われた。部屋から見えるせまい中庭には向う側にむきだしのきたない塀があり、そこではかん高い喋り声が反響し、あかりのついた裏窓が映っていた。「一団の山師につかまってしまった」――それが真相だった。山師という言葉自体、これまで君子危うきに近よらず式に生きてきたペンバートンには、ぞっとするようなおそろしさが感じられた。しかし、もっと後には、山師という言葉は興味ある意味を帯びるようになって来た。それは一つの生き方をあらわしており、ペンバートンは客観的に他人の生き方を分析するのはきらいではなかった。モリーン一家が山師だというのは、借金を払わないからでも、社交界を食いものにしているからでもなく、小利口な色弱動物のように本能的でやみくもな生き方が、下劣でがめつく、投機的だからなのだ。そのくせ彼らは、おつにつんと澄ましこんでいる。だからいっそう、いやらしく感じられるのだ。青年は結局、「彼らが山師であるのは下劣な俗物だからだ」と簡単な結論を下した。これが彼らの正体であり、一家生存の掟なのだ。こうして純真なペンバートンはモリーン一家の真相を知るようになったわけだが、そのときになっても、彼はモーガンがそれに対して心の準備をさせておいてくれたことにはまだ気が付いていなかった。いわんや、この彼の人生に重くのしかかってきた特異な少年から、今後、一家についてどれほど多くのことを教えてもらうことになるか、予想できなかった。

五

しかし本当の問題が起こったのはこれ以後のことだった。親の下劣な行為を十二、三歳の子供と論じるなどどこまで許されるものだろうか。もちろん、始めのうちは、絶対に許し難く不可能だと思った。それに青年が三百フランを受け取ってからは、この問題はしばらくは差し迫った解決を要しなかった。この金は赤貧から彼を解放してくれ、ペンバートンはほっと一息ついた。青年は安い服を買い、その上小遣銭の余裕もできた。これではスマートすぎる——家庭教師を甘やかすのはよくないといった目で、家族からじろじろ見られているような気がした。モリーン氏は物わかりがよかったから問題なかったが、さもなければ青年のネクタイについて何か言ったかもしれない。どうやら、モーガンは口には出さないが、何が起こったかを知っているらしい——青年にはそれが直感で分った。しかし三百フランくらいでは、とくに借金のある身では、そう長くもつはずがない。金がなくなったとき、はじめてモーガンはそのことを口に出した。いつなくなったかもわかったらしい。

一家は冬のはじめ、ニースに帰って来ていたが、前の魅力的な別荘には戻らなかった。あるホテルに三カ月ほど滞在してから、希望する部屋がいつになってもあかないからと言って、別のホテルに移った。彼らの希望する部屋は、大抵豪勢なものであったが、幸いなことに借りられたためしがなかった。幸い、というのは、ペンバートンから見ての話だ。そんな豪勢な部屋を借りたのでは教育費に廻す金が、ますます少なくなってしまうだろうと思ったからだ。勉強の最中にモーガンが、前後と無関係に不意に言い出した言葉は表面上は冷淡とも受け取れるものだった。「先生は立ち去る《フィレ》べきだよ。本当にそうなんだ」

ペンバートンは目を丸くした。モーガンからフランス語の俗語をかなり習っていたから、「フィレ」が「立ち去る」の意味であることは知っていた。「え、何だって？　きみはまさかぼくを首にしようっていうんじゃないんだろうね?」

モーガンはいつも使っている独希辞典を引き寄せて、ペンバートンに質問せずに単語を引いた。「こんなふうにいつまでもやっていられないでしょ?」

「こんなふうって、どんなふうに?」

「家じゃ先生にお給料を払っていないのでしょう?」モーガンは赤くなって、ページをめくっている。

「払わないって?」ペンバートンはまた目を見開いて、さも驚いたというふりをした。「一体全体何だってそんなことを考えついたの?」

「ぼく前からちゃんと知っていたのさ」子供は相変わらず辞典をめくりながら答えた。

ペンバートンは黙っていた。それから言葉を続けて、「ねえきみ、何という単語を引いているんだい? ご両親はきちんと払って下さっているよ」

「ぼく見えすいた嘘にあたるギリシア語を探しているんだ」モーガンはぽつりと言った。

「生意気をギリシア語で探したまえ。そうしてくだらぬことを考えるのはよしなさい。ぼくは金なんか欲しくないよ」

「ああ、それはまた別問題じゃないの」

ペンバートンは躊躇した。どういう態度に出るべきか、心が定まっていなかったからだ。きみの知ったことじゃないんだから、きみは勉強を続けなさい。こう言うのが厳密にいえば正しい態度なのかもしれない。だが二人の関係はすでに親密になりすぎている。これまでそんな態度をとったことがないのに、今になってどうしてそんなことが言えようか。モーガンが事の真相をあばいたのだから、もうこれ以上長く隠しておくのは無理だ。それなら、モーガンを捨てて家を出て行く本当の動機を打ち明けたほうがよいのではないか？　そうは思うものの、生徒に家庭の悪口を言うのは、はしたないことであるから、それよりむしろ嘘をついたほうがましだ。こう考えて、ペンバートンはモーガンの「それは別問題だ」という言葉に答えて、これまでに何遍か支払いを受けたと告げた。これでこの話題をもう打ち切ろうと思ったのだ。

「そんなことってないよ！」子供は笑いながら叫んだ。

「さあ、もうそんなことはいいから、きみの訳文を見せなさい」ペンバートンはきっぱりと言った。

モーガンは机の上のノートを押してよこした。青年は読み出したが、頭がぼおっとしているので一向に意味が摑めない。しばらくして顔を上げると、子供の目が自分に注がれ、その目には何か光るものがあるのに気付いた。モーガンは言った。「ぼく現実を恐れてなんかいないよ」

「きみが恐れているものをぼくはまだ見ていないんだ。きみが恐れるのも無理はないと思うがね」

この言葉は青年が思い切って言ったものであったが、モーガンは喜んだ。「ぼくずいぶん前からそのことを考えていたんだよ」

「それじゃ、もう考えるのはやめにしなさい」

子供は納得したようで、二人は楽しい、面白い一時間を過ごした。勉強は徹底的にやるたてまえにしていたのだが、それでもいつもとても楽しく勉強しているように感じられた。いわばトンネルとトンネルの間に間隔があって、そこで路傍の花や景色を眺めるといった感じだった。しかしその朝のレッスンは、モーガンが不意に机に腕を投げ出し顔を埋めて、わっと泣き出したので終りになってしまった。こういう場合だれしもぎょっとするだろうが、モーガンが泣くのを見たのはこれが初めてなので、青年はいっそう驚かされた。見ている方も胸が痛んだ。

翌日、腹を決め、自分は正しいという自信があったので、決意をすぐ実行に移した。青年は、ふたたびモリーン夫妻を追いつめて、今すぐこれまでの給料を全額払ってもらえぬのなら、この家を出て行くだけでなく、モーガンに事情を打ち明けてやると明言した。

「まあ、まだあの子に話してなかったのですの？」モリーン夫人は着飾った胸に手をあてて、安堵の吐息をもらした。

「親御さんに警告しないでですか？　このぼくをそんな人間だと思っていられるのですか？」

夫妻は互いに顔を見合わせた。ひとまずほっとした様子であったが、その安堵の中に、ある不安が隠されているのをペンバートンは見た。モリーン氏はたずねた。「ペンバートンさん、家ではみなつつましく生活しているのに、どうしてそんな大金が要るのですか?」ペンバートンはこれには答えず、一体彼らは今何を考えているのかを推測するのに夢中になっていた。「あの子がわたしたちを批判的に見ているような気がしていたけれど、ペンバートンさんが話したのでないとすると、あの子が自分で探り出したに違いない。本当にもう秘密ではなくなってしまっているのだ!」彼らは大体こう考えて、青年の予期した通り、かなり動揺した。しかし、モーガンに話すと脅せば、こちらの要求に応じるだろうと青年が考えていたとすれば、失望せねばならなかった——彼らは、青年がもちろん真相を話してしまったと考えていたのだから。まったくこまかい心遣いなど通じない家だ!

「何となく胸騒ぎがしたので、てっきりあなたが話してしまったのだと思っていたのです」彼らはこう説明するのだった。それでも彼の脅迫は多少ききめがあった。青年がこれまで黙っていてくれたのに今度は話してしまいそうだからだ。モリーン氏は例によって落着いた態度で思いとどまるように懇願したが、夫人の方は、貴婦人然とした高飛車な態度に出て、「子供を愛している母親というものは、どんなにひどい嘘をつかれても、身を守るすべを心得ているのです」と言った。こんな態度を取ったのは、ペンバートンが住みついてから初めてのことだった。

「もし仮にわたしが、奥様は正直者でこまるなどと言ったとしたら、それこそひどい嘘をつくことになるでしょうね！」青年は言い返した。彼は、今日の申し入れは失敗に終わったようだと思って、モリーン氏が煙草に火をつけている間に、扉をぴしゃりと閉じて部屋を出た。そのとき、背後から夫人が、哀れっぽい調子で、「あなたは本当にわたしの胸に短剣をつきさすのですね！」と叫ぶのが聞こえた。

次の朝早く、夫人は彼の部屋へやって来た。ノックの音で夫人だとわかったが、まさか金を持って来てくれようとは思いもよらなかった。夫人の手には五十フラン紙幣が握られていた。相手が部屋着のままでずかずか入ってくるので、彼も浴槽と寝台の間に立って部屋着のままで応対した。もうこの頃までには彼も一家の「外国式のやり方」にかなり慣れていた。モリーン夫人は熱中しているときには自分のすることに構わなくなる。椅子に服がかかっているのを見ると、平気で男の寝台に坐った。部屋の中を見渡したけれども夢中になっていたから、彼に粗末な部屋をあてがったのを恥じるのも忘れていた。彼女の用件は、一つには、五十フラン持参したから感謝してもらいたいということ、もう一つは、よく考えてみればおわかりのはずだが、金を支払われると期待するのはナンセンスだと彼に納得させることであった。――うるさくお金、お金などと言わなくても、充分に報いられているではありませんか。気持ちのよい、贅沢な家庭に住んで何の気兼ねもなく安楽に暮らしているのだし、それに、職が安定していることだって感謝すべきです。あなたのように何の取柄もない、無名の青年にはそれが何よりではありませんか。本当に、途方もない要求を出すなんて、あきれはてましたわ。とくに、モーガンとの間に、先生対生徒の関係では理想的な楽しい結びつきを持っていることだけでも、充分に報いられているはずです。何しろモーガンは、ヨーロッパ一の天才児なのですからね。わたし本気でそう信じていますわ。そういう子を知り、いっしょに暮らすのは、一種の特権ですよ。これだけ言ってしまうと、夫の真似をして、もの慣れた態度になって、「ねえ、あなた、よく考えてみて下さいな」と下手《したて》に出て、こんないい働き口はないのだから無茶は言わないで欲しいと頼んだ。モーガンの家庭教師に雇って、特別の信頼をおいているのだから、もう少しわかってくれるのが当然だといわんばかりだった。

これは結局、名目上の違いだけじゃないか。これまでは報酬を受けることになっていたのを、今後は無報酬で働いて欲しいというだけで、実質はすこしも変化はないじゃないか、とペンバートンは考えた。それなら、こんなにやかましく議論する必要もない。しかしモリーン夫人は彼を説得しようと喋りつづけた。五十フランを手にしたまま、くどくどと同じことを繰り返し、ペンバートンをうんざりさせ、いらだたせた。彼は部屋着のポケットに両手をつっこみ、すそを足にからませて、壁にもたれたまま夫人の頭越しに、何も見えぬ灰色の窓を眺めていた。彼女は最後に言った。

「わたしは、はっきりした提案をしに来ましたのよ」

「はっきりした提案ですって?」

「つまり、関係を正常化すると申しましょうか、お互いに納得のゆく関係にしたいのです」

「なるほど、それがあなたのやり口なのですね。一種のゆすりですよ、それは」

モリーン夫人はぎょっとした。それは青年の望むところだった。

「それどういう意味ですの?」

「ぼくがいなくなったら、モーガンはどうなるだろうというぼくの心配につけこんでいらっしゃるんですよ」

「あなたがいなくなれば、あの子がどうなるって、おっしゃるのです?」夫人は平然と言った。

「どうって、あなた方を相手にすることになるでしょう」

「子供は自分を一番愛してくれる人と一緒にいるのでなかったら一体、だれと一緒にいればいいと言うのですか?」

「そうお考えなら、ぼくを首になさったらいいじゃありませんか」

「あなたは、あの子がわたしたちよりもあなたを慕っているとでもおっしゃるつもりですか?」モリーン夫人は叫んだ。

「そうあってしかるべきだと思いますね。ぼくはモーガンのために犠牲になっているんですからね。あなた方もいろいろと犠牲を払っていられるようなことは伺いましたが、一体ほんとうなんでしょうかね」

モリーン夫人は一瞬目を見開いたが、それからペンバートンの手を握って、「あなた、その犠牲を払って下さいます？」と尋ねた。

青年は笑い出した。「そうですね、まあいいでしょう。もう少し居ましょう。奥様の予想どおりです。ぼくはモーガンと別れたくありません。可愛いし、あの子のおかげで迷惑をこうむってはいますが、とても興味の持てる子ですからね。ぼくの立場はご存じでしょう。一文なしなのに、モーガンのことで手一ぱいで稼ぐわけにも行かないのです」

モリーン夫人は折り畳んだ紙幣で、むき出しの腕をたたいた。「何か原稿を書けないのですか？　わたしみたいに飜訳でもやれないのですか？」

「飜訳のことは何も知りません。あまり金にならないっていうじゃありませんか」

「わたしは頂けるもので満足しています」夫人は頭をそらしてつつましいことを言った。

「じゃあ、飜訳の口を世話して下さい」こう言ってみたが相手は黙っているので、「実は短い文章を書いてみたのですが、雑誌が載せてくれないのです。ていよく断わられました」

「それでおわかりでしょ、途方もない要求ばかりなさっているけど、実際には天才でも何でもないっていうことが」

「仕事をじっくりやる余裕がなかったのです」こんな説明をするのは馬鹿げている、自分はお人好しだと感じたので、「これ以上留るについては一つ条件があります。ぼくの立場をはっきりモーガンに知らせることです」と言った。

モリーン夫人はためらった。「あなた、子供にいいところを見せようっていうわけじゃないんでしょうね？」

「奥様のいいところを見せるっておっしゃるのですか？」

また夫人はためらったが、今度は前よりとげをふくんで言った。「そんな厭味をおっしゃっていながら、わたしがあなたをゆするなんて！」

「ゆすられたくなければ、わけなくそうできるじゃありませんか」

「心配につけこんでいるなんて、よく言えたものですね！」

「たしかにぼくはひどい男ですとも」

夫人はちょっと彼を見た。彼女がひどく心を悩ましているのは明らかだった。それから金を差し出した。

「主人がこれを内金として取って下さいと申しました」

「それはどうも。でも内金とおっしゃっても、商売しているわけじゃありませんよ」

「受け取らぬとおっしゃいますの？」

「その方が勝手にふるまえますからね」

「わたしの可愛い子の心を毒するのに好都合というのですね！」夫人はうめいた。

「なるほど、わたしの可愛い子の心ねえ！」青年は笑った。

夫人は彼の顔を見つめた。「後生だから、あの子の心の秘密を教えて下さい」と、苦しそうに哀願するのかと思ったが、そういう気持を抑えたらしい。別の衝動の方が強かったからだ。夫人はひどくきまり悪そうに金をポケットに入れた。それから「お好きなようにひどい話を、あの子になさるといいわ」と捨てぜりふを残して部屋からさっと出ていった。

六

その後二、三日の間、ペンバートンは夫人の承諾を取ったにもかかわらず、モーガンに話すのを差し控えていた。そういうある日、散歩に出た二人は、十五分ほど黙って歩いていた。少年が沈黙を破って、「どうして分ったかっていうと、ゼノビからきいたんだよ」

「ゼノビ？　一体だれのこと？」

「もと家にいた乳母さ。ずいぶん前だけどね。とても親切にしてくれて、ぼく大好きだったんだ。向こうも可愛がってくれたよ」

「たで食う虫も好き好きっていうわけか。で、その人を通じて何を知ったんだい？」

「家の連中の考えさ。お金を払わないからゼノビは出て行ってしまったの。ぼくが好きだったから二年間いてくれたんだ。どうしても給料を払ってくれないことやなんか、みんなぼくに話してくれたよ。家の人は乳母がぼくを可愛がっているのを知ると、ぼくへの愛情だけでただでいてくれると思って、払うのをやめてしまったんだ。実際ずいぶん長くいてくれたよ。でも乳母の家は貧乏でお母さんに送金していたんだ。だからそれ以上はいたくても余裕がなかったわけさ。ある晩、ものすごく怒って――もちろん家の人に対してだけど――出ていってしまったんだ。別れを惜しんでずいぶん泣いて、ぼくのことをきつく抱いてくれたんだ。そのとき全部きいちゃったよ。それがあの連中のやり口なんだってさ。だから先生にも同じようにするだろうって、ぼく前からわかっていたんだよ」

「ゼノビは抜け目のない人だったんだね。そのおかげできみもそうなったんだろう」ペンバートンは言った。

「ゼノビのせいじゃない。自然にそうなったんだ。それにいろいろ経験したからだよ」モーガンは笑った。

「なるほど。だけどゼノビもきみの経験の一部だったんだろう?」

「ぼくが、乳母の経験の一部だったことはたしかだ。ぼく、先生の経験の一部でもあるんでしょ?」モーガンは叫んだ。

「とても大切な部分だよ。でもぼくがゼノビと同じ目にあったなんて、どうしてわかるんだい？」

「ぼくをばかだとでも思っているの？」モーガンはきいた。「いっしょに耐えて来たことに、ぼくが気がつかなかったなんて、とんでもないや！」

「一緒に耐えて来たこと？」

「貧乏、それから暗い毎日のことさ」

「だって、きみ、結構楽しい毎日だったじゃないか」

モーガンは暫らく黙って歩き続けた。が、それから「本当に先生はえらいなあ」と言った。

「きみもそうだな」ペンバートンは応じた。

「いや、ぼくはえらくはないけど、もう赤ん坊じゃ、ないんだ。もう我慢できない。ねえ、先生お金になる仕事についてよ。ぼくほんとに恥ずかしいんだ、ああ、恥ずかしい！」子供は激しく声を震わせた。ペンバートンは胸がしめつけられる思いだった。

「一緒にどこかに行って暮らさなくちゃならないね」青年は言った。

「先生が連れてってくれるなら、すぐにも飛んで行くよ」

「二人で食べて行ける働き口を探すことにするよ」

「ぼくだって働くよ。馬鹿じゃないんだから働けるはずだもの」

「厄介なのは、きみのご両親の反対だ。きみを手放さないよ、きっと。とても可愛がっているんだもの。きみにもそれがわかるだろう？　ご両親はぼくを嫌っているわけではない。悪意のない、愛想のよい人たちだよ。ただきみのためなら、ぼくをどんな目にあわせても平気なのだ」

　モーガンはこの詭弁をきくと黙っていたが、その沈黙は意味深長に感じられた。しばらくすると、モーガンは「先生はえらいね」と繰りかえした。それから「両親はぼくを先生に預けっ放しにして全責任をとらせようとするんだ。朝から晩まで任せっきりだ。だから、ぼくが先生と二人で暮らしたって文句はないはずだろう。ぼく先生の手伝いをするよ」

「きみがぼくの手伝いをするのをご両親は喜ぶまい。きみの将来を楽しみにしていられるのだからね。あの人たちは、きみをとても自慢に思っているのだよ」

「でもぼくは両親を誇りになんか思わないよ。でも、そんなこと、先生も知っているでしょう」

「今話し合っている些細なことを除けば、仲々よい人たちだよ」とペンバートンは、知っているでしょうと言われたことには触れずに答えた。前から気付いていたが、子供が何でも見通しているのを知って、今さらのように驚いた。モーガンの小さな胸には、身内の生活態度に憤らざるをえない、理想主義的な気質と感受性が秘められている。幼いながらも気高い心を持っているから、どうしても家族に対して非難と軽蔑の目を向けざるをえないのだ。打ち明けられたわけではなかったけれど、少年のこうした心の秘密は、ペンバートンには充分察しがついた。これは小さな子供にはまったく異常なことであり、とりわけ、そのためにませてしまうとか、妙にひねくれてしまうとか、生意気になるとかいうのでないからいっそう不思議だった。一家の中で紳士といえるのは自分しかいないことを知り、そのために罰を受けたかのようであった。自分と周囲の者とを比較して、少年はうぬぼれるどころか、心を暗くし、多少きびしい人間になった。子供の心にひそむ、こういう気性に思いをめぐらしたとき、ペンバートンは彼を男らしい真面目な子だと感じた。そして刻一刻深みを増しつつあるつめたい浅瀬にも似た心に、さらに探りを入れてみたいという衝動にかられたが、その反面そんなことはすべきでないという反省もわくのであった。モーガンを慎重に扱うために、この子はまだ何も知らぬのだと思いこもうとするのだが、どうもうまくいかない。モーガンもここまでは知るまいと考えてさぐりを入れてみると、ちゃんと心得ている。知識が急激に増加しているので、ある瞬間に子供が確実に知らないと言えることは何一つないのだ。自分は、モーガンが単純な子だと思うには多くを知りすぎているし、また、彼の悩みを解決してやるには知識がたりない、とペンバートンはつくづく思った。

子供は、青年の先程の「よい人たちだ」という発言を無視して話し続けた。「どんな答え方をするか初めからわかっていなかったら、ぼくずっと前に文句を言ってやったところなんだ」

「ご両親は何と答えるというの？」

「ゼノビからきいた話に対して答えたのとおなじことさ。とんでもない嘘っぱちで、一銭の借りもありませんってさ」

「本当に払ったのかもしれないよ」

「ええ、先生にも払ったんでしょう！」

「そういうことにしておいて、もうこの話は止めにしよう」

「両親は乳母のことを嘘つきでずるい奴だと非難したんだよ」モーガンは強情に話を続ける。「だから今度も文句を言いたくなかったのさ」

「つまり、ぼくのことを同じように非難されるのが厭だったのかい？」

モーガンは答えなかった。目に涙をいっぱい浮かべて横を向いた少年を見下しながら、青年は、この子はわっと泣き出してしまいそうだから黙っているのだなと思った。

「きみの言う通り、文句を言うのはやめたまえ。あのことを除けば、いい人なんだからね」

「嘘つきでずるいことを除けば？」

「何を言うんだい！」子供の言い方――それ自身、青年の物真似だったのだが――を真似てペンバートンは言った。

「もうこうなった以上、ぼくたち何でも腹を割って話すべきだよ。意思の疏通をはからねばならない」モーガンは子供が難破船遊びやインデアンごっこをやっていて、重大な決定をするときのように重々しく言い、「ぼくはどんなことでも、みな知っているんだよ」と付け加えた。

「お父さんにはそれなりの理由がおありなんだろうよ」ペンバートンは自分でも漠然としすぎると思いながら言った。

「嘘をついたり人をだましたりする理由があるというの?」

「いや、お金を貯金したり有効に使ったりする理由だよ。お父さんはお金がいろいろ入用なのだろう。きみの一家はお金がかかるらしいからね」

「そうだよ、ぼくはお金がかかるよ」モーガンがこういうのをきいて青年は笑い出した。

「きっとお父さんはきみのためにお金を大事にしているのだよ。何をやってもいつもきみのことを念頭においておられるようだからね」

「大事にするっていうんなら、むしろ自分の……」子供は言葉を切った。何を言うのかと思ってペンバートンは固唾をのんだ。「評判を大事にしたらいいんだ」モーガンは思い切って言った。

「結構、評判はいいらしいじゃないか。心配することはないよ」

「そりゃ、家の者たちが知り合いになりたがっている連中には、評判がいいかもしれないさ。でもそういう連中はとてもひどい人なのさ」

「公爵たちのことを言っているのかい？　あの人たちの悪口をいってはいけないよ」

「どうしていけないの？　ポーラともエイミーとも結婚しなかったじゃないか。やったことっていえば、ユーリックを一文無しにしただけさ」

「ほんとにきみは何でも知っているんだなあ！」ペンバートンは叫んだ。

「ううん、そうじゃない。知らないこともあるんだ。家の人が何で生活し、どういうふうに生き、なぜ生きているのか、何一つ知らないもの！　家に財産があるのかどうか、そしてそれをどうやって手に入れたのかもわからない。金持なのか貧乏なのか、普通には暮らしていけるのか、どうなのかしら？　どうしてある年は大使のような暮らしをしたかと思うと、次の年には乞食みたいな暮らしをして、あっちこっち飛び廻っているんだろう？一体、どういう気なんだろう？　ぼくいろいろ考えてみたんだ。結局、家の連中はぞっとするほど俗っぽいんだ。それが一番いやな点だ。ああ、ぼくそれをこの目でちゃんと見届けたんだ！　表面だけつくろって、結構通用してしまうこと――それだけがあの連中の望みなんだ。一体、どういう人間として通用したいというのだろう？　あの連中は一体何をやっているのかしら？　ねえ、ペンバートン先生？」

「きみは返事を期待しているんだろうけど、ぼくには全然見当がつかないよ」青年は、子供の未熟ながらも、鋭い洞察力にひどく心を動かされたが、質問を冗談に受け流した。

「それにあんな生き方をして何の得になるっていうんだろう？　交際を求めているお上品な人たちに、どう扱われているか、ぼくにはわかっている。家の人は、お上品な連中に対してなら、へいつくばって踏んづけられても喜んでいるんだ！　そのあげくは相手を不愉快にさせて嫌われるんだ。家の知り合いで本当に立派な人といったら、先生だけだよ」

「さあどうかな？　ぼくに対してはへいつくばったりしないからね」

「ともかく先生は家の連中に降参しちゃいけない。どこかよそに行ってよ、是非そうして下さいよ」

「そうしたらきみはどうなるんだい？」

「ぼくは毎日おとなになっているよ。だからもうすぐこの家を出るんだ。そしたらまた会えるでしょう」

「まずきみの教育をきちんとやらせて欲しいな」青年は、子供の受け答えの巧みさに感心しながら言った。

　モーガンは青年を見上げて、足を止めた。二、三年前に較べると背が高くなって、それほど見上げなくてもすむようになって来た。「教育を完成する？」

「これから一緒に楽しく勉強することが山ほどあるんだよ。きみを立派な少年にしたいと思う。先生に面目《クレジット》をほどこさせてくれたまえ」

　モーガンは相手を見つめたまま、「融資《クレジット》して欲しいというの？」

「まったくきみにはかなわないよ！」

「先生がそんなふうにぼくのことを考えるんじゃないかと心配していたんだ。でもそんなのずるいよ。ぼく我慢できない。来週この家を出て行ってよ。一刻も早く出て行った方がいい」

「もし口があったら出て行くと約束しよう」

　モーガンは、それならいいけどと言う。「でも嘘をついちゃいやだよ。口があってもないようなふりをしないでしょうね？」

「なくてもあったふりをするかもしれないよ」

「それにしても、こんなふうに家にこもっていたんじゃ、口が見付かるわけがないでしょう。先生、イギリスかアメリカに行くべきだよ」

「きみの言うことをきいていると、どっちが先生なのかわからなくなるね」

　モーガンは歩き出したが、しばらくしてまた喋り出した。「ぼくが知っているのが先生にわかったし、それにぼくたちは事実を直視して何も隠さないようになってみると、気がずっと楽になったみたいだな」

「とても気楽で面白いから、こんな機会を断念するなんてできない相談だなあ」

　これをきくとモーガンはまた歩みを止めた。

「先生はきっと何か隠しているでしょう。ぼくは何もかも打ち明けているのに」

「隠してなんかいないよ」

「でも先生には考えがあるんでしょう?」

「考え?」

「つまり、ぼくがどうせ長くは生きられないだろうから、死ぬまでいてやろうと思っているんでしょう?」

「本当にきみは賢すぎてこの世に向かないね!」ペンバートンは先きほどのこの言葉を繰り返した。

「そんなのずるいや。よし、いつまでも生きていて罰してやるから」

「気をつけたまえ、さもないと毒殺するぞ!」ペンバートンは笑った。

「ぼく年々、丈夫になってきたでしょう。先生が来てからは、医者にかからなくなったよ」

「ぼくがきみの医者だからさ」青年は子供の手をとって一緒に歩き出した。

モーガンは少し行ってから、倦怠と安心の混じり合ったような溜息をもらした。「事実を一緒に直視するようになったのだから、もう大丈夫だね」

七

このことがあってから、二人はたびたび事実を直視するようになった。ペンバートンが家を出て行くのを断念したのはそのためといってもよかった。モーガンの口を通すと「事実」はなまなましく滑稽なものにも、また、けがらわしいものにもなるので、それを彼と話し合うのは実に楽しかった。それに、モーガンを後に残して、一人で事実と対決させるのはかわいそうでできなかった。

今や、先生と生徒は多くの点について同一意見を持っているのが明らかになったのだから、モリーン一家を批判的に見ていないふりをしても無意味だった。その批判や意見の交換を通じて、二人の間には新たな結びつきが生じた。モーガンはこれまでになく面白いことを言うので、こういう打ち明け話をする中に、間接的に彼自身の姿が明確になって来た。とくに、一家の行状によって、彼の生来の誇りがひどく傷つけられていることがわかった。自尊心の強い子供だから、年若い中に傷ついた方が、かえって身のためかもしれない、とペンバートンは思った。モーガンは身内のものが自尊心を持つように望んだのに、物心ついたとき彼が知ったのは、彼らが他人からの侮辱を甘んじて受けていることだった。母は屈辱を受けても平気だし、父などはそんなことは蚊にさされたほども気にしない。モーガンはユーリックがニースである事件に捲き込まれ、ようやく逃げて来たという説を唱えた。その折には家で大騒ぎがあり、みんな床に就いて、仮病だとかんぐられないように薬を飲んだ。モーガンには、詩や歴史書を読んで培われたロマンチックな想像力があったので、「自分と同姓を名乗る」ものが――おどけた物言いは彼の男らしい感性を示している——威風堂々と構えていてくれたらと願った。だが現実には、彼らは自分たちと交際するのを厭がっている人々にうるさくつきまとい、肘鉄砲を食わされると、名誉の負傷でもしたように甘んじてそれを受けるのであった。なぜ他人が彼らを相手にしたがらないか、わからないが、他人にはそれなりの考えがあるのだろう。何とか言っても、家の連中は表面上は不愉快ではない。それどころか、ヨーロッパ中を彼らが追いかけ廻している、退屈な外国貴族や名士などよりはるかに賢い。「結局、家の連中が面白いことは確かだ」普遍の真理を述べるようにモーガンがよく言ったものだ。ペンバートンはそれに答えて、「面白いって、かの有名なるモリーン一座がかい？　もちろんだよ、とても人を楽しませる術に長じているからね。きみとぼくが下手で、全体の調和を乱すようなへまをやりさえしなければ、大成功を収めること疑いなしだ」といつも言うのだった。

先祖代々、誇りを重んずる伝統を受け継いで来ているのに、こんなけしからぬ生き方をするとはもってのほかだと思われる。これがモーガンの許せぬことであった。もちろん人にはそれぞれの生き方があっていい。だが、なぜ、よりによって、ぼくの家族が、出しゃばったり、おべっかを使ったり、嘘をついたり、人をだましたりする生き方を好むのだろう？　祖先はみな立派な人だ*と*きいているけど、その人たちが家の連中に何かしたのだろうか？　それとも、ぼくが彼らに何かしたのだろうか？　一体だれが、くだらぬ社交上の憧れで彼らの血を毒してしまったのだろう？　失敗して恥をかくとはじめからわかっているのに、お上品な人々と親しくして上流社交界に割り込もうという望みを捨てきれないでいる。彼らは、何を求めているかをあまり露骨にあらわすので、人に嫌われてしまうのだ。威厳のある態度は絶対に取らず、お互い同士の姿を見ても恥とも思わない。独立自尊の精神に欠け、決して怒らず、自己嫌悪も感じない。本当に、一度でよいから、父なり兄なりがだれかを張り倒してくれたら、どんなに胸がすくだろうか！　頭はよいのに、他人の目に自分がどう映るかわからないらしい。たしかに愛想はよい――洋服屋の店先のユダヤ人のように愛想がよい。しかし身内のものがそんなふうになって欲しいと望むものがあるだろうか。モーガンは五歳のとき大西洋を越えて会いに連れて行かれた、ニューヨークに住む母方の祖父をおぼろげながら覚えていた。幅広のえり巻をつけ、アメリカ訛のひどい紳士で、午前中から燕尾服を着ているので夜には何を着るのだろうと思った。財産家で、聖書協会に関係していた。この人が立派な人でないはずはない。ペンバートンは、この家に住みついてまもなくニースの家を訪問して二週間滞在した、モリーン夫人の姉で未亡人のクラシィ夫人を覚えていたが、この人も修身の教科書のようにうるさい人だった。エイミーがバンジョーをかきならしながら言ったように、この夫人は「清純で上品」な人で、モリーン一家の気が知れないといった様子で、口には出さぬが何か考えているらしかった。ペンバートンの判断では、一家のやり方には賛成できぬと思っているらしかった。

だとすれば、これも立派な人ということになる。こういうわけで、モリーン夫妻も、ユーリックもポーラもエイミーもその気にさえなれば、もっとましな人間になり得る素質はあるのだろう。

しかし、彼らにその気のないのは、日がたつにつれてますます明らかになった。彼らは、モーガンのいうように、貴族や名士を「追いかけ廻し」続けて、しばらくすると様々の理由を述べてヴェネツィアに移ることにきめた。こういう相談をするとき、彼らは遠慮なく意見を述べ合う習慣で、とくに外国流のおそい朝食の折りなどは話し合いのよい機会だった。婦人連はまだ化粧もせず、家族一同食卓に肘をつき、デミタスカップのコーヒーの後にデザートを食べながら、打ち解けた雰囲気の中で、屈託なくお喋りする。そして、どうすべきかを親しく論じているうちに、いつしか打ち解けて《トゥトワィエ》話し合える外国語を用いるようになってしまう。ペンバートンですら、そういうときの彼らをよく思った。ユーリックがさえない声で、「気持のよい海の町ヴェネツィア」に移るのに賛成だというのをきいたときには、彼にさえ寛大な気持になった。彼らは平凡な日常生活と完全に隔絶しているので、一緒に暮らすペンバートン自身も散文的な世間とは没交渉でいられる。この点では、青年は彼らにひそかな好意を寄せていた。

夏も過ぎたある夕暮れ、一家の者は歓声をあげて大運河（ヴェネツィアの幹線路をなす四キロの運河）に張り出しているバルコニーに飛び出して行った。すばらしい夕焼けだったし、それにドリントン一家がやって来たからだ。朝食をとりながらヴェネツィア行について話し合った折には、ドリントン一家は話題にのぼらなかった。これに限らず、朝食の話し合いでは伏せられている理由が、後になって必ず出て来るのであった。もっとも肝心のドリントン一家は一向に外に出て来ない。外出するときには、たまのことだから無理もないが、何時間も出たままなので、その間にモリーン夫人と二人の娘は、帰ったかどうかを見るために三回も彼らのホテルを訪問した。ゴンドラはもっぱら婦人連が使っていた。ヴェネツィアでも「招待日」があり、モリーン夫人は到着後一時間もたたぬうちにそれを正確に知り、早速自分も招待日を設けたのだが、ドリントン一家はついにやって来なかった。もっとも、ペンバートンとモーガンが一緒にサンマルコ広場を散歩しているとき、ドリントン卿がモリーン氏とユーリックと共に姿を現わすのが見えた。ペンバートンたちはそのあたりをよく散歩し、いくつもある教会に出入りしたものだった。モリーン氏とユーリックは見ばえのしない昔の公会堂を自分の持ち物のようにドリントン卿に見せていた。ペンバートンは、ドリントン卿が遺物を見ながら不愛想な顔をしているのを見て、こういうサービスに対してモリーン氏は料金を取るのかしらと思った。ともかく秋も終りに近づいたころ、ドリントン一家は去り、長男のヴァースコイル卿は結局エイミーにもポーラにも求婚しなかった。

十一月のある日、古い邸のまわりで風が吹きすさび雨が激しく潟に降りそそいでいる日に、ペンバートンは運動と暖まるために、生徒と共に何も敷いてない大広間《サラ》をあっちこっち歩いていた。モリーン家は暖房にけちで、ペンバートンはつらい思いをしていた。模造大理石の床は冷え冷えとしていた。高い古ぼけた開き窓は風に吹きつけられてがたがた鳴った。だだっ広いだけでわびしい広間には家具一つない。ペンバートンの気は沈んだ。この一家は危機に瀕しているかもしれない。災厄と屈辱を予言する不吉な風が寒々とした広間を吹き抜けて行くようだ。モリーン氏とユーリックは、何かを探しもとめてサンマルコ広場のアーケードの下をレインコートを着てものうげに歩いている。レインコートは着ていても世慣れた人であることに変りはない。ポーラとエイミーは床に就いている。暖をとるためかもしれない。こういう前兆をモーガンがどれほど察知しているのかと思って、ペンバートンはかたわらの少年を横目で見た。しかし幸いなことに、彼は自分が段々背が高くなり、丈夫になって来たことにもっぱら心を奪われている様子である。もう十五歳になったという事実が、少年には最大の関心事で、まもなく一本立ちできるというひそかな——ペンバートンにだけは打ち明けたが——考えの基盤になっていた。自分がどこに出ても恥ずかしくないおとなになって、有能ぶりを発揮できるようになれば、事情は変わってくると考えていた。モーガンは、普段は自分の置かれた立場を冷静に判断していたのだが、このように子供らしいばら色の夢を抱くこともあったのだ。近い将来にオックスフォードのペンバートンと同じ学寮に入学し、青年に助けられ、励まされて立派な成績を上げられると思いこんでいた。他のことがらにはあれほど懐疑的なのに、進学のことになると、その手段とか学資のことはほとんど考えていないのを知って青年は困惑した。モリーン一家がオックスフォードに住む姿などとうてい想像できない。しかし一家そろってそこに引越さなければ、モーガンが進学できるはずがない。学資がなくてどうして在学できよう。学資の出所は一体あるのだろうか。モーガンの世話をすることでペンバートンが生計を立てられても、モーガンが彼を頼りに食べて行けるはずがない。いずれにせよ、モーガンは今後どうなるだろうか。彼が病弱だったときは、その面倒をみてやるのにいっぱいで、将来のことなど考える余裕はなかったのだが、丈夫になり、背も高くなった今、将来の問題はむずかしくなった。しかし、ペンバートンの心の奥には、少年が生き続けられるかもしれないが、壮健にはなりえないのではないかという懸念があった。ともかく少年自身は将来については、いかにも少年らしく楽観しているようで、吹きすさぶ嵐の音も彼には人生の声、運命の挑戦としか聞こえぬのであった。えりを立てて着ている短いオーバーはみすぼらしかったが、結構楽しそうに歩いていた。

大広間の向う端に母親が姿を現わしたので散歩は中断した。モリーン夫人はモーガンを手招きした。少年が湿った模造大理石の上をずっと向うまで元気に歩いて行くのを見ながら、青年はどうしたのかと訝った。夫人は少年に何か言うと、自分の出て来た部屋に入れ、扉を閉じてから足早やにペンバートンの方にやって来た。確かに何かが起こったのだ。しかし、ペンバートンがどんなに想像をたくましくしても、見当がつかなかった。夫人は、口実を設けてあの子を追っ払いましたの、と言った。それから何のためらいもなく、六十フラン貸して貰えまいかとたずねた。青年が笑い出す前に、驚いて彼女の顔を見つめていると、とてもお金に困っているので、ぜひ必要なのですと平気で言った。

「それは無理というものですよ、奥様！」ペンバートンは笑った。「こんな生活をしているのに、六十フランなど持っているものですか」

「働いていらっしゃると思っていましたわ。原稿を書いても払ってもらえないのですか？」

「一銭ももらっていません」

「ただ働きするほどの馬鹿なんですか、あなたは？」

「その点は奥様の方がよく御存じのはずですよ」

モリーン夫人は一瞬目を丸くし、それからちょっと顔を赤らめた。彼女は、彼に受入れさせた条件を――あれが「条件」と言えるならのことだが――忘れていた。苦にしていないから、記憶に留めていないのだ。

「ああ、あのこと。あれには感謝していますわ。でも、なぜ何遍も前のことを繰り返すのですか？」

あの朝の彼の部屋での荒々しい話し合い以来、彼に対して上品な態度をとって来た。あのとき彼は自分の方からも、モーガンに事情を知らせるという条件を受け入れさせたのであったが、モーガンがその問題で母に問いただす危険のないのを知ると、夫人は青年に対して腹を立てなくなった。そして、それが彼の子供への感化と思って、「あなたが紳士なので本当に助かりますわ」と言ったこともあった。今も大体、これと同じことを言った――

「もちろんあなたは紳士ですわ。だからお話がそれだけしやすいのです」ペンバートンはぼくは前のことをくどくど言っているわけではありませんよ、と言った。夫人は、六十フランをどうにか工面して下さいという頼みを繰り返した。青年は、もしお金が見付かったとしても、あなたにお貸しするつもりはありませんと無遠慮に言った。だが、実際には、金があれば渡してやったに違いないのだから、青年は偽悪者ぶったのだ。ペンバートンは弱気になって、常識では考えられないような同情を夫人に抱く自分自身に、愛想がつきた。同病相あわれむとかいうが、苦労すると奇妙な情がわいてくるものだ。それに、礼儀に背くような荒々しい返答をするようになってしまったが、それもこの一家と一緒に暮らすうちに悪影響を受けたからだろう。

「モーガン、モーガン、きみのために、何というひどい目にあうのだろう!」青年は心中で叫んだ。モリーン夫人は威風堂々と大広間を戻って行き、子供を部屋から出してやったが、歩きながら、何もかもうまくいかない、と苦しそうな声を上げた。

子供が部屋から出て来る前に、階段に通じる扉をノックする音がきこえ、ずぶぬれの若者が顔を出した。電報配達人であった。ペンバートンが電報を受取ってみると、自分宛のものであった。発信人がロンドンの友人であることを確かめ、「カネモチノコノ　カテイキヨウシノクチ　ミツカル、スグコイ」という電文を読んでいるうちに、モーガンが戻って来た。幸い返信料付だったので配達人は答を待っていた。近寄って来たモーガンもペンバートンの顔を見つめながら待っていた。青年はその表情を見ると電報を手渡した。二人は気心知れ合った仲であったから、ちょっと目を見交わしただけで、ことは決った。レインコートの配達人は床に水たまりを作っていた。青年は壁画のある壁に用紙をあてて、鉛筆で返事を書いた。配達人が立ち去ると、ペンバートンは言った——

「うんと高い月謝をとってやるよ。そうして短期間にたくさん貯金して、いっしょにそれで暮らそうね」

「そのお金持の子、頭が悪ければいいな。きっとそうだよ。そうすれば長く見てやらなくちゃならないでしょう？」

「もちろん長く見てやれば、それだけきみとぼくのために貯金がふえるわけさ」

「でももし給料を払ってくれなかったら！」モーガンは困ったことを言った。

「え、まさかそんな……」ペンバートンはもうすこしでひどいことを言いそうになったが、その代りに「そんなことがそうあるものか」と言った。

モーガンは赤くなり、目には涙が浮かんできた。

「卑劣な家は二軒とないと言うんでしょう！」それから別の口調で、「金持の子は幸せだな」と言った。

「馬鹿なら幸せとはいえないよ」

「その方がもっと幸福だよ。でも人間っていうのは、一人で何もかも持てないものなのでしょう？」少年はにっこりした。

ペンバートンは少年の肩に手をかけて抱きしめた。

「きみはこれからどうなるだろう？　きみはどうする！」青年は六十フランを求めて狂奔しているモリーン夫人のことを思った。

「ぼくおとなになるよ」そう言ってから、青年の心配を了解したように、「先生がいなくなったときのほうが、家のものとはうまく行くと思うな」

「そんなことは言わないで欲しいな。まるでぼくがあの人たちに背くように、けしかけてるみたいじゃないか」

「でもその通りなんだもの。先生の姿を見ていると家のものが憎らしくなってくるんだ。でも大丈夫だから、心配しないでよ。ぼく立派になって、家の面倒を見てやるんだ。姉さんたちを結婚させてやるよ」

「まずきみが結婚したらいいよ」ペンバートンは冗談を言った。別離に際しては、どぎつい冗談がむしろ適当だし無難だと感じたからだ。

しかし、モーガンが突然次のようにたずねた調子は、冗談ともいえなかった。「でも、先生、どうやってロンドンまで出かけるの？　金持の少年に電報を打って旅費を送ってもらわなくちゃならないでしょう？」

ペンバートンは考えた。「そんなことしたら向こうの家に嫌われるだろうね、どうだろう？」

「本当に気を付けた方がいいよ！」

青年が解決策を持ち出した。「アメリカ領事のところに行って、この電報を見せ、二、三日金を借りよう」

「領事に電報を見せるだけにして、行かないでお金だけ取ってしまったらどう？」モーガンはおどけた。

ペンバートンもそれに応じて、きみのためならそれくらいはやってあげよう、と言った。しかし少年はまた真顔になって、今言ったのは本気でなかったのだというように、彼を領事館に急がせただけでなく、ぼくもいっしょに行くと言い出した。青年は、ロンドンの友人には、その夜出発すると電報しておいたのだ。二人は曲りくねった、水たまりの道を通り、太鼓橋を渡った。サンマルコ広場を通ったとき、モリーン氏とユーリックが宝石店に入って行くのが見えた。領事は快く願いをきいてくれた。それは電報のせいではなく、モーガンの気品のある態度のせいだ、と青年は言った。帰り途、静けさを求めて十分ばかりサンマルコ寺院に入った。それからまた冗談を言い合うようになり、帰宅するまでその調子が続いた。モリーン夫人に決心を告げると、たいそう腹を立て、下品な言葉で青年を罵り、借りそこねた六十フランのことを言って、あなたはまたせびられるといやだから逃げ出すのでしょうと言った。青年には、これも冗談の一部と感じられた。一方、モリーン氏とユーリックは、帰宅して無慈悲な知らせを聞いたとき、きわめて冷静にそれを受け取ったことをペンバートンは認めざるを得なかった。

八

ペンバートンがオックスフォードに入学させるべく引き受けた金持の少年の勉強を見始めたとき、本当にその子が馬鹿なのか、それとも長い間天才児を相手にして来たので、そんなふうに感じられるのか、どちらだか分らなかった。モーガンからは六回便りをもらった。数カ国語がごっちゃ混ぜになった面白い手紙で、甘えた調子の、モリーン家独特の人造語で書いた追伸がつき、滑稽きわまる挿絵が小さな円や四角の中や、本文のすきまなどに書いてある。青年は、どうせ効き目はないだろうが、一種の刺激剤として、現在の生徒に見せてやりたいという衝動を感じながらも、他人に公開するのは冒瀆だという気がして迷った。やがて金持の少年は受験し、落第した。少年の両親は失敗を悲しみながらも、寛大にも家庭教師の責任にはせず、捲土重来を期して、もう一カ年見てくれるように依頼した。そのために、子供には急な進歩を期待しても無理だという印象はいっそう深まったようだった。

ペンバートンは今はモリーン夫人に六十フラン貸せる立場になったので、郵便為替を組んでそれだけの額を送金した。それと折り返しに夫人から気ちがいじみた、走り書きの短信が届いた。「すぐいらして下さい。モーガンがひどい病気です」一家はパリに舞いもどっていた（このことからもわかる通り、この一家は痛めつけられても再起する力を失っていなかった）。パリとロンドン間なら連絡はすぐ取れる。ペンバートンはモーガン宛に手紙を書いて病状を問い合わせたが、返事が来ない。止むを得ず、青年は金持の少年に急遽別れを告げ、英仏海峡を渡ってモリーン夫人から住所を知らされていたシャンゼリゼーの一角にある小さなホテルに到着した。この一家は、ありきたりの誠実味すら持ち合わせぬくせに、ヨーロッパ一、金のかかる都会で中二階に香料をたきしめて暮らすことはできた。青年の心には口にこそ出さぬが一家に対する根強い不満があった。ヴェネツィアで別れたとき、何かが起こりそうだという気配がたしかに感じられていたのに、実際には彼らがうまく逃げおおせただけであった。「具合はどうなんです？　どこにいるのです？」青年はモリーン夫人にたずねた。しかし彼女がそれに答えるまえに、ペンバートンの首に二本の腕が巻きついて来た。短くなった袖から腕を出したモーガンが外国風に派手に飛びついて来たのだ。

「ひどい病気だって、そんな様子はないじゃありませんか！」青年は叫んだ。それからモーガンに向かって、「なぜぼくの手紙に返事をくれなかったの、心配したじゃないか」と言った。

モリーン夫人は、あの手紙を出したときにはとても悪かったのですと公言してはばからない。モーガンは、もらった手紙は一通残らず返事を書いたと言う。青年の手紙が子供の手に渡る前に奪われたのは明らかだった。モリーン夫人はそれが露見しても別にあわてもしなかった。彼女の顔を見てすぐわかったのだが、夫人は何を言われても動じぬ覚悟をしていた。「わたしは義務感からあの手紙を書いたのです」と平然と言い、さらに、ロンドンの家の方が何とおっしゃるかは存じませんが、あなたに戻って頂いて本当に嬉しく思います。こういう危急の場合にあなたのいるべき場所はモーガンのそばだということは、あなた自身よくわかっていらっしゃるでしょう。あなたはこの子をわたしたちから奪ってしまったのですから、今になってこの子を見捨てる権利などないはずです。あなたには重大な責任があるのですよ。だから、少なくとも自分のしたことの責任くらいは取って頂きますからね、とまくしたてた。

「わたしがこの子を奪ったとおっしゃるのですか？」ペンバートンは腹を立てて叫んだ。

「お願いだからそうしてよ。ぜひそうして欲しいんだ。こんな口論、たまらないや。家の連中はみな嘘つきだ！」モーガンは青年に抱きつくのをやめて吐き出すように言ったが、その声の調子が妙なので青年は急いで振り向いた。腰を下ろして、苦しそうに呼吸している、真青な子供の姿が見えた。

「ほらごらんなさい。これでも病気じゃないって言うのですか？　わたしの可愛い子が」母親は叫んだ。彼女は手を握りしめて子供の前にひざまずいたが、黄金の偶像に対するかのように手を触れはしなかった。

「すぐおさまるわ。ほんの一瞬のことよ。でもそんなおそろしいこと言わないでね」

「ぼく大丈夫だ、本当に」青年に向かって奇妙な微笑を浮かべながらモーガンが言った。両手はソファについていた。

「これでもあなたはわたしが嘘つきだとおっしゃるのですか、あなたをだましたと？」モリーン夫人は立ち上がりながら青年に鋭い視線を投げかけた。

「嘘つきって言ったのは先生じゃない。ぼくだよ」モーガンはずっと楽になったようだが、それでも壁にもたれかかっていた。ペンバートンは側に腰を下ろして手を取りながら子供の上にかがみこんだ。

「ねえ、モーガン、ママはできるだけ手をつくしているのですよ。いろいろ気を使わなくてはならないことがあるのよ」モリーン夫人は力説した。「この家こそ先生のいらっしゃるべきところです。あなたにもそれが今わかったでしょう？」

「先生、ぼくを連れて行ってよ、連れて行ってよ」モーガンは白い歯を見せてペンバートトンにほほえみかけた。

「どこにきみを連れていったらいいのだろう。それにどうやって連れて行けるかしら」青年は口ごもった。彼は、ロンドンの生徒の両親に、「直ぐ戻るという約束もせず、ご自分の都合だけで家の子を見捨てるのですね」、とはげしく非難されたこと、それから彼らが腹を立てて後任の家庭教師を雇ってしまったかもしれないこと、自分が新しい口を探そうとしても一人落第させてしまったのだから、よい口は望めないだろうということなどを思い浮かべた。

「それは何とかなると思うよ。先生よくそのことを話していたじゃない。この家さえ出てしまえば、後は何とでもなるよ」

「お話だけなら、好きなだけお話しなさいな。でも実行できるなんて思ってもらっては困りますよ。主人が絶対にきき入れないでしょう。とても危険なことですからね」モリーン夫人はペンバートンに言い、それからモーガンに向かって、「そんなことをしたら、お家の平和がこわれてしまうわ。それにママたち、とても悲しむわよ。先生が戻っていらしたんだから、またもと通りになりますよ。あなたは丈夫になって好きなように勉強したり遊んだりできるわ。みんな昔のように楽しくやって行けるわ。あなたも元気に飛び廻れるようになるのよ。さあ、変な真似はよしましょうね、馬鹿げていますものね。ここがペンバートン先生のいらっしゃるところなの。人はみなそれぞれの持ち場があるものよ。あなたにはあなたの、パパにはパパの、ママにはママの持ち場がちゃんときまっているの。そうでしょう?《ネ・ス・パ・シェリ》 これまでのことは水に流して楽しくやって行きましょうね」

ペンバートンが側に坐っているうちに、モーガンの顔は次第に赤みを取り戻して来た。モリーン夫人は何か言いながら、風通しの悪い、布を張り巡らした小部屋の中を、ぼんやり行ったり来たりしていた。これからいろいろな変化がありましょう、他の子供たちは散り散りばらばらになるかもしれない、だってポーラには何か考えがあるらしいのですもの、そうなれば残された親鳥は可愛い雛にいてもらいたいのは当然でしょう、というようなことをくどくど述べた。モーガンが自分を放さないでいる青年の顔を見た。可愛い雛と呼ばれて、モーガンがどう感じているか、ペンバートンにはよくわかった。「ぼく二、三日病気だったのは本当だけど、それを理由に先生を呼び戻すなんてママはひどいよ」それをきいて青年は笑った。モリーン夫人が自己弁明のためにごたくを並べるのも滑稽だったが、それよりも少年が大きな口をきけるほど丈夫だとはとても見えぬのでおかしかったのだ。興奮のあまり夫人のペチコートは金めっきの軽い椅子にぶつかり、その度に弁明の言葉がはじき出されて来るかのようであった。

ともかくペンバートン自身がもう逃れられぬ破目に陥ったことは確かで、またモーガンの世話をいつまでも見させられることになるのだろう。そう思うと気が重かった。少年は青年の暗い気持を少しでも和らげようと何か考えているらしかった。そういう心遣いに対しては感謝しなければならなかったけれど、うまい考えがあると聞いても気持が沈んで行くのをどうしようもなかった。しかし、彼はすぐその場で一家の自分への要求を受諾し、さらに、ちょっとした夕食をとることができれば、もっと快く引き受けられると思った。モリーン夫人は、近いうちに家には色々な変化が起こるでしょうとほのめかすように言った。彼女はにこにこしたかと思うと、すぐ身ぶるいしたりするので（神経が高ぶっていることは自分でも認めていた）、元気なのか、ヒステリックなのか見分けがつかなかった。もし本当に一家が崩壊寸前だというのなら、なぜモーガンを救命ボートに移す必要を感じないのだろう？　一家の崩壊という推定は、彼らが逸楽の首都のもっとも豪勢な地区に居を構えていることから考え出したのであった。崩壊を目前にした彼らのいる場所として、これくらいぴったりなところは他にないからだ。その上、モリーン夫人は、モリーン氏と他の家族がいまグレインジャー氏と一緒にオペラに出かけていると言ったではないか。そういう場所こそ一家没落の前夜に彼らがいそうなところではないか。グレインジャー氏は、きっと金持で中味のからっぽなアメリカ人で、見出しは飾り文字で書いてあるが細目は書いてない大きな勘定書のような人間だと、ペンバートンは想像した。ポーラの考えというのは、おそらく今度こそ男を摑えたということなのだろうが、もしそうなれば一家の一致団結はこれまでにない打撃を受けるわけだ。もし一家が離散するようになったら、このぼくは一体どうなるのだろう？　彼らと運命を共にして、難破船のマストのように海にただよう自分の姿を思い浮かべて、ペンバートンはぞっとした。

しばらくして、先生のために夕食が注文してないのかとたずねたのは、モーガンだった。階下の食堂で時間外れの味気ない食事を取ったときも青年と一緒に坐っていた。食卓にはあぜ織の縁のプラシ天がかけられ、装飾用のパンの皿が置いてある。給仕人の顔には、けだるさが見えていた。ペンバートンは、モリーン夫人から彼のためにこのホテルとは別のところに一部屋借りなければならなかったという説明を聞いていた。そして、青年がさめた料理の味気なさをつくづく味わっているとき少年が打ち明けた、うまい考えというのも、結局、青年が外泊するのは二人の逃亡にとって好都合だというのであった。モーガンは、二人で冒険物語に書いてあることを実行しているかのように、逃亡を口にし、それから後も何回もそれを話題にした。逃亡の話をする一方、モーガンは何か起こりそうな気配があるから、モリーン一家もそう長くはもたないような気がするとも言った。実際にはペンバートンが後で知ったように、五、六カ月もちこたえたのであった。それはともかく、少年の話はすべて青年を元気づけるために意図されたものであった。ペンバートンはモリーン家に戻って来た翌日、モリーン氏とユーリックに会ったが、この二人は彼の戻ったことをいかにもの慣れた態度で受け入れた。ポーラとエイミーは、ろくろく挨拶もしなかったが、それには理由があった。グレインジャー氏がオペラにとうとう姿を現わさなかったので機嫌が悪かったのだ。彼は座席を確保し、家族全員に花束を贈ってくれただけだった。花はモリーン氏とユーリックにも一束ずつあって、その浪費ぶりに彼らはにがにがしい思いをした。「いつもそうなんだ。家のものがやっと摑えたと思ったその瞬間、背負い投げをくわされるのさ」これがモーガンの辛辣な批評であった。

この頃になると少年の批評はますます遠慮のないものとなって来た。といっても悪口だけでなく、ペンバートンがロンドンに行っている間、家族がどんなにやさしくしてくれたかも包み隠さず話すのであった。一心にぼくに尽してくれて、ぼくを可愛がっていることを示して、先生のいない埋合せをしてくれるんだよ。だからかえってぼく悲しくなってしまうんだ。先生が戻って来てくれて、ぼくとても嬉しいよ。家の者に感謝したくないから、できるだけ連中の愛情を忘れるようにしていたんだよ。この理屈を聞くとペンバートンは声を出して笑った。モーガンは赤くなって、「ぼくの言う意味わかっているんでしょう」と言う。もちろん青年にはモーガンの気持はよくわかったが、それだけで解決のつかぬ問題が山積していた。

二度目のパリ滞在はのろのろと過ぎて行った。二人は再び、読書や散歩、セーヌ河畔の逍遥、博物館通いをはじめた。そして寒い気候がやって来て、シュヴェ店の見事なショーウインドーの前に立って暖まるのが気持がよいような折は、パレェ・ロワイヤルで時を過した。モーガンはロンドンの裕福な少年に関心を寄せて、いろいろ知りたがった。問われるままに、ペンバートンが具体的な例を挙げて裕福さを説明すると、少年は自分のところへ戻って来るために青年がどんなに大きな犠牲を払ったかを知って感謝の気持を深めた。この犠牲によって青年と少年を結びつける絆はいっそう強まったが、それに加えて、モーガンは二人の長い試練もようやく終りに近づきつつあるのだと考えて、一人で陽気になっていた。しかし一家がこれ以上やって行けないだろうというモーガンの確信にもかかわらず、来る月も来る月も一家は疲れも見せずにもちこたえて行った。ペンバートンが戻って来てから三カ月たったとき、彼らは前よりきたないホテルに移ったが、青年は以前と同じく、別のところに部屋を借りていたのでモーガンは喜んだ。少年は、いよいよ逃げる日が、いや夜がやって来たときに利用できるというロマンチックな考えをいまだに抱き続けていたからだ。

モリーン一家との複雑な交渉を通じて、ペンバートンはこのとき初めて苛立ちを覚えた。ヴェネツィアで夫人に言ったように、ひどすぎた。何もかもひどすぎる。彼にのしかかって来る重荷を投げ出してしまうこともできなければ、重荷を背負うことで良心が満足するというわけもないし、愛情が報いられるのでもない。イギリスで稼いだ金はすべて使い果たしてしまったし、自分の青春は次第に過ぎ去って行こうとしているのに、何一つ返礼に得ているものはない。モーガンは、ペンバートンと二人きりでいっしょに暮らすことで、現在迷惑をかけている埋め合わせをしようと考えているらしかった。それはモーガン自身には結構なことかもしれないけれど、そういう見方には人をいらだたせる誤謬がある。モーガンの考えていることはわかっている――ペンバートンが親切にも戻って来てくれたのだから、その返礼として自分の生命を捧げようというのだ。だがそんな贈物は有難迷惑だ。モーガンの生命などもらって何になろうか。ペンバートンは、このようにいらだたしく感じるのはモーガンを大人扱いしているからだと気付いた。モーガンは、接する人に子供を相手にしているのだということを忘れさせてしまう（これはモーガンが誇ってよい点であった）。何と言っても、まだ子供なのだと思えば、そんなに腹の立つはずはないし、何かうまく行かなくても子供を責めはすまい。ペンバートンは期待と不安の奇妙に入り混じった気持で、モリーン家におおいかぶさっている崩壊を待ち受けていた。たしかに、崩壊のきざしがときどき自分の頰をなでて行くように感じられ、彼はそれがどのような形を取ってやって来るだろうかと、ずいぶんいろいろと想像をめぐらしていた。

おそらくそれは一家離散という形を取るだろう。大敗走――各人が勝手な方向にあわてふためいて逃げて行くことになるだろう。たしかに一家は以前に較べると、活気がなくなって来た。いくら求めても自分たちのものとはならぬものを追い求めているのであった。ドリントン一家は二度と現われなかったし、外国の公爵たちはどこかに消えてしまった。これは崩壊のきざしでなくて何だろう？　モリーン夫人は、例の「招待日」を数え上げるのを止めてしまった。彼女の社交暦はうすよごれ、表面を壁に向けてしまった。一家の心を一番傷つけ失望させたのは、グレインジャー氏の驚くべき振舞いであったらしい、とペンバートンは推測した。グレインジャー氏は自分が何を欲しているのかわからぬばかりか、さらに困ったことには、モリーン一家の欲するところもわからなかったようだ。まるで退却の道に花をまき散らすように、相変わらず花を贈り続けた。退却の道を再び戻って来ることは絶対にないのだ。「花束を頂くのも結構だけど……」ペンバートンには一家の言い分がよく推測できた。今となってはモリーン家が結局失敗したのは歴然たる事実なので、没落までの時間が長かったことを青年はむしろよかったと考えるようになっていた。しかし、モリーン氏は今だに仕事があると言って家を離れることがときどきあり、姿を隠してしまったものと想像していると、意外にも戻って来るのであった。ユーリックにしても、もう行くべきクラブはないのに、外観上はそう見えなかった。彼は今だに、クラブなどの窓から外の人生を眺めている者のような様子だった。だから、あるときその彼が母に向かって、ひどい貧乏を経験した人間しか使わぬような投げやりな言葉で答えているのをきいたときには、ペンバートンは少なからず驚いた。モリーン夫人が何をたずねたのか、それはよくききとれなかったが、どうやら、エイミーを連れて行ってもらうのはだれに頼んだらよいかを相談したらしかった。「悪魔にでも連れてってもらったらいいだろ！」とユーリックは吐き出すように言った。これは一家が愛想のよさを失ったばかりか、自分らへの自信をも失った証拠だ。モリーン夫人が娘を連れて行ってくれる人を探しているのだとすれば、暴風雨に備えてハッチを閉じているのだと見てもよいだろう。だがモーガンは夫人が手離す最後の者となるだろう。

ある冬の午後、日曜のことであったが、ペンバートンとモーガンの二人はブローニュの森をずっと奥の方まで歩いて行った。素晴らしい夕暮れで、冷いレモン色の夕日がくっきり見え、車や通行人の流れに心ひかれる、総じてパリの魅力が強く感じられる宵だったので、彼らは常になく遅くまで外に出ていた。夕食に間に合うには急がねばならぬことに気付き、腕を組み、腹をすかしたまま、機嫌よく帰途についた。何とか言ってもパリにまさるところはありゃしない、いろいろ厭な日にもあったけれど、こういう散歩はいつしても楽しいものだね、などと話し合っていた。ホテルに着いたのは恥ずかしいほど遅かったにもかかわらず、夕食には充分間に合った。一家の占有している部屋は混乱をきわめていた(その部屋はみすぼらしいものであったが、それでもこのホテルでは最上のものであった)。食卓には、まるで摑み合いのけんかがあったように食器類が倒れ、ひっくりかえった瓶からはワインが流れ出て、テーブル・クロースに大きなしみができていた。どうやら部屋代を払わないために追い立てを食い、そのことで争いがあったらしい。ついに暴風雨がやって来て、家族の者はみな避難所を探しているのだ。ハッチは閉ざされていて、ポーラとエイミーの姿は見えない。この二人の娘はこれまでペンバートンに、ほんの少しでも女らしい色気をふりまいたことはなかったのだが、さすがにこのときばかりは、服を押収された若い女性として彼の前に現われるのは憚られたのであろう。ユーリックは甲板から水中に跳びこんでしまったらしい。ホテルの経営者と従業員は客の言いなりになるのを止めたのであった。廊下に積まれた口の開いた大きなトランクは両者の対立を如実に物語っていた。一方は出て行けずに当惑しているし、他方は勘忍袋の緒が切れて引き上げてしまったのだ。

モーガンがこの状況のすべてをさとったとき——一瞬の中にさとったようだ——彼は髪のつけねまで真赤になった。少年は幼い頃から様々の困難や危険に遭遇して来たけれど、一家が公衆の面前で屈辱をこうむるのを見たことはなかった。ペンバートンはモーガンの顔をちらっと見て、その目に激しい屈辱の涙が溢れ出て来たのを知った。モーガンのために、自分には何のことかさっぱりわからないという振りをしてやろうかと、ペンバートンはちょっと思った。しかし、モリーン夫妻が不面目を受けた客間の火の消えた暖炉の側で、夕食も取らずに立っているのを見たとき、そんな振りをしても無駄だと知った。夫妻はこれからどこの都市に逃れたものかと懸命に考えている様子だった。打ちひしがれたようでもないけれど、青い顔をし、夫人の方は泣いていたらしい。泣いていたのは、食事の好きな夫人が夕食を楽しめなかったからというのではなく、もっとずっと悲しむべき事態のためだと、青年は直ぐに悟った。夫人は青年に向かって、それをすぐ説明するのだった。変化が生じ、雷が落ち、わたしたち一家はみな離れ離れにならねばならないのです。モーガンと別れるのは、自分の腕をもぎ取られるほどつらいけれど、お願いですから、納得させてどこか適当なところに連れて行って下さい。あなたの言うことなら、この子もきいれてくれるでしょう。この子を一時的にあなたの保護の下に置いてやって下さい。そうして頂ければ、主人もわたしも、これまで止むを得ぬ事情からなおざりにしておいた家庭を建て直す事に専念できるでしょう。

「わたしたち、あなたを信頼していますわ。あなたならお任せできるという気がしますの」モリーン夫人は、肉付きのよい白い手をこすり合わせながら、きまり悪そうにモーガンの顔を見つめた。その間にモリーン氏は遠慮がちに、子供のあごだけを人差し指でなでていた。

「ああ、もちろんそうだよ。モーガン、パパたちペンバートン先生なら充分に信用がおけると思うのだよ」モリーン氏は妻に同意した。

ペンバートンは今度もまた、皆目、見当のつかぬふりをしようかと思ったが、モーガンはあきらかにわかった様子なので問題はそう簡単にはすまなくなってしまった。

「ぼく先生といつまでもいっしょに暮らしていいというの？　いつまででも？」少年は叫んだ。「ずっと遠くのどんなところへ行ってもいいの？」

「いつまでもだって？　お前の好きなだけいてもいいとも」父親は甘やかすように言った。「ペンバートン先生がおいて下さるだけね」

「わたしたち、どうしようかとずいぶん心を痛めましたのよ」モリーン夫人は言葉を続けった。「でも、ペンバートンさん、あなたはこの子をもう自分のもののようになさってしまったのですから、わたしたち、手放すといっても、すでに一番つらいところは経験ずみというわけですね」

モーガンは父親に背を向け、顔を輝やかせて、ペンバートンを見つめて立っていた。顔にはさきほどの赤面は消え、その代りにもっと明るい、生き生きした表情が現われている。待ち焦れていた夢がいよいよ実現する運びになったと思って、子供らしい喜びで胸をいっぱいにしているのだ。これから二人でおこなう「逃亡」の苦労を考えても、その喜びが減じはしなかった。

「逃亡」といっても、まったく予想しなかった荒々しい形で実現したのであり、少年向きの冒険物語からはほど遠かった。だがモーガンの顔には、ほんの僅かな間ではあったけれど、子供らしい歓喜の表情が浮かんだ。屈辱を受けた少年の顔が突然、感謝と愛情で輝やき出したのを見て、ペンバートンは少しおじけづいた。モーガンが「ねえ、先生、どう思う、パパの言ったことを?」と口ごもりながら言ったときには、自分も何か熱のこもった喜びの言葉を述べるべきだと思った。しかし、モーガンが言葉を言い終わるか終わらぬ中に起こった出来事に驚愕したので、ついに何も言えなかった。子供は手近の椅子に突然坐りこんでしまい、真赤になって左の胸に手をあてていた。三人のおとなが彼を見守ったが、モリーン夫人がまず前にとび出た。「あら、この子の心臓が!」こう叫んだと思うと、夫人は以前とは違って、偶像に対するように離れていたりせず、かがみこんで子供を胸の中にしっかり抱きしめた。「あなたがこの子を遠くまで歩かせたのがいけないのです。早く歩かせすぎたのですよ！」夫人はこの言葉を自分の肩越しに青年に投げつけた。モーガンはされるままにしていた。次の瞬間、母親は子供を抱いたまま跳び上がり、ひきつった、おびえ声で「助けて、助けて、死ぬわ、死んでしまったわ！」と叫んだ。ペンバートンも同時に子供のひきつれた顔を見て、本当に死んでしまったのを知り、愕然とした。夫人の手からモーガンを引き取ろうとし、二人は一瞬、一緒に子供を抱きかかえたまま、意気沮喪して互いの目を見合った。「病弱だったから耐えられなかったのですよ、この場の情景から受けたショックが強すぎて」とペンバートンは言った。

「でもあの子はあなたのところに行きたがっているものとばかり思っていましたのに！」夫人は泣き声を出した。

「そうじゃないって言ったじゃないか、お前」モリーン氏は主張した。彼は全身を震わし、彼なりに妻と同じくらい深く悲しんでいるのであった。しかし最初の衝撃が治まると、彼は息子の死を冷静に受け入れるのであった。

ほんもの

一

いつも取り次ぎに出ている玄関番の妻君が「ご婦人同伴の殿方が見えました」と告げたとき、わたしはすぐ肖像画の依頼人を思い浮かべた。願望は思考の父というが、あのころのわたしはいつもそんなことばかり考えていた。訪問客は肖像の依頼人ではあったけれど、わたしが望んだような意味での依頼人ではなかった。しかし初めのうちは、彼らが自分の肖像の依頼に来たのだとしても少しもおかしくはないように思えた。男は五十がらみの紳士ですらりと背が高く、あごひげは少し縮れ、ダーク・グレイの背広を一分の隙なく着こなしている。こういうことをわたしは職業柄——といっても床屋でもなければ洋服屋でもないのだが——すぐ見て取った。もし有名人というものが目立つものとすれば、この紳士はたしかに有名人に違いない。しかし、「押し出しの立派な人が著名の士であることはまずない」という皮肉な法則に、わたしは前から気づいていて、ご婦人の方を見たときに、この逆説が思い出された。彼女も有名人であるにはあまりにも立派すぎるのだ。それに、彼らがこの法則にあてはまらぬとしても、同時に二人の例外に出会うことはないだろう。

二人ともすぐには口をきかなかった。お互いに相手に口を切る機会を与えているかのように、じっと前を見つめたまま押し黙っている。恥ずかしがりらしく、そこにつっ立ったまま、わたしに姿を見せているばかりだ。後になってわかったのだが、それがこの二人にもっともふさわしかったのだ。だから彼らが恥じらっているように立っていたのは無益ではなかったわけだ。自分の姿をカンバスに写してもらうというような下品なことを依頼するのを非常にいやがる人のあるのは、わたしも知らないではなかったけれど、この訪問客の遠慮は度が過ぎるように思えた。「妻の肖像画をお願いしたいのです」と紳士が言い、ご婦人が「主人の肖像画を描いて下さい」と言えば、それで自分のことを言わなくてすむわけではないか。ひょっとするとこの二人は夫婦ではないのかもしれない。とすればためらっているのは無理もないことだ。いや、二人いっしょに描いてほしいというのかもしれないが、それなら依頼するために第三者を連れてくるべきだった。

「わたくしたちリヴェットさんのところから参りましたの」ようやく婦人が言った。その顔にはかすかな微笑が浮かんでいたが、それは若かりしころの美しさを思わせるとともに、色あせた絵画の表面を水をふくませたスポンジで拭ったような効果があった。彼女は連れの紳士と同じく、女としては背が高いほうで姿勢がよい。年のころは連れより十歳位は若いのだろう。表情に乏しい顔だが、どことなく暗い影があった。化粧した瓜実顔は、長い間大気にさらされて、表面がこすれたように、つやを失っていた。歳月は遠慮なくその爪跡を残していたが、その結果は深みのない顔になってしまっている。いるが、どこかぎこちないところがある。ひだやポケットやボタンのたくさんついた、ダーク・ブルーのなかなか凝った服を着ているから、きっと夫と同じテーラーでつくらせているのであろう。彼らは裕福だが倹約家だという感じだ。つまり、あまり金を使わずに贅沢をしているといった感じなのだ。だから、もしわたしに肖像画を描かせるのも、その贅沢の一つだとすれば、礼金は慎重に考えなければならないだろう。

「ああそうですか、クロード・リヴェットがわたしを推薦したとおっしゃるのですか？」わたしはたずねた。彼は風景画が専門なのだから、そうしたって損にはならないと思ったけれど、彼はほんとうに親切な男です、とつけ加えた。

婦人は紳士の方をじっとながめた。すると紳士は部屋のあちこちを見まわし、それからちょっと床を見たり、あごひげを撫でたりしてから「リヴェットさんが先生なら間違いないと言われました」と言って、おだやかなまなざしをわたしに向けた。

「肖像を描いてほしいという方がおいでの時には、ベストをつくすことにしています」

「ええ、わたくしたち描いていただきたいのですけど」婦人が熱心に言った。

「ごいっしょにですか？」

訪問客は顔を見合わせた。「もしわたしも描いていただけるのでしたら、料金は二倍になるのでしょうね」紳士は口ごもりながら言った。

「ええ、人物が一人の場合より二人の方が当然高いわけです」

「できるだけお金になればよいと思うわけですよ」夫が打ち明けた。

「それはご親切にどうも」もちろん絵描きにとって金になる、という意味だと思ったので、珍しい好意に感謝してわたしは答えた。

話が変だと婦人の方で気づいたらしい。「あの、わたくしたちの申しますのは挿絵のことなんですけど。リヴェットさんのお話では、先生が使ってくださるだろうって……」

「使う？　挿絵に？」今度はわたしがどぎまぎした。

「妻を挿絵に使っていただけないかということなのですよ」赤面しながら紳士が言った。

クロード・リヴェットがわたしにしてくれたことの意味がわかったのはこのときだった。彼はこの人たちに、わたしが雑誌や物語に現代生活のスケッチをペン画で描いているから、モデルを始終雇っていると話してやったのであった。挿絵を描いているのは事実だったけれど、ここで白状してしまうと、わたしは偉大な肖像画家としての名声――金になるかどうかは一応別問題として――を得たいという願いを忘れられずにいたのだ。希望を持っていさえすれば、いつかは成功すると思ったからなのか、それとも希望など持っていても何にもならないのか、その点は読者の想像にお任せする。ともかく、わたしの挿絵は生活のための手段だったのだ。名を後世に残したいと思って、わたしは挿絵などよりはるかに興味深い肖像画の分野を目ざしていた。その面で金儲けができると期待しても恥にはならないと思うが、今わたしの前に現われた二人の客が金を払わずに描いてほしいと言い出した途端、金儲けの望みは断たれてしまった。わたしは失望した。肖像画を描くつもりで、先ほどから二人をよく観察していたのだ。二人がどういうタイプの人物か見当をつけ、描き方を心組みしていた。もっとも、その描き方は、後になって考えてみると、必ずしも彼らの満足のゆくものであったとは言えないかもしれない。

「とおっしゃると、あなた方は?」驚きがおさまるとわたしは言った。「モデル」という下品な言葉は口に出しにくかった。この二人にはふさわしくないように感じられたからだ。

「わたくしたち、あまり経験はございませんの」婦人が言った。「どうしても働かなくてはならないので、先生のような画家ならひょっとするとわたしたちを利用してくださるかもしれないと思ったわけなのです」彼女の夫は言った。それから、補足するように、画家といっても何人も知っているわけではなく、何か口があるかもしれないと思って、数年前にノーフォークのある所でスケッチなさっているときお目にかかったことのあるリヴェットさんをまずお訪ねしてみたのです。もちろん、ご存じのように、あの方は風景画が主ですけれど、人物を登場させることもあるものですから、と説明した。

「昔はわたくしたちも絵を描いたことがございますの」婦人は言った。

「どうも申しにくいのですが、是が非でも働き口を捜さなくてはならない事情がありましてね」夫は話を続けた。

「もちろん、わたくしたちはもう非常に若いとは申せませんわ」彼女はかすかに微笑を浮かべた。

　身分を明らかにしなくてはいけませんね、と言いながら、夫は真新しい紙入れから取り出した名刺を手渡した。彼らの持ち物はどれも新品ばかりだった。名刺には「モナーク少佐」という文字が印刷されていた。いかめしい文字にはちがいないが、それで身分がわかるというのでもなかった。モナーク少佐は少したってからつけ加えた。「もう現役ではありません。退役してから財産を使い果たし、すっからかんになってしまったのです」

「とても困っていますの」モナーク夫人が言った。

　彼らは意識して低姿勢を取り、紳士階級だからといって尊大な口をきかぬように気をつけていた。それどころか、紳士淑女であるのはむしろマイナスだとすすんで認めたかもしれない。その反面、他に誇ってよい点が自分らにあるという自信を胸に秘めていて、それが逆境に立つ現在の唯一の慰めになっていることも推察できた。たしかに長所はあるのだが、それは社交界でのみ価値を発揮し得るもので、たとえば応接間を立派に見せるのには、きっと役に立つだろう。もっとも、応接間というものは彼らがそこにいなくたって美しいものだ——少なくともそうあるべきだ。

妻が年齢のことに触れたので、モナーク少佐は「もちろん、わたしたちのスタイルを利用していただけないものかと思ったのです。この年でも結構立派な姿勢をとれますからな」と言った。姿勢のよさが彼らの一番の取り柄であることはすぐわかった。彼が「もちろん」と言っても、うぬぼれには響かず、その場の雰囲気を明るくした。「スタイルの点では妻はだれにも引けを取りません」少佐は夫人に向かってうなずきながら、晩餐後の遠慮抜きの談笑の調子で言った。これには、こちらも一杯やりながら話しているような調子で、奥様もそうですが、あなただって立派な体格をしていらっしゃると答えるほかなかった。すると彼は、「わたしたちと同じ階級の人間を描く必要のあるときには、わたしたちをモデルに使えばそれらしくなるでしょう。とくに妻は小説に出てくる貴婦人そっくりじゃありませんか」

わたしは二人の話に興味を覚えたので、もっと聞くため、できるだけ彼らの立場に立ってものを見るように努めた。ふと気がつくとわたしは、彼らがまるで賃貸しの馬か黒人の使用人ででもあるかのように、その身体の品定めをしているのできまりが悪くなった。この二人は、口に出して品定めなどしてはならぬ社交上の集まりでしか会いそうもない人たちなのだ。それはともかくとして、わたしはモナーク夫人を、使いものになるかどうかという観点からながめて、しばらくすると確信をもって言った。「ええ、ほんとうに奥様は本に出てくる貴婦人のようですね！」彼女の姿はまったく下手な挿絵そのままだった。「立ってみましょうか」こう言って少佐自身まずわたしの前に立った。たしかに気品がある。

六フィート二インチの非のうちどころのない紳士であることは一目見てわかった。目下会員募集中で看板男を必要としているクラブなら、彼を雇って人目につく大窓にでも立たせたら、さぞ有益だろう。大体、わたしのところになど来たのは行き先を間違えたのではないか。何かの広告に役立てた方が利用価値があるのではなかろうか、わたしはすぐそう思った。具体的なことはわからないが、ともかく彼らはだれかの——もちろん彼ら自身のではない——財産を築くのに役立ちそうに見えた。ホテルの経営者や洋服屋、せっけん製造業者などなら彼らを活用できよう。胸に「わたしたちはいつもこれを使っております」と書いた札をぶらさげさせれば、非常な効果が上がるだろう。あるいは、ホテルのテーブルでてきぱきと食事の世話をしたりするのにも、うってつけにちがいない。

モナーク夫人はじっと坐ったままだったが、これは気位が高いからではなく、内気だったからであった。まもなく夫が言った。「さあ、立ち上がってエレガントなところを見せて上げなさい」彼女はそれに従ったけれど、スタイルのよさは坐っていてもよくわかった。スタジオの向こうの端まで歩いて行き、それから恥ずかしそうなまなざしを夫に向けながら顔を赤らめてもどって来た。この情景を見てわたしは以前パリの友人宅でたまたま目撃した出来事を思い出した。友人は劇作家で、ある芝居を上演することになっていたので、役をもらいたがっている女優がちょうどやって来たのであった。彼女はモナーク夫人がいまやっているのとまったく同じように、友人の前であっちこっち歩いて見せた。モナーク夫人もその女優に負けぬほど立派な姿勢で歩いたけれど、わたしは拍手するのを控えた。こんな安い働き口のために、こういう人が働かせてくれと頼むのを見るのはとても妙だったからだ。何しろ彼女は年に一万ポンドの収入はありそうに見える。少佐は彼女にぴったりの表現を用いた――当時のロンドンのはやり言葉でいうと、典型的に「エレガント」だった。そしてそのスタイルは、これまたロンドンっ子の真似をすれば、人目につくほど完璧で「申し分なし」ということになる。年齢の割りにはウェストが驚くほど細くしまっている。それに肘のカーヴもみごとだ。首は貴婦人がよくするようにほどよく傾けられている。だがどうしてわたしのところなどに来たのだろう？　どこか大きな洋装店のマネキンになるべきだったのだ。わたしは、二人が金に困っているだけでなく、「芸術的」であるのに気づいたが、これはことを面倒にするだけだと思われた。彼女が元の席にもどったとき、わたしはお礼を述べ、絵描きがモデルに対して要求するのは何よりも、静止していられる能力ですと言った。

「妻はじっと静止していられますよ」モナーク少佐は言った。それからちょっとふざけて、「わたしがいつもおとなしくさせて来ましたから」

「わたくし落着きのないほうではないでしょう、あなた？」夫人は夫にたずねた。

彼はそれには答えず、わたしに言った。「こんなことを申し上げても場違いではないでしょう。何でも隠しだてしないほうがよろしいでしょうから。実は、結婚したころ、妻は『美しい像』というあだ名でした」

「まあ、あなたったら！」うらめしそうに夫人は声を高めた。

「表情も豊かであるほうが望ましいわけです」わたしは答えた。

「もちろんですとも！」二人は同時に叫んだ。

「それからご存じでしょうが、これはとても疲れる仕事でしてね」

「いえ、わたしたち疲れることはありません」彼らは熱心に言った。

「これまでに経験はおありなのでしょうか？」

彼らはためらい、互いに顔を見合わせた。「写真を取られたことはずいぶんありますのよ」モナーク夫人が言った。

「人に写真を取らせてほしいと頼まれたことがあるという意味です」少佐がつけ足した。

「ああそうですか、あなた方が美しいからでしょう」

「どう思ったのか知りませんが、ともかくよく頼まれたものです」少佐が言った。

「わたくしたち、いつも写真をただでいただいていましたわ」モナーク夫人が微笑した。

「何枚か持って来ればよかったね」夫が妻に言う。

「さあ、もう残っていないんじゃないかしら。みんな人様に差し上げてしまったものですから」彼女はわたしに説明した。

「署名してから何か一筆書き添えましてね」少佐が言った。

「その写真、店で入手できるのですか?」さしさわりのないお世辞のつもりで聞いてみた。

「ええ、妻のはそうでした」

「でもいまは無理ですわ」モナーク夫人はそう言ってうつむいた。

二

贈呈用の写真に彼らがどんなことを書き添えたか、容易に想像できた。筆蹟はきれいにちがいない。奇妙な話だが、彼らのことはなんでもすぐわかってしまった。いま小銭を稼がねばならぬほど困っているのだが、これまででもそう裕福だったことはなかったのだろう。立派な顔立ちをせいぜい活用して、自分らに定められた生涯を不平も言わずに楽しく送って来たのだ。田舎の別荘訪問を二十年間も続けて来たので、顔にはおだやかさと非常に理知的な落着きがよく現われている。感じのよい物の言い方もそういう生活をする中に身についたものだろう。モナーク夫人が訪問先の日当りのよい応接間で、そこに散らばっている雑誌も読まずにいつまでも坐っている姿や、雨に濡れた灌木の間を散歩している姿は容易に想像できる。坐っていても、散歩していても、彼女の姿は人々の賞賛を博したことだろう。また、狩のとき少佐が獲物の隠れ場を発見し、他の人と協力して獲物を撃っている姿や、夜になってその日の狩の話をするために立派な服を着て喫茶室に出かける姿なども浮かんだ。彼らの使う脚絆、レインコート、ツイードのすばらしい服、膝掛け、ゴルフ道具一式、釣りの道具、きちんと畳んだ傘なども自然に頭に浮かんで来る。彼らに仕える使用人の顔かたちや、田舎の駅のホームにおかれたさまざまの荷物なども的確に当てることができるような気がした。

渡すチップの額はわずかでも彼らは人気があった。これといった特徴のない人間であったが、いつも歓迎された。どこにいても見ばえがし、堂々たる背丈、生き生きとした顔色、容姿のよさなどを好む一般人の気持を満足させるのであった。彼ら自身そのことを知っていたが、決していい気になったり下卑たりすることはなく、自尊心を保持していた。彼らは物事を決していい加減にはせず徹底的にやった。そしてこれまで常に明朗に操正しく生きて来た。それが彼らの信念なのだ。別荘訪問をせわしくやる人は当然何らかの信念を持たねばならない。たとえ退屈な家に招待されたときでも、彼らは座をにぎわせることができただろう。ところがいまは、何かの事情で収入がしだいに少なくなり、ついにほとんどなくなってしまい、小遣い銭稼ぎをしなくてはならない破目に陥ってしまった。友人たちは彼らに好感を持ってはいたが、生活費の援助まではしてくれない。彼らには人に信用される服装とか物腰とか人柄とかが備わっていた。信用されるといっても彼らのポケットはたいてい空っぽで、チャリンとお金の音がするのはたまであったが、信用されるにはどうしてもその音が聞こえなければならない。モナーク夫妻がわたしに求めたのは、チャリンという音を立てるための金であった。幸い二人には子供がいない——それはすぐ察しがついた。彼らはまた今度の取引きを秘密にすることを望んだ。だから「スタイルの点」で利用してほしいと言うので、顔を描いたら人に知れてしまう恐れがあるのであった。わたしは彼らの素朴な人柄が気に入った。そして彼らが使いものになるのなら、雇ってもしつかえないと思った。しかし、どういうわけか、非の打ちどころのない人物であるにもかかわらず、すぐおいそれと彼らに信を置くことはできなかった。結局、彼らはアマチュアであり、わたしの生涯を支配していた情熱はアマチュア嫌悪であった。それに加えて、わたしには生まれつき実物より表現された物を好む傾向がある。実物の欠点は表現不足になりがちなことだ。わたしは物の外観の方を好んだ——その方が確実だからだ。物が、実際にどうであるかというようなことは二次的な、無意味に近い問題と思われた。モナーク夫妻を雇うのをしぶった理由はこれだけではなかった。一つには、すでに二、三人のモデルを決めていたことだ。とくにキルバーン出身の、アルパカを着た足の大きい若い娘がいて、この娘は挿絵のモデルとして二年前から定期的に通って来ていた。もっとよいモデルを知らぬからかもしれぬが、わたしは彼女に満足していた。わたしは率直にこの事情を夫妻に説明したのだが、彼らは簡単にはひっこまなかった。案外用心深くて、使ってもらえそうな機会があることを考慮した上でやって来ていた。クロード・リヴェットから、ある現代一流の小説家の豪華版全集が計画されているのを聞いて来たのだ。それはこれまで少数の有識者のほかには一般大衆から無視されて来た作家（フィリップ・ヴィンセントのことだと断わる必要はあるまい）のものであった。彼は晩年になってから、ぼつぼつ高等批評の対象にされるようになり、つい最近にいたって大多数の批評家から賛辞を受けるという幸運に恵まれたのであった。一般大衆の側には、再評価することでこれまでの償いをしたいという気分があった。問題の全集は、一流出版社の計画したもので、たしかに立派な罪滅ぼしといってよかった。全集を飾る木版画はイギリス美術界がイギリス文学を代表する孤高の作家にささげる敬意となるはずであった。

モナーク夫妻は、自分らをその全集のわたしが引き受けた分の挿絵に使ってもらえるかもしれないと思ったのだと告げた。第一巻の『ラトランド・ラムゼイ』の挿絵をわたしが受け持つのを知っていた。だが第一巻はいわば試金石で、全集の残りをわたしにやらせてもらえるかどうかは、最初の仕事のできばえにかかっていた。わたしはそれをはっきり言った。もし失敗すれば、出版社は遠慮なくわたしをおろすことになろう。だから、今回の仕事はわたしにとって、のるかそるかの境目なので、当然特別の準備をし、場合によっては新しいモデルを捜してもっとも適した人を雇うようにしたいのだと説明した。二、三人のよいモデルを決めたら、その連中に全部をやらせるつもりだとも話した。

「モデルっていうのは特別の衣装を着るのでしょうか?」モナーク夫人はおずおずとたずねた。

「もちろんですとも、それが仕事の半分ですよ」

「自分で衣装を準備しなくてはならないのでしょうか?」

「いいえ、いいえ、わたしの方にたくさん衣装を用意してあります。画家のモデルは画家の言う通りのものを着たり、脱いだりするのです」

「衣装は同じですの?」

「同じ? どういうことです?」

モナーク夫人はまた夫の方を見やった。

少佐が説明した。「いいえ、妻は、衣装をモデルたちが共同で使うのかとおたずねしたのですよ」もちろん、そうですとわたしは答えた。それから、衣装の中には脂じみのついた前世紀のものもあるが、それは百年前に実際に生きていた男女の着ていたものですと話した。「体に合うものなら何でも着ますよ」と少佐が言った。

「その点はわたしがうまく計らいます。絵ではどの衣装も合うようにできますから」

「わたくしは現代ものの方に合うのではないかと思います。現代ものでしたら、先生のお好みの衣装を着て参りますわ」モナーク夫人が言った。

「妻は家にたくさん衣装を持っておりましてね。それが現代ものに合うのじゃないかと思っているのです」彼女の夫が言葉をそえた。

「あなたにぴたりの場面を思い浮かべられますよ」とわたしは言った。事実、陳腐な筋立てを適当に組み合わせた通俗小説——そういう小説は退屈なのでわたしは本文を読まずに挿絵を描こうとした——の索漠たる場面に登場する夫人の姿を容易に想像できた。しかしこういう種類の骨の折れる機械的な仕事のためには、すでにモデルが決まっている、しかもそのモデルにいまのところ不足はないのだ、ということを再び持ち出さねばならなかった。

「わたくしたちなら、作中人物のだれかに似ているのではないかと、考えただけですの」立ち上がりながらモナーク夫人は控え目に言った。

　夫の方も立ち上がり、悲しそうな目付きでわたしを見て立っていたが、こんな立派な男性がそういう顔をするのは痛々しかった。「どうでしょうねえ、ときにはおためになるのではありませんか、つまり……」彼はためらった。意味するところを察して言葉を補ってほしいと思ったらしい。だが、わたしには何のことだか見当がつかないので黙っていた。そこで少佐は、きまり悪げに自分から言った。

「ほんものを使ってごらんになったら？　つまり、ほんとうの紳士、淑女をという意味ですよ」わたしはもちろん心から同意して、たしかにその考えには一理ありますねと言った。モナーク少佐はこれに力を得て、こみあげてくる悲しみをぐっと押え、哀れっぽく言った。「とてもつらいのです。わたしたちは、できることは何でもやってみました」悲しみには伝染性があった。夫人はもうたまらなくなって、また長椅子に腰をおろしたと思うとわっと泣き出した。彼女の夫はわきに坐って彼女の一方の手を取った。夫人はもう一方の手ですぐ涙を拭い、わたしを見上げた。わたしは目のやり場に困った。夫は言葉を続けた。「わたしはありとあらゆる仕事に応募して採用されたいと切望しました。でも駄目でした。最初は何をやってもうまくいかないのは容易にご想像になれましょう。秘書のような仕事はどうかとおっしゃるのですか？　とても無理です。貴族の称号をもらいたいと望むようなものですよ。わたしはどんなつらいこともいといません。身体は頑強ですから、メッセンジャー・ボーイでも炭鉱夫でもいいのです。金モールのついた帽子をかぶって、洋品店の店先で馬車のドアを開けたってよいのです。荷物を運ぶために駅でうろついていたっていいし、郵便配達夫でもよいのです。でもだれも相手にしてくれないのです。雇う人間ならほかにいくらでもいるというのです。自分のワインを飲み、猟犬も飼ったことのある紳士が、今は哀れな乞食になり下ってしまったのです！」

わたしはできるだけ慰めてあげた。やがて二人はまた椅子から立ち上がった。試しに一時間だけやってみることに話がまとまり、具体的なことで打ち合わせている中に、扉が開いてミス・チャームが濡れた雨傘を持ってはいって来た。彼女はメイダ・ヴェールまで乗合馬車で来て、そこから半マイルの道のりを歩いて来たのだ。服は少し乱れ、泥がはねあがっていた。彼女が部屋にはいって来るときに、いつも思うのだが、彼女自身はこれといってとりたてて言うほどのこともない平凡な娘なのに、モデルに使うとすばらしく見えるのはまったく不思議だった。身分の卑しい小柄な女にすぎないのに、ロマンスの豊満なヒロインたりうるのだ。そばかすだらけの下町娘にすぎないのに、上は立派な貴婦人から、下は羊飼いの女にいたるまで、何でも表現できるのだ。美しい声や長い髪を持つ人がいるのと同様に、彼女はそういう才能に恵まれていたのだ。綴字は間違えるし、酒を飲んだりするが、二、三の立派な長所がある。仕事に対してはなれとこつを心得ていて、むら気だが、常識があり、また芝居好きだ。姉妹が七人で、生粋のロンドンっ子だからHを発音しない。モナーク夫妻はまず彼女の傘が濡れているのに気がつき、自分たちは一点の汚れもない服装をしているのでぞっとしたらしい。二人が来てから雨が降り出したのだ。

「あたし、ずぶ濡れになっちゃった。乗合はとっても混んでてね。先生が駅の近くに住んでてくれりゃありがたいんだけどさ」ミス・チャームが言った。すぐ支度するように言いつけると、彼女は、いつも着替えをする部屋にはいって行った。スタジオを出て行く前に、今日は何を着るんだっけときいた。

「ロシアの王女様さ、忘れたのかい」わたしは答えた。「『金の目』をした、ほら、チープサイド誌の連載小説に載せる、黒ビロードを着たあれだよ」

「あら、金の目だって?」ミス・チャームは元気よく言った。

一方モナーク夫妻は彼女が部屋を出て行く姿をじっと見つめていた。ミス・チャームは、遅れて来たときには、またたく間に支度を整えてしまうので、わたしはモナーク夫妻をわざと留めておいた。あの娘は大変すぐれたモデルだとわたしは思っていますと言おうと思ったのだ。

「あの人がロシアの王女に見えるのですか?」モナーク少佐は驚いたようにたずねた。

「ええ、わたしが描けばね」

「ああ、絵にしたときの話ですか!」彼は鋭く言った。

「それくらいで我慢しなければ。絵にしようとしてもならないモデルがたくさんいるんですから」

「ああそうですか。ここに、絵にする前からもうすでに完成した貴婦人がいるじゃありませんか!」説得するような微笑を浮かべて、少佐は妻の腕に自分の腕を通した。

「まあ、わたくし、ロシアの王女などではありませんわ」モナーク夫人は冷ややかに言った。おそらく過去に何人かのロシアの王女を知っていて、よく思わなかったのだろう。ミス・チャームなら、こんなうるさいことは言わないのに、これは厄介だとわたしは思った。

若い娘はビロードのガウンを着てもどって来た。そのガウンは古ぼけている上に、彼女はやせ肩なので少しすべり落ちていた。赤みがかった手には日本の扇子を持っている。今描いている場面では、彼女はだれかの頭越しに見ているのだと注意した。「だれの頭だか忘れたが、それはどうでもいい。とにかく頭越しに見てくれ」

「それじゃあ、ストーヴ越しに見るわ」ミス・チャームが言った。それから暖炉の側に立って、ポーズをとり、尊大に頭をすこし後ろにそらし、扇子を前に垂らした。わたしのひいき目には彼女はりっぱな貴婦人で、しかも外国ふうの危険な女と映った。彼女をそのままにしておいて、わたしはモナーク夫妻といっしょに階下におりた。

「あれくらいのことでしたら、わたくしにもできそうですわ」モナーク夫人が言った。

「あなたはあの娘をみすぼらしいと思っていらっしゃるのでしょう。でも、芸術というものの錬金術的な力を考慮に入れてくださいよ」

しかし、彼らは自分たちがほんものだという、明らかに有利な点を考えて、安心感をふかめて帰って行った。きっと二人してミス・チャームをひどい女だとか何とか、話し合っていることだろう。部屋にもどって、モナーク夫妻の用件を説明してやると、彼女はおどけたことを言った。

「あの人がモデルになれるなら、あたしは簿記でもつけるわ」

「あの人は貴婦人然としているねえ」わたしは遠まわしに悪口を言った。

「先生が困るだけのことよ。だって、あの人、ちゃんとポーズがとれないでしょ」

「上流社交界を描いた小説にならば使えるだろう」

「ええ、ええ、そういう小説には向いているでしょ、きっと」ミス・チャームはおもしろそうに言った。

「どうせひどい小説なんでしょ？　あの人をモデルに使わなくたって」

彼女は、これまで、雑談の折などにわたしからそういう小説の悪口を何遍となくきかされていたのだった。

三

モナーク夫人を初めてモデルに使ってみたのは、こういう小説の一つの謎めいた部分の挿絵であった。もし何か役に立つことがあればと思ってか、少佐もいっしょにやって来た。原則として、妻とともに来たがっているのはよくわかった。いっしょに来るのは良風美俗にそむかぬためということで、やきもちを焼いてうるさいことを言うつもりなのかと最初は思った。そう思うとすっかり嫌気がさしたので、もしその通りだったら、わたしは彼らを使うのを断念していただろう。だが、まもなくわかったのだが、彼が夫人について来るのは、自分も使ってもらえる機会があるかもしれぬという期待もあったが、何よりも、ほかにすることがなかったからにすぎない。これまでいつもいっしょにいたのだから、妻がいないとき、彼にはすることがなくなってしまう。彼らの家計が乏しくなってからは、夫婦間の緊密な結びつきだけが心のささえとなったのだ。二人を結ぶ絆は強固なものとわたしは判断した。これは正しかった。二人は理想的な夫婦であり、結婚に踏み切るのをためらっている人間に勇気を与える好例であって、悲観論者にはさぞ目ざわりな障害であろう。彼らの住居は下町にあった——この点だけが玄人モデルみたいだとあとで思ったのを覚えている。夫人といっしょに来なければ、少佐は粗末な下宿で留守番していなければならなかった。妻と二人でならそんな住居にも耐えられるのだが、一人ではとても我慢できないのだ。

少佐はよく気のつく人だったので、求められもしないのに自分からしゃべり出すということはなかった。わたしが仕事に熱中して黙っているときには、ただじっと坐って待っていた。しかし、わたしは仕事の邪魔にならぬかぎり話をさせたかった。そのほうが楽な気持ちで仕事ができて、その場の雰囲気がなごやかになるからだ。彼の話に耳を傾けていると、居ながらにして外出の興奮を味わえるのだ。一つ困ったのは、少佐や夫人の知人たちを、わたしがだれ一人として知らなかったことだ。彼らにしてみれば、わたしが一体どんな人を知っているのかと不思議に思っているようだったが、全然見当もつかなかっただろう。そんなわけで、わたしたちの話はすらすらと運ばなかった。結局、話題といえば、革と酒（つまり、馬具屋と乗馬用ズボン製造者とうまいクラレットの入手法）、それから

「便利な列車」、小鳥の習性といった類の事柄だった。小鳥や列車に関する少佐の知識は驚くべきもので、駅長にも、鳥類学者にも充分なり得るほどであった。彼は、高級なことを話題にできぬときには、些細な事柄についても快活に話せる人で、上流社交界での思い出話をしても無駄だと知ると、わたしの話し合える話題に、何の苦もなくレベルを下げることもできた。

その気になれば容易にわたしを張り倒すこともできそうな大の男が、これほど一生懸命にわたしの機嫌をとろうと努めているのは、見ていて痛々しかった。彼は暖炉の火を見て、こちらからたずねもしないのに、ストーヴの通気調節装置について意見を述べた。また家具の配置があまりよくないと思っているのもわかった。「もしわたしが金持ちなら、あなたに給料を払って生活の方法を教わりたいところです」と彼に言ったのを覚えている。ときどき彼はふと溜息をつくことがあったが、それはたぶん、「こんな室内装飾もないぼろ家でもいいから、自分のものになればいい。見ちがえるほど立派にしてみせるのだが！」と言いたかったのだろう。彼だけをモデルにするときには、一人でやって来た。やはり女性の方が勇気があるからだろう。モナーク夫人は三階にひとり淋しく残ることに耐えられたのだ。概して夫に比べると夫人の方が万事控え目であった。些細なことにも控え目な態度をとることで、彼女は、わたしとは仕事の上での交際に限り、それ以上の深入りはしない方がよいという考えを示した。この見解によれば、少佐も彼女もただ雇われているだけで交際を求められているわけではない。だから――彼女はわたしにそう理解させようとした――雇い主として奉っておきはするが、対等に交際するには適さぬ、というのであった。

彼女はわたしのモデルとしてもよくつとめ、一時間中、写真師のレンズの前にいるときのようにじっと動かずにいた。これまで何遍も写真を取られた経験があるのはわかったが、どういうわけか、それが絵に描こうとするときにかえって邪魔になった。最初、わたしは彼女の貴婦人然たる様子に感激し、身体の線をカンバスに写してみて、それが大変みごとであり絵になりやすいと知って喜んだものだった。だが数回描くうちに、彼女がどうしようもないほどぎこちないのが気になり出した。どんなに努力してみても、デッサンが、写真か、写真の複写みたいに見えてしまうのだ。彼女の姿には表情の多様性がない――彼女の性格自体が変化に乏しいのだ。これは画家であるわたしの責任で、ポーズのとらせ方次第でどうにでもなると思われるかもしれない。しかしわたしは思いつく限りのあらゆるポーズをとらせてみたのだが、やはり同じ結果になってしまったのだ。どの角度から描いてもたしかに貴婦人にはちがいないのだが、いつも同じ貴婦人なのだ。ほんものではあっても、同じものなのだ。わたくしはほんものでございますと自信たっぷりに澄ましているので、ときには癪にさわることもあった。自分たちがほんものであるのは、描く方にとって幸運なのだと言わんばかりの態度を、二人はとるのである。わたしはやむをえず彼女に変化をつける——そういうことは、たとえばミス・チャームなら上手にやってくれるのだが——のは諦めて、夫人に似た人物像を発見しようと努めてみた。すると、今度はどんなに注意深く描いてみてもいつも背の高すぎる女になってしまい、魅力的な婦人を七フィートの背丈に描いてしまうという困った結果になる。わたし自身背が高い方でないからかもしれぬが、これほど背の高い女は、わたしが魅力ある女と考えるものからはほど遠いのだ。

少佐の場合には事態はいっそう悪くなった。どれほど工夫をこらしてみても彼の背を低くできず、筋骨りゅうりゅうたる大男を描く以外には役に立たないのだ。元来、わたしは多様性と柔軟性を好み、独特の個性、特徴を尊ぶのだ。またこまかく性格描写したいと思うので、同一の型の人物の繰り返しに陥る危険こそもっとも嫌悪すべきものだったのである。以前にもこのことで友人と口論した経験がある。同一の型の人物に固執した方がよい、ラファエロやレオナルドの例をみてもわかるように、その人物が美しくさえあれば、その方がむしろプラスになる、と主張してやまなかった友人と絶交したことさえあるのだ。わたしはレオナルドでもなければラファエロでもない。若くて生意気な、現代の画家の一人にすぎないのだ。しかし、性格こそ第一に考えるべきだというのがわたしの持論であった。議論の相手が、その特定の型の人物でも個性を持ち得るではないかと主張すると、わたしは皮相的な答えだったかもしれないが、「性格ってだれのだい？」といったものだ。もしだれにでも共通な性格だというのなら、それは結局、無性格と同じことになってしまうではないか。

モナーク夫人を十回ほど描いてからは、これまでにも増して、ミス・チャームのようなモデルの値打は、まさに、特定の固定した型をもたぬことだと気づいた。もちろん、その上、彼女には奇妙で説明できぬような、模倣の才能がある。ミス・チャームのふだんの外見はカーテンのようなもので、彼女はそれを要求に応じて引き、すばらしい演技を見せてくれるのだ。この演技はただ暗示を与えるだけのものであったが、賢者への一言ともいうべき、あざやかな美しい演技である。十人並みの器量でありながら、美しすぎて味わいがないように見えるときすらある。きみをモデルにして描いた人物は、どれも退屈なほど(間抜けなほど、よく言ったものだが)おしとやかになってしまうという非難を彼女に浴びせたことがある。これを聞くと彼女はとても憤慨した。相互に共通点のないさまざまな人物のモデルたり得ると信じることが、彼女の誇りなのであった。だからわたしがそんなことをいって、彼女の「評判」を落とすといって文句を言うのだった。

モナーク夫妻が頻繁に訪ねて来ることによって彼女のその「評判」は少々低下した。ミス・チャームは引っ張りだこで体があくことは決してないほどだったので、時々彼女を使わなくても気がとがめはしなかった。そうした方が新しいモデルを気楽に試すことができたのだ。最初のうちは、ほんものを描くのは楽しかった。たとえばモナーク少佐のズボンを描くのは面白かった。少佐自身は大男になってしまっても、ズボンはたしかにほんものであった。また夫人のきれいに結い上げた後ろ髪と、堅くしまったコルセットの独特の「優雅な」張りを描くのは楽しかった。顔をやや横向き加減にしたポーズが彼女の得意とするところで、貴婦人らしい後ろ姿やかすかに見える横顔がよい絵になった。直立の姿勢をとるときには、当然のように、宮廷画家が描いている女王や王女の姿勢をとる。こういう彼女の特質を生かすために、チープサイド誌の編集者に頼んで『バッキンガム宮殿物語』とでも名付けるような、王族だけを扱ったロマンスを出版したらどうかと考えたくらいだ。ときどき、ほんものとにせものが鉢合わせをすることがあった。仕事中にミス・チャームがわたしとの契約に従って現われたり、契約の取決めに来て、おもしろくない競争相手に出くわすのであった。出会ったといっても、それはチャームの側からの話で、モナーク夫妻は、まるでミス・チャームが女中ででもあるかのように黙殺していたのだ。といっても意識的にお高くとまっているからではなく、まだ、モデル同士仲よくすることを知らなかったからにすぎない。できれば親しく交わりたかったようだ。少なくとも少佐の方はそうしたかったと思われる。もっとも、そうしたところで共通の話題がなかっただろう。たとえば、夫妻は歩いて来るのだから、乗合馬車の話はできない。一方、ミス・チャームは格安なクラレットにも便利な列車にも興味がないとなると、ほかに何を話してよいものか見当がつかないだろう。その上、彼女が心の中で、たかがアマチュアモデルじゃないかと嘲っているのは、何となく感じとられていたにちがいない。彼女は機会さえあれば軽蔑を隠しておくような女ではなかった。一方、モナーク夫人は彼女をだらしない女だと思っていたようだ。わたしに、だらしのない女っていやですわね、と言いにくそうに言ったが、暗にミス・チャームをさしていたのでないとすれば、わざわざそんなことを言うわけはないではないか。

　ある日、ミス・チャームがモナーク夫妻といっしょになった折に——おしゃべりに立寄ることがときどきあったのだ——すまないがお茶の支度をしてくれないかと彼女に頼んだことがある。彼女はそういう仕事に慣れていたし、うちには女中がいないので、モデルたちによく頼んだものだ。モデルたちはポーズをとるのを止め《ブレイク》——ときには陶器をこわす《ブレイク》こともあるが——わたしの食器類に触れることを好んだ。自分たちもボヘミアンになった気がするからだ。このことがあってから次にミス・チャームに会ったとき、不平を鳴らしたのには驚いた。お茶なんか用意させてあたしを馬鹿にしたのねと言うのだ。ところが、あのときには頼まれても腹を立てずに、かいがいしく愉快そうに働いていたのだ。ぼんやり黙って坐っているモナーク夫人にクリームと砂糖を入れるかどうかをたずねながら、大げさにお愛想笑いをしてみせて、おもしろがっていたのであった。その上、自分もほんものに見られたがっているように上品な口真似をしたりした。モナーク夫妻が感づいて立腹するのではないかと思ったほどだ。

彼らは決して腹を立てまいと心に誓っていたようだ。そのけなげな辛抱強さは、困窮のほどを示していた。わたしが彼らを使う気になるまで、何時間でも不平も言わずに待っていた。ひょっとして使ってもらえるかもしれぬというかすかな期待をもってやって来て、もし用がないとわかればまた快活に帰って行く。どんなに威風堂々と引き揚げて行くかをみてやろうと、わたしはよく玄関まで見送ったものだ。仕事口を見つけてやろうと思って何人かの絵描きに紹介状を書いたが、どうもさっぱり人気がない。その理由はわたしにもわからぬことはなかった。そうなると彼らはますますわたし一人を頼りにするようになり、憂鬱だった。光栄にも、自分たちを生かせるのはわたしだけだと思っているらしいのだ。彼らは油絵画家には地味すぎるし、当時はペン画をやっている画家の数は少なかった。それに彼らは例の大仕事に目をつけていて、心中ひそかに、自分たちこそ、フィリップ・ヴィンセントの挿絵にもってこいだと決めこんでいた。この仕事には、衣装の効果とか過去の時代のけばけばしい服飾は要らず、すべてが当世風で、風刺的で、おそらく、お上品なものになるだろうと信じていた。もしわたしがこの仕事に二人を使おうと決めれば、長期間ずっと働けることになるから、将来は安定するだろう、これが彼らの考えであった。

ある日、モナーク夫人は珍しく一人でやって来た。夫はシティに行く用事があっていっしょに来られないとのことであった。いつものように、ぎこちなく緊張してポーズを取っている間に、玄関でノックがあった。その音で、仕事にあぶれたモデルが頼み込んで来たのだろうと見当をつけた。案の定、一人の若者がはいって来たが、一見して外国人だとわかった。わたしの名前以外には、ひと言も英語を知らぬイタリア青年で、わたしの名を発音しているようでもあるが、他の人の名のように聞こえぬこともない。当時わたしはまだイタリアを訪れたことがなく、イタリア語も達者ではなかった。しかし、イタリア人はみんなそうだが、彼も意思を通じるのに口だけに頼ったりしなかった。手真似で、わたしの前にいるご婦人と同じ仕事をさせていただきたいのだと伝えた。なれなれしい態度だが下卑てはいない。わたしは、最初この青年から特に何の印象も受けなかったので、仕事を続けながら、駄目だ、駄目だ、帰ってくれと言った。ところが彼は一向に引き下がろうとしない。といって執拗に食いさがるというのでもない。何も言わずに犬のような誠実さを目にたたえて、じっとこちらを見つめているだけだ。忠実な召使が不当に何かの嫌疑をかけられて、追い出されるいわれはないと頑張っているようにみえる。何しろ、もう何年もこの家に住んでいるといってもおかしくない様子だった。そんな姿や表情を見ているうちに突然、これは絵になるぞと思った。そこで、手があくまでそこに坐って待っていてくれと言った。わたしの言いつけに従う身振りがこれまた一幅の絵になった。さらに、仕事中に気づいたのだが、彼が顔をあげて天井の高いスタジオを物珍しそうに見まわす様子も絵になった。まるで聖ペトロ寺院で十字を切っているみたいだった。仕事を終えるまでに、わたしは「こいつは一文なしのみかん売りだが至極重宝な奴だ」と思うようになっていた。

モナーク夫人が部屋を出ていくとき、彼はまるで矢のようにすばやく部屋を横切って彼女のために扉を開け、そこにつっ立って、ベアトリーチェに見とれた若き日のダンテよろしく、うっとりと見とれていた。こういう場合、イギリスの典型的な召使は顔に何の表情も浮かべないものだが、わたしは必ずしもそれがよいとは思っていない。この男は召使としても役に立ちそうだと思った(召使を一人ほしいと思っていたところで、これまではその余裕がなかったのだ)。という次第で、一人二役を務めるのを条件に、この明朗なイタリア青年を雇うことに決めた。彼はわたしの申し出に飛びついて来た。身元も調べずにすぐその場で決めてしまったのは、軽率だったかもしれぬが、後悔したことは一度もなかった。いざ雇ってみると、多少だらしのないところはあるが、よく気がつく働き者であるばかりでなく、ポーズのこつを驚くほどみごとに心得ていた。それは努力して身につけたものでなく、生まれつきのものだった。彼は、これまた生まれつきのすばらしい勘をたよりに、わたしの家にたどりつき、玄関の表札を読んだのであった。わたしのことは何も知らず、北側の高窓を外から見て、これはスタジオだろう、だから当然画家が住んでいるはずだと推察したのであった。他の行商人と同じように金儲けをしようとイギリスまでやって来て、相棒と二人で小さな緑色の手押車でアイスクリーム売りを始めた。まもなくアイスクリームはとけてしまい、相棒もクリームとともに消えてしまった。若者は赤みがかった縞の黄色い細ズボンをはいていて、名をオロンテといった。顔色はさえないが、色白で、わたしの古着を着せてみると、まるでイギリス人のように見えた。必要に応じてイタリア人のようにもなれる、ミス・チャームと同様に役に立つモデルだった。

四

モナーク夫人は、夫とともにまたやって来たが、オロンテが住みついているのを知ると顔を少しひきつらせたようだ。どこの馬の骨ともしれぬ乞食風情が、堂々たる夫の競争相手たりうるなどということは彼女には不思議に思えるのだった。危険に感づいたのは夫人の方が先だった。諺にも言うように、夫はぼんやりしていた。これまでお茶など用意したことのないオロンテであったが、ずいぶん手こずりながらも、みなにお茶を入れてくれた。夫人はそれを見て、わたしがようやく下働きを雇ってよかったと思ったことだろう。夫人は、わたしが彼をモデルにして描いた絵を何枚か見て、絵を見ただけではオロンテがモデルだとは全然わかりませんね、とそれとなく言った。「わたしたちをモデルにして描かれた場合には、必ずわたしたちに似た絵ができますでしょう」と言って、彼女は誇らしげに微笑した。そこがあなた方の欠点なのですと、わたしは言いたかった。モナーク夫妻を描くときには、どういうものか彼らから離れられない——自分の頭にあるイメージを表現しえぬのだ。絵の中でモデルがだれだかわかるのは、わたしのもっとも嫌うところであった。ミス・チャームの場合は決してそういうことはない。にもかかわらずモナーク夫人は、ミス・チャームが下品な人間だからわたしが絵の中で隠してしまうのだろう、それも当然だが、と解釈していた。ところが実際は、彼女が絵から隠れているとすれば、それは天国に昇った死者の姿が見えなくなるのと同じで、それだけ画家にとって幸いなことなのだ。

このころまでにわたしは計画された全集の第一巻『ラトランド・ラムゼイ』に手をつけ始めていた。一ダースほどのスケッチを描き——その中の何枚かは少佐夫妻をモデルにしたものであった——出版社に送って承認を求めた。すでに述べたように、第一巻はわたしの考え通りに一篇全体を任せられたのだが、残りの巻については、依頼を受けるかどうか未定だった。正直に言って、ほんものが手近にいることは助けになるときもあった。『ラトランド・ラムゼイ』には夫妻に大変よく似た人物が登場するからだ。少佐と同じくらい背の高い男もいたし、夫人と同じくらい上品な女性もいた。それに田舎の別荘生活の描写も——鋭い筆致で空想的・風刺的に、一般化して描かれてはいるが——頻繁に出て来て、ゆるい半ズボンや短いスカートをつけた人物がたくさん出て来る。仕事を始めるに先だって、二、三決めておくべきことがあった。たとえば主人公の正確な外貌、女主人公の独特な美しさなど。もちろん著者がヒントを与えてくれてはいるものの、画家に解釈の余地が残されていた。わたしは事情を打ち明けてモナーク夫妻に相談にのってもらった。いくつかのプランの中、どれにしようかと迷っているのだというと、夫人は少佐の方を見ながら、「主人にお決めになったらどうでしょうか」とやさしくつぶやくし、彼女の夫は、「妻をおいて、ほかによい人がいるでしょうか?」ときわめて率直に言うのであった。そのころまでには、少佐とかなり打ち解けて話し合えるようになっていたのだ。

これらの言葉に答える必要はなかった。ただ彼らにポーズさせさえすればよかったのだ。しかし、まだ不安だったので、臆病だったかもしれないが、問題の解決を先に延ばした。任された本は大部のもので、他の登場人物の数が多かったから、まず主人公たちに関係のないエピソードをいくつか選んで挿絵を描き始めた。ひとたび中心となる男女を決めてしまったら、途中で変えるわけにはいかない。あるところで主人公の青年を七フィートの身長にし、別のところで五フィート九インチにするわけにはいかない。少佐は、自分はだれにも負けぬほど若く見えると言ったけれど、わたしは、どちらかというと主人公の背は後者にした方がよいという気がしていた。スタイルの点だけ少佐をモデルに使い、年齢はわからぬようにすることはやればできたろう。

屈託のないオロンテ青年が家で働くようになってから一カ月ほどたった。わたしは折にふれて、彼が生まれつき派手すぎるので、モデルとして使えなくなるかもしれぬと注意していたのだが、ある日、突然彼を主人公のモデルに用いたらよいのではないかという考えが頭にひらめいた。背丈は五フィート七インチしかないが、足りぬ分は内にひそんでいるのだ。二、三回こっそり試してみた。彼を選んだことに対して、モナーク夫妻がどう言うか、多少恐れたからだ。ミス・チャームのことさえ、わたしの失敗だと思っているのに、ほんものとはほど遠いイタリアの露店商人などを使って、パブリック・スクール出身の主人公を描くなどどう思うだろうか。

彼らを少し恐れたと言ったが、それは、彼らが文句を言ったり、どっしり腰を落ち着けて居直ったりするからではない。気の毒なほど礼儀正しく、いつまでも妙に不慣れな態度で、わたしにたより切ってしまったからだ。わたしにはたいへんうれしかった。だからわたしは、ジャック・ホーリィが帰国したときにはたいへんうれしかった。彼はいつでもよい相談相手になってくれる。彼自身の画才は大したことはないのだが、適切な批評をする能力にかけては彼に匹敵する者はいなかった。一年ほどイギリスを留守にして外国で——どこだったか忘れたが——新鮮な批評眼を養って来たのだ。実のところわたしは彼の目を恐れたが、何しろ旧知の間柄であり、久しく会わぬうちに、空虚感がわたしの生活に忍びこんで来た。一年間ばかり彼の攻撃を受けていなかったせいだ。

たしかに新鮮な目を持ってもどって来たが、着ている服は相変わらず古ぼけた黒ビロードだった。彼がわたしのスタジオにやって来た最初の晩、わたしたちは真夜中の一、二時までいっしょに煙草をくゆらせていた。この一年間、彼は何の仕事もしておらず、ただ批評眼を養って来ただけだったので、わたしの作品を見せるのにはまたとない機会であった。彼もチープサイド誌に載せたわたしの仕事を見たがったが、いざ見せてやると失望したようであった。わたしの最近作をながめながら足を組んで、大きな長椅子に体をのばした彼の口から、煙草の煙とともに出た二、三の意味深長な溜息はそう解するよりほかなかったであろう。

「どうしたんだい？」わたしはきいた。

「きみこそどうしたんだい？」

「別にどういうこともない。煙にまかれただけさ」

「たしかにそうらしいな。調子が狂っているもの。この新しい変わったしろものはどういうつもりなんだい？」こう言って、軽蔑の表情をまざまざと浮かべて一枚のスケッチを放り投げた。たまたまモナーク夫妻をモデルにした作品だった。よいと思わぬかときくと、

「実にひどい、きみがこれまで理想にしていたものと比較してみると実にひどいよ！」と答えた。わたしはこの評に反駁しなかった。彼の言い分を正確に知りたいと思ったからだ。その絵の中の人物は二人とも巨大に見えたが、これは彼がどう思おうとわたしの意図したことかもしれないのだから、それに反対しているのではなかろう。わたしは、この前、きみが褒めてくれたときとまったく同じ描き方をしているつもりだと主張した。「ともかく、どこかに大穴があいているんだ。ちょっと待ってくれ、いま見つけるから」と彼は答えた。わたしは期待して待っていた。そういうことをしてくれなければ、新鮮な批評

眼は一体何の役に立つというのだ？　しかし結局、「わからないな。ともかくこういうタイプの人物は気に食わん」と言うだけであった。いつも技術の問題、筆の使い方、明暗の神秘以外は何一つ論じぬ批評家としては、これだけではいかにも物足りなく感じられた。

「きみに今日見せた絵の人物は美しいと思うけどね」

「いやあ、駄目だよ」

「実は、モデルを二人新しく雇ってみたんだよ」

「そうらしいな。その連中が駄目なんだよ」

「そんなことはっきり言えるかい？」

「確言できる。その連中は間抜けだ！」

「結局、ぼくが間抜けということかい？　ぼくの扱い方で何とでもなるのだから」

「こんな連中が相手じゃ、どうしようもあるもんか。一体だれなんだい？」

　わたしは二人について必要なことを、かいつまんで話した。それを聞くと彼は無情に言い放った。「そういう連中は、門番でもやらせておけばいいんだ《セ・ソン・デ・ジャン・キル・フォ・メトル・ア・ラ・ポルト》」

「きみはまだ彼らに会っていないけどね、とても立派な人たちだよ」わたしは彼らに同情して言った。

「まだ会ってないって？　だってきみ、いま見せてもらったきみの最近の仕事はどれもこれもその連中のおかげで台無しじゃないか。それさえわかれば、会う必要なんかないよ」

「きみ以外には文句をつけた人はいないんだよ。チープサイド誌の連中は満足している」
「他の連中はみんな大馬鹿なんだ。中でもチープサイド誌の奴らはいちばんの間抜けだ。さあ、さあ、いまさら一般大衆について甘い夢なんか持つふりをするのはやめたまえ。とくに出版屋や編集者についてはね。きみが製作しているのはそんなわからぬ連中のためじゃあるまい。きみが仕事をするのはわかる人《コロロ・ケ・サンノ》のためだ。だから、自分のためにまっすぐな道を進めないのなら、このぼくのためにそうしてくれよ。きみが最初からずっと試みて来た仕事には、非常にすぐれた特徴があったんだ。だがこの駄作にはそれがない」しばらくして、わたしが『ラトランド・ラムゼイ』を話題にし、残りの巻も引き受けるかもしれないのだという話を持ち出すと、彼はきっぱり言った。「もとのボートに戻りたまえ、さもないと海底に沈没することうけ合いだぞ」これは明らかに警告だった。

わたしはこの警告を忘れたのではないが、モナーク夫妻を追い出さずにいた。彼らにはうんざりしたのだが、多少とも役に立てられるのに、気に入らぬというだけで追い出しては気の毒だと思ったのだ。当時を思い返してみると、この夫妻はわたしの生活にかなり食いこんできていたようだ。たいていはスタジオに来ていたような気がする。邪魔にならぬように隅っこのビロード張りの古い長椅子に、背を壁にもたせかけて坐っている姿は、宮廷の次の間で辛抱強く控えている廷臣のようだった。冬の厳寒期には暖を取るために来ていたのだとわたしは確信している。彼らの新しさは次第に輝きを失い始め、彼らを慈善の対象と感じないわけにはいかなくなって来た。ミス・チャームが来ると、彼らは帰って行ったが、この娘は『ラトランド・ラムゼイ』の仕事が着々と進行するにつれて頻繁に現われるようになった。夫妻は、あの人をモデルにするのは、本に出てくる下層階級の人のためなのでしょうね、とそれとなく言った。わたしは好きなように考えさせておいた。スタジオにころがっていた原作を読んでいたようなのに、そこに登場するのが上流の人ばかりだと気づかなかったらしい。せっかく現代有数の傑作をのぞき読みしながら、内容がろくに摑めなかったのだ。ジャック・ホーリィの警告にもかかわらず、わたしはときどき二人を一時間ずつ使っていた。首にするとしても、それはこの厳しい寒さの続く季節が終わったころにすべきだと思ったからだ。ホーリィはスタジオで彼らに会い、近づきになったが、滑稽な夫婦だと思ったようだ。彼が画家だと知ると、自分らがほんものであることを彼にも示そうとした。ところがホーリィは、広間の向こう側にいる彼らを、何マイルも向こうにいる人を見るように眺めた。彼らはイギリスの社会組織の中で彼が唾棄しているすべてのものの代表なのであった。因襲的で、エナメル革を好み、会話の流れを止めてしまうように声を高めたりする――そんな連中は画家のスタジオには用はない。スタジオは物を見る目を養うところだが、羽ぶとんのようにふわふわした人間を相手にしたのでは、見る目など養えるはずがないではないか。これがホーリィの意見だった。

彼らと関係を持続する上で第一に困ったのは、オロンテを『ラトランド・ラムゼイ』の主人公のモデルに使うようになったと知らせるのを、わたしがとまどったことだ。彼らは、わたしが召使を雇うのなら、ちゃんとあごひげをはやした身元のしっかりした男にすればよいのに、行きずりの外国の浮浪者を拾うなんて、酔狂なことだと思っていた。もうこのころまでには、芸術家は風変わりなのだと決めていたようだが、わたしがオロンテをモデルとしても有能だと考えていることには、しばらくの間気がつかなかった。彼がポーズを取っている姿は一度ならず目撃していたけれど、手回し風琴弾きか何かのモデルに使っているのだろうと、頭から決めてかかっていたのだ。このように彼らの推察できぬことは、いくつかあったが、その一つは『ラトランド・ラムゼイ』にある、下男がちょっと顔を見せる印象的な場面でモナーク少佐を下男に使ってみたいと、わたしが考えていたことだ。もっともわたしは、これを実行するのを先へ先へとのばしていた。少佐にお仕着せを着てくれと頼むのは憚られたし、それに彼に合うようなお仕着せを見つけるのは容易ではなかった。

　晩冬のある日、彼らに軽蔑されているオロンテをモデルにして、わたしは仕事に励んでいた。彼は勘よく動いてくれるので仕事は着々と進んでいた。ちょうどそのとき、少佐夫妻がまるで別荘の訪問客のように、つまらぬことでお愛想笑いをしながらスタジオにはいって来た（実際には楽しく笑うことなどますます少なくなって来ていたはずだ）。教会の帰り道に公園を散歩して来て、昼飯をいっしょにして行くようにすすめられてしまったというふうをしている。昼飯はすでに済んでいたが、お茶の時間までねばる――それが彼らの望みなのだ。しかし仕事に興が乗っていたし、ぐずぐずしていると日が暮れてしまうので、オロンテにポーズを中断させてお茶の用意などさせたくなかった。その間に興をそがれるのは厭だった。そこでモナーク夫人に茶の準備を頼んでみた。この頼みをきくと、一瞬彼女の顔に血が上った。彼女の目は一瞬夫の目にそそがれ、二人の間で暗黙の意思のさぐり合いが行なわれた。しかしそのためらいは、もう次の瞬間には消えていた。少佐の明朗な賢明さがうまく処理したのだ。正直なところ、わたしは彼らの自尊心を傷つけるのを気の毒に思うどころか、この機会を利用して教訓を与えてやろうという気になった。夫妻はいっしょにそこらを動き回り、茶碗や受け皿を取り出し、湯をわかした。わたしの召使に給仕してやっているような気がしたらしいが、お茶の準備ができたときわたしは「オロンテにも一杯やってください。疲れているようですから」と構わず言った。モナーク夫人は彼が立っているところまで運んでやった。オロンテはパーティの席でオペラ帽を肘ではさんでいるような格好でそれを受け取った。

彼女は健気にもわたしのために大変な努力をしたのだから、何か償いをしてやらなければならぬとわたしは気づいた。そしてこの後、彼女の顔を見るたびにどんな償いをすべきかを考えた。かといって、彼らを喜ばせるために誤ったことをつづけることはできない。彼らをモデルにした絵はたしかにひどかった。ホーリィ以外にもそれを指摘する人が出て来た。『ラトランド・ラムゼイ』の挿絵として描いたスケッチを何枚も送っておいたのだが、それに対して出版社からホーリィの警告よりも胸にこたえる注意を受けた。出版社の美術担当顧問は、わたしの挿絵の大部分が期待はずれだという意見を述べた。その大半はモナーク夫妻を描いたものであった。わたしの絵にどんな期待がかけられていたかは知らないが、ともかくこの調子では第二巻以後の仕事をやらせてもらえそうもないのは明らかだった。わたしは必死になってミス・チャームをたよりにして、彼女にさまざまなポーズをさせてみた。それからオロンテを公然と主人公に採用した。そればかりか、ある朝、少佐が描きかけのチープサイド誌の人物を仕上げるために用はないかと見に来たとき、一週間前から少佐をモデルにして始めた仕事があったけれど、気が変わったからオロンテを使うことにしたと言った。これをきくと少佐は真っ青になり、じっとこちらを見つめて立ちすくんだ。そして「彼があなたの考えるイギリス紳士なのですか?」とたずねるのであった。

わたしは失望のあまり神経が昂ぶっていたし、それに仕事を邪魔されたくなかったので、とげとげしく答えた。「何をおっしゃるのですか、モナークさん! あなたのために破産するのはご免ですよ」

彼はそこに立ちすくんだが、一言も言わずにすぐ立ち去った。もうこれで再び会うことはあるまい、こう思ってわたしは安堵の吐息をもらした。わたし自身仕事口を失う危険にさらされていると、はっきり話したわけではないけれど、危機が迫っている気配くらいわかりそうなものだ。協力した仕事が失敗に終わったのに少佐がそこから何の教訓も読みとってくれないので、わたしはいら立ちを覚えた。あてにならぬ芸術の世界では、ほんものの紳士淑女も絵になりえぬことがありうるのだ。

　謝礼は残らず払ってあったのだが、彼らはまたやって来た。その出来事の三日後、二人そろって姿を現わした。ああいうことの後であったから、どこか哀れっぽい感じがした。再び訪ねて来たのは、ほかにやることが何もない証拠としかわたしには思えなかった。夫妻は暗い気持でこの問題をとくと話し合ったあげく、全集に使ってもらえぬという悲しい知らせに耐えることにしたのだ。チープサイド誌にさえ役立たぬというのであれば、彼らに何をやらせたらよいのか、わたしにもわからなかった。だから最初は、わたしの無礼を許して、礼儀正しく別れを告げにやって来たものと考えた。口論などをしている暇などないのだから、わたしはほっとした。ちょうどミス・チャームとオロンテの二人を組み合わせてポーズさせ、懸命に仕事を進めている最中で、今度こそ賞賛を博すような絵にしようと張り切っていた。この組み合わせは主人公ラトランド・ラムゼイがアーテミシァのピアノの椅子に自分の椅子を近寄せて、難曲を弾きながらも心そこにない彼女の耳に、驚くべきことを囁きかけるという原作の場面からヒントを得たものであった。ミス・チャームがピアノを弾いているところは以前描いたことがあったが、それは彼女がきわめてロマンテイックな優雅さを発揮しうる姿勢であった。わたしはぜひとも二人をうまく調和させたかった。幸い、小柄なイタリア青年はわたしのイメージにぴったりだった。ピアノのかたわらで二人は生気に満ちたポーズをとっていた。それは青春の愛の告白を表現する魅力的な構図であった。わたしはこの一瞬を捉え、カンバスに移しさえすればよかったのだ。モナーク夫妻はこの様子を立ったままながめていた。わたしは肩越しに挨拶した。

彼らは返事をしなかったが、わたしは相手が黙っているのには慣れていたのでそのまま仕事を続けた。これこそ理想的な絵になると心をときめかせていたが、まだモナーク夫妻と縁が切れぬと思うといささかうんざりした。まもなくモナーク夫人の柔らかい声がかたわらで——いや、上でといった方が正確だろう——聞こえて来た。「あの方の髪、もう少しきちんと結えていたらいいと思いますわ」見上げると夫人は、背を向けているミス・チャームを奇妙に凝視していた。「わたくしが直して上げてもよろしいでしょうか？」と彼女が言うのをきいて、一瞬ぎょっとした。夫人がミス・チャームに何か危害を加えるのではないかと、本能的に思ったからだ。だが、夫人は、一生忘れられぬようなまなざしでこちらを見て、わたしに反対させなかった（あのまなざしなら絵にしたいものだと思った）。それからミス・チャームに近づいて行き、肩に手をかけて上からかがむようにしてやさしく話しかけた。ミス・チャームは了解し、喜んで申し出に応じた。夫人が乱れ髪をすばやくなでつけてやると若いモデルの頭はずっと魅力を増した。これは夫人のなした、もっとも立派な行為だろう。それが済むと夫人は低く溜息をもらし、何かすることはないかとあたりを見まわした。絵具箱から落ちた、よごれた布切れを見つけると恥を忍んでそれを拾い上げた。

一方、少佐も何かできることはないかと目をきょろきょろさせていたが、やがてスタジオの向こう端まで行って、まだ片づけていない朝食の跡を見つけた。「どうでしょう、これを始末させてくださいな」そう叫ぶ声は思いなしか震えていた。わたしはきまり悪そうににこにこして「どうぞ」と言った。次の十分間、わたしがどんどん仕事をしている間中、茶碗が軽くぶつかり合う音、スプーンやコップの触れ合う音がしていた。夫人も夫に手を貸し、ふたりで食器類を洗い上げ、片づけた。それから流し場にはいって行った。後でわかったのだが、ナイフは磨き上げられ、皿はいまだかつてなかったほどピカピカになっていた。彼らがこんなことまでして、無言の中に何をわたしに訴えようとしているのか、それに気づくと目前の絵は一瞬ぼやけて、ぐるぐる回り出したことを、ここで白状しよう。彼らは敗北を認めても、なお宿命を受け入れられないでいるのだ！　にせものがほんものより貴重だという、つむじまがりの残酷な法則には、当惑しながらもかぶとをぬいだ。だが、餓死するのは厭だ。召使がモデルになるのなら、モデルが召使になってもいいわけだ。役割りを逆にして、他の連中が紳士淑女のモデルになり、自分らが召使の仕事をしてもいい。ともかくスタジオには残してほしい。このように、追い出さないでくれと無言の中に熱心に訴えられるのをわたしは感じた。「どんなことでもやりますから、使ってください」彼らはこう言いたかったにちがいない。

これらのことを考えているうちに、わたしの霊感はどこかに消えてしまった。手は筆を離してしまった。今日の仕事は台無しにされてしまったのだ。わたしは、何のことかわけがわからずにぽかんとしているモデルを帰らせた。その後、少佐夫妻を前にして、わたしは気まずい思いをした。彼らは訴えを簡単な言葉にまとめた。「ねえ、どうでしょうか、この家のために働かせてください」しかし、それはできない相談だった。よごれものを洗っている彼らを見るなど耐えられない。しかし、耐えられるふりをして一週間ばかり働かせることにした。それから相当額の金を与えて立ち去ってもらった。その後彼らに会っていない。結局、全集の残りの分の仕事ももらえることになったが、ホーリィは、少佐夫妻がわたしに永久に消えぬ痛手を負わせ、その結果、二流どころの仕事しかできなくなってしまったと繰り返し言う。それが事実だとしても、二人の思い出のためなら、犠牲を払ってもわたしは悔やまない。

精妙なジェイムズの中・短編の魅力をテーマ別に日本語で味わう

解説 行方昭夫

本書は、二〇一六年に没後百年を迎え、今日でも欧米の心理文学の祖として高く評価されているジェイムズの百余に及ぶ中・短編の中から五作品を厳選した選集です。テキストは、レオン・エデル編『ジェイムズ中・短編全集』（一九六一～六四年）を用いました。ジェイムズの中・短編（英語では short story でなく tale）と呼ばれる作品には、有名な『ねじの回転』や『アスパンの恋文』などのように、日本でなら小説と呼ばれる長さの作品も含まれていまして、彼の文学世界で長編と並んで、質量ともに重要な地位を占めています。

ヘンリー・ジェイムズは一八四三年四月、ニューヨークに生まれ、長年のヨーロッパ滞在の後、第一次大戦の勃発を契機としてイギリスに帰化し、一九一六年二月にイギリスのチェルシーで死去しました。父は宗教哲学者、兄ウィリアムは哲学者、心理学者でした。幼時からヨーロッパ旅行、滞在が多く、ハーバード大学に入学したものの、退学し、創作に手を染めます。一八七五年からヨーロッパに移住して本格的な作家活動に入ります。まず『ロデリック・ハドスン』（一八七五）、『アメリカ人』（一八七七）などの国際小説刊行の後、中編『デイジー・ミラー』（一八七八）で一躍名をあげ、次いで小説『ある婦人の肖像』（一八七八）を刊行。新旧両大陸の対比を背景に、様々な葛藤と倫理的な問題を扱った前期の集大成で、これにより国際状況をテーマとする特異な小説家の地位を築きます。これ以降は、女権拡張運動を描く『ボストンの人々』（一八八六）、幻想小説『ねじの回転』（一八九八）などで新領域を開き、さらに劇作を試みて失敗。二十世紀の初頭から再び国際状況のテーマに戻り、驚嘆すべき速度で三大長編『鳩の翼』（一九〇二）、『使者たち』（一九〇三）、『黄金の盃』（一九〇四）を完成。精緻極まりない心理分析、豊饒な言語、複雑なイメージなどで近寄りがたいのですが、小説史上まれにみる芸術的完成に到達した作品だとされています。

　生前、アメリカでは、彼がヨーロッパ文化に憧れ、「芸術は滋味豊かなところにのみ花開く」として早くから母国を去り、ついに国籍を放棄したことへの反発が強かったためもあって、高踏的な批評家と学者の間を除けば、正しい評価を受けていなかったのです。それが、一九四三年の生誕百年を契機として英米で再評価の機運が熟し(『ほんもの』でのフィリップ・ヴィンセントのように)、ジェイムズ・ブームのような事態が生じ、今はそれも落着いて、業績に見合う評価を下す時期になっています。

ジェイムズ文学の特色がもっとも遺憾なく発揮されているのは、やはり長編小説で、前期の『ある婦人の肖像』と後期の三大長編においてでしょうが、後期の長編は難解を極め、英米の読者にも容易に読めません。残念ながら、日本語の翻訳で味わって楽しむのは、誰にでも出来ることではありません。

その点、中・短編の中には、長編小説家の余技以上の立派な芸術的完成に達しているものがいくつもあります。オックスフォード大学出版の「ワールズ・クラシックス」の一冊である、優れたジェイムズ短編集の序文で、編者のホプキンズ氏は、ジェイムズを敬遠する読者が多いのは、後期の難解な長編から入ろうとしたからであり、もし読者が中・短編から読み始めるなら事情は違った筈だと明言しています。当たっていると思います。現に、日本の英文学者の先達としての夏目漱石は『黄金の盃』からジェイムズに接しようと試みて挫折し、「此人ノ文ハ分ル事ヲワカリニクキ言語デカクノヲ目的ニスルナリ」と同作品の欄外に書きました。もう一人の先達である平田禿木も『鳩の翼』の難解さに絶望したのです。もし漱石が例えば、中編『アスパンの恋文』を最初に読んでいたら、日本におけるジェイムズの運命は違っていたと私は信じます。

本書『ヘンリー・ジェイムズ傑作選』の意義を、以上のようなコンテクストでご理解いただければ幸いです。ジェイムズの中・短編を上記のホプキンズ氏は主題の面から便宜上、〈国際状況もの〉、〈芸術家もの〉、〈人間関係もの〉、〈幻想もの〉の四種類に分類しています。厳密な分類ではなく、実際には重なり合う場合が多いのですが、便利な分類ですので、多くの人がこれに従っています。本書では〈幻想もの〉以外の主要なテーマの代表作を選ぶことができました。以下、収録した作品について述べます。

モーヴ夫人は一八七四年二月と三月の『ギャラクシー』誌に連載され、翌年の短編集『情熱の巡礼他』に収められた、典型的な〈国際状況もの〉です。

表題のモーヴ夫人（マダム・ド・モーヴ）は、無垢なアメリカ娘（ユフィーミア・クリーヴ）としてパリの修道院で教育を受けました。彼女がヨーロッパ貴族との結婚に憧れたのは、単なる虚栄心からではなく、「立派な家系を誇る紳士は人格者で繊細な神経を持つに違いない」と信じたからでした。モーヴ男爵との結婚により自分もその一員となったフランス社交界の性的な乱脈ぶりを知り、夫も優雅な物腰にもかかわらず、道徳的にいやしい人物に見えてきます。その彼女の前にアメリカの好青年ロングモアが現れ、彼女に同情し、次第に愛情を抱くような状況が生じた時、彼女のアメリカ的な資質と夫のフランス的資質は衝突し反発し合います。モーヴ男爵は自分の浮気に対する妻の非難を封ずるために、青年との浮気を勧めるからです。男爵の妹で、一門の財政危機を救うために同級生だったユフィーミアを兄と結ばせたクレラン夫人は、フランス貴族の伝統を固守していて、積極的に兄に協力しロングモアをけしかけます。

ロングモアは結婚の神聖を信じる生真面目な青年ですから、むろんこのような勧めに初めは応じないのですが、作者は、彼に一組のフランスの若いカップルの睦まじそうな、のびやかな姿を目撃させます。フランス絵画によく描かれるのどかな田園風景を背景にして、何の罪の意識もなさそうに二人は天真爛漫に愛し合っています。ロングモアは、この青年画家のカップルが正式な夫婦だと想像するのですが、実は不義の関係だと分かります。それでいて、これほどまで幸福になりうるという事実に、彼はショックを受けます。と同時に、アメリカ人として自分（およびモーヴ夫人）がこれまで奉じてきたニューイングランドの伝統的なピュリタニズム、禁欲主義、自己放棄に対して反逆心を覚えざるをえません。モーヴ夫人と結ばれたいと願ってもよいのだという考えに到達します。

これに反して、ユフィーミアは夫を理想化していた誤りには十分に目覚めながらも、なお自分の従来の生き方に自信を失いません。彼女はロングモアの誘いを断固として退け、私を喜ばせたいのなら、男爵やクレラン夫人の勧めなど拒み、清らかな生き方に戻って下さいと、言い寄る彼に切望します。この上なく美しいけれど、考えを変えることは一切しない夫人に説得され、ロングモアは従わざるをえません。彼女は、さらに、その毅然たる姿勢とつめたい美しさに接して、次第に妻に対して新たな恋心を喚起された男爵を拒否し、ついに自殺へと追いこみます。

作中の二人の男性、ロングモアと男爵が、いずれも信奉してきた伝統的な生き方を、モーヴ夫人の影響で修正しようとするのに対して（男爵の場合は伝聞でしかないので委細は不明ながら）、二人の女性、モーヴ夫人とクレラン夫人は全然そのような態度を見せません。このまったく正反対の女性の夫が結婚生活の破綻からいずれも自殺するのは偶然ではないのです。

本作については、全体としては納得できる話の展開だが、男爵が妻を愛し始めて拒まれて自殺するという話だけはありえないと批判されてきました。ロングモアの帰国後に男爵は再び浮気したものの、妻の激しい心痛を見て後悔して謝罪し、これを契機にして、妻を真剣に愛し始めたけれど、拒まれて絶望し自殺したという話の部分です。私も自殺は納得できませんが、仔細に読んでみると、男爵が女性との愛に関しては、繊細で、容易に傷つく人だと何度か述べられているのに気付きます。

男爵は主にロングモアの視点から描かれているため、言い換えれば、作者による客観的な描写でないため、ロングモアの嫉妬心が入ってきて、実際より厚顔で無神経な人物だという印象を不注意な読者に与えているという事情があります。読者は、このような事情を理解して男爵の実像を正しく見るようにと作者は期待しているのでしょう。それに仮に男爵がロングモアの思い描く通りだけの人物であるとしたら、そのような男性に恋したユフィーミアが愚かしく見えてしまい、読者が彼女に共感するのを望む作者の思惑が外れてしまいます。作者の曖昧さが、よくも悪くも出た箇所です。

ジェイムズは母国アメリカを捨て、ヨーロッパに移住したのですが、無条件にヨーロッパを受け入れ、全面的にアメリカを否定したのでは決してありませんでした。円熟した文化と豊かな伝統を誇るヨーロッパに道徳的な腐敗を見出していましたし、逆に、低俗な趣味と浅薄な文明のアメリカに道徳的な潔癖さ、勇気を見過ごさなかったのです。そしてジェイムズが、その文学活動を通じて追い求めたのは、アメリカ的なものとヨーロッパ的なものとの高次な融合と総合だったのです。図式的に解釈すれば、『モーヴ夫人』では、二人の女性はこの融和の道を拒み、二人の男性はその方向に一歩動き出したようです。とにかく、この作品は、ジェイムズの〈国際状況もの〉の基本的な構造を明確に示す佳作と言えます。

五十男の日記は一八七九年七月の『ハーパーズ・マガジーン』誌と『マックミランズ・マガジーン』誌に発表され、同年の短編集『未来のマドンナ他』に収められた、〈国際状況もの〉と〈人間関係もの〉の混合した作品です。モーヴ夫人におけるアメリカ人とフランス人との対立は、本作ではイギリス人とイタリア人とのそれになっています。男女関係についての堅苦しい考え方と、南欧的な開放的態度との衝突が大きな問題になっている点で、ジェイムズ得意の欧米対立のヴァリエーションと考えてよいでしょう。

日記形式のために、作中の出来事はすべて五十男の視点を通して伝達されます。二十七年前の彼のサルヴィ伯爵夫人との関係も、現在進行中のスタンマーとスカラベリ伯爵夫人との関係も、読者は五十男の観察を介してしか知りえないのです。彼は元来気の小さい、生真面目な人間なので、意図的に事実を曲げて記すようなことはしません。それでも、スタンマーの微笑の意味とか、スカラベリ夫人の発言の意図とかについては、五十男の主観的な判断による解釈がどうしても出てしまいます。彼のねたみ、願望充足的思考、潔癖過ぎる倫理感覚などによって、真実がどのように色付けされるか、読者は自分の頭で判断しなくてはならないのです。「スタンマーの日記」が存在すれば、どうなるかを想定してみると面白いでしょう。

「四月八日　夫人と知り合ってからの期間をきかれて、ぼくが頭の中で計算していたら、あの方は、恋に夢中の時には『一月も半年も同じですな』などと非常識なことを言われた。誤った恋からぼくを救ってくれると言って本当は迷惑だけど、善意の人のようなので、頭から拒絶もできない」

などとなりましょうか。もちろん、スタンマーも彼なりの色眼鏡をかけているに違いないのですが、読者が客観的な真実に辿りつけるように作者は色々なヒントを与えてくれていますから、慎重に細部も見逃さずに読めば、作者と同じ立場に立って、作中人物の実像を見ることが出来ましょう。

こうして注意深く読むと、五十男が強調してやまない「類似」——スタンマーと自分の類似、サルヴィ夫人とスカラベリ夫人の類似——はどこまで信じてよいのか疑問視したくなります。スタンマーとの類似について考えましょう。スタンマーは、最初は五十男にイタリア女性を恋する先達として敬意を払い、忠告に耳を傾けていますが、次第に相手が固定観念に捉われているのを発見し、ついには、相手を皮肉ったり、夫人を捨てたのは誤りだったと指摘したりするようになりますね。これを観察すると、スタンマーの方が、柔軟な頭を持つ国際人だと分かってきて、両者の類似は、地味で礼儀正しいイギリス人ということだけだと思えてきます。

五十男の不謹慎にも映る介入にもかかわらず、スタンマーがスカラベリ伯爵夫人と結婚し、五十男の予想を裏切って、結婚後数年経ても未だに幸福が継続しているようです。五十男は伯爵夫人親子の「類似」を強調してきたのですから、論理の当然の帰結として、サルヴィ夫人も五十男にとって素晴らしい妻になったはずです。あまりに用心深く、瑣事に拘泥し、臆病だったために、幸福を摑みそこなった五十男にたいする作者の筆は、同情的な部分もありますが、全体として皮肉が込められています。

ジェイムズの作品群を見渡してみると、自分もあるいは充実した「生」を享受できたかもしれぬのに、という悔恨に悩む人物は多数見つかります。長編『使者たち』のストレザー、短編『モーヴ夫人』のヒロインとロングモア、短編『ジャングルの野獣』（一九〇三）のマーチャーなど、その顕著な例です。五十男も当然この仲間に入ります。

ジェイムズ自身は、若くして病死した従妹ミニー・テンプルへの思い出を一生胸に抱き続けていましたが、五十男と同じく、生涯を独身で通しました。『五十男の日記』を書いたのは三十六歳の時であり、その頃に既に一生独身のつもりだったかどうかは不明です。スタンマーは恋愛も結婚も成功したようですが、ジェイムズ作品で、上首尾に終わる国際結婚の例は極めて少なく、最晩年の『黄金の盃』のアメリーゴ公爵とアメリカ娘マギーの、ヨーロッパとアメリカとの融合としての結婚の成功くらいしか他にありません。芸術作品と作者の私生活を安易に混同するのは誤りかもしれませんが、私は、スタンマーでなく五十男の中にジェイムズの姿の断片をより多く見出せると感じます。

嘘つきは一八八八年五月と六月に『センチュリー・マガジーン』誌に連載され、翌年の短編集『ロンドン生活他』に収められました。〈芸術家もの〉と〈人間関係もの〉の混合した作品です。

ジェイムズの『創作ノート』の一八八四年の箇所には、ドーデの小説『ニュマ・ルメスタン』にヒントを得て、「人柄のよい、美男子だが嘘つきという悪癖のある夫を持つ人妻」を女主人公とする短編の構想が出ています。また、この短編の改訂版を収めた『ニューヨーク版序文』には、ある晩餐会の席で実に話のうまい嘘つきとその妻に会い、忘れがたい印象を与えられたのが執筆のきっかけだったと述べています。

多分このような作者自身の説明のせいもあって、以前は「病的な嘘つきと、その夫を世間の非難から庇おうとする妻の物語」として読まれていた作品ですが、今の読者は、このような読み方は素朴すぎると感じるでしょう。語り手に近い立場のライアンの視点を作者の視点と重ねてしまえば、そのように読めるけれど、ライアンは準語り手としてどこまで信用できるのか、そこが問題です。

ライアンのことは、『創作ノート』にも『ニューヨーク版序文』にも出て来ません。彼は青年時代に、結婚前のキャパドーズ夫人に恋をし、求婚した過去があります。純情だった昔の恋人が、平気で嘘をつく男と結婚しているのにショックを受けた彼は、彼女が夫の正体を見破っているかどうか、気付いているとすればどこまで夫の味方をするのか、また、夫の嘘を庇うことで彼女自身も堕落していないかどうかを探ろうとします。

ライアンも認めるように、大佐の嘘は主として座を盛り上げ、話を面白くするための罪のないもので、嘘というよりほら話が多いのです。インドでの友人の生き埋め事件の話はその典型的な実例です。それでも嘘は嘘であり、西欧社会では日本と較べて嘘はずっと嫌われるので、嘘をつく人物が夫として望ましい筈はないのです。得々として嘘の話を喋りまくる夫と同席している時の夫人はさぞ不愉快だろうと想像するライアンは、夫人の表情の中に、嘘つきとの結婚を後悔し、誠実なライアンと結婚した方がよかったという思いを見出そうと必死になります。

大佐がほら話でない本当の嘘をつくのは、ライアンの描いた大佐の肖像画を切り刻んだのは自分でないとし、責任をモデル女に転嫁した時です。ライアンは、この嘘を「悪徳の中でもっとも軽蔑すべき、もっとも下卑た悪癖」だと非難し、そういう嘘を引き出した自分の計画の成功を喜びます。しかし、これは悪徳に対する義憤でなく、復讐の喜びに見えます。この嘘は、丁寧に読んでみると、実はライアンが仕組んだわなにかかった大佐から、無理やり引き出したものであるのを作者は明確に示しているのです。

表題の「嘘つき」が大佐を指しているのは確かでしょうが、このように読んでくると、ライアンも嘘つきではないか、と気になり出します。夫人に大佐の肖像画を無料でよいから描きたいと提案した時、大佐を貶めようという真実の意図を隠して、興味深い表情を持つ大佐の肖像画を描くのは肖像画家としての自分の「楽しみと研究」のためだ、と嘘をつきます。また、大佐をモデルにして描いている最中、その虚言癖ができるだけ多く発揮されるようにと画策します。しかも彼は、大佐夫妻への自分の仕打ちが、嫉妬、横恋慕などでなく、悪癖への義憤だと装っていますが、これは嘘です。画家の愛を退けて大佐と結婚した女への復讐であり、女を妻とした男への仕返しと取れます。この作品には嘘つきが二人いると考える方が、作品が深みを増して面白くなるのではないでしょうか。

教え子は一八九一年三月と四月に『ロングマンズ・マガジーン』誌に連載され、翌年の短編集『巨匠の教訓他』に収められました。ヨーロッパ在住の成り上がりのアメリカ人の家族と敏感な末っ子の少年の噂話を耳にしたのがヒントになったと作者自身が述べています。当然〈国際状況もの〉の要素がたっぷりあるのですが、ホプキンズは〈人間関係もの〉に分類しています。

モリーン一家はジェイムズが長年のヨーロッパ暮らしで、イギリス、イタリア、フランスで実際に目撃したヨーロッパ在住アメリカ人たちがモデルになっています。モーガン少年にしても、父の独特の教育方針と頻繁な引越しのために学校に行けず、家で家庭教師に学んだジェイムズ少年の思い出が反映されています。一家を描く作者の目は全体としては厳しいのですが、家庭教師による教育や、一家ののんびりした自由な意見交換などの場面が肯定的に、楽しくさえ描かれているのは、作者の思い出が作用しているせいかもしれません。

さて、一家の腐敗した生活はまずモーガン少年の敏感な視点によって捉えられ、それが

ペンバートンに反映されて行きます。何が何でもヨーロッパの上流社交界にもぐりこもうと必死の一家について、モーガンは、

「それにあんな生き方をして何の得になるっていうんだろう？　交際を求めているお上品な人たちに、どう扱われているか、ぼくにはわかっている。家の人は、お上品な連中に対してなら、へいつくばって踏んづけられても喜んでいるんだ！　そのあげくは相手を不愉快にさせて嫌われるんだ。家の知り合いで本当に立派な人といったら、先生だけだよ」

と鋭く批判します。しかし、もしモーガンが道徳的な感受性が異常なほど発達した早熟児だとすれば、こういう見方は、どこまで客観的にも正しいのでしょうか。仮にこの一家の状態をモリーン氏の「世慣れた人間」（作中で繰り返し同氏の形容に用いられています）らしい視点から見れば、この一家の真の罪は結局、乳母と家庭教師のモーガンへの愛情につけこんで給料を踏み倒したことくらいになってしまいます。

この作品での作者の狙いが、このような一家に生まれついてしまった（隔世遺伝が言及され、立派な祖父がいたと記されています）、理想主義的で、この世にふさわしくない道徳的感性を年若くして与えられた少年が、このような俗悪な一家に生まれついた時に生じ

る葛藤、悲劇を描くことであったのは、誰でも納得できましょう。モーガンの視点を補強し信憑性を高めるために、ペンバートンの視点が冒頭から導入されています。彼は、母国でイエール大学を卒業した後、さらにイギリスのオックスフォード大学を優等生で卒業し、さらにまた、ヨーロッパ各地に長期滞在しています。この時代では最高のインテリです。生来控え目な性格ですが、その優れた知性と感性による判断でモーガンの見解の正しさを保証しています。

純真な子供が腐敗した大人の犠牲になるという主題は、この頃のジェイムズの関心を引いたようで、同時期の長編小説『メイジーの知ったこと』(一八九七)、中編『ねじの回転』(一八九八)、長編小説『厄介な年頃』(一八九九)などにも賢い子供が登場しますが、モーガンのような魅力的な天才児は他にいません。ぼろを着ていても領事に品があると思わせ、洞察力に優れ、機智があって気の利いた冗談が即座に言え、外国語の俗語まで話せ、素直な可愛らしさまで持ち合わせている少年像！　ジェイムズの創作力は称えられていいでしょう。また、ペンバートンならずとも、教師であれば誰しもこのような天才児でありながら嫌みのない生徒を導くことに情熱を注ぐのは無理ありません。

ペンバートンとモーガンの教師と教え子という関係が、数年経つうちに深いものになり、少年が十五歳になるまでには、ほぼ対等の友人関係にまで発展しますが、この過程を多くの些細な出来事への対応、散歩中の活発な知性的な会話によって立体的に描写するジエイムズの手腕は見事だと思います。知性感性の相性のよさが、このような友情を育てるのかと、非常に興味をそそられます。モリーン夫人の、ペンバートンへの「あなたはモーガンを私たちから奪った」となじる発言は、責任逃れの逃げ口上である一方、青年と少年の結びつきの強さを表する正確な形容でもあります。

その点が、実はこの作品が初め掲載を拒否された理由だとされています。作品の原稿を最初に送った『アトランチック・マンスリー』誌は、従来ジェイムズの作品を常に歓迎していたのですが、この作品に限って拒否したのです。拒否の理由は表向きは、腐敗堕落した在欧アメリカ人一家を描いたからということでしたが、本当の理由は、編集者がペンバートンとモーガンの間に同性愛的なものを感じたからのようです。今から百二十六年前のことですから、あり得ることでした。

このようなことを気にする読者もありうると思って、この出版経緯を紹介しましたが、現代の読者は、たとえそうであっても、それで作品評価が変わるものではないと考えましょう。モーガンという天才児の全体像を生きいきと描き、その悲劇によって読者を感動させるのに成功した作品です。

ほんものは一八九二年四月の『ブラック・アンド・ホワイト』誌に載り、翌年の短編集『ほんもの他』に収められた〈芸術家もの〉です。ニューヨーク版の序文の作者自身の記述に沿って、みせかけを装う必要のない「ほんもの」のモデルと、ポーズのこつを心得ている身分の卑しいプロのモデルとを対比させて、芸術は現実の模倣ではないという芸術理論をパラブル（寓話）の形で表明した作品だとされています。その通りですけれど、それ以外の要素も見出しえるように私には思えます。

この作も作者が人から聞いた話が元になっています。『創作ノート』の一八九一年の箇所には、ジェイムズが友人で『パンチ』誌に風刺画を連載していた画家で小説家のデュ・モーリエから、困窮したためモデルに使って欲しいとして現れた紳士と淑女を、紳士淑女の挿絵に一度使ったけれど、失敗したという話を聞いたと述べられています。「ほんもの」の少佐夫妻は、自分らがどうして、身分の低い「にせもの」のプロのモデルに劣るのか理解できないのです。ジェイムズはこの話を聞いて、彼らの状況の哀れさに心を打たれた、と記しているのが注目されます。

作品は、モナーク少佐夫妻をモデルに使うことになった画家が一人称で自分の過去の経験を語るという形式になっています。その点で、画家が伝えることが真実であるのか、それとも『五十男の日記』その他の場合のように、真実が主観的な思い入れなどによって、歪められていないかどうか、考える必要があります。つまりモデルとして、および人間として、少佐夫妻をどう考えるか、その点で語り手の画家とジェイムズが、どこまで重なっているでしょう？

モナーク夫妻は元紳士淑女だった人らしく、世間知らずなところ、芸術についての無知があるにしても、素朴で誠実であり、礼節を心得、身だしなみもよく、その境遇に同情した画家は、二人が変化に乏しく、表情が同じで硬いことに危惧を抱きつつも、上流社会を描いた小説の挿絵のモデルに使ってみようとします。画家は一般の社会でも通じる常識人として描かれています。絵画についての主張にしても、「わたしには生まれつき実物より表現された物を好む傾向がある。実物の欠点は表現不足になりがちなことだ」という言葉で要約されていて、決して突飛、常識外れではありません。

画家は自分のモデルとして、モナーク夫妻とミス・チャーム、オロンテを実際に使い、その経験を通じて、画家はモデルから得たヒントを自分の創作力、想像力を駆使して芸術品にするのであり、真のリアリズムは現実の素朴な模写ではないのをつくづく覚ってゆきます。少佐夫妻が使い物になりそうもないと気付きだしてからも、直ぐには解雇せず、使える範囲で使おうとします。いよいよ最後通告をするのは、『ラトランド・ラムゼイ』全集への挿絵画家として画家自身が解雇される危機に至ってからです。

画家はこのようにモナーク夫妻に親切なのですが、夫妻の欠点に盲目というのでは決してありません。そのイギリス中産階級特有の想像力の欠如、自然の感情を無理に抑える生き方、因習的な考え方に従う姿勢を一篇の随所で揶揄し批判しています。その一方、彼らが「貧すれば鈍す」の諺を否定して、最後まで礼節を失わず、克己心を保ち続けるのに感嘆しています。

このように検討してみると、この作品においては、画家とジェイムズはほぼずれずに重なり合っていると結論してもよさそうです。作品の最後の「ホーリィは、少佐夫妻がわたしに永久に消えぬ痛手を負わせ、その結果、二流どころの仕事しかできなくなってしまったと繰り返し言う。それが事実だとしても、二人の思い出のためなら、犠牲を払ってもわたしは悔やまない」という言葉は、『創作ノート』で「哀れさに心を打たれた」という感想に通じます。〈芸術家もの〉ではありますが、〈人間関係もの〉の要素もかなり混じった作品だと思います。

冒頭で触れたように、二〇一六年はジェイムズ没後百年に当たり、それを記念して、『ヘンリー・ジェイムズ、いま―歿後百年記念論集―』が出ました。日本の英文学者二十名による最新論考の並ぶみごとな研究書です。私も求められて、その本の序文として「ジェイムズ学事始」と題してエッセイを寄せました。できるものなら、一般読者のためにも何かしたいと願っていたところ、縁あって本書を出す幸運に恵まれました。若い頃夢中で訳した作品を検討し、編集し直して纏めました。翻訳はジェイムズの面白さを味わって頂けるように努力したつもりです。この仕事を勧めて下さった講談社文芸第一出版部担当部長の松沢賢二氏に感謝します。原稿の確認から刊行にいたる全過程でご親切にお世話頂きました。また私事ながら、妻恵美子は原稿全てについて、慎重に検討し助言をしてくれました。

年譜　ヘンリー・ジェイムズ

一八四三年
四月一五日、ニューヨーク市で生まれる。父はスエーデンボルグやフーリエの思想に傾倒した裕福な宗教哲学者で、エマソンやソローと交際があった。ヘンリーは四男一女の次男で、一歳上のウィリアムは後年、著名な心理学者、哲学者になった。

一八四三―四四年（〇歳―一歳）
両親に連れられて何回もヨーロッパを訪ねる。

一八四五―五五年（二歳―一二歳）
ニューヨーク州のオールバニー市とニューヨーク市で子供時代を送る。型にはまった教育を嫌う父の方針により、正規の学校に通わず数人の家庭教師につく。

一八五五―五八年（一二歳―一五歳）
一家と共にヨーロッパに渡り、ジュネーブ、ロンドン、パリなどに滞在。それら各地の学校および家庭教師に学ぶ。

一八五八年（一五歳）
アメリカに帰り、ロードアイランド州のニューポートに移り住む。

一八五九年（一六歳）
一家と共にジュネーブに滞在、修学。

一八六〇年（一七歳）
夏、ボンに滞在。九月、ニューポートに帰

る。同地のウイリアム・モリス・ハントに絵画を学ぶ。ジョン・ラ・ファージュとの交友により文学に開眼。ミュッセやメリメの短編などを翻訳する。

一八六一年（一八歳）

四月、南北戦争はじまる。一〇月、近所に火事があり、その消火作業中に背中に負傷する。このため、二人の弟や友人たちのように従軍できず劣等感に悩む。

一八六二―六三年（一九歳―二〇歳）

一八六二年九月、ハーバード大学の法学部に入学。一年で退学し、創作を始める。

一八六四年（二一歳）

一家はニューポートからボストンへ移る。『コンチネンタル・マンスリー』誌、二月号に無署名で短編「間違いの悲劇」を発表。『ノースアメリカン・レビュー』誌の新しい編集者チャールズ・エリオット・ノートンとジェイムズ・ラッセル・ロウエルと知り合い、同誌に無署名の書評を載せる。

一八六五年（二二歳）

南北戦争終わる。署名入りの最初の短編「ある年の物語」を『アトランチック・マンスリー』誌、三月号に発表。これ以後同誌および『ネイション』誌に書評を載せ始める。

一八六六年（二三歳）

一家はマサチューセッツ州ケンブリッジに移る。

一八六八年（二五歳）

『アトランチック・マンスリー』誌、二月号に最初のゴチック物の短編「古衣裳物語」を発表。

一八六九―七〇年（二六歳―二七歳）

イギリス、フランス、スイス、イタリアを旅行する。一八七〇年三月、滞英中に好きだった従妹ミニー・テンプルの病死が報ぜられ深い衝撃を受ける。一八七〇年四月、帰国。

一八七一年（二八歳）

短編「情熱の巡礼」を『アトランチック・マンスリー』誌、三―四月号に発表。最初の長編『後見人と被後見人』を同誌に連載。

一八七二年（二九歳）

五月、『ネイション』誌と旅行記執筆の契約を結びヨーロッパに渡る。秋、パリに行き、フランス演劇に興味を抱く。

一八七三年（三〇歳）

大部分をローマで過ごす。

一八七四年（三一歳）

春、フィレンツェで長編『ロデリック・ハドスン』の執筆を始め、九月、帰国してから脱稿。

一八七五年（三二歳）

一月、表題作の他「古衣裳物語」、「モーヴ夫人」などを収める短編集『情熱の巡礼他』刊行。『ロデリック・ハドスン』の雑誌連載を始める。四月、『太平洋横断スケッチ』刊行。一〇月、ヨーロッパ永住の決意をかためてパリへ出発。同地でツルゲーネフと親交を結び、彼を通してフロベール、エドモン・ド・ゴンクール、ゾラ、ドーデなどと交際。一一月、『ロデリック・ハドスン』刊行。

一八七六年（三三歳）

六月、長編『アメリカ人』の連載を始める。フランス文人からは小説技法の面で多くを学んだが、その私生活には反発を感じ、一二月、ロンドンに移る。

一八七七年（三四歳）

五月、『アメリカ人』刊行。パリとローマ再訪。

一八七八年（三五歳）

三月、評論集『フランスの詩人と小説家』刊行。五月、『後見人と被後見人』刊行。六月から中編『デイジー・ミラー』を連載し、一躍有名人になりイギリス社交界に出入りする。七月から長編『ヨーロッパの人びと』を連載し、九月に刊行。秋、スコットランドを訪ねる。一一月、『デイジー・ミラー』刊行。
一八七九年（三六歳）
一月、中編『国際エピソード』刊行。春をイタリアで過ごし、九月から三ヵ月パリに滞在。一〇月、表題作の他「五十男の日記」、「ベンボリオ」などを収める短編集『未来のマドンナ他』、一二月、長編『信頼』、評伝『ホーソーン』刊行。
一八八〇年（三七歳）
三月、イタリアに出発、フィレンツェに落ち着く。四月、短編集『「五十男の日記」と「一束の手紙」』刊行。六月から長編『ワシントン・スクエア』を連載し一二月に刊行。一〇月から長編『ある婦人の肖像』を連載。
一八八一年（三八歳）
春をヴェネツィア、ミラノ、およびローマで、夏をスイスで、秋をスコットランドで過ごす。一一月、『ある婦人の肖像』刊行。前期の代表作であり、これによって国際状況をテーマとする特異な作家としての地位を確立。冬をアメリカで送る。
一八八二年（三九歳）
一月、母死す。『デイジー・ミラー』を脚色したが、上演されなかった。五月、イギリスに戻り、九月、フランスに渡ったが、一二月、父の死の報を受けて再び帰国。
一八八三年（四〇歳）
二月、表題作の他「視点」、「ボールパ館」などを収める短編集『ロンドン包囲他』刊行。夏までアメリカに滞在したが、その後イギリスに戻り、以後二〇年帰国しない。九月、劇『デイジー・ミラー』刊行。一一月、一四巻の『ヘンリー・ジェイムズ著作集』が出る。一二月、旅行記『土地の肖像』刊行。
一八八四年（四一歳）
年頭の数週間をパリで過ごし、ロンドンに戻る。九月、旅行記『フランス小旅行』刊行。主要論文『小説芸術』を『ロングマンズ・マガジーン』誌の九月号に発表。一〇月、「バーベリナ夫人」、「ニューイングランドの冬」などを収める短編集『三都市物語』刊行。一一月、病気の妹アリスがイギリスに来て、一緒に暮らす。

一八八五年（四二歳）

二月、表題作の他「パンドラ」、「四度の出会い」などを収める短編集『ベルトラフィオの作者他』刊行。同月、長編『ボストンの人びと』の連載始める。五月、「移り気な男」、「風景画家」などを収める三巻の短編集『採録短編集』刊行。九月、長編『カサマシマ公爵夫人』の連載を始める。秋、パリに滞在。R・L・スティーヴンソンとの交友始まる。

一八八六年（四三歳）

二月、『ボストンの人びと』刊行。一〇月、『カサマシマ公爵夫人』刊行。二長編とも、ジェイムズとしてはもっともバルザック的な作。ロンドンでの住居をボルトン通りからケンジントンに引っ越す。

一八八七年（四四歳）

フィレンツェとヴェネツィアに長期滞在。ミス・コンスタンス・フェニモア・ウールスンと交わる。夏、ロンドンに戻る。

一八八八年（四五歳）

五月、評論『部分的肖像』刊行。六月、長編『リヴァーバレーター紙』刊行。九月、表題作と「現代の警告」とを収める短編集『アスパンの恋文他』刊行。スイス、イタリア、フランス旅行。小説が人気を呼ばぬことを苦にし、執筆中の長編『悲劇の詩神』以後は小説執筆を断念しようと考える。

一八八九年（四六歳）

一月から『悲劇の詩神』の連載を始める。四月、表題作の他「嘘つき」、「パタゴニア」などを収める短編集『ロンドンの生活他』刊行。劇作によって収入を増し、人気を得ようと決意。『アメリカ人』の脚色に着手。秋、パリ滞在。
一八九〇年（四七歳）
六月、『悲劇の詩神』刊行。夏をイタリアで過ごす。
一八九一年（四八歳）
九月からロンドンで『アメリカ人』の上演始まる。
一八九二年（四九歳）
二月、表題作の他「教え子」、「ブルックスミス」などを収める短編集『巨匠の教訓他』刊行。三月、アリスがイギリスで死亡。夏、イタリア旅行。
一八九三年（五〇歳）
三月、表題作の他「グレヴィル・フェイン」、「うら若き付き添う婦人」などを収める短編集『ほんもの他』、六月、表題作の他「オウエン・ウイングレイヴ」、「訪問」などを収める短編集『私生活他』、美術評論『絵画とテクスト』、評論『ロンドンと他の土地での評論』、九月、表題作の他「協力」などを収める短編集『時の車輪他』刊行。パリ、スイスを旅行する。
一八九四年（五一歳）
一月、ミス・ウールスンがヴェネツィアで自殺を遂げたのを知り、三月に同地に赴く。六月、戯曲集『劇二篇』刊行。一〇月、戯曲『ガイ・ドンヴィル』私家本刊行。一二月、戯曲集『続編』刊行。
一八九五年（五二歳）
一月、ロンドンで『ガイ・ドンヴィル』上演。挨拶のため舞台に出たジェイムズは観客から罵声を浴びる。劇作を断念し、再び新たな決意のもとに小説執筆に戻る。五月、「中年」、「コクソン基金」、「死者の祭壇」などを収める短編集『終結』刊行。
一八九六年（五三歳）
四月、長編『ポイントンの蒐集品』の連載始める。「絨毯の模様」、「この次こそ」などを収める短編集『困惑』刊行。七月、長編『もう一つの家』の連載を始め、一〇月に刊行。夏と秋を南イングランドのサセックス州で過ごす。

一八九七年（五四歳）
一月、長編『メイジーが知ったこと』の連載を始め、九月に刊行。二月、『ポイントンの蒐集品』刊行。九月、サセックス州のライの古い邸ラム・ハウスを入手し、これが永住の家となる。ロンドンに一部屋を契約してあって、しばしばそこに滞在。書痙を患い、そのため小説を口述筆記させる習慣がつく。

一八九八年（五五歳）
夏、ラム・ハウスに移転。後期の大作の執筆に着手。八月、中編『檻の中』刊行。一〇月、中編『ねじの回転』を含む短編集『二つの魔法』刊行。同月、長編『厄介な年頃』の連載を始める。この頃から、ウエルズ、コンラッドなどイギリス作家との交友が始まる。

一八九九年（五六歳）
四月、『厄介な年頃』刊行。夏をイタリアで過ごす。秋、兄ウィリアム夫婦がヨーロッパ旅行に来る。長編『使者たち』の執筆にかかる。

一九〇〇年（五七歳）
八月、「模造真珠」、「モード・イーヴリン」、「知恵の樹」などを収める短編集『滑らかな面』刊行。長編『過去の感覚』の執筆を始めるが途中で中止する。

一九〇一年（五八歳）
二月、書き下ろしの長編『聖なる泉』刊行。

一九〇二年（五九歳）
八月、書き下ろしの長編『鳩の翼』刊行。

一九〇三年（六〇歳）
一月、『使者たち』の連載を始め、九月に刊行。二月、「ジャングルの野獣」、「話の影」、「フリッカブリッジ」などを収める短編集『よりよい種類』刊行。一〇月、伝記『ウィリアム・ウエットモア・ストーリーとその友人たち』刊行。

一九〇四年（六一歳）

八月末、二一年ぶりにアメリカへ向かう。ケンブリッジを中心に一〇ヵ月滞在。一一月、書き下ろしの長編『黄金の盃』刊行。一〇月、ニューヨークを訪問し、スクリブナーズ社とジェイムズ全集出版の打ち合わせを行う。

一九〇五年（六二歳）

アメリカ国内をニューイングランドからフロリダまで南下し、そこから大陸を横断して、四月、カリフォルニアに至る。各地でジェイムズが予想したより温かい歓迎を受けて、たびたび講演を依頼される。八月、ラム・ハウスに戻り、ニューヨーク版全集のために作品の選定、改訂、序文執筆の仕事に着手。一〇月、評論集『我々の言語の問題・バルザックの教訓』刊行。同月、旅行記『イギリス紀行』刊行。

一九〇六年（六三歳）

ニューヨーク版の仕事を続行。

一九〇七年（六四歳）

一月、旅行記『アメリカ印象記』刊行。三月、パリに三ヵ月滞在。イタリア訪問。一二月、ニューヨーク版の刊行始まる。

一九〇八年（六五歳）

戯曲の執筆を再び始め、三月、その一つ、劇『高値』がエジンバラで上演される。評論集『意見と批評』刊行。

一九〇九年（六六歳）

九月、短編『ジュリア・ブライド』刊行。一〇月、旅行記『イタリア紀行』刊行。夏から戯曲執筆。年末にひどく健康を害する。

一九一〇年（六七歳）

年初から床に就く。兄ウィリアムと共にドイツで保養し、その後共にアメリカに帰る。八月、弟ロバートスン死亡。兄も同月に死亡。

翌年秋までケンブリッジ滞在。一〇月、「荒廃のベンチ」、「一巡の訪問」などを収める短編集『細かい粒』刊行。

一九一一年（六八歳）

五月、ハーバード大学より名誉学位を受ける。秋、ラム・ハウスに戻り、健康を回復。一〇月、長編『抗議』刊行。

一九一二年（六九歳）

健康すぐれず、ラム・ハウスからロンドンのチェルシーに一時的に移る。オックスフォード大学から名誉学位を受ける。

一九一三年（七〇歳）

三月、自伝『ある小さな少年と他の人びと』刊行。四月一五日、古稀を迎え、友人たちからジョン・S・サージェントによる肖像画を贈られる。

一九一四年（七一歳）

チェルシーで長編『象牙の塔』の執筆を始める。三月、自伝『息子と弟の覚え書き』刊行。七月、ラム・ハウスに戻る。八月、第一次大戦が勃発すると、傷病兵の慰安などで戦争協力。一〇月、評論集『小説家についての覚え書き』刊行。冬、中断していた『過去の感覚』の執筆始める。

一九一五年（七二歳）

七月、イギリスに帰化。同月、評論『精神の問題』刊行。一二月、卒中おこり肺炎を併発。

一九一六年

一月、ジョージ五世から「メリット勲位」を授与される。二月二八日、チェルシーで死亡。七二歳と一〇ヵ月だった。葬儀はチェルシー・オールド教会で行われ、遺骨はアメリカに運ばれ、ケンブリッジの家族の墓地に葬られる。

×　×　×

一九一七年
九月、未完のまま『象牙の塔』と『過去の感覚』刊行。一〇月、未完の自伝『中年』刊行。

一九二〇年
四月、ラボック編『ジェイムズ書簡集』刊行。

一九二一—二三年
一月から全三五巻の全集がマクミラン社から刊行。

一九四七年
一〇月、F・O・マシーセンおよびK・B・マードック編『ジェイムズの創作ノート』刊行。

一九四九年
一〇月、レオン・エデル編『ジェイムズ全戯曲』刊行。

一九六一—六四年
レオン・エデル編『ジェイムズ中・短編全集』全一二巻刊行。スクリブナーズ社からニューヨーク版全集が再刊。

一九七四—八四年
エデル編『ジェイムズ書簡集』全四巻刊行。

一九八三—八五年
工藤好美監修、中村真一郎序『ヘンリー・ジェイムズ作品集』全八巻（国書刊行会）刊行。

一九八三—二〇一六年
『ライブラリー・オブ・アメリカ』は、一九八三年刊行の『長編小説　一八七一—一八八〇』から二〇一六年刊行の『全自伝』に至るまで、ほぼ全作品を解説、注付きで収める。

一九八七年
エデルおよびライオール・H・パワーズ編『ジェイムズの全創作ノート』刊行。

（訳者編）

底本

「モーヴ夫人」『デイジー・ミラー　他三篇』（一九七七年十二月、八潮出版社刊）
「五十男の日記」「嘘つき」『嘘つき』（一九八九年十一月、福武文庫刊）
「教え子」『アスパンの恋文』（一九六五年六月、八潮出版社刊）
「ほんもの」『運命の法則』（一九九二年九月、文春文庫刊）

ヘンリー・ジェイムズ傑作選《けっさくせん》

ヘンリー・ジェイムズ　行方昭夫《なめかたあきお》 訳

二〇一七年八月　九日第一刷発行
二〇二二年五月一九日第二刷発行

発行者――鈴木章一
発行所――株式会社　講談社
東京都文京区音羽2・12・21　〒112-8001
電話　編集（03）5395・3513
販売（03）5395・5817
業務（03）5395・3615

デザイン―菊地信義
印刷――株式会社KPSプロダクツ
製本――株式会社国宝社
本文データ制作―講談社デジタル製作

定価はカバーに表示してあります。

講談社文芸文庫

ISBN978-4-06-290357-8

アポロニオス／岡道男訳
アルゴナウティカ　アルゴ船物語　岡道男——解

荒井献編
新約聖書外典

荒井献編
使徒教父文書

アンダソン／小島信夫・浜本武雄訳
ワインズバーグ・オハイオ　浜本武雄——解

ウルフ、T／大沢衛訳
天使よ故郷を見よ(上)(下)　後藤和彦——解

ゲーテ／柴田翔訳
親和力　柴田翔——解

ゲーテ／柴田翔訳
ファウスト(上)(下)　柴田翔——解

ジェイムズ、H／行方昭夫訳
ヘンリー・ジェイムズ傑作選　行方昭夫——解

ジェイムズ、H／行方昭夫訳
ロデリック・ハドソン　行方昭夫——解

関根正雄編
旧約聖書外典(上)(下)

ドストエフスキー／小沼文彦・工藤精一郎・原卓也訳
鰐　ドストエフスキー ユーモア小説集　沼野充義——編・解

ドストエフスキー／井桁貞義訳
やさしい女｜白夜　井桁貞義——解

ナボコフ／富士川義之訳
セバスチャン・ナイトの真実の生涯　富士川義之——解

ハクスレー／行方昭夫訳
モナリザの微笑　ハクスレー傑作選　行方昭夫——解

▶解=解説を示す。　2022年5月現在

フォークナー／高橋正雄訳
響きと怒り　高橋正雄──解

ベールイ／川端香男里訳
ペテルブルグ(上)(下)　川端香男里─解

ボアゴベ／長島良三訳
鉄仮面(上)(下)

ボッカッチョ／河島英昭訳
デカメロン(上)(下)　河島英昭──解

マルロー／渡辺淳訳
王道　渡辺 淳───解

ミラー、H／河野一郎訳
南回帰線　河野一郎──解

メルヴィル／千石英世訳
白鯨　モービィ・ディック(上)(下)　千石英世──解

モーム／行方昭夫訳
聖火　行方昭夫──解

モーム／行方昭夫訳
報いられたもの|働き手　行方昭夫──解

モーリアック／遠藤周作訳
テレーズ・デスケルウ　若林 真───解

魯迅／駒田信二訳
阿Q正伝|藤野先生　稲畑耕一郎─解

ロブ＝グリエ／平岡篤頼訳
迷路のなかで　平岡篤頼──解

ロブ＝グリエ／望月芳郎訳
覗くひと　望月芳郎──解

講談社文芸文庫

講談社文芸文庫

小林秀雄	[ワイド版]小林秀雄対話集	秋山 駿——解／吉田凞生——年
佐伯一麦	ショート・サーキット 佐伯一麦初期作品集	福田和也——解／二瓶浩明——年
佐伯一麦	日和山 佐伯一麦自選短篇集	阿部公彦——解／著者——年
佐伯一麦	ノルゲ Norge	三浦雅士——解／著者——年
坂口安吾	風と光と二十の私と	川村 湊——解／関井光男——案
坂口安吾	桜の森の満開の下	川村 湊——解／和田博文——案
坂口安吾	日本文化私観 坂口安吾エッセイ選	川村 湊——解／若月忠信——年
坂口安吾	教祖の文学｜不良少年とキリスト 坂口安吾エッセイ選	川村 湊——解／若月忠信——年
阪田寛夫	庄野潤三ノート	富岡幸一郎-解
鷺沢萠	帰れぬ人びと	川村 湊——解／著者、オフィスめめ-年
佐々木邦	苦心の学友 少年倶楽部名作選	松井和男——解
佐多稲子	私の東京地図	川本三郎——解／佐多稲子研究会-年
佐藤紅緑	ああ玉杯に花うけて 少年倶楽部名作選	紀田順一郎-解
佐藤春夫	わんぱく時代	佐藤洋二郎-解／牛山百合子-年
里見弴	恋ごころ 里見弴短篇集	丸谷才一——解／武藤康史——年
澤田 謙	プリューターク英雄伝	中村伸二——年
椎名麟三	深夜の酒宴｜美しい女	井口時男——解／斎藤末弘——年
島尾敏雄	その夏の今は｜夢の中での日常	吉本隆明——解／紅野敏郎——案
島尾敏雄	はまべのうた｜ロング・ロング・アゴウ	川村 湊——解／柘植光彦——案
島田雅彦	ミイラになるまで 島田雅彦初期短篇集	青山七恵——解／佐藤康智——年
志村ふくみ	一色一生	高橋 巖——人／著者——年
庄野潤三	夕べの雲	阪田寛夫——解／助川徳是——案
庄野潤三	ザボンの花	富岡幸一郎-解／助川徳是——年
庄野潤三	鳥の水浴び	田村 文——解／助川徳是——年
庄野潤三	星に願いを	富岡幸一郎-解／助川徳是——年
庄野潤三	明夫と良二	上坪裕介——解／助川徳是——年
庄野潤三	庭の山の木	中島京子——解／助川徳是——年
庄野潤三	世をへだてて	島田潤一郎-解／助川徳是——年
笙野頼子	幽界森娘異聞	金井美恵子-解／山﨑眞紀子-年
笙野頼子	猫道 単身転々小説集	平田俊子——解／山﨑眞紀子-年
笙野頼子	海獣｜呼ぶ植物｜夢の死体 初期幻視小説集	菅野昭正——解／山﨑眞紀子-年
白洲正子	かくれ里	青柳恵介——人／森 孝一——年
白洲正子	明恵上人	河合隼雄——人／森 孝一——年
白洲正子	十一面観音巡礼	小川光三——人／森 孝一——年

白洲正子	お能|老木の花	渡辺 保——人／森 孝一——年
白洲正子	近江山河抄	前 登志夫—人／森 孝一——年
白洲正子	古典の細道	勝又 浩——人／森 孝一——年
白洲正子	能の物語	松本 徹——人／森 孝一——年
白洲正子	心に残る人々	中沢けい—人／森 孝一——年
白洲正子	世阿弥 ——花と幽玄の世界	水原紫苑—人／森 孝一——年
白洲正子	謡曲平家物語	水原紫苑—解／森 孝一——年
白洲正子	西国巡礼	多田富雄—解／森 孝一——年
白洲正子	私の古寺巡礼	高橋睦郎—解／森 孝一——年
白洲正子	[ワイド版]古典の細道	勝又 浩——人／森 孝一——年
鈴木大拙訳	天界と地獄 スエデンボルグ著	安藤礼二—解／編集部——年
鈴木大拙	スエデンボルグ	安藤礼二—解／編集部——年
曽野綾子	雪あかり 曽野綾子初期作品集	武藤康史—解／武藤康史—年
田岡嶺雲	数奇伝	西田 勝——解／西田 勝——年
高橋源一郎	さようなら、ギャングたち	加藤典洋—解／栗坪良樹—年
高橋源一郎	ジョン・レノン対火星人	内田 樹——解／栗坪良樹—年
高橋源一郎	ゴーストバスターズ 冒険小説	奥泉 光——解／若杉美智子—年
高橋たか子	人形愛|秘儀|甦りの家	富岡幸一郎-解／著者——年
高橋たか子	亡命者	石沢麻依—解／著者——年
高原英理編	深淵と浮遊 現代作家自己ベストセレクション	高原英理—解
高見順	如何なる星の下に	坪内祐三—解／宮内淳子—年
高見順	死の淵より	井坂洋子—解／宮内淳子—年
高見順	わが胸の底のここには	荒川洋治—解／宮内淳子—年
高見沢潤子	兄 小林秀雄との対話 人生について	
武田泰淳	蝮のすえ|「愛」のかたち	川西政明—解／立石 伯——案
武田泰淳	司馬遷—史記の世界	宮内 豊——解／古林 尚——年
武田泰淳	風媒花	山城むつみ-解／編集部——年
竹西寛子	贈答のうた	堀江敏幸—解／著者——年
太宰 治	男性作家が選ぶ太宰治	編集部——年
太宰 治	女性作家が選ぶ太宰治	
太宰 治	30代作家が選ぶ太宰治	編集部——年
田中英光	空吹く風|暗黒天使と小悪魔|愛と憎しみの傷に 田中英光デカダン作品集 道籏泰三編	道籏泰三—解／道籏泰三—年
谷崎潤一郎	金色の死 谷崎潤一郎大正期短篇集	清水良典—解／千葉俊二—年

講談社文芸文庫

寺田寅彦—寺田寅彦セレクションⅡ 千葉俊二・細川光洋選　細川光洋—解
寺山修司—私という謎 寺山修司エッセイ選　川本三郎—解／白石 征—年
寺山修司—戦後詩 ユリシーズの不在　小嵐九八郎-解
十返肇——「文壇」の崩壊 坪内祐三編　坪内祐三—解／編集部—年
徳田球一
志賀義雄—獄中十八年　鳥羽耕史—解
徳田秋声—あらくれ　大杉重男—解／松本 徹—年
徳田秋声—黴|爛　宗像和重—解／松本 徹—年
富岡幸一郎-使徒的人間 —カール・バルト—　佐藤 優—解／著者—年
富岡多惠子-表現の風景　秋山 駿—解／木谷喜美枝-案
富岡多惠子編-大阪文学名作選　富岡多惠子-解
土門拳——風貌|私の美学 土門拳エッセイ選 酒井忠康編　酒井忠康—解／酒井忠康—年
永井荷風—日和下駄 一名 東京散策記　川本三郎—解／竹盛天雄—年
永井荷風—[ワイド版]日和下駄 一名 東京散策記　川本三郎—解／竹盛天雄—年
永井龍男—一個|秋その他　中野孝次—解／勝又 浩—案
永井龍男—カレンダーの余白　石原八束—人／森本昭三郎-年
永井龍男—東京の横丁　川本三郎—解／編集部—年
中上健次—熊野集　川村二郎—解／関井光男—案
中上健次—蛇淫　井口時男—解／藤本寿彦—年
中上健次—水の女　前田 塁—解／藤本寿彦—年
中上健次—地の果て 至上の時　辻原 登—解
中川一政—画にもかけない　高橋玄洋—人／山田幸男—年
中沢けい—海を感じる時|水平線上にて　勝又 浩—解／近藤裕子—案
中沢新一—虹の理論　島田雅彦—解／安藤礼二—年
中島敦——光と風と夢|わが西遊記　川村 湊—解／鷺 只雄—案
中島敦——斗南先生|南島譚　勝又 浩—解／木村一信—案
中野重治—村の家|おじさんの話|歌のわかれ　川西政明—解／松下 裕—案
中野重治—斎藤茂吉ノート　小高 賢—解
中野好夫—シェイクスピアの面白さ　河合祥一郎-解／編集部—年
中原中也—中原中也全詩歌集 上・下 吉田凞生編　吉田凞生—解／青木 健—案
中村真一郎-この百年の小説 人生と文学と　紅野謙介—解
中村光夫—二葉亭四迷伝 ある先駆者の生涯　絓 秀実—解／十川信介—案
中村光夫選-私小説名作選 上・下 日本ペンクラブ編
中村武羅夫-現代文士廿八人　齋藤秀昭—解